KB179711

중국

정신문화혁명의 기수 **루쉰** [魯迅 노신]

초판 1쇄	인쇄	2018년 3월 14일
초판 1쇄	발행	2018년 3월 16일
지 은 이	손위(孫郁)	
옮 긴 이	김승일·전영매	
발 행 인	김승일	
디 자 인	조경미	
펴 낸 곳	경지출판사	
출판등록	제2015-000026호	

판매 및 공급처　도서출판 징검다리
주소　경기도 파주시 산남로 85-8
Tel : 031-957-3890~1 Fax : 031-957-3889 e-mail : zinggumdari@hanmail.net

ISBN 979-11-88783-19-9　03820

중국
정신문화혁명의 기수 루쉰 [鲁迅 노신]

손위(孫郁) 지음 | 김승일 · 전영매 옮김

경지출판사
Korea Wisdom China

经典中国国际出版工程
China Classics International

CONTENTS

鲁迅

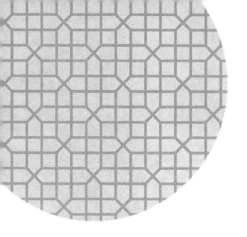

《민보民報》의 바람

《민보民報》의 바람

장타이옌은 《민보》라는 이 플랫폼을 통해 근대문화의 황홀한
악장(樂章)을 보여주었다. 루쉰은 여기에서 광인 악사(狂士)의 음악을
분명히 들을 수 있었다. 이는 또한 이후 그의 생명의 율동 속에
녹아들었다.

①

만청(晩淸) 문인의 풍격과 문장은 루쉰 세대의 사람들에 영향을
주었는데, 민국시기의 문인들은 이 일을 거론할 때면 많은 감회에
젖어들곤 한다. 그 중에서도 루쉰과 같은 신세대 문인들에게 영향을 준
장타이옌章太炎에 관한 화제는 끊이지 않고 있다. 학계에서 당시의 역사를
언급하게 될 때는 일반적으로 일본에 망명했던 시기의 문인들로부터
시작한다. 당시는 근대문화의 전환시기라고 말하기도 하는데, 이는 대체로
맞는 말이기도 하다.

망명자들의 시문이 역사학자들의 관심을 끌게 되면서, 오늘날의
세계에서는 마치 이러한 관심이 연구 대상이 된 듯하다. 솔제니친, 헤르만
헤세, 밀란 쿤데라의 저서들이 한때 베스트셀러가 되기도 했는데, 그것은
그들과 제국주의와의 긴장관계와 관련이 있다. 유럽 작가들의 경우
이와 유사한 경우가 매우 많은데, 어떤 사람들은 그 민족역사의 독특한

한 장을 채우기도 했다. 이 또한 우리에게 만청시기의 중국을 떠올리게 한다. 당시 망명자들의 몰골은 전혀 다른 사람들이었다. 캉유웨이康有爲, 량치챠오梁啓超, 장타이옌 등과 같은 문인들이 바깥 세계로 망명해 나가 있을 때 많은 좋은 시문들을 남겼다. 비록 작품이 들쭉날쭉 천차만별이기는 했지만, 그 진의(眞意)만큼은 그대로 남아 있다. 저우쭤런(周作人)은 이러한 망명자들이 모두 고국을 잊지 못했고, 몸은 타국에 있었지만 마음은 여전히 고국에 있었던 것이 사실이라고 말하기도 했다. 그들은 대체로 복고를 주장하거나 또는 다른 꿈을 꾸고 있었다. 일본이나 싱가포르, 미국은 중국 반대파들의 집결지였으며, 그들은 현 정부와 대립할 뿐만 아니라 세계적 풍조와도 많이 달랐다. 그런 작은 집단들이 훗날 발휘한 영향력은 그들 자신들조차도 예상하지 못할 정도로 컸다. 그들은 스스로 잉여인간이라고 생각하였지만, 그러면서도 "조국 강산과 종묘사직을 내가 아니면 누가 책임지겠는가!"라고 생각하고 있었던 인물들이었다. 타국에서 유랑하면서 남긴 이야기들은 훗날 전형적인 문인 형상에 영향을 끼치기도 했다. 현대사에서 그들은 또한 나름대로 빛을 발했던 인물들이라고 해도 가히 과언은 아닐 것이다.

루쉰이 동경에서 만났던 중국 문인집단은 국내에서는 근본적으로 볼 수가 없었던 유형이었다. 망명자들과 유학생들의 상황은 다소 이상하기도 했으며, 이러한 것이 그를 자극했던 것이 분명해 보인다. 여러 해 전에 필자는 동경의 거리에서 당시 반청을 부르짖던 망명자들의 거주지를 찾고자 했지만 아무런 소득이 없었다. 100년 전 중국의 학인들이 자주 모이던 곳들은 이제는 고층 건물들이 들어서 있었다. 그래서 당시의 낡은 신문들을 뒤적일 수밖에 없었다. 이러한 신문들은 우리가 그 당시의 망명자들에게 다가갈 수 있는 유일한 자료이기에 이를 볼 때에야 비로소 그들의 본 모습을 알게 되는 것이다. 그들 또한 피가 있고 살이 있는 사람들이라는 것을 말이다. 그리고 교과서에서 보았던 것처럼 그들의 삶이 그렇게 간단하지 않았다는 것을 말이다. 이들 자료 중에서 가장 인상 깊었던 자료는 《민보》와 같은 잡지종류와 당시 사람들이 남긴 서찰이나 서적들이었다. 이러한 것들을 통해서 중국이 어떻게 그토록 오랜 세월 동안 정신적 싸움에 휘말리게 되었는지, 새로운 문인세대가 어떻게 탄생되었는지 등에 일말의 단서들을 찾을 수 있었다.

루쉰의 《민보》에 대한 호감은 나의 흥미를 자극했다. 이 잡지의 저지들은 학자와 망명 투사들이 중심이었으며, 정치 평론과 수필, 소설이 모두 포함되어 있었다. 장타이옌章太炎, 왕징웨이汪精衛, 후한민胡漢民 등의 문장이 가장 많은 면을 차지하고 있었다. 재미있는 것은 많은 새로운 사실들을 알 수 있었다는 것이고, 신문이나 잡지들의 광고 또한 특별한 정보를 담고 있어서 이미 사라져버린 생명의 열기를 느껴볼 수 있었다는 점이었다. 내용들을 읽고 나자 과거의 일들이 꿈결처럼 머리 한가운데서 아른거렸다.

인상 깊었던 것은 잡지에 실린 문장들의 체제와 형식이었는데, 청대 학자들의 엄격함이나 소박함의 흔적들이 완전히 사라지고, 광분과 비분강개한 기운 또한 흩어져버린 채 만명(晩明) 시기 부산(傅山: 명나라 말기, 청나라 초기의 문인으로, 시와 서화에 능했음-역자 주)의 정신적 호탕함 같은 운치를 직접적으로 보여주고 있었다는 점이었다. 예를 들어,

왕징웨이의 〈민족의 국민民族的國民〉이나 《신민총보》의 최근 비혁명론을 반박함駁〈新民叢報〉最近之非革命論〉 등의 격문(檄文)은 정치적 안목과 학식을 엿볼 수 있어서 다 읽고 나니 마음 속 생각이 반전되면서 감탄이 절로 나왔다. 이후에 그가 타락하면서 천추의 오명을 남기게 된 것은 실로 매우 가슴 아픈 일이 아닐 수 없었다

《민보》는 1905년 11월에 동경에서 창간되었다. 당시 동경으로 많은 사람들이 모여 들면서 망명자들은 부흥의 옛 꿈을 꾸게 되었다. 《민보》는 처음에는 동맹회의 회지로 발간된 것이었기 때문에 정치평론을 우선으로 했다. 사람들에게 깊은 인상을 심어주었던 점은 편집자의 세계 형세에 대한 이해로, 유럽이나 미국, 동아시아에 대한 시평들은 모두 날카로운 안목들을 보여주면서 마치 세계를 눈앞에 펼쳐놓은 듯했다. 그리고 주필의 문장 역시도 학문적 이치와 정치철학을 매우 잘 보여주었다. 그들의 종횡 무진하는 필치는 참으로 선진시기의 문인재사들을 떠올리게 할정도로 높이 우뚝 솟아있는 산과 같은 기상을 보여주었다.

1902년 이후 일본으로 많은 유학생들과 망명객들이 모여들었다. 그 중 영향력이 가장 컸던 인물들은 대체로 국내에서 도망 나온 학자들이었다. 캉유웨이, 량치챠오는 가장 먼저 망명해 왔던 인물들로서 처음부터 많은 환영을 받았다. 이후 장타이옌 등이 건너오게 되면서 세태가 바뀌었다. 《민보》에서는 그들의 상황을 소개하였는데, 강연 원고와 집회, 평론 문장들에서 당시의 환경과 인정, 그리고 그들의 심리상태를 어렴풋이나마 엿볼 수 있었다. 국내의 침울했던 분위기에 비해 여기에서는 만청(晩淸)의 밝은 정신세계를 보여주고 있었다.[1] 《민보》의 장점은 몇 백 년 동안의

아름다운 문풍을 청산하고 명 말의 후덕한 예술혼을 이어받았다는 점이었다. 잡지의 저자들은 모두 세계적이고 역사적인 안목을 갖추고 있어서 중국의 고난에 대해 묘사하면서 근심과 울분을 토로했다. 백 년 동안의 불행은 비분강개한 필치를 통해 살아있는 듯 눈앞에서 펼쳐졌다. 당시 작가들의 사상적 기초는 배만(排滿)의 민족주의에 불과했지만 그들이 보여준 정신은 모두가 하나였다. 잡지의 문장들을 보면 여전히 한당(漢唐)의 유업을 받들어 조상들을 위해 복수하고자 하는 정신은 매우 단순했다. 가장 무게감이 있었던 글은 보황파(保皇派)와 논쟁을 벌였던 장타이옌의 문장이었다. 사상이 명철하고 깊이가 있어서 훗날 일본에서 유학을 했던 사람들도 그때의 인상을 이야기하곤 할 정도로 많은 사람들에게 영향을 미쳤다.

처음 몇 회 동안의 글들을 보면, 편집자 수변의 인물들이 그다지 많지 않아서 번역문이나 예술작품 역시 적었다. 그러나 그들의 염제(炎帝)나 황제(黃帝)에 대한 추종, 러시아나 프랑스 혁명에 대한 찬양은 한 눈에 알아볼 수 있었다. 인용하고 있는 이론 역시도 혁명적 색채 위주로 한 무정부주의나 사회주의, 허무주의 등으로 모두 제각각의 의도를 깔고 있었다. 잡지에서는 여러 차례 러시아와 프랑스혁명의 경험을 소개하는 글을 실었는데, 소개자는 격정으로 충만해 있었다. 망명객에게 있어서 그것은 분명 일종의 정신적 대리만족을 주는 글이 되었을 것이다.

잡지의 광고 역시 의미심장했다. 상업주의적 색채가 하나도 없이 모두가 서적에 대한 소개 일변도였다. 중요한 점은 이러한 글들의 학술적 무게감이나 면모가 모두 새로운 것이었다는 점이다. 새로운 피를 수혈이라도 받은 것처럼 생명의 격정으로 넘쳐흘렀다. 억압받았던 수백 년 동안의 민족적 울분은 시와 현학(玄學)의 방식으로 분출되어 나왔다. 우리는 이를 통해서 만청(晩淸) 혁명의 출현이 이미 과거 중국의 왕조 변천과는 다른 문화적 복고주의의 충동 속에 내재되어 있었다는 사실을 엿볼 수 있었다.

②

지금 당시 장타이옌의 풍채를 떠올려 보면, 정말 신비로운 일면이 있었다. 그가 "《소보蘇報》 사건"이 일어난 상황에서 분명히 도망갈 수도 있었지만 그는 도망을 가지 않아 투옥되었다.[2] 이것을 어찌 캉유웨이나 량치차오와 비교할 수 있을까? 오늘날 우리들 자신의 상황에 비추어 보면 부끄러워 몸 둘 바를 모를 정도이다. 죽음을 두려워하지 않는 담력에 있어서 그가 만청 문인들의 영웅적 기개를 보여주었다는 사실에는 의심의 여지가 없는 것이다. 덕분에 이후 그가 일본으로 망명하였을 때 그는 그처럼 장중한 예우를 받았던 것이다.

도덕적인 행위 차원에서 보면, 그의 행적은 더욱 빛을 발한다. 그가 일본에 도착한 것은 1906년이었는데, 그리고 얼마 후에 《민보》를 창간하는 일에 참여하게 되는데, 아래에 소개한 당시의 문장 목록들을 보면 그의 문제의식의 폭이 얼마나 컸는지를 가히 짐작해 볼 수가 있다.

〈연설演說〉 제6호

〈구분진화론俱分進化論〉 제7호

〈무신론無神論〉 제8호

〈혁명의 도덕성革命之道德〉 제8호

〈종교 건립론建立宗教論〉 제9호

〈삼신당론箴新党論〉 제10호

〈인무아론人無我論〉 제11호

〈군인귀천론軍人貴賤論〉 제11호

〈사회통전 논의社會通詮商兌〉 제12호

   그 시기에 유학하던 청년들은 장타이옌이 동경에 도착하여 강연하던 시기의 상황을 기록하고 있는데, 이를 보면 당시 유학생들이 일시에 그의 문장을 매우 좋아하게 되었다는 사실을 알 수 있다. 초기 사람들은 캉유웨이와 량치차오를 매우 존경하였지만, 현재의 입장에서 볼 때 장타이옌의 선택이 중국을 각성시키기 시작한 여러 채널들과 관련이 있다고 보는 관점이 적절하다고 느껴진다. 손중산孫中山의 정치적 혁명정신은 물결처럼 많은 사람들의 호응을 얻었다. 장타이옌의 문화이념 속에 보이는 창의적인 해석의 매력은 두말할 나위조차 없는 것이다. 이 두 사람의 정치적 혁명정신과 문화이념 속의 창의적인 해석은 서로 다른 측면에서 만청 중국에서 전해져오는 매우 특별한 소식이었다.

   장타이옌이란 사람은 그렇게 호감이 가는 모습은 아니었다. 그러나 그의 절동(浙東)지역 사투리 속에는 많은 것들이 담겨 있었다. 문자학에 대한 그의 학식은 특히나 자랑할 만 했다. 그리고 인격적 측면에서 보더라도 가히 영웅이라 칭송할 만 했다. 우리는 그의 문장들 속에서 각별한 기운을 느낄 수가 있다. 예를 들어 종교관에 대한 분석이나 철학에 대한 이해들은 모두 그렇게 표면적으로 드러나 있지는 않았지만, 장자의 소요유(逍遙遊)나 묵자 등에 대해 통달해 있음을 알 수 있었다. 그는 소학(小學)에서 부터 박물학(博物學)에 이르기까지, 역사에서부터 정치에 이르기까지 모두 자신만의 독특한 시각을 가지고 있었다. 그 시야의 폭넓음은 가히 캉유웨이보다 앞서 있었다고 할 수 있다.

장타이옌의 책을 읽어보면 그의 치학(治學)이 학술을 위한 학술이 아니라 한학(漢學)의 부흥을 자신의 소임으로 여기고 있었음을 알 수 있다. 그는 한학에 많은 문제점들이 만주족 통치자들에 의해 억압되면서 생겨난 것이기 때문에 반드시 주나라, 진나라, 한나라, 당나라의 학문을 부흥시켜야만 한다고 생각했다. 그가 동경에서 강연할 때 신분제도에 대해 재삼 강조하였는데, 이러한 한학 부흥의 꿈은 곳곳에서 살펴볼 수가 있다. 《민보》에 실린 그의 문장들은 모두 심오한 풍격을 느낄 수 있으며, 학문적 이치와 지혜가 사방에 빛을 발하고 있음을 알 수 있다. 오래된 먼지를 털어내고 나면 일반적인 사대부들의 뒤얽힌 감정이나 스스로를 가련하게 여기는 그런 어투가 전혀 보이지 않는다. 예를 들어서 만추(晩秋)의 스산한 바람에도 통쾌하고도 명철한 쾌감이 스며있는 것이다. 이러한 글들의 힘은 매우 강하고 반박의 논지가 심후하며, 항상 다른 사람이 하지 못하는 말들을 하면서도 깊은 철학적 사고를 느낄 수가 있다.

장타이옌이 당시 일본에서 유학하고 있던 청년들을 매료시킬 수 있었던 것은, 첫째 그의 학문이었고, 둘째 그의 인품이었다. 첸쉬안통錢玄同이나 쉬서우창許壽裳 등은 그에게서 참된 학문을 배웠고, 루쉰 형제는 정신적 측면에서 오묘한 의미를 얻어 자신들의 비판적 의식세계를 구축하게 되었다. 장타이옌은 청년세대에게 다방면에서 영향을 끼쳤다. 중국 전통과 문화에 대한 연구의 깊이나, 세계적인 안목, 그리고 비판적 의식은 동시대의 다른 어떤 사람도 비교가 되지 않았다. 루쉰은 그의 국학연구에 대해 가장 탄복해 했는데, 자신은 젊은 시절에 《구서訄書》를 읽어보지도 못했다고 말했는데, 아마도 정말이었던 모양이다. 장타이옌이 학술을 빗대어 인생을 논하고 혁명을 논했던 그 포부를 보면서 비로소 자신의 눈을 뜨게 되었다고 자술하고 있는데서 알 수 있다. 장타이옌은 불교학이나 칸트 등의 학술에 대해 논하면서 반은 알고 반은 제대로 알지 못했던 부분이 있어서 글자만 보고 대강의 의미를 유추하기도 했는데, 이것이 그의 결함이라면 결함이었다. 그러나 루쉰은 이러한 것들은 중요한 것이 아니라고 보았다.

그는 장타이옌이 가장 감명을 준 점은 바로 혁명에 대한 열정이었다고 말했다.

(장타이옌은) 1906년 6월 출옥한 후 곧바로 일본으로 망명하여 동경에 도착했고, 얼마 뒤 《민보》를 창간했다. 필자는 《민보》 읽는 것을 좋아했다. 그것은 선생의 옛스럽고 심오한 문필이 해석하기가 어렵거나, 또 불법을 말하고 "구분진화론"을 담론하는 것 때문이 아니었다. 그가 보황파인 량치차오와 투쟁하고, "××"의×××와 투쟁하며, 또

"《홍루몽》으로 성불(成佛)의 이치를 설명하는" ××××와 투쟁하면서, 그가 가는 곳마다 초목이 쓰러지듯 상대방들이 쓰러져 나가니 정말 넋을 잃게 만든다. 그의 강연을 들은 것도 이 시기였는데, 그가 학자여서 간 것이 아니라, 그가 학문이 있는 혁명가였기 때문이었다. 그리하여 지금까지 선생의 웃는 얼굴과 목소리는 아직도 눈앞에 선하지만, 그가 강의했던 《설문해자說文解字》는 한 구절도 기억이 나지 않는다.[3)]

루쉰은 여기에서 고의로 자신이 좋아하는 것을 말하면서 다른 것들은 생략했다. 그는 사실 스승의 학문이 어디에 있는지를 몰랐다. 다만 지식 생산은 쉬우나, 높은 정신적 경지에 이르기는 쉽지 않다는 것을 느꼈을 뿐이었다. 뒤따라간다고 말하며 앞서 간다고 말하지 않은 것은 그 신분이 학자가 아닌 까닭이었다. 중국의 현실을 변화시키기 위해서 중요한 것은 새로운 문인들을 양성해 내는 것으로, 삼켜버린 문자는 민중들을 환기시킬 수 없었다. 장타이옌의 글은 캉유웨이 식의 이리저리 뒤엉킨 감정을 서술한 것이 아니라, 그러한 복잡한 것을 뒤엎고서 근본적으로 정신적 순수성을 유지하고자 하였다. 《민보》의 비굴하지도 거만하지도 않은 풍격은 새로운 세대 문인들에게는 한 가닥 희망의 빛이었다.

《민보》 시기는 장타이옌이 가장 왕성하게 활동하던 시기였다. 당시의 문장은 매우 뛰어나 독자들은 그의 문장 속에서 오롯이 그의 향기를 맡을 수 있었다. 그러나 대부분이 민족주의를 부르짖는 목소리여서 색깔이 너무 단일한 편이었다. 당시 장타이옌의 글들은 투사의 기운으로 충만해 있었고,

입으로는 항상 '노예'라는 두 글자를 내뱉으며, 만주족 통치자들에 대한 분노를 쏟아냈다. 《구서仇書》가 홀로 외로움을 견딘 지 이미 오래되어 잊혀지고 있었는데, 강유웨이가 서신으로 혁명이 입헌제보다 위라고 말함으로써 비로소 위엄이 서게 되었다. 역대 많은 만주족 통치자들의 죄상과 그들에 대한 원망의 감정이 눈에 선했다. 이는 전형적인 민족주의로, 일부의 견해들은 나름대로의 일리가 없는 것도 아니었지만, 그것에 대한 포용심은 캉유웨이나 양치차오와 비교할 수 없었다. 당시에는 혁명만이 봉건왕조와 대적할 수 있을 뿐, 나머지 사상들은 모두 배척당했다. 신해혁명 이후까지도 이러한 단일적 사고가 지식계에서는 주류를 이루고 있었기 때문에, 그 부정적인 요소도 없지 않아 있었다. 장타이옌은 이 잡지의 의미에 대해 다음과 같이 말했다.

나의 한족 형제들이 《민보》를 만들고 나서 지금까지 만 1년이 지났다. 황제 헌원(軒轅)의 영령이 팔방으로 넘쳐나 아무런 막힘이 없다. 이로부터 오로지 더욱 매진하여 백성들을 인도하여, 이로써 오랑캐의 바라소리, 피리소리를 정벌하여 대 한족의 하늘의 소리를 퍼뜨렸다. 밝은 해도 지게 마련이고, 하늘의 별들도 사그러짐이 있지만, 종족의 신령은 원대하기 그지없도다.[4]

이러한 기풍의 문장들이 《민보》에 아주 많이 실렸다. 왕징웨이汪精衛, 후한민胡漢民 등의 빼어난 글들도 실렸다. 고개를 들고서 거리를 활보하며 낭랑하고 힘 있는 목소리가 울려 퍼지니, 그 호기가 하늘에 닿을 정도였다. 가히 유일한 당시 일부 유학생들의 문풍이 이 잡지와 관련이 있는 것은 자연스러운 것이었다고 하겠다. 이 가운데서 우리는 또한 이 잡지에 대한 그의 애정을 엿볼 수가 있는 것이다.

《민보》의 지식인들은 조국에 대한 깊은 애정을 가지고 있었는데, 그들의 글은 강인하면서도 역사적 의미가 깊은 동시에 또한 현실을 통찰하고 있어서 진부한 모습이 전혀 없었다. 손이랑孫詒讓이 장타이옌에게 보낸 글에서 장타이옌의 학문을 "빈틈이 없고 빼어나다"고 칭찬했던 것도 과장이 아니었다. 당시 종족혁명을 논했던 문장들은 모두 무미건조함을 면할 수는 없었지만, 사람들의 마음에 울려 퍼져 구호가 되었다. 장타이옌은 각별한 애정을 가지고 있어서 반박하는 학문적 지식을 문장 속에 섞어 넣었는데, 이것은 일종의 문화해방의 소리였다. 만청(晚淸)정부에 의해 억압되었던 상상력과 사랑은 물처럼 이곳에서 흘러넘치게 되었다.

당시의 망명객들은 권력에 미련을 가지고 있지 않았다. 그들의 치학(治學) 속에 나타나 있는 나라에 대한 애정은 이미 만명(晚明) 시기의 고염무顧炎武나 부산傅山 등을 넘어섰다. 조국에서 멀리 떨어져 있었기 때문에 역사적 안목은 더욱더 깨어 있었다. 그리고 철학적인 측면에서도 또한 국내의 지식인들이 미치지 못하는 부분이 있었다. 예를 들어 불학연구에 있어서 국내의 학자들처럼 한 걸음 한 걸음씩 나아가는 것이 아니라, 문화적으로 대비시키고자 하는 충동을 가지고 있었다. 일부 생각들은 학생들에게 충격적이었다. 타향에서 모여든 망명객들이 세운 담론의 세계는 그곳에 모여든 사람들로 하여금 오랜 역사문화의 가치가 어디에 있는지를 느끼게 해 주었다. 이미 이른바 공자의 가르침을 세우는 등의 문제가 아니라 해외문명을 받아들여 본토 문화를 재창조하고자 했다. 《민보》의 자각적인 민족주의의 목소리는 훗날 신해년에 이르러 마침내 혁명군의 주선율이 되었다.

③

장타이옌 자신도 생각지 못했던 것은 그가 주편으로 있던 잡지에 스며있던 사상이 매우 빠른 속도로 청년들의 마음속으로 녹아들어갔다는 것이다. 필자가 1907년 루쉰이 쓴 〈악마시의 힘摩羅詩力說〉, 〈문화편향론文化偏至論〉, 〈인간의 역사人間之歷史〉 등을 읽을 때 장타이옌의 목소리를 들을 수 있었다. 일부 구절들은 마치 장타이옌의 흔적을 그대로 간직하고 있는 듯했다. 1908년 저우쭤런周作人이 동경에서 썼던 〈문학의 의의와 사명 그리고 중국 최근 문론의 실책을 논함論文章之意義暨其使命因及中國近時論文之失〉이란 문장에서는 그가 장타이옌을 모방하고 있음을 느낄 수 있었다. 혹자는 장타이옌의 글은 이미 자기 생명의 일부가 되었다고 말하기도 한다. 당시 저우쭤런의 글은 원기가 왕성하고, 또한 날카롭고 심오하면서도 호방하고 시원시원한 일면이 있었는데, 훗날 그가 귀국한 이후의 글들에서는 "큰 바람을 일으켜 촛불을 꺼버리는" 그런 기세가 없었다. 다만 재미있는 것은 문장 전체가 비판적 어조를 띠면서 사대부들의 온순한 글에 대해 비웃고 있었다는 점이다. 예를 들어 캉유웨이의 구절을 빗대어 장타이옌과 별반 차이가 없으며, 심미적으로 볼 때 육조시기의 필치와 일본풍의 온화하고 자유분방함이 하나로 뒤섞여 있다고 에둘러 말한 것에서 알 수 있다.

《민보》와 당시 그 영향을 받아 발간되었던 몇몇 잡지들의 유신(遺臣) 문화와 보황파의 사상에 대한 공격은 사람들의 속을 후련하게 해 주었다. 그러나 때로는 너무 감정적으로 치우치기도 했고, 또 너무 단순함의 오류를 범하기도 했다. 《민보》를 읽을 때면 종종 이 잡지에서 비판하고 있는 인물들이 캉유웨이나 량치차오가 아닌지 혼돈스러울 정도로 그들을 너무 만화화 시켜 놓고 있음을 느끼곤 했다. 그 속의 많은 글들은 모두 입헌파(立憲派)를 겨냥해서 쓴 글들로, 문제의 핵심을 직설적으로 파고들었다. 그러나 우리가 캉유웨이, 량치차오의 당시 글들을 읽어 보면, 심리상태가 혁명파들이 말하는 것처럼 그렇게 음험해 보이지 않으며, 사회 개조에 대한 충동은 《민보》의 작가들보다 못하지 않았고, 독자들의 논평도 공정한 편이었는데, 이것은 쉽지 않은 것이었다.

캉유웨이는 무술변법에서 유명세를 떨쳤다. 훗날 해외로 망명하여 학문에 열중하였고, 각 파의 세력 틈새에서 중국의 구국을 꿈꾸었다. 망명자로서 그는 만청의 문인들 중에서도 중요한 위치를 차지하고 있었다. 그가 해외에서 썼던 글들에는 간절한 충심이 나타나 있었다. 학문적으로 유가의 금문학파에 속해 있었고, 사상적으로는 대동(大同)의식을, 정치적 이념으로는 실질적 권한이 없는 공화제를 주장하였다. 그는 무술변법이 실패한 후 중국의 사정이 폭력만으로는 해결할 수 없는 점진적인 개혁이 필요함을 인지하게 되었다.

이러한 생각은 혁명파들이 보기에는 망상에 불과했고 낙오된 황권제에 대한 옹호론으로 보였으며, 중국의 사정에도 부합하지 않고 심지어는 국민들에게도 도움이 되지 않는다고 보였다. 이것은 대체로 요동치는 변혁의 시기에 국민들은 고통에 시달리고 문화 또한 파괴될 수밖에 없었던 역사적 경험에 기초한 생각들이었다. 혁명파는 강유웨이의 이러한 생각에 불만을 표했다. 장타이옌은 바로 캉유웨이에게 서신을 보내 국민을 해치는 퇴보적인 행동을 비판했다. 동경에 있을 시기 캉유웨이에 내한 《민보》의 비판 목소리는 대단했는데, 그로 인해 그의 명성이 훼손되고 증오를 받기도 했다. 학술적 논쟁은 정치적 논쟁으로 변하였고, 논쟁의 살벌함은 정말 사람들의 탄식을 절로 자아내게 했다.

캉유웨이는 여러 해 동안 외국에서 망명생활을 하였고, 다녔던 국가도 상타이옌 등보다도 낳았다. 먼저 캐나다에 갔다가 다시 일본으로 건너갔고, 또 싱가포르, 미국, 독일 등지를 돌아다녔기 때문에 시야 또한 장타이옌 등의 사람들과는 달랐다. 더 많은 국가들을 돌아다님으로써 중국의 문제가 그렇게 단순하지 않음을 더 많이 느낄 수 있었던 것이다. 한 민족이나 국가의 형성은 역사적인 객관적 원인이 있기 마련이고, 그렇기 때문에 폭력적인 수단으로 문제를 해결하려고 하면 세상은 혼란으로 빠져들 수밖에 없다는 것이었다.

필자는 광쩌우廣州 난하이현南海縣에 있는 캉유웨이의 고택을 둘러본 적이 있는데, 그곳에서 캉유웨이의 어린 시절의 흔적들을 보고 그의 글들을 읽으면서 순박하고 성실하면서도 잡다하다는 생각이 들었는데, 이는 사람들이 말하는 그런 아첨이나 하는 사람의 느낌과는 달랐다. 그의 글들은 우아하면서도 강건했고, 서예 또한 자신만의 풍격을 가지고 있었다. 장타이옌에 비해 더욱 운치가 있고 준수한 아름다움을 간직하고 있었다.

그의 시사(詩詞) 작품들은 평이하면서도 자신의 포부를 담고 있었는데, 진부한 사람의 그런 소곤거림이 아니라 세상에 대한 근심이었다. 공자의 이름을 빌려 지은 고문투를 개조한 문장들은 역사에 대한 안목이 빛났고, 많은 지혜들을 담고 있었다. 그러나 또한 너무 실용적 목적이 강했고, 마음 내키는 대로 글을 쓴 듯한 느낌은 장타이옌의 그런 현실성에는 못 미치는 것도 분명했다.

캉유웨이를 공격했던 사람들은 《민보》에 프랑스나 러시아 혁명의 기치를 내걸고 그들의 경험을 중국에 적용하고자 했다. 그러나 캉유웨이는 황실의 친척뻘 되는 인물이었다. 필자는 왕롱주汪榮祖의 《캉유 웨이론康有爲論》에서 손바오쉔孫宝瑄의 일기에 장타이옌이 강유웨이 등에 대한 평가를 기록해 놓은 것을 읽은 적이 있다. 그 내용이 정확한지는 모르겠지만 생각해 볼 만 한 가치가 있을 것 같다. 일기에는 다음과 같이 기록되어 있다.

메이수(枚叔, 장타이옌) 등은 《석두기石頭記》(즉 《홍루몽》-역자주)의 인물로 당시의 인물들을 비유하면서 나라는 쟈무賈母에, 짜이톈(在田, 載湉)은 쟈바오위賈宝玉에, 캉유웨이는 린따이위林黛玉에, 량치챠오는 즈쥔紫鵑에, 롱루榮祿, 장즈동張之洞은 왕펑제王鳳姐에, 첸쉰錢恂은 핑얼平兒에, 판중샹樊增祥, 량딩펀梁鼎芬은 시런襲人에, 왕량칭汪穰卿은 류라오라오劉姥姥에, 장바이시張百熙는 스샹윈史湘云에, 짜오수챠오趙舒翹는 짜오이낭趙姨娘에,

23

리우쿤이劉坤一는 쟈청賈政에, 황공두黃公度는 쟈서賈赦에
원팅스文廷式는 쟈루이賈瑞에, 양총이梁崇伊는
먀오위妙玉에, 따아꺼大阿哥는 쉐판薛蟠에, 쥐훙지瞿鴻璣는
쉐바오차이薛宝釵에, 쟝궈량張國亮은 리완李紈에, 선펑沈鵬,
진량金梁, 쟝빙린章炳麟은 쟈오따焦大에 비유했다.[5]

장타이옌이 캉유웨이를 쟈푸賈府의 린따이위林黛玉라고 한 것은 다만
전체적인 인상에 대한 묘사 또는 우스갯소리일 뿐이다. 그러나 꼼꼼히
따져보면 나름의 일리가 없는 것도 아니다. 그가 생명의 고통에 대해 묘사한
글을 읽어보면 정치적인 기개를 표현하고 있을 뿐만 아니라 본질적으로는
시인적 기질도 보여주고 있음을 알 수 있다. 그의 〈세계 속에서 내중의
고통을 보다入世界觀衆苦〉라는 글을 읽으면 잔잔한 애상에 잠겨 눈물이
흐르게 한다. 이 글을 긴 편폭을 할애하여 서로 다른 계층 사람들의 고통에
대해 서술하고 있는데, 육체뿐만 아니라 정신적으로도 모두 불우한 인생을
살아가고 있다고 했다. 이 글은 쇼펜하우어의 영향을 보여주면서도 불교적
번민도 나타나 있다. 재미있는 것은 작자는 단순한 시인적 논조가 아니라
사회학과 심리학적 요소를 가미하고 있다는 점인데, 캉유웨이의 애수와
감상이 한 사람에 대한 개체적인 수준의 것이 아니라 다른 사람들, 하늘 아래
모든 사람들에 대한 번민이라는 점이다. 이는 곧 그의 대동세계에 대한 꿈과
연결되는데, 그의 아득한 사랑 또한 나름의 가치를 가지고 있음을 알 수 있다.
　캉유웨이의 린따이위에 대한 애정은 애수와 감상을 피할 수가 없었다.
그의 내면에는 또한 종교적인 충동도 가지고 있었다. 말년에는 공자교孔敎를

내세워 중국인들의 도덕적 결함을 보완하고자 하였지만 이 역시도 하나의 바람에 불과했다. 장타이옌은 공자를 무신론자로 보면서 그를 교주로 삼는 것을 비웃었다. 전통을 끌어다 현실에 대한 영단묘약(靈丹妙藥)으로 처방하고자 했지만 이는 판타지에 불과했다. 문화적 건설은 장기간의 과정을 거쳐야 하는 것이고, 또 그 속에는 많은 복잡한 요소들이 뒤얽혀있다. 장타이옌은 캉유웨이의 사상이 유토피아이고, 그 유토피아 뒤에는 군주제에 대한 의식이 자리하고 있다고 보았으며, 이것을 노예사상이라고 했다. 그가 캉유웨이에게 보낸 편지에서 이러한 노예정신을 통렬하게 비판함으로써 유가적 보수적 의식을 근본적으로 차단하고자 했다. 이 두 사람의 가장 큰 차이점은 바로 한 사람은 황제의 권력으로 공자사상을 전파하려고 했다면, 다른 한 사람은 "민간에서 배워야 한다"는, 즉 문화적 진화의 희망을 풀뿌리에 두어야 한다고 주장했다는 점이다. 이러한 분화(分化)는 현대인들의 분화의 시발점이었으며, 루쉰 세대의 문인들 역시도 이러한 분화를 지속적으로 이어갔다.

왕롱주汪榮祖 선생은 《캉유웨이론》에서 여러 차례 장타이옌과 캉유웨이 간의 충돌을 심도 있게 언급하였지만, 그러나 그는 이 책에서 《민보》의 혁명파 이론이 중국의 사회문제에 대한 인식수준이 너무 단순화 하는 오류를 범했다고 비판했다. 그는 세계를 구원하고자 하는 충동은 중국적 상황을 근본으로 해야 했으며, 사회적 혼란과 살육을 바라지 않았던 캉유웨이의 구세의 마음을 높이 샀다. 그러나 우리는 만청시기에 혁명이 도래하지 않았다면 옛 것들을 청산할 수 없었을 것이라는 사실을 상기하지 않으면 안 된다. 당시의 복벽론자들이 혁명당에 가했던 악행들을 보면 혁명이 불가피했음을 잘 알 수 있다. 이러한 피의 교훈들은 훗날에도 몇 차례 더 출현하게 되는데, 캉유웨이가 이러한 시대적 상황 속에서 사람들의 공격을 받았던 것도 이해할 수 없는 상황은 아니었다.

④

후인들은 이미 루쉰이나 저우쭤런이 처음으로 《민보》를 읽고 쓴 글들을 볼 수가 없다. 우연히 남긴 몇몇 기록들 역시도 일부에 불과해 전체적 면모를 알 수는 없다. 그러나 필자는 그들이 《민보》의 글들을 읽을 때 가끔은 유쾌한 경우도 있었을 것이라고 생각한다. 잡지에 실린 글들이 모두 캉유웨이 등 보황파에 대한 비판 일색은 아니었으며, 예술 작품들도 실려 있었던 것이다. 혁명파 소설 역시도 《민보》에 실리기 시작했다.

이러한 비교적 민감한 글들은 잡지에 더욱 활기를 불어 넣었다. 우연히 소설 등의 문예작품을 게재함으로써 신선함을 불러 일으켰다. 최초에 게재된 문예작품은 장회소설(章回小說)《사자후獅子吼》로, 한 문명 부흥의 옛 꿈을 다룬 역작이었다. 이 소설 작품은 훗날 문학사에서는 그다지 언급이 되지 않았는데, 그 이유는 구시대의 작품이었기 때문이었다. 그러나 필자는 이 작품을 읽고서 매우 마음에 들었다. 왜냐하면 작품 속에서 계몽의식을 찾을 수 있었기 때문이었다. 《사자후》는 현대의 계몽소설을 논하면서 절대 빼놓아서는 안 되는 작품이었다.

《사자후》는 그 필법이 《경화연鏡花緣》, 《이십년목도지괴현상二十年目睹之怪現狀》 등의 차원에 머물러 있었지만, 사상적으로는 현대의 반

전제주의 내용을 담고 있었다. 작자의 사상은 손중산의 사상과 호응하고 있었지만 심미적 차원에서는 그다지 수준이 높지 못했다. 그러나 이 한 편의 소설을 통해 만청시기 문인의 역사관과 문예관을 살펴볼 수가 있다. 문학작품을 통해 생활을 반영하였고 자신의 가치 요구를 표현해야 한다는 점은 량치차오 이후의 문인들의 공통된 인식이었다. 《사자후》의 발단부에서는 당시의 세계정세에 대해 소개하고 있는데, 열강들이 세계를 분할하고 있던 근대사를 생생하게 묘사하고 있다. 이어서는 붓끝을 대륙으로 옮겨 대륙 백성들의 생활을 묘사하면서 세상 밖 무릉도원으로 그려내고 있다. 작자의 붓 끝에서 묘사된 마을은 세상과 단절된 곳으로 청나라 문화의 영향을 전혀 받지 않은 몇몇 선비들이 선택한 곳으로 희망의 불씨가 남아 있는 곳이었다. 중국에게는 희망이 필요했기 때문에 이 같은 군락이 출현하게 되었음이 의심할 여지가 없다.

이것은 분명한 유토피아로, 이 때문에 소설은 도화원식의 분위기를 보여준다. 저자가 설정한 인물들은 모두 학식을 갖춘 평범한 사람들로, 사상적으로는 명나라 때의 영향 속에서 한나라 문명의 햇살 속에서 살고 있었다. 그들에게는 강력한 국가의식이 있었지만, 그것은 만청(滿淸)이 아니라 새로운 국가였다. 저자는 주인공의 입을 빌려 프랑스의 루소와 만명(晚明)시기의 황종희(黃宗羲)를 찬미했는데, 그것은 바로 그들의 민본사상과 인도주의 의식이었다. 이 소설을 통해 만청(晚淸)시기의 사회적 생활상의 한 단면을 이해할 수 있었으며, 또한 사대부 의식이 현대적 문인으로 전환해 가는 과정의 흔적들도 살펴볼 수 있었다. 인물 형상들이 기발한 것은 아니지만 그 사상은 신선했다. 신소설을 거론한다면 이 작품 또한 범주에 넣어 볼 수 있을 것이다.

당시의 량치차오도 《신중국미래기新中國未來記》라는 소설을 썼는데, 환타스틱적인 필치를 사용하여 가슴 가득한 포부로 중국이 나아가야 할 방향을 제시하고자 했다. 그러나 《사자후》는 오히려 당시 사람들의 생활을 묘사했기 때문에 애매모호하지 않으면서도 사상적 메시지를 전해주고 있다.

이 소설에서는 구식의 도덕규범에 따라 행동해야만 하는 것은 아니라고 유학사상에 대해서도 비판을 하고 있다는 점은 주의해 볼 만하다. 예를 들어 부모가 세상을 떠나면 3년 상을 지내지 않아도 되며, 외국으로 유학을 떠날 수도 있다는 것이다. 독서 또한 사서오경뿐만 아니라 서양의 학설 또한 가치가 있다고 말하고 있다. 이 작품은 해외작가의 고국에 대한 그리움을 표현한 것으로, 작품 속에는 민주정신, 자립정신도 나타나 있다는 점 또한 작가의 공헌이다. 그런 점에서 이 작품은 후대 소설의 전주곡이라고 할 수 있다.

당시는 중국 신소설의 계몽기로, 수만수蘇曼殊, '저우(周) 씨 형제[6]' 모두 이미 문예활동으로 전향하여 활동하던 시기였다. 재미있는 것은 장타이옌과 수만수, 루쉰이 모두 관계가 있다는 점이다. 저우쭤런이 번역했던 스텝니아크(Stepniak)의 《일문전一文錢》은 장타이옌의 교정을 거쳐 《민보》에 발표되었다.[7] 이 일은 저우 씨 형제를 크게 고무시켰다. 그러나 《민보》는 어쨌든 전문 문예지가 아니라 정론(政論)과 학술 위주의 잡지였기 때문에, 수만수, 루쉰, 저우쭤런 등은 따로 지면을 만들고 싶었지만, 당시에 신문예 매체들이 이미 준비되고 있었다.

당시의 일본소설계와 비교하여, 《민보》의 소설작품은 유치하고 조잡하기 그지없었으며, 또한 나츠메 소세키(夏目漱石, Natsume Sōseki) 식의 인물 출현도 없었다. 그 이유는 중국의 작가들은 아직은 외국소설 번역을 진지하게 연구하여 소개하고 있지는 못했으며, 린쉬林紓 등을 제외하고는 서양작품의 내적 운치를 알고 있는 사람이 극히 적었다. 루쉰은《민보》와 같은 간단한 소설에 불만을 가지고 있었으며, 적어도 기교가 아직은 충분히 발달하지 못했다고 생각했다. 당시에 그가 번역한《지하여행地底旅行》, 《달나라 여행月界旅行》,《조인술造人術》등의 작품은 정말 정신이 아득하고 혼백이 꿈틀거리는 듯 했다. 인간정신의 풍부함과 절절함이 모두 그 속에 펼쳐져 있었다.

필자는 때때로 루쉰이 그 시기 동경에서 읽었던《민보》의 예술란에 대해서는 실망을 했을 것이라고 생각한다. 자기 자신이 주편을 맡았던 잡지 《신생新生》은 그 격률에 있어서《민보》와는 너무나 달랐기 때문이다. 그가 선택했던 와츠(Watts)의 유화〈희망hope〉(1885)을 보면 미래지향적인 정신적 이미지를 통해 인성의 심오함을 보여주고 있다.[8]《민보》의 글들을 읽어 보지 않으면 우리들은 때때로 훗날의《신청년》의 가치를 의식할 수 없게 되곤 하는데, 바로 후자가 명쾌한 색채로 인성의 은밀함을 불러내고 있어서 구소설이나 구 문장들과는 확연히 다른 색깔을 보여주고 있다. 루쉰 형제의 글은《신청년》에서 비로소 빛을 발하기 시작했다. 이 두 잡지 간의 관계는 세세하게 분석해 보아야 비로소 느껴볼 수가 있다.

여러 해가 지난 후 후스(胡適)는 만청(晚淸)의 잡지들을 총정리하면서, 《민보》와《갑인甲寅》은 진정한 신문화의 매개체는 아니었다고 했다. 달리 말하면 그것은 구시대 유파의 글이며, 다만 명대의 잔광이 반사된 것에 불과했다고 말했다. 현대적 의미와 현대적 시각은 《신청년》에서 비로소 시작되었다는 것이다. 필자는 이 말이 반드시 정확한 것은 아니라고 생각한다. 사실 학술적 시각에서 보면 《민보》는 국학을 논한 글들이고, 질적으로는 이후에 등장한 잡지들의 작품보다 못하지 않았다.

짜임새에 있어서 비록 정치적 색채가 조금 지나치게 짙었고, 작가 그룹이 다소 협소하기는 했지만, 번역이나 시평, 정론, 학술적 수필, 소설 등이 모두 포함되어 있었다. 그것은 또한 《갑인》이나 《신청년》에도 계승된 부분이었다. 다만 정신적 색조가 천두시우陳獨秀나 후스 시대의 문인들이 더 현대에 가까웠을 뿐이다.

⑤

그러나 《민보》의 운명은 더욱 고난스러웠다. 출판된 지 20여 회 만에 요절하고 말았다. 시간은 1908년으로 장타이옌의 진술에 따르면, 일본 당국이 공갈과 협박 등의 수단을 동원하였고, 심지어 어떤 사람에게는 독극물을 투입하기도 하면서 잡지는 더 이상 운영될 수가 없었다. 창간호에서부터 해체될 때까지 기간은 매우 짧았다. 장타이옌은 어쩔 수 없이 다른 지역으로 옮겨 《국수학보國粹學報》에 글을 실을 수밖에 없었다. 이후 상황이 급변하여 문인들의 일본화가 더욱 두드러져 갔다. 그 자신 주변의 사람들 역시도 과거처럼 그렇게 열정적이지 못했다.

그러나 당시의 생활을 회상해 보면 사람들이 자주 떠올리는 것은 혁명 활동 이외에도 당시 사람들 간의 왕래, 청년들 간의 상호 활동이었다. 나와 있는 자료들을 보면 피와 살을 가진 사람들의 많은 이야기들은 시와 같은 감동을 준다. 예를 들어, 그가 가르쳤던 학생들 가운데에는 루쉰, 저우쭤런 쉬서우창(許壽裳)등이 포함되어 있었다. 《민보》 후기의 장타이옌은 이러한 학생들이 있었기 때문에 또 다른 상황 속에서 생활할 수 있었다. 당시의 생활에 대해서는 저우쭤런의 〈지당회상록知堂回想錄〉에서 상세하게 묘사하고 있으며, 쉬서우창의 기억 또한 참고할 만하다. 그는 다음과 같이 묘사했다.

민원(民元) 4년(1908년)에 필자는 처음으로 주펑셴(朱蓬仙, 종차이宗萊), 시웨이성(襲未生, 바오쵠保銓), 주티셴(朱逷先, 시주希祖), 첸중지(錢中季, 여름에 쉔통玄同으로 개명, 이름과 호가 일치), 저우위차이(朱予才, 수런樹人), 치밍(啓名, 쭈어런作人) 형제, 첸쥔푸(錢均夫, 쟈쯔家治) 등이 연이어 수업을 들었다. 매주 일요일 새벽이면 걸어서 동경 오오쿠보도오리 8번지의 선생님 숙소를 찾아 한 칸짜리 누추한 방에서 선생과 제자가 작은 차 테이블을 가운데 두고서 둘러앉았다. 선생이 《설문해자주說文解字注》나 《이아의소爾雅義疏》 등을 강의했는데 기력이 좋으셔서 글자 한 자 한 자씩 끊임없이 해석해 나가거나 또는 그 어원을 간단하게 설명하기도 하고, 또 원래 본 자를 추측해 내거나 여러 지역의 방언으로 방증하기도 하였는데, 옛 것을 근거로 끊임없이 새로운 견해들을 펼쳐 내셨다. 어떤 때는 아무렇게나 날씨를 이야기하기도 했는데,

이 또한 해학적이면서도 중간 중간에 재치 있는 말로 사람들을 웃기곤 했다. 8시부터 정오까지 4시간 동안 한 번도 쉬지 않고 강의를 하셨으니, 그야말로 "묵묵히 익히면서 배움에 싫증내지 않고 가르침에 게을리 하지 않으셨다.[默而識之, 學而不厭, 誨人不倦.]"[9]

쉬서우창은 많은 사람들이 수업을 들을 당시의 반응에 대해서도 기록하고 있는데, 지금 생각해 보면 매우 흥미로웠다. 당시의 장타이옌은 불교학에 매우 심취해 있었으며, 루쉰 형제와 함께 인도학자를 방문하는 화제로 이야기를 나누기도 했다. 저우쭤런, 루쉰은 모두 장타이옌의 수기 서찰을 가지고 있었는데, 그 필체를 보면 소탈하면서도 힘이 넘치면서도 안으로는 온화한 기운을 가지고 있는 것이 그의 인간됨을 보는 듯했다. 그의 수업은 학생들에게 큰 영향을 미쳤다. 훗날 쉬서우창, 첸쉬엔퉁은 대학에서 자신들의 능력을 발휘할 수 있었던 것 역시 장타이옌의 영향을 받았던 덕이라고 하였다. 루쉰은 귀국하자마자 《중국 자체 변천사中國字体変遷史》를 편찬하고 싶어 했는데, 이 역시도 선생님의 영향을 받아서였다. 장타이옌에게서 수학하지 않았다면 한자 글자체의 변천사에 대한 루쉰의 이해는 어쩌면 그렇게 조예가 깊지 못했을 지도 모른다.

외국으로 망명한 학자를 따라 조국의 문명을 배우고, 한자의 신비를 이해하는 것은 특히나 감개무량했을 것이다. 당시의 어느 학자는 중국인은 서구에서 왔으며, 아프리카 또는 중앙아시아에서 이민온 민족이라고 말하기도 했다. 그러나 장타이옌은 한자의 구조에 근거하여 한족(漢族)이 동방의 민족이며 바다로부터 멀지 않기 때문에 서양에서 온 생존자가 아니라고 분석했다. 그가 한자에 대해 강연을 할 때면 완전히 학문을 위한 학문이 아니었다. 그는 현실에 대한 정감이 매우 풍부했으며, 조국에 대한 그리움이 항상 배어 있었다. 이는 루쉰에게 매우 깊은 인상을 심어 주었다. 저우쭤런은 장타이옌이 문자학에 매우 큰 공헌을 하였다고 말한 반면에, 루쉰은 은사의 혁명사에서의 가치가 학문의 가치보다 높다고 말함으로써 서로 다른 견해를 가지고 있었다.

장타이옌이 강의를 할 당시 그의 생활은 그다지 조용하지 않았다. 수업을 듣는 학생들은 그의 내면적 초조함에 대해 알 수가 없었다. 그는 청나라 정부의 억압에 마주해야 했을 뿐만 아니라 문인들의 분화로 인한 충격과도 마주해야 했다. 얼마 지나지 않아 일본인들이 간행물의 출판을 금지시키면서 장타이옌은 어려움에 처하게 되고 감옥에 갇힐 위험에 빠지게 되었다. 당시 쉬서우창이 자금문제를 해결해 주었다. 이에 대해서는 장타이옌, 저우쭤런의 글에 모두 기록되어 있다. 장타이옌은 학구적 기풍이 강해 다른 사람들과 그다지 사교적이지 못했다. 그는 손중산이나 왕징웨이와도 곧 결별하고 만다. 1909년 〈남양, 미주에 거주하는 제군과 함께与南洋,美洲僑寓諸君〉라는 제목의 편지에서 그는 《민보》의 폐쇄에 대해 매우 분노하면서 손중산, 왕징웨이, 후한민 등에게 화풀이를 하기도 했다.

작년 음력 10월에 《민보》 24기가 출간되었다가 일본 정부에 의해 봉쇄당했는데, 당시 필자는 사장으로서 직접 신문을 받았다. 오늘에 이르기까지도 가짜《민보》가 나돌고 있다. 주도자는 왕짜오밍汪兆銘, 즉 왕징웨이로, 이는 복간이라는 거짓 명의를 빌어 자행하는 음흉한 사기 행각이다. 해외교포들이 그 진위를 구분하지 못하여 속임수에 속고 있음에 감히 이 글을 통해 알리는 바이다.

《민보》는 본래 중화의 광복을 위하고 백성들의 고통을 알리기 위한 것이었지, 손원을 위해 상표를 확립하기 위한 것이 아니었다. 손원은 원래 소년 때부터 무례했으며, 훼이쩌우惠州 봉기도 처음이었기 때문에 지사들이 기꺼이 그를 추천하였던 것이다. 신축년과 임인년 사이에 손원은 요코하마에 기거하면서 무료한 방랑생활을 하고 있었다. 처음으로 그와 악수를 나누고 격려했던 사람이 바로 나와 창사長沙 출신의 친리산秦力山이었다. 이때 이후로 점차 학계와 교류하기 시작했다. 4, 5년 동안 그의 명성이 널리 알려졌다. 한 두 명의 격앙된 지사들은 겸손의 도를 넘어 격려를 권력으로 여기고 맹주로 추대했다. 뜻을 같이 하는 사람들은 또 《민보》를 발간하여 의견을 발표했다. 당시 본인은 상해에서 감옥에 있었기 때문에 편집자로 이름을 올렸다. 출옥 한 이후에 《민보》를 주관하면서 3년의 시간이 되어도 손원을 위한 말은 한마디도 하지 않았다. 오직 왕징웨이, 후한민 같은 무리들이 짧은 식견으로 기꺼이 손원의 심복이 되어 기세등등한 필치로 선전하는 글을 썼을 뿐이다. 당시의 손원은 아직까지는 큰 실수를 보이지 않았기 때문에 협박을 당하지 않았을 뿐   《민보》가 폐쇄되면서 벌금 일백오십원 형을 받았다. 신문사는 텅 비어버리고 보증금도 받아 낼 수 없는 상황이었다.(원래 장지張継의 이름으로 보증금을 납부하였는데, 장지가 서구로 떠나버려서 도장이 없었기 때문에 보증금을 받을 수가 없게 되었다.) 본인 또한 이방인의 나라에 머물면서 아무런 생계활동을 못했기 때문에 기한 만기가 다가와 노역으로 벌금을 메우려고 해도 경찰서에 붙잡혀 있었기 때문에 한 두 명의 친구들이 십시일반으로 갹출하고 빌려서 문제를 해결해 주기를 믿을 수밖에 없었다. 무릇 당사자가 그러한 처지에 놓여 자신이 그 모욕을 받고 있으면 곁에서 돕는 사람은 최선을 다해 방법을 찾게 마련인 것이다. 그러나 경제적 풍족함 속에서 처첩을 거느리고 살고 있던 쑨원孫文은 맹주의 자리에 있으면서도 손톱만큼의 도움도 주질 않으면서 자신의 잘못은 인정을 하지 않고 오히려 다른 사람을 비방하고 있으니, 이는 참으로 호랑이나 승냥이에게 먹히지는 않아도 북방의 황량한 벌판에 버려진 것이나 다름없나니.[10]

이국타향에서 재정적 지원도 없고 당파의 후원도 없었기에 《민보》의 생명이 그렇게 사그러져 갈 수 밖에 없었던 것은 필연이었다. 이는 장타이 옌에게는 크나큰 타격이었음은 의심의 여지가 없었다. 그의 학생들도 잡지의 창간을 시도하기 시작했는데, 루쉰과 저우쭤런 등은 잡지를 창간하고 싶었지만, 《민보》의 길이 아니라 전문 문예잡지를 창간하고자 했다. 그들은 《민보》의 문예작품이 너무 진부한 것에 불만을 가지고 있었다. 저우 씨 형제들의 눈에는 이 세상에 《민보》와 같은 단일 유형의 잡지가 아니라 다른 유형의 잡지가 필요해 보였다.

지금 생각해 보니, 만청(晩淸)의 문화 변혁은 단순한 복고가 아니라 동서양의 서로 다른 이념 간의 새로운 조합 과정이었던 것 같았다. 만약 서양문화가 일본에서 유학하고 있던 학생들에게 '지식[知]'과 '정감[情]'에 대한 새로운 계시를 주었다고 한다면, 장타이옌은 고국의 문명 속에서 '의미[意]'의 존재를 여러 학생들에게 심어 주었다. 그들에게 문장이란 캉유웨이처럼 유가(儒家)적 의미의 어휘들을 가지고 말장난만 하는 그런 고루한 것이 아니라, 개성으로 충만해야 하며, 유구한 역사의 의미가 있어야 함을 알게 해 주었다. 장타이옌에게는 장자(莊子)의 생동감 넘치는 감각이 있었으며, 또한 유협劉勰에게서와 같은 심오함도 가지고 있었다. 《민보》는 새로운 학술풍조를 열어주었으며, 문화를 노예성에서 해방시켜주었다는 점에서 그 공적은 무시할 수 없다.

《민보》와 같은 시기에 간행된 잡지들은 매우 많았고 사상적으로도 매우 다양했다. 일본이 발간했던 것만으로도 《천의보天義報》,《하남河南》, 《천치天幟》,《복보復報》 등이 있었으며, 류스페이劉師培, 루쉰, 저우쭤런 등도 모두 글을 발표하였다. 그러나 《민보》의 경향성과 학문성은 그 힘에 있어서 항상 다른 사람들이 미치지 못하는 부분이 있었다. 당시의 천두슈陳獨秀, 수만수蘇曼殊, 쳰쉔퉁錢玄同 등은 아직 그 진면목이 나타나지 않고 있었으며, 캉유웨이, 량치챠오 이외에는 학문적으로 사람들에게 자극을 줄만한 인물로는 장타이옌보다 앞선 사람이 없었다. 그렇지만 그 자신의 성격과 타인에 대한 의심은 자신을 고독하고 가난하게 만들고 말았다. 그의 조금은 지나치게 격정적이었던 언어와 세속을 멀리했던 정신은 많은 동시대인들보다는 단순하고 순수해 보이기도 했다.

만청 문인의 서예와 그림은 그다지 많이 남아있지가 않다. 그런 문물들의 산실은 정말 애석하다. 오늘날의 우리가 옛 사람들의 풍채를 보기는 어렵고도 어렵다. 내가 처음으로 장타이옌의 서예작품을 본 것이 20여 년 전이었다. 우연히 어느 고택에서 그의 제사(題詞)를 보게 되었는데 상당히 놀라웠다. 이후 자꾸만 생각이 나서 얼마 전 신해혁명 100년 기념 문사(文史) 자료를 준비하면서 박물관에서 다시 한 번 그가 펴낸《민보》 잡지와 그의 친필 자료들을 보게 되었는데 정말 감개무량했다. 그 유물들은 불같은 그의 성격과는 달리 온화하고 유순한 아름다움이 서려 있었다. 그 아름다운 글자를 투사풍과 연상시키는 것은 쉽지가 않았다. 그래서 필자는 혼자 살며시 "글자는 그 사람과 같다"는 말이 항상 맞는 것은 아닌 것 같다고 탄식했다. 그의 내면의 온화함은 사람들도 이야기한 적이 거의 없는데, 당시 사람들의 사랑과 증오를 세상 사람들은 얼마나 알았을까? 그의 유물 앞에 서니 마치 그의 생명의 숨결이 느껴지는 것 같았다. 《민보》 창간을 전후한 그 당시를 연상하며, 그 주변의 사람들과 사건들이 모두 연기처럼 역사의 심연으로 흩어지는 듯 했다. 《민보》의 생명은 역사에서 아주 짧은 순간이었으나 망명자들의 마음의 소리가 모였던 곳이었다. 현대의 청년들은 그러한 문풍을 좋아하지는 않을 것이다. 단어가 애매모호하고 난해해서 소통의 장애물처럼 여겨질 것이다. 그러나 만약 우리가 진정으로 그러한 글들과 마주하게 되면 마음이 움직이지 않을 수 없을 것이다. 그처럼 뜨거운 감정과 무아의 정신, 그처럼 믿음 속에서 불타올랐던 격정과 큰 사랑은 오늘날의 지식인에게서는 찾아보기가 쉽지 않은 것들이었다.

⑥

초기의 루쉰은 《민보》에서 일종의 인도주의적 정감과 건강한 풍격을 배웠다. 그의 사상은 그 시기 점차 성숙되어가고 있었다. 장타이옌의 소박하고 예스러움과 의심 많은 성격에 전염이라도 된 것 같았다.

사유방식에 있어서 장타이옌의 "오상아(吾喪我: 내가 나를 버림)식의 표현은 자아에 대한 의문 이후의 정신적 세례로, 니체와도 일치하는 점이 있다. 이것은 니체사상과 마찬가지로 루쉰의 '개인' 관념의 확립을 촉진시켜 주었다. 키야마 히데오(木山英雄:1934~)는 《'문학 복고'와 '문학 혁명'》이라는 글에서 장타이옌의 정신적 기질을 이야기 하면서 루쉰도 자연스럽게 자신의 스승과 접합되는 부분이 있었다고 말했다. 그러나 루쉰은 복고의 길에서 그다지 멀리 나가지는 못하고 새로운 학문의 세계로 들어가기 시작했다. 장타이옌과 다른 점은 그는 심오하고 난해한 단어로 신문명에 대한 갈망을 표현했다는 점이다. 이처럼 복잡한 문제 부분은 《민보》에서 그 암시를 얻었던 것이다. 전형적인 예로, 루쉰 형제가 공동으로 번역한 《역외소설집域外小說集》은 구절마다 모두 '빠른 말 하기 놀이'를 하는 것 같다. 루쉰 자신의 말을 빌리자면 문구가 어렵고 발음하기가 어렵다는 말이다. 그러니 그 서문은 더더욱 고풍스러움이 있음은 의심할 여지가 없다.

《역외소설집》이 책이 되었으나 어휘가 질박하고 어눌하여 근세 명인의 번역본이라고 하기엔 부족하다. 특별히 수록함에 지극히 신중하게 살폈으나 번역이 문장의 정취를 잃지 않기를 또한 기대한다. 이역(異域) 땅의 문장서술은 새로운 종파[新宗]이니, 이때부터 비로소 중국 땅에 들어왔다. 선비로 하여금 특별하게 하려면 평범함에 구속되지 말아야 하며, 반드시 태연하여 마음에 당당함이 있어야 한다. 제후국시대에는 마음의 소리를 잘 읽어야 정신[神思]이 있는 곳을 헤아릴 수 있다. 이는 비록 큰 파도가 지나가고 작은 물살이 온 것이지만 천재의 사유가 실은 여기에 속한다. 중국 번역계에는 그렇기 때문에 석양의 느낌이 없는 것이다. [11]

루쉰이 말한 '신종(新宗)'이나 '신사(神思)'는 장타이옌이 말하는 의미와 달리 개성주의를 말하는 것이자 신비로운 정신적 체험을 말하는 것이다. 그는 이미 《민보》의 민족주의적 시각에 만족하지 않고 그 기상을 좋아했다. 그리고 복고주의의 세계에서 근대사상으로 진입하고 있었다. 그것은 또한 서양의 소설정신으로 장타이옌의 사상적 부족한 부분을 메우는 것이었으며, 개인의 생명이라는 시각에서 신비한 개인의 세계로 빨려 들어가 정신적 힘을 방출해 내는 것이었다. 루쉰은 국고(國故, 그 나라 고유의 문화 학술 - 역자 주)를 정리하는 측면에서 장타이옌 시대의 사람들의 기초 위에서 신사상을 주입하였다. 그러나 여전히 대부분은 공백상태였다. 《역외소설집》의 번역 의도도 여기에 있었다.

스승의 길을 맹목적으로 따라 가는 것이 아니라 새로운 길로 걸어갔다. 그 길이 결코 순탄하지 않았기 때문에 어쩔 수 없이 장타이옌의 사고를 참고하지 않을 수 없었다. 1934년 청년의 문장을 추억하면서 그는 당시의 창작태도에 대해 언급한 적이 있다.

　　게다기 필자는 그때 일본어를 배우기 시작하고 있을 때여서 문법을 잘 알지 못한 체 급한 마음에 책을 보았고, 책을 완벽하게 이해하지 못하면서도 조급하게 번역을 했다. 그렇기 때문에 그 내용 역시도 너무나도 의심스러웠다. 게다가 문장 또한 어찌나 괴팍했는지, 특히나 《스파르타의 영혼》이란 작품은 지금 보아도 나도 모르게 귓가까지 붉어져 온다. 그러나 그것은 당시의 풍조였다. 감정적으로 격앙되어 고조되었다가 가라앉아야만 비로소 좋은 문장이라는 소리를 들을 수 있었다. 필자는 아직도 "고함을 지르며 책을 품고 혼자 걸어가니 훔칠 눈물도 흐르지 않고 세찬 바람만이 불어 촛불을 꺼버리네"라는 모두가 읊조리던 경구(警句)를 기억하고 있다. 그러나 나의 문장에도 엄격함과 억눌림의 영향을 받은 흔적이 있다. 예를 들어 '성푸[渥伏]'는 '신경'의 라틴어 음역으로, 이것은 현재에는 아마도 나 자신만이 아는 단어일 것이다. 이후에는 또 장타이옌 선생의 영향을 받아 예스러워지기 시작했다.[12]

예스러우면서도 새로움은 루쉰의 창작사에 있어서 매우 짧은 순간이었지만, 오히려 많은 사람들의 마음을 사로잡는 작품을 남겼다. 《민보》에 발표한 글들과 대비적으로 호소하는 곳이 있었다. 루쉰은 《민보》를 긍정하였는데, 대체로 다음과 같은 점들에 대한 고려 때문이었다. 첫째는 문화적인 새로운 길은 강유웨이와 같은 그런 위에서부터 아래로의 사고가 아니라 장타이옌이 말했던 "배움은 민간에 있다[學在民間]"는 말이 바로 바른 길이라는 말이다. 둘째는 민족 해방의 첫걸음은 바로 개인의 해방이며, 장타이옌과 같은 복고주의는 반만큼만 걸어간 것이고, 나머지 반의 여정은 바로 "홀로 서기"문화라는 말이다.

루쉰은 마땅히 《민보》의 무대에서 출발하여 다른 길로 나아가야 한다고 생각했다. 장타이옌은 혁명가는 모두 미치광이라고 했는데, 이것은 중국식의 비유였다. 그러나 루쉰은 니체사상을 빌어 개인주의적 가치를 크게 부르짖으며 다른 목소리를 냈다.

> 니체는 개인주의의 영웅호걸이다. 기댈 희망이라곤 오로지 대사의 천재성뿐이다. 그러나 우민을 본위로 삼음은 뱀과 다름없이 싫어함이다. 의미는 대개 여러 차례 행장을 꾸림을 말하는 것이다. 사회의 원기(元氣)는 일단 깨뜨려지고 나면 일반인을 희생시키고 천재 한 두 명의 등장에 의지하는 것이 낫다. 천재가 나타나게 되면 사회적 활동이 싹트게 된다. 이른바 슈퍼맨 설은 일찍이 유럽의 사상계를 깜짝 놀라게 했다. [13]

대중에 대한 루쉰의 생각은 중국인들이 캉유웨이, 량치챠오를 옹호하는 것과 관계가 있다. 입헌파의 영향은 혁명당보다 컸다. 이것은 매우 엄중한 문제였다. 그리고 혁명과정에서 충분한 정신력을 갖춘 사람은 두 세 명 정도에 불과했다. 그러나 바로 이러한 전사들이 중국 사람들을 일깨워 다시는 곤궁에 빠져들지 않게 할 것이니, 이것이 얼마나 중요한 문제인가! 루쉰은 당시 물질주의를 비판하면서 "사람 세우기"에 대해 말하면서 위선자를 비판했던 것은 모두 이 생각과 관계가 있다. 이미 장타이옌 시대의 사람들과는 다른 점이 있었다고 말할 수 있을 것이다. 《민보》의 바람 아래에 있던 청년들은 이미 더 넓은 세계와 마주하기 시작했던 것이다.

⑦

만약 세세하게 분석해 보면 언어에 대한 자각이 당시 개성을 각성하는 첫걸음이었음을 발견하게 될 것이다. 《민보》를 전후로 장타이옌과 옌푸(嚴復), 캉유웨이, 류스페이, 우즈훼이(吳稚暉) 등은 중국어의 발전 방향에 대해 토론한 바 있다. 현대인의 이념을 어떻게 표현할 것이냐 하는 문제와 사람의 정감 서술 등에 대한 문제 등에 대해서까지도 언급하였다. 이때 그들이 전통 유산에 대한 차용에 의견 차이를 보였다. 루쉰 역시도 그들의 생각에 관심을 가졌다. 루쉰이 말한 "개인에 의지하여 정신을 펼친다"는 말은 완전히 니체에게서 가져 온 것이 아니다. 그 속에는 전통적인 요소도 포함되어 있는 것이다. 혹자는 장타이옌과 같은 식의 영웅은 그의 고대문명에 대한 상상을 격발시켜주었다고 말하기도 한다. 《민보》는 그의 내면에 바로 이와 같은 정감을 새겨 넣었던 것이다. 예를 들어

청년들의 물질을 중시하고 정신을 가벼이 여기는 현상에 대한 장타이옌 선생의 비판에 대해 루쉰도 그의 관점을 빌려 "국학에 대해 논할 때, 역사를 중중시해야 하고, 언어문자, 전장제도, 인물의 사적 모두에 관심을 기울여야 한다"고 말했다. 고염무顧炎武의 " (사람은) 자신의 행동에 대해 부끄러워 할 줄 알아야 하고, 문장을 널리 배워야 한다[行己有恥, 博學于文]"는 말은 장타이옌에 대해 좋은 참고라고 할 수 있는데, 루쉰도 유사한 정서를 가지고 있었다. 당시 서로의 문장을 대조해 보면, 루쉰은 스승의 문맥을 암암리에 답습하고 있었음을 알 수 있다.

장타이옌의 박학으로 인해 그의 학생들도 대부분 그의 학문의 길을 따르고 있었다. 황칸黃侃, 첸쉔동錢玄同, 주시주朱希祖 등은 서재(書齋)의 길로 나아갔다. 우청스(吳承仕), 루쉰, 저우쭤런 등은 이후에 서재와 사회적 공적의 길로 나아갔다. 장타이옌은 학문은 실사구시와 치용(致用) 사이에 있으며, 자기 자신은 전자에 편중되어 있다고 보았다. 루쉰은 후자와의 관계가 더욱 깊었다. 다른 문하생들과 비교해서 루쉰은 장타이옌의 의중에 맞았으며, 그런 측면에서 정신적으로 닮아 있었다. 예를 들어 장타이옌이 청년들의 병폐가 문제를 단순화한 측면이 있다고 지적한 적이 있는데, 자세히 들여다보면, 루쉰 역시도 어떤 한 사건에 대해 복잡한 사유와 순수한 열정으로 처리하는 경우가 많았다. 또 예를 들면 장타이옌은 역사 허무주의에 대해 많이 비판했는데, 그는 훗날 꾸시에강(顧頡剛) 등이 대우(大禹)의 존재에 대해 의심하는 것을 비판했는데, 루쉰 역시도 같은 생각을 가지고 있었다. 이러한 것들은 모두 서로 상통하는 점들로, 사학과 문자학에서서는 유사점을 더욱 많아 찾아 볼 수 있다.

장타이옌의 문장에는 기개가 있고, 밝게 빛을 발하며 온몸을 비추어주는 것 같다. 명청시기 문인들의 피곤에 젖어 있는 듯한 문체와 비교해 보면 그 우열이 금방 드러난다. 학문과 인격에 있어서도 모두 매혹적인 색채를 가지고 있는데, 그의 문자 역시도 비범한 아름다움을 보여준다. 현대사에서 그는 문체가였다. 그러나 이러한 문제는 일반 독자들에게 쉽게 수용되기는 어려웠다. 왜냐하면 지나치게 고풍스러웠기 때문에 점점 적막함으로 빨려들어 가기 때문이다. 이에 반해 저우 씨 형제는 옛스러움에다가 현대인의 감각을 집어넣어 현대인의 감각 속에서 아름다움을 창조하는 표현방법을 택하고 있기 때문에, 더욱 많은 독자들을 확보할 수 있었던 것이다. 게다가 사람들은 그 속에서 새로운 현대적 언어의 혁신 가능성을 읽어 낼 수 있었다.

만약 장타이옌 세대의 문체에 대한 탐식이 없었다면 루쉰 세대는 자신들의 새로운 길을 그렇게 쉽게 찾지는 못했을 것이다. 그러나 장타이옌의 길은 위험이 도사리고 있는 길이었기에 국학에 대한 깊은 이해가 있어야 가능했다. 장타이옌은 자신의 연보에서 다음과 같이 말했다.

처음에 문장을 쓸 때에는 일부러 진 한의 풍격을 좇았고 그런 후 당대 문장의 뜻을 얻게 되었다. 비록《통전通典》에 정통하여 수록되어 있는 예의의 문장을 지극히 익혔지만, 끝내 배우지는 못했다. 이 때 동경 문학의 두터움을 알게 되었고, 췌이스崔實, 종창통仲長統이 특히 빼어남을 알게 되었다. 이에 다시 그 실적을 종합적으로 고찰해 보고 삼국 양진시기의

문장이 진실로 진한시기에는 미치지 못한 점이 있음을 깨닫게
되었고, 이로써 문장이 점차 변하게 되었다. [14]

장타이옌의 문장에 대한 민감성은 의미를 중요시 했던 점에 있다.
문자학의 대가였기 때문에 단어의 변화에 대해 자신만의 생각을 가지고
있었기 때문이었다. 이 외에도 일본인 다케시마 지로(武島次郎)의
《수사학》의 영향을 받아 '견재어見在語', '국민어國民語', '저명어著名語'
이외에 '외래어外來語', '신조어新造語', '폐기어廢棄語' 등에 대해서도 많은
관심을 쏟았다. 장타이옌은 중국 고대에도 '폐기어'가 아주 많았는데, 사실은
새롭게 채용할 수 있다고 생각했다. 그것들 역시도 새로운 언어가 될 수
있다고 보았던 것이다.

그처럼 웅대한 문장들은 '폐기어'를 많이 사용함으로써, 한편으로는
고풍스러운 맛을, 다른 한편으로는 웅건하고 힘이 넘치는 기상을
보여주었다. 이는 쩌우 씨 형제에게도 매우 큰 영향을 끼쳤다. 그들의 초기
문장에도 사실은 '폐기어'를 사용하여 새로운 구문으로 만들려는 노력들이
많이 나타나 있었다. 장타이옌의 이러한 생각은 옛 문인들의 관습을
뒤집었다. 루쉰은 그 가운데서 자연스럽게 많은 것을 얻을 수 있었다.

그러나 이후 쩌우 씨 형제는 이러한 문제를 포기하게 되는데, 그것은
아마도 그들의 번역 실천과 관련이 있는 듯했다. 외래의 문장과 전통
속에서 새로운 표현방식을 탐색하면서, 그들은 장타이옌의 길에서 벗어나
자신들만의 길을 찾게 되었던 것이다.

그러나 언뜻 보기에는 서로 다른 것들 속에도 서로 유사함이 있었다. 예를

들어 자연스럽고 통쾌하며 자유분방함이 많은 점은 서로 유사했다. 언어의 문제는 표면적으로는 표현의 문제이지만, 사실은 일종의 사상의 복사이다. 만청의 사상혁명은 어디에서 시작되었는가? 공자의 자원에 마치 문제가 있어 보이지만, 외래의 정신 또한 동떨어진 것이었다. 그렇다면 문장의 언어에서 시작된다고 할 수 있다. 루쉰의 초기 외국소설 번역은 바로 문체적으로 만청체(晚淸體)를 벗어나 새로운 길을 찾고 있었음을 보여주는 것이다. 이는 장타이옌 선생의 계시이기도 했다. 도구적 측면에서의 선택은 루쉰 자기 자신이 그다지 심도 있게 논하길 원하지 않았던 화제로, 사상혁명에 의해 가려진 듯 했다. 현재 우리가 되돌리게 되면 심층적 문제들을 발견할 수가 있다.

장타이옌은 만청시기의 인물로, 문장에 있어서 한 획을 그은 인물이기도 하다. 이후에도 그를 따라 잡을 만한 사람이 없을 만큼 독보적인 존재였으나, 불행히도 중간에 맥이 끊기고 말았다. 그의 제자들은 학문적 이치에 있어서는 스승의 전통을 이어나갈 수 있었으나, 문장에 있어서는 스승을 따라가지 못했고 스승의 진수를 이어나가지 못했다. 그러나 저우 씨 형제는 그렇지 않았다. 그들은 백화문에서 새로운 길을 개척해 문장을 더욱 읽기 좋고 더욱 재미있게 만들었다. 이는 실로 장타이옌의 전통이었다. 다른 측면에서도 스승의 길을 이어갔는데, 가히 현대 문장의 변법이라고 할만 했다. 스승의 전수를 이어 받아 의미를 연장시켜 나갔던 것이다. 황칸이나 첸쉔통 등은 학문적 이치의 측면에서 스승의 길을 이어나갔지만, 문장 변천의 심오함을 밝힌 것은 그다지 많지 않았다.

이러한 점을 간파했던 것은 쉬서우창이었다. 그는 만년에 장타이옌을 칭송하면서 진정으로 루쉰을 추천했다. 그의 눈에는 스승과 제자 사이에 서로 연결되는 점이 있었고, 모두가 중국문학을 발전시켜 나간 공이 있다고 보았다. 장타이옌에서부터 루쉰에 이르기까지 문장의 기상이 크게 변화되었고, 중국문화의 낭랑한 기상은 이미 역사의 탁탁한 기운을 사라지게 하였다. 루쉰 세대의 비상은 장타이옌의 전통을 계승한 것이지만, 얼마 후 이러한 전통은 사라졌다. 왜냐하면 그들은 정신의 길에 마주서게 되면서 구식 문인이 몸을 돌리는 것만으로는 충분치 않음을 알았기 때문이었다.

많은 문명의 출발지는 세상 속에서 누군가가 발굴해주기를 기다리고 있었던 것이다.

참고문헌

1) 쉬서우창許壽裳은 〈고인이 된 벗 루쉰에 대한 인상亡友魯迅印象記〉에서 당시의 상황에 대해 묘사하였는데, 루쉰의 초기 국민성에 대한 담론은 모두 이러한 언어환경에서 파생된 것들이었다.

2) 니모옌倪墨炎, 천지우잉陳九英 편, 《쉬쇼우창문집許壽裳文集》 상권, 2003, 상해, 백가출판사, 85쪽.

3) 《루쉰 전집魯迅全集》 제6권, 546쪽, 베이징, 인민문학출판사, 1981.

4) 《장타이옌 전집章太炎全集》(4), 1985, 상해, 상해인문출판사, 209쪽,

5) 왕롱주汪榮祖, 《캉유웨이론康有爲論》, 2006, 북경, 중화서국, 67쪽.

6) 저우(周) 씨 형제 : 루쉰의 본명은 저우수런(周樹人)으로 저우쭤런(周作人)은 그의 친동생이다.

7) 종수허鐘叔河 교정 편찬, 《저우쭤런 산문 전집周作人散文全集》 제7권, 2009, 계림桂林 광서廣西사범대학출판사, 448과 452쪽.

8) 위의 책

9) 倪墨炎, 陳旧英 편, 《허수상문집許壽堂文集》 하권 529쪽.

10) 마용馬勇 편, 《장타이옌 서신집章太炎書信集》, 2003, 석가장石家莊, 하북河北인민출판사, 279~281쪽.

11) 《루쉰전집》 제10권, 1981, 북경, 인민문학출판사, 5쪽.

12) 《루쉰전집》 제7권, 1981, 북경, 인민문학출판사, 4쪽.

13) 《루쉰전집》 제1권, 52쪽, 베이징, 인민문학출판사, 1981.

14) 《민국장태염선생자정연보民國章太炎先生炳麟自訂年普》, 1980, 대북, 대만상무인서관, 9쪽.

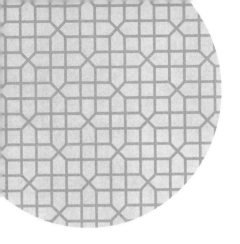

일본 체험

일본 체험

일본에서 루쉰은 모국어의 결점과 잠재력을 발견했다. 일본을
대하는 문제에서나 본국인을 이해하는 문제에서나 항상 양면성이
존재한다는 사실을 발견했던 것이다.

①

후스胡適는 한 문장에서 루쉰의 문체에 대해 거론하며 루쉰의 문장에
일본어의 요소가 들어 있다고 말한 적이 있다. 그 말은 사실이다. 그런데
도대체 어떤 요소가 들어있는지에 대해서는 분명하게 말하기 어려웠던지
자세하게 말하지 않았다. 의외로 일본의 한학자들이 그러한 점을 발견한
듯하다. 기야마 히데오木山英雄는 저우 씨 형제에 대해 논하면서 특별히
일본 작가와의 관계에 대해 언급한 바 있다. 이는 모두가 잘 알고 있는
사실이다. 오늘날 학자들은 일본 단어가 현대 중국에 미치는 영향에 대해
정리하면서 거의 모두 이점에 대해 언급하고 있다.

루쉰이 일본과의 관계에서 깊은 갈등을 겪고 있었다는 사실에 대해서는
모두가 잘 알고 있다. 그러나 관련 자료가 많지 않으며 근거로 삼을 만한
문자와 사진자료도 상대적으로 너무 적은 편이다. 루쉰이 일본 유학시절에
찍은 사진들을 보면 풍채가 돋보인다. 그 사진들은 그의 또 다른 흔적들을

찾아 떠나도록 필자를 이끌었다. 지금 유일하게 존재하는 몇 통의 편지와 의학 노트는 모두 음미할 가치가 있다. 그 유물들에는 많은 의미가 담겨 있다. 그가 센다이仙臺에 있을 때 쓴 의학 노트를 보면 매우 정연하다. 이는 아마도 그의 결벽증 때문일 것이다. 그때 당시 깨끗한 모습을 상상할 수 있는 대목이다. 그러나 필자에게는 젊은 시절 루쉰의 이미지가 희미하다. 필자는 아직까지도 그의 정신상태의 바탕이 어떻게 형성된 것인지 알지 못한다. 그 시기 남긴 번역문과 문언체 작품은 빙산의 일각에 불과할 뿐이다.

그는 일본에서 7년을 지냈다. 짧은 세월이라고 할 수 없다. 이는 그를 알고 있는 사람들에게는 미스터리와 같은 존재이다. 그가 소장한 외국문 도서 중에는 일본어 도서가 많다. 그리고 만년에 그의 벗 중에는 일본에서 온 벗이 많았다. 그에게 일본은 지나쳐갈 수 없는 존재였다. 만약 일본에 가지 않았다면 그는 아마도 그저 이지李贄(회족[回族]으로 원래 이름은 재지[載贄]이고 호는 탁외[卓吾]이다 역자 주)와 같은 인물이 되었을지도 모를 일이다.

그는 후에 국내에 돌아와서까지도 여전히 일본에서 생긴 생활습관에 따랐다. 베이징 옛집은 구조가 일본 민가와 아주 비슷하다. 집안의 도배지는 동양의 분위기를 풍긴다. 거기에 사오싱紹興의 특색까지 합치면 무엇인가 쉽게 떠올리게 된다. 벽에 걸린 후지노藤野 선생의 사진은 마치 유학시절의 이야기를 암시해주는 듯하다. 가장 흥미로운 것은 그의 일본어 책 소장 도서이다. 그 책들을 펼치기만 하면 많은 느낌이 들곤 한다.

그는 일본에 대해 언급한 적이 몇 번 안 되지만 민족성의 깊은 차원의 내용에 대해 언급한 적이 있다. 어느 한 번은 시마자키 토손島崎藤村에게 이렇게 말한 적이 있다.

　나는 일본이 그립다. 일본인들은 끝까지 캐고 따지는 기질을
갖추었다. 나는 일본인들의 그 점이 부럽다. 중국인에게는 그런 기질이
없다. 뭐든지 언제나 "아무래도 좋아"라는 말로 대강 넘겨버리곤 한다.
"아무래도 좋아"라는 버릇을 고치지 않는다면 절대 중국을 혁신할 수
없을 것이다.[1]

　그때 당시 대화 환경이 어떠했는지에 대해서 우리는 알 수 없다. 단 힘들고
외로웠으리라는 것만은 분명하다. 우치야마內山 서점은 환경이 아주 좋았던
것으로 필자는 기억한다. 그는 늘 그 곳에서 손님을 접대하곤 했으며 많은
책들은 모두 그 곳에서 사들였다. 그는 우치야마 간조內山完造와 이야기를
나눌 때면 늘 미소를 짓곤 했다. 이야기 내용도 매우 많았고 이야기 폭도
매우 넓었다. 이따금 중국인 문제에 대해서도 이야기를 나누곤 했는데
중국인은 다 '대충대충'병에 걸렸다고 말하곤 했다. 이는 일본문화와 비교해
나오는 감탄이었다. 예를 들어 후지노騰野 선생의 근엄한 성격은 모두
그에게 영향을 끼쳤다. 만년에 병약해졌을 때도 그의 주변에는 일본인
의사가 많았다. 아마도 그때 당시 그가 믿을 만한 중국인 의사가 많지 않았을
수도 있다. 물론 일본인의 모든 것이 다 좋았던 것은 아니다. 그의 마음에
들지 않았던 요소도 많았다. 그러나 중국 도처에서 문제들이 나타나고
있을 무렵에는 그가 인지하는 초점이 본국인의 고질병에 있었다. 그가
《이심집·새로운 '여장'二心集·新的"女將"》이라는 글에서 이런 말을 했던

기억이 난다. "일본인은 일할 때는 일을 하고 연극을 할 때는 연극을 하면서 절대 헷갈리지 않는다."[2] 이 말 속에는 칭찬의 뜻이 숨어 있다. 후에 어떤 사람은 이 말을 두고 그가 매국노 발언을 했다고 말했다. 그러나 이는 말의 깊은 뜻을 이해하지 못하고 글자만 보고 단편적으로 잘못 해석한 천박한 식견에 불과하다.

이러한 차이에 대해 그는 여러 번 언급한 적이 있다. 특히 교육이념의 비교에서 그는 엄청난 자극을 받았다. 교육 의도가 다름으로 인해 초래된 젊은 층 상황의 차이 때문이었다. 일본 유학에서 받은 교육을 통해 그는 회의주의 시각을 배웠다. 그러나 중국의 교육은 오로지 맹목적으로 뭔가를 신앙하라고 가르치고 있으며 자주적인 판단이 미약하다고 보았다. 그 결과 노예들만 양성해내고 있을 뿐이라고 비평했다.

쉬서우상許壽裳이 루쉰의 유학생활에 대해 단편적으로 소개한 적이 있는데 외롭고 쓸쓸할 때가 많았다는 인상을 받았다. 혼자서 조용히 책을 읽곤 했다고 했다. 아무런 이야기도 없는 것 같았지만 또 온통 이야기천지였다. 그는 도쿄의 거리를 누비고 마츠시마松島를 차마 떠나기가 아쉬워 서성대고 있었으며, 센다이에서는 고생스레 소설을 번역하곤 했다. 그 배후에는 항상 고심에 가득 차 있었던 것이다. 그것은 낯선 사상들과 만나는 나날들이었다. 많은 기이한 사람들이 잇달아 몰려들곤 했다.

키에르케고르(S. Kierkegaard)가 왔고, 니체가 왔으며, 슈타이너가 왔고 바이런이 왔다 …… 사람들과 멀리 떨어진 곳에서 그는 사상의 푸른 지평을 찾았다. 이 모든 것을 얼마든지 글로 쓸 수 있지 않았을까?

그때 당시 남긴 문자들을 보면 낭만으로 약동하는 그의 사상을 만날 수 있다. 그의 일생에서 오직 그 시기 문자에서만 생기가 넘쳐흘렀다. 예를 들어 그가 번역 소개한 《조인술造人術》 은 미국인이 쓴 최초의 인간 복제에 대한 가설로서 신비로운 필치가 돋보인다. 그리고 《지구 속 여행地底旅行》과 《달나라 여행月界旅行》 등도 상적인 묘미가 다분하다. 쥘 베른의 과학판타지소설은 그의 과학의 꿈과 문학의 꿈을 교묘하게 결합시켰다. 그는 심시어 그 속에서 판타지를 낳기까지 했다. 그것은 중국의 문학이 새롭게 태어나려면 반드시 과학판타지 소설에서 새롭게 출발해야 한다는 환상이었다.

특히 흥미로운 것은 그가 바이런·하이네·페퇴피 샨도르와 같은 악마파 시인(摩羅詩人, 마라시인)의 매력에 빠져버렸다는 것이다. 그들은 그를 깊이 빨아들였다. 이국땅에서 그가 가장 절절하게 느낀 것은 아마도 인간에게서 이성의 중요성에 대해 비판한 것이었을 것이다. 인간은 제한적인 존재이다. 그 점은 니체가 그에게 알려준 것이다. 그리고 칸트도 그 점에 대해 암시해주었다. 유구한 역사를 가진 민족에게 있어서 비판적인 사상은 너무나도 중요하다는 사실을 서양문명과 일본문명 발전과정 모두가 증명해주고 있다.

젊은 시절의 루쉰은 일본과 만난 지 얼마 지나지 않아 그 개방적인 시야에 매료되었다. 그는 일본 지식계의 세계적 시야에서 느끼는 바가 컸다. 국외 예술품을 대담하게 가져오는 일본의 용기가 그에게 큰 영향을 끼쳤다. 그 영향으로 인해 그는 평생 번역에 대한 흥미를 떨쳐버리지 못했다.

아마도 그가 접한 일본의 문화 환경이 그에게 큰 깨우침을 주었던 것 같다. 외국의 문화를 받아들이는 과정에서 젊은이들이 피동적으로 나라의 건설에 참가하는 것이 아니라 능동적으로 그 과정에 뛰어들 수 있다는 깨달음이었다. 우치다 요시히코內田義彦는 일본 젊은이들의 개성 발전에 대해 분석한 글에서 다음과 같이 말했다.

메이지시대 젊은이들의 몸에서는 '나'의 자각과 나라의 독립의식이 밀접히 연결되어 떨어질 수 없는 관계이다. …… 그러나 반대로 이는 또 개인의 독립을 나라 독립의 절대 조건으로 요구함을 의미한다. '나'는 나라의 일원이지만 그렇다고 집권자들에 의해 미리 확정된 나라의 의지에 내가 맞춰야 함을 뜻하는 것이 아니라 '나'는 나라의 의지를 결정하는 데 참여하는 정치적 능동자임을 의미한다. '나'의 자각은 이런 상황에서 나라의 일원으로서의 자각을 가리킨다.[3]

그러한 환경의 범위는 도대체 어느 정도나 컸던 것이었는지, 루쉰이 접촉한 분위기가 짙었을지 짙지 않았을 지에 대해서 우리는 알 수가 없다. 단 그가 색다른 분위기를 느꼈을 것이라는 점만은 긍정할 수 있다. 루쉰이 일본 국민성의 우월성에 대해 찬탄한 것도 이 때문이었을 것이다. 쉬서우상의 회고록에서 루쉰에 대한 소개를 통해 유학시절 그들의 심정을 느낄 수가 있다. 그런 흥분이 독립사고의 동력으로 전환한 것이다.

최초 몇 년간 지식에 대한 그의 흥미는 늘 이리저리 옮기며 뛰어다녔다. 그는 자신의 위치를 어디에 정해야 할지를 몰랐다. 집회에 참가하고 연설을 듣는 것은 민족주의 정서를 불러일으켰다. 후에 센다이에 이르러 뜨거웠던 가슴이 식고 자존심이 상처를 받았다. 그리고 또 공부에서 실패를 겪고 흥미가 바뀌는 경험을 했다. 결국 그는 문학이야말로 자신에게 가장 필요한 것일지도 모른다는 것을 느끼게 되었던 것이다.

②

오직 그와 그의 아우 저우쮀런周作人이 번역 소개한 《현대 일본소설집》을 읽은 후에야 비로소 섬나라 예술과 그의 관계에 대해 느낄 수 있을 것이다. 루쉰과 저우쮀런이 번역한 《현대 일본소설집》을 읽노라면 잔잔한 애수와 민속적인 정서가 흐르고 있음을 느끼게 된다. 저우 씨 형제는 그러한 정서에 접하면서 중국 독자들에 대한 이런 정서의 중요성에 대해 알게 되었다.

당시 일본인은 서양소설의 시각을 본받아 일반인의 아픔을 글 속에 써넣을 줄 알았다. 나츠메 소세키夏目漱石 · 모리 오가이 森鷗外 · 아리시마 다케오有島武郎 등 작가들은 모두 경이로운 작품을 남겼다. 그들이 저우 씨 형제의 눈에 들어온 것은 외로움과 명상이 담긴 글의 작용이 컸으리라는 것이 필자의 생각이다. 바로 그런 정신적인 힘이 그들을 감동시켰을지도 모른다.

《크레이그 선생》과 《후지노 선생》을 비교하며 읽게 되면 양자의 관계를 엿볼 수가 있다. 나츠메의 필법이 루쉰에게 영향을 끼쳤음을 의심할 나위가 없다. 일본소설의 쓸쓸한 정서가 독자의 가슴 속에서 맴돌며 떠날 줄을 몰랐다. 안개처럼 루쉰의 세계를 휩싼 정서가 루쉰을 자극했었을 것이다. 문인에게는 눈을 똑바로 뜨고 세상을 보는 것이 깊은 꿈속에서 생각하는 것보다 더 중요하다. 쿠니키다 돗포國木田獨步의《소년의 비애》, 무샤노코지 사네아쓰武者小路實篤의《제2의 어머니》, 아리시마 다케오의《내 어린 아이들에게》, 에마 나카시江馬修의《아주 작은 사람》 등의 작품들을 보면 풍격에 불안정한 요소가 들어 있어 우울함이 마음에 내려앉는 느낌이 든다. 사람은 세상을 살면서 초라하고 비통할 때가 항상 즐거울 때보다 많은 법이다. 사람은 언제나 속박 속에서 살아가고 있다. 훗날 루쉰의 소설들을 보면 이런 정서에 젖어 있다. 다만 표현방식에서 일본인의 완곡함보다는 러시아식의 침울함이 더 많은 것이 특징이다. 일본작품에 반영된 러시아식 잔혹함은 제한적이다. 이는 마침 루쉰이 좋아하는 부분이었다. 일본소설의 깊이에 대해 루쉰은 역시 문제가 있다고 보고 있었다. 일부 동아시아 예술을 읽은 뒤 그는 오히려 러시아 풍격을 더욱 선호하게 되었다.

단 일본의 향수가 그에게 남긴 흔적은 내재적이고 소리 없는 것이었다. 그 지역 정취가 그의 고향의식을 자극했다. 풍속적인 정서를 현대소설에 담아내는 것은 참으로 큰일이었다. 일본인이 루쉰에게 준 암시는 가볍게 여길 수 없는 사실이었다.《눌함》·《방황》에서 노진魯鎭과 미장未莊에 대한 성숙된 묘사를 보면 아쿠타가와 류노스케芥川龍之介·가토 다케오加藤武雄의 정취가 물씬 풍기는 작품이 떠오른다. 에도江戶 시대의 민풍을 포함해서 일본어학 작품에는 귀중한 것이 들어있었다. 일반 서민의 상상 속에는 지식인들에게는 없는 것이 들어있다. 일본소설 속의 시정과 시골에 대한 묘사에는 동양의 유구한 꿈이 깃들어 있다. 이는 러시아 소설과 비해 크게 다른 점이다. 루쉰 작품은 내용상에서 러시아의 우울한 정서를 취했는데 그 속에는 혼돈의 아름다움도 느낄 수 있다. 그는 작품의 감정 색채에서 동양 성격의 사실주의 멋을 살렸다. 이들이 그에게는 이중유산이다. 지금에 와서 우리는 사오싱紹興 문화에 숨어 있는 화제에 대해 논하면서 일본소설의 침투력을 무시할 수 없다.

일본소설에 이따금씩 나타나는 사상 수필의 정취를 루쉰은 보았다. 아리시마 다케오의 《내 어린 아이들에게》에서의 독백 부분이 그의 감동을 자아내게 했다.

너희들이 전혀 체면을 차리지 않고 나를 발판으로 삼아 나를 초월해 더 높고도 먼 곳으로 나아가지 않는다면 그것이야말로 잘못된 것이다.[4]

이 말을 만났을 때 루쉰은 많은 생각이 떠올랐다. 그는 심지어 이 말을 자신의 글에 써넣기까지 했다. 아리시마 다케오가 한 이 말이 일종의 생명에 대한 감탄이었다면 루쉰은 이 말 속에 5천 년의 무게를 더 담았다. "어두운 갑문을 어깨로 떠받치고 그들을 넓고 밝은 곳으로 놓아 보낸다. 앞으로 행복하게 살라고, 합리적인 사람으로 살라고."[5] 일본에는 송명 성리학의 멍에가 없었기 때문에 젊은이들이 받는 저항력이 중국의 젊은이들이 받는 막대한 저항력에 미치지 못한다는 것을 알았던 것이다. 루쉰은 일본의 이미지를 빌어 중국의 우화를 말했다. 그 내용은 아리시마 다케오를 넘어섰다.

필자는 가끔 루쉰의 글 중에서 복수와 관련된 내용을 볼 때면 기쿠치간 菊池寬의 《원한을 넘어서(復讐的話)》가 떠오르곤 한다.

기쿠치간이 무사의 생활을 재현한 작품들은 저우 씨 형제의 큰 사랑을 받았다. 그들이 번역한 《원한을 넘어서》을 보면 슬프면서도 강호의 거친 기운을 느낄 수 있는데, 이는 야마토 민족의 유전자에서 비롯된 것이다. 루쉰이 그 복수 속의 따뜻한 인정미가 마음에 들어 했는지는 알 수 없다. 다만 복잡한 마음속에 존재하는 죽음의 선택은 루쉰에게도 있었을 것이다. 그가 《벼린 검(鑄劍, 주검)》이라는 작품을 쓸 때 비슷한 정서를 나타냈었다. 그러나 블랙 유머의 요소가 가미되었는데, 이는 과거 일본작품에는 드문 요소가 아니었던가 한다. 그는 자신의 경험에서 그러한 요소들을 의도적으로 중국의 어조로 전환시켰던 것이다.

현대 일본인의 자아에 대한 주목이 루쉰이 자아의식에 대해 냉철해지도록 자극했다고 말해도 무방할 것이다. 러시아 문학에 비해 일본의 소설은 물론 조금은 천박하다. 그러나 그 천박함이 과거 루쉰의 문언 노트에서는 별로 보이지 않는다. 섬나라 일본의 소설은 많은 부분에서 중국보다 앞서 있었다. 그 작가들의 생활에 대한 이해는 현대적 시각이었으며 품격 또한 오랜 동양예술이 따를 수 있는 정도가 아니었다. 저우 씨 형제가 그때 일본어학을 소개하기 위해 애쓴 데는 사실 나름의 기대가 있었다. 그것은 곧 중국인 자체의 '인적문학'에 대한 갈망이었다. 실제로 루쉰 자신이 소설 창작을 시작했을 때는 그 작품의 차원이 그가 번역 소개한 수많은 작품들을 이미 추월해 있었다.

③

색채에 민감한 루쉰은 이른바 문자의 개방성을 제외하고 일본의 색채감은 중국과 아주 큰 차이가 있다는 사실을 금방 발견할 수 있었다. 전통 건물과 시문에는 모두 절묘한 아름다움이 존재한다. 예술적으로 그에게 가장 큰 충격을 준 것은 우키요에浮世繪[6]이다. 그와 저우쭤런은 다 우키요에를 좋아한다고 말한 적이 있다. 루쉰의 장서 중에는 《우키요에 판화 명작집》·《우키요에대선》·《일본 복판 우키요에대감》 등이 있으며 벗들과 한담을 할 때면 가끔씩 언급하곤 했다. 1934년 1월 27일 일본인 벗 야마모토 하츠에山本初枝에게 보낸 편지에서 루쉰은 우키요에를 좋아한다고 밝힌 적이 있다.

나는 일본의 우키요에 대가 중에서 젊었을 때는 호쿠사이(北齋)를 좋아했었는데 지금은 히로시게廣重가 좋고 그 다음으로 우타마로歌麿라는 인물이 좋다네. 독일인으로부터 높은 평가를 받고 있는 샤라쿠寫樂에 대해서 알고 싶어서 나는 책을 2~3권 보았으나 여전히 어리둥절하기만 하고 영문을 알 수 없다네. 내가 보기에는 그래도 호쿠사이가 일반 중국인의 안목에 어울리는 것 같네. 오래 전부터 삽화를 많이 넣어 소개하고 싶었으나 독서계의 현재 상황으로는 성사시킬 수 없을 것 같네. 자네가 소장하고 있는 우키요에를 나에게 보내지 말게. 나에게도 복제품이 수십 점 있다네. 사람은 나이가 들수록 바쁜가 보군. 지금은 꺼내서 볼 기회조차 거의 없으니 게다가 중국에는 아직 우키요에를 감상할 수 있는 사람이 없다네. 그래서 앞으로 내가 소장했던 물건을 누구에게 넘겨줘야 할지 고민 중이라네.[7]

저우쭤런은 어느 한 편의 글을 통해 일본 예술에 대한 그들의 비슷한 견해에 대해 언급했었다. 그들 모두가 동양문화가 담고 있는 한적하고 신기한 풍격에 경의를 느끼고 있었다. 루쉰이 소장한 작품 중에 우키요에 관련된 내용이 아주 많다. 그는 일본인의 그림에서도 무엇인가를 섭취했을 것이다. 그들은 글 속에서 이따금씩 동양미술에 대해서도 담론하곤 했는데 문외한의 시각으로서가 아니라 실제적으로 깊은 체험과 이해 차원에서 담론했다.

필자는 《루쉰장화록(魯迅藏畵錄)》에서 이러한 느낌에 대해 말한 적이 있다.

저우 씨 형제는 우키요에에서 감동을 받았다. 필자가 보기에는 문화적인 자극 때문이었던 것 같다. 즈탕(知堂: 저우쭤런의 호-역자 주)은 그 속에서 풍토미와 인정미를 발견했을 것이다. 루쉰의 감동에는 또 다른 원인이 있었다. 루쉰은 본인이 그림 그리는 천부적 재능을 갖추고 있었으므로 색채·선·내재된 뜻과 미학적으로 어울릴 수 있었을 것이며 그 과정에 소설가의 영감이 자극을 받았을 수도 있다. 우키요에는 에도 시대의 컬러 판화로서 화폭에는 풍속·자연의 산과 물이 주로 등장하며 찻집·예기·무사 등 요소가 섞이기도 한다. 그림은 수려하면서도 그윽하고 미묘하며 조금은 외설적이고 일부 판타지적인 분위기도 띤다. 유럽의 마네·모네·반 고흐·고갱 등 화가들이 우키요에를 본 뒤 인상파 예술이 생겨났다고 전해지고 있다. 동양인이 세계를 감지하는 방식에는 특별하고 감동적인 부분이 있다. 우키요에에 관심을 가지게 된 루쉰 또한 당연히 자신의 경험적 기억이 있기 마련이다. 가츠시카 후쿠사이葛飾北齋의 작품에는 당(唐)나라 시기의 시풍이 담겨 있다. 루쉰이 젊은 시절에 그의 그림을 좋아하게 된 것은 간결함과 깨끗함, 그리고 또 선(禪)의 기운에 끌려서였을지도 모른다. 우타가와 히로시게歌川廣重의 예술은 후쿠사이와 달리 그 풍월 그림은 이미 중국화의 운치를 벗어나 섬나라의 담담함과 고즈넉함이 스며 있으며 그 속에서 시골의 아름다움이 내비치고 범속을 초월한 운치가 은근히 엿보인다. 히로시게는 씁쓸한 가운데서도 흥미로운 것을 가미해 그의 작품을 보면 범애가 느껴진다. 기타가와 우타마로喜多川歌麿는 사람을 그리는 기교가 뛰어나다. 《청루십이시靑樓十二時》 속 여자의 노곤한 눈빛이며, 《낭일시계娘日時計》 속 인물의 나른한 몸이며 각각의 출중한 자태는 눈이 부시고 보는 이의 혼을 쏙 빼놓는다. 사람의 살결이며 기분이 화폭에서 절묘하게 다양한 색채를 드러내는 것이 그야말로 평범한 듯하면서도 범상치 않은 기운이 느껴진다. 우키요에의 색다름은 동양인의 시선으로 한순간에 스쳐 지나가는 생명의 형태를 기록해 속세의 옛 흔적이 채색의 화필을 거쳐 판타지적인 꿈으로 각색된 데 있다. 번화한 방임 뒤에는 끝없는 적막과 씻어내림이 깃든다. 그림을 통해 국민성을 보는 것은 소설보다도 더 직관적인 느낌이다.[8]

우키요에가 매력적인 것은 일본이 외국문화를 받아들이는 데 능한 것과 관련이 있다. 당연히 중국적인 요소도 있다. 그는 차이위안페이蔡元培에게 보낸 편지에서 우키요에가 중국 한(漢)나라 시기의 조각상을 본뜬 것이라고 말한 적이 있다. 이러한 견해에 대해서는 훗날 우키요에를 연구하는 학자들 중 대부분이 언급한 적이 없다. 루쉰의 그런 견해는 자신이 연구를 거쳐 터득한 것이다. 그는 중국 고대문명 중에 잃어버린 것이 너무 많고 후에 멀리 내다보는 안목이 없어 속세에 젖어들었기 때문에 어떤 경지에 이르지 못한 것이라고 여겼다.

일본 예술가들은 외국문화를 본보기로 삼기 좋아한다. 그들의 예술이 후에 동아시아에서 선두를 달릴 수 있게 된 것도 사실은 세계적인 안목의 역할이다. 훗날 루쉰이 신형 판화운동을 벌이게 되면서 많은 부분에서 동양인으로부터 깨우침을 얻었다. 그가 소장한 현대 판화잡지가 그에게 적지 않은 자극을 주었다. 그때는 중국판화가 새롭게 흥기하려면 이웃나라의 선택을 어느 정도 참고해도 될 것이라고 여기기도 했다. 만약 한나라와 당나라 예술을 발굴해 동양과 서양 사이에서 참고할 수 있는 가치를 찾아낼 수만 있다면 중국예술은 반드시 살아서 꿈틀거릴 수 있을 것이다.

후에 그가 우연히 후키야 고지蕗谷 虹兒의 작품을 만났을 때, 그 화가의 선과 색채에 감동을 받아 그 그림들을 본국인에게 소개하기에 급급했다. 후키야 고지의 작품에는 함축적인 부분이 적지 않았으며 그 어떤 기이한 운치가 깃들어 있었다. 작품 속 인물들의 부드러운 정서가 추호의 꾸밈도 없이 인성의 가장 아름다운 일면을 보여주었다. 나츠메 소세키가 그에게 유머러스하고 어두운 힘의 자극을 주었다면, 후키야 고지에게는 완전 빛나는 동화 같은 아름다움을 받았다. 전자가 세속적이면서도 또 세속을 추월했다면 후자는 시원한 바람과 맑은 물의 절묘함이 있어 조용히 지켜보는 청순미라고 할 수 있다. 이는 중국의 문화계에는 있어본 적이 없는 것이었다.

루쉰을 감동시킨 것은 후키야 고지의 섬세한 필치 뒤에 숨어 있는 해부칼과 같은 힘이었다. 이는 일본문화의 전통인 한편 또 서양 비판문화의 빛깔도 띠고 있다. 감동스러운 것은 작자가 일상 속에서 건너편 세계로 들어가는 길을 뚫고 신기한 세계와의 연결을 실현한 것이다. 꿈의 처녀와 달빛 속의 물귀신, 천사 같은 날개와 신화 속의 희미한 빛이 보는 이를 매혹적인 정신세계로 이끈다.

그 자신의 말을 빈다면 "나의 사상은 반드시 깊은 밤보다도 더 어두워야 하고 맑은 물보다도 더 맑고 깨끗해야 한다"[9]는 것이다. 참으로 세속에 물들지 않은 아름다움이다. 일반적으로 비판적 작품은 거칠거나 간단한 것이 흠이며 섬세함의 힘을 얻지 못한다. 이는 일본의 과거 예술 속에서도 흔치 않았던 일이 아닌가? 루쉰은 그 예술가에게서 전통을 넘어서는 용기를 보았다. 혹은 일종의 배반이라고 말해도 무방할 것이다. 그 배반이 있었기에 새로 태어날 수 있는 힘이 생긴 것이다. 일본의 훌륭한 작가와 화가가 전부다 전통이라는 배 위에서 닻을 올려 출발한 것은 아니다. 그들은 자신의 생명의 길에서 거의 모두 전통을 새롭게 발견하고 낯 선 자아를 발견하는 과정을 거쳤다. 에도(江戶)시대에도 그랬고 쇼와(昭和)시대에도 역시 그랬다. 그러나 생명의 차원에서 이에 대해 직접 느낄 수 있었던 사람은 너무나도 적다.

④

일본 체험이 그에게는 신앙을 세울 수 있는 과정이 아니라 문제를 제기하고 따져 묻게 하는 계기가 되었다. 미국으로 갔던 후스, 러시아로 갔던 취츄바이瞿秋白가 돌아올 때는 그곳의 모든 것을 숭배하는 마음을 가지고 돌아왔다. 혹은 마음의 안식처를 찾았다고 말할 수 있겠다. 쉬즈모徐志摩가 케임브리지에 대해서 쓴 글을 보면 분명히 공경하여 마지않을 정도로 좋아하고 있음을 느낄 수 있다. 그러나 루쉰에게 어디 이런 점이 있는가? 일본의 존재는 그에게 자신을 돌이켜볼 수 있는 기회를 마련해주었다. 그는 또 이 섬나라에서는 모든 것이 진행 중이며 예측하지 못했던 존재 역시 이곳임을 알고 있었다. 우수한 일본학자와 작가들은 자신들 민족의 현대성에 의문을 가지고 있었다. 아무리 좋은 환경일지라도 여전히 그 자체만의 문제가 존재하는 것이다. 이러한 이웃나라의 존재에 대해 루쉰이 받은 가장 큰 느낌이 아마도 그런 것이었을 것이다.

흥미로운 것은 그가 번역 소개한 일본인의 작품들이 미학적으로 모두 독특한 흔적이 존재한다는 점이다. 그것은 그 일본인들이 본국의 정신 상태에 만족하지 못하고 뛰쳐나가려는 열망을 갖고 있기 때문이었다. 예를 들어 그가 모리 오가이森鷗外의 작품을 감상할 때는 아마도 부정적인 힘이 작용했을 것이다. 루쉰이 번역한 그의 작품 《침묵의 탑》에서는 충격파의 힘이 다분히 느껴진다. 그 글에서는 많은 내용을 폭넓게 인용해 증거로 삼았으며 니체 · 쇼펜하우어 · 톨스토이 등을 긍정하는 입장을 보였다. 일본 지식인들은 자신의 민족 중에는 이러한 존재가 없다는 사실을 잘 알고 있다. 모리 오가이는 이렇게 썼다.

파르시족(이란의 주류 종족 역자 주의 시각에서 보면 무릇 세계상의 모든 문학과 예술은 가치가 조금만 있어도, 그리고 너무 평범한 것만 아니라면 위험하지 않은 것이 없다.

이는 전혀 이상할 것이 없다.

예술의 가치는 인습주의를 파괴하는 데 있다. 인습주의因襲主義 울타리 안에서 서성이는 작품은 평범한 작품이다. 인습주의 시각으로 예술을 보게 되면 모든 예술이 위험한 것으로 보인다.

예술은 윗면의 생각이 밑에 숨어 있는 충동 속에 들어가는 것이다. 그림은 움직임이 없는 색깔을 통해, 음악은 Chromatique(음색)을 통해 변화를 이룬다. 문학도 마찬가지로 글로써 이미지를 나타낸다. 충동적인 생활 속으로 들어가는 것은 당연한 일이다. 충동적인 생활 속으로 들어가면 성욕의 충농도 나타날 수밖에 없다.

....

이른바 학자라는 것은, 소년시대에 이미 폐인처럼 길들여져 살아가는 하르트만(무의식의 철학을 주장한 독일 철학자-역자주)과 항상 대학교수의 위치에 있는 분트(실험 심리학을 주장한 독일 심리학자 역자 주)를 제외하고도 어머니와 결별한 쇼펜하우어처럼 정부가 신뢰하는 대학교수에게 나쁜 말을 했던 자들이다. 그들은 효자도 아니고 운명에 순응하고 분수를 지키며 사는 사람도 아니다. 니체는 머리가 이상한 사람이다. 그러니 결국 미쳐버린 것이다. 이 역시 아주 분명한 사실이다.[10]

운명에 순응하고 분수를 지키며 사는 사람이 되기를 거부하고 한계를 뛰어넘는 길을 가는 것, 미지의 세계를 향해 용감하게 나아가는 것이 일본 작가의 눈에는 일종의 고귀한 정신이다. 이에 대해 루쉰은 공감했던 것이 분명하다. 그가 좋아했던 작가들은 모두 비슷한 특징이 있다. 나츠메 소세키·아쿠타가와 류노스케·아리시마 다케오는 모두 그러하다. 그 문인들이 지식계에서는 어떤 자세로 세계를 대해야 하는지를 루쉰에게 알게 해 주었다. 일본에 그가 가슴에 아로새기고 싶은 사람이 있다면 아마도 이들일 것이다.

저우쭤런은 루쉰이 나츠메 소세키를 좋아한다고 말한 적이 있다. 그것은 사실이다. 그는 진보적인 일본인일지라도 모두 자신의 삶을 긍정하는 것이 아니며 자신을 비판할 수 있는 용기가 있는, 민족은 희망이 있는 민족이라는 사실을 잘 알고 있었다. 나츠메 소세키·아리시마 다케오·무샤노코지 사네아쓰·구리야가와 하쿠손廚川白村 등 작가들은 모두 그에게 영향을 주었다. 그가 쓴 많은 수필들에서 그 작가들의 그림자를 찾아볼 수 있다. 루쉰은 그들의 작품을 읽으면서 작가의 의도를 본뜨는 데만 그친 것이 아니라 자신의 동류에 대해 비판하는 것을 배웠다. 그가 번역 소개한 문학 속에서 넓은 시야와 자기반성 의식이 그 자신에게는 아주 훌륭한 본보기가 되었다. 20년대에 《상아탑을 나서며出了象牙之塔》의 번역을 끝마쳤을 때 그가 말했다.

저자가 지적하고 비판한 미지근함·중도(中道)·타협·허위·좀스러움·자대·보수적 등 세태는 그야말로 중국을 두고 하는 말이라는 의심까지 들게 한다. 특히 무슨 일을 하든지 이러지도 저러지도 못하고

67

어중간하며 의욕이 없다고 한 것과 모든 것은 영혼에서 육체로 향하고 유령의 삶을 살고 있다고 한 것은 더욱 그러하다. 무릇 그런 것들이 우리 중국에서 전염된 것이 아니라면 동방 문명에 물든 사람들이 대체로 다 그러하기 때문이리라. 참으로 이른바 "아름다운 꽃에 미인을 비유하는 것과 같은 관념은 오로지 중국인에게만 있는 관념이 아니라 서양인, 인도인들도 똑같은 관념을 가지고 있는 것"과 같은 이치이다. 그러나 우리는 그 근원에 대해 토론할 필요가 없다. 저자가 그것은 중병이라고 진단을 내렸고 처방까지 내놓은 이상 같은 병을 앓고 있는 중국에서도 그 처방을 빌려 소년과 소녀들에게 참고하도록 하거나 복용하도록 할 수 있다. 마치 키니네로 학질에 걸린 일본인도 치료하고 중국인도 치료할 수 있는 것과도 같은 이치이다.[11]

구리야가와 하쿠손의 넓은 시야가 루쉰에게는 매력적이었음은 의심할 나위도 없다. 그는 베이징대학에서 그 책으로 강의도 했었는데 한때 막대한 영향을 끼쳤다. 그런 점에서 그는 일본의 걸출한 인물들에게 큰 흥미를 느꼈다. 비록 그런 비판이 중국사회에 대한 루쉰의 해석처럼 엄격하지는 않지만 애매한 성품인 일본인임을 감안할 때 그런 언론은 쉽지 않은 일이라 할 수 있다. 한 사람에게 있어서 떨쳐버릴 수 없는 그림자가 고향이다.

루쉰에게는 또 동양의 반짝이는 색채가 있다. 그것은 그의 고향은 아니지만 그의 사상이 깃들어 있는 보금자리이다.

⑤

루쉰이 귀국한 뒤 외국문학에 대한 이해는 일본어 서점의 서적, 그리고 우편으로 주문한, 기관에서 추천하는 출판물들에 의지했다. 그때 중국은 모든 일들이 시행을 앞두고 있던 시기였다. 그가 종사하는 고서 정리와 심미 교육활동은 거의 모두 이와 관련이 있었다. 예를 들어 박물관 개념에 대한 정리, 청년 교육체제의 수립 등 많은 것은 일본인의 이념을 본보기로 삼아 완성한 것이다.

베이징에서 학생들을 가르칠 때 그는 많은 젊은이들을 알게 되었다. 그때 그의 꿈 중의 하나가 훌륭한 출판사를 운영하면서 잡지를 하나 간행하는 것이었다. 그 모방의 대상은 의외로 마루젠丸善서점이었다. 그때 일본에서 유학을 할 때 그는 학교에 붙어 있는 것을 별로 좋아하지 않아 서점에 가서 책을 읽곤 했다. 아주 오랜 세월이 지난 뒤 필자는 도쿄의 옛 서점 가를 찾았을 때 루쉰의 옛날이야기가 생각났다. 그가 일본의 출판물을 즐겨 읽은 데는 이유가 있었다.

그가 상하이에서 우치야마 간조(內山完造) 서점을 발견했을 때 마음속으로 얼마나 기뻐했을지 상상할 수가 있었다. 그처럼 많은 책들이 그의 마음을 끌어당겼으며 그의 만년에 많은 색채를 보태주었다. 일본에 대해 깊이 읽게 되면서 그는 그 나라의 음침한 일면을 의식하기 시작했다. 그래서 그는 저우쭤런처럼 무턱대고 일본의 의식주행에 푹 빠지지 못했다.

일본 군국주의가 루쉰에게 가져다준 생각에는 또 아픔도 있었다. 그는 이웃 나라의 민족주의와 확장심리에 대해 많이 경계했으며, 이는 또 그에게 다른 문제에 대해 생각하게 했다. 일본문화 중에서 안 좋은 것은 깊은 곳에 숨어 있었다.

첫째는 주종관계로 가득 찼다는 것이다.

둘째는 민족주의 시장이 크다는 것이었다. 예를 들어 바쿠후幕府 시기 예수교도에 대한 학살은 그에게 중국의 의화단義和團운동을 떠올리게 했다.

셋째는 좌익 작가에 대한 학살이었다. 예를 들어 고바야시 다키지小林多喜二의 죽음은 이 민족의 계급적 대립의 잔혹성을 증명해주었다. 그는 그의 아우 저우쭤런보다 훨씬 더 생각이 복잡했다.

30년대 중기에 이르러 그의 병환은 이미 낳이 깊어져 있었다. 그럼에도 일본으로 가서 요양하라는 제안을 그는 거절해버렸다. 그와 같은 좌익 작가들은 섬나라에 가면 감시를 받아야 하므로 자유가 없을 것이라는 것이 이유였다. 그는 일본의 우키요에를 그리워했다. 그 아름다운 그림들, 그리고 에도 시대 민간의 반짝이는 빛과 같이 비정부적인 민간의 상상을 그리워했다. 그러나 동방 문화 속의 노예성과 폭군의 독재는 짧은 시간 내에 사라질 수 없는 일이다. 어떤 의미에서 양국은 비슷한 점이 많다고 말할 수 있다.

루쉰을 비난하는 이들은 루쉰을 매국노라고 비난한다. 그 이유는 만년에 루쉰의 주변에 일본인이 많았기 때문이다. 그 같은 비난은 물론 천박한 주장이다. 오늘날 젊은이들은 모욕을 당했던 역사에 대해 너무 깊은 감정을 갖고 있다. 그들은 그 시기 세계의 정세에 대해 알지를 못한다. 30년대 자본주의 대공황 시대에 여러 나라의 지식인과 최하층 직원들 중에는 정부에 등을 돌린 이들이 많았다. 옛말을 빈다면 무산자에게는 조국이 없었던 것이다. 일본 · 중국 · 한국의 지식인들이 그때는 서로 마음이 통했었다.

오늘날처럼 민족주의가 그렇게 성행하지 않았던 것이다. 지금 우리는 사람에 대해 평가할 때 국가와 민족을 기준으로 하지만 그때는 계급에서 출발했다. 고바야시 다키지가 총살당했을 때 루쉰은 이에 항의하는 편지를 썼다. 이는 전형적인 좌익행동이었다. 이러한 행동은 많은 좌익 일본의 젊은이와 그와의 사이에 있던 우의를 생각하면 이해할 수 있을 것이다.

필자는 그의 장서를 읽을 때 그렇게 많은 일본어 저작을 보면서 그가 어떤 것을 보았는지에 대해 줄곧 알고 싶었다. 세계에 대한 그의 인식은 일본어를 통해 이루어졌다. 어느 한 친구가 쓴 글에서는 일본이 루쉰에게는 다리와 같은 존재였다면서 루쉰은 그 다리를 통해 세계를 내다봤다고 했다. 참으로 재미있는 비유이다. 그러나 나는 그가 번역 소개한 대량의 일본소설과 이론서를 볼 때면, 그때 당시의 정경을 상상하게 되는데 마치 한 폭의 그림을 보는 것 같았다.

큰 나무 아래서 루쉰이 비스듬히 누워 하늘가를 바라보고 있는 그런 그림이었다. 그는 젊었을 때는 나무 아래서 고생스럽게 공부를 하고 노년에 이르러서는 그렇게 익힌 지식의 나무 그늘에서 시원한 바람을 쏘이며 쉴 수 있었다. 그래서 그 많은 격문들을 한 편 한 편씩 세계로 쏘아 보낼 수 있었다. 그가 있음으로 해서 암흑 왕국이었던 우리나라에 '숲 속에서 화살이 날아가는 소리'를 이따금씩 들리게 하곤 했다. 그 화살이 외국에서 온 것인지 그 자신의 수중에서 날아 나온 것인지는 자세히 살펴보면 알 수가 있다.

⑥

세심한 독자들은 루쉰이 일본문화의 분위기에서 그렇게 많은 것을 얻었음에도 일본에 대해 전문적으로 담론한 경우가 아주 적음을 발견할 수 있을 것이다. 《후지노(藤野) 신생》을 제외하고 그 섬나라에 대해서는 매우 하찮을 정도로 의론한 것밖에 없기 때문이다. 일본문화에 대한 저우쭤런의 깊은 관심과 애호와는 전혀 다르다. 저우쭤런은 일본에 대한 순수한 문화적 이념에서의 관심을 보였다. 그 가운데는 인류학에 대한 관심도 없지 않았다.

그러나 루쉰은 인간의 생명철학에 대한 체험에 역점을 두었다. 좋고 나쁨의 차이도 아니고 옳고 그름의 구별도 아니었다. 그는 일본인의 자아비판 속에서 일본문화를 받아들였다. 저우쭤런처럼 일본에 대한 심미적 느낌과 가치관 속에서 문제를 발견한 것이 아니다. 종합적으로 일본문화에 대해 그는 높이 평가하지 않았다. 그에게 일본은 고작 하나의 참조 대상에 지나지 않았다. 그는 일본을 칭찬하는 글에서도 사회문제에 대한 경계심을 여전히 유지했다. 그런 태도는 오늘날 외국인을 두고 좋다고 칭찬하거나 혹은 장점이 하나도 없다고 비난하는 것과는 다른 것이다.

루쉰이 문제를 볼 때는 yes, no로 간단하게 표현하는 경우가 전혀 없다. 이 부분에서는 다케우치 요시미竹內好가 매우 정확하게 보았다. 그는 루쉰의 세계는 선회하는 모양으로 존재한다면서 단순한 회귀와 방향전환이 아니라 저항적일지라도 마음속에 풍부한 변화가 존재한다고 말했다. 그는 루쉰이 저항적인 자세로 현대문화 과정 속에 들어왔다면서 이는 일본인에게 매우 큰 깨우침을 주고 있다고 주장했다.

　내가 느끼는 공포감을 루쉰은 필사적으로 인내하고 있는 것을 나는 보았다. 더욱 정확하게 말하자면 루쉰의 저항 속에서 나는 자신의 그런 마음을 이해할 수 있는 단서를 찾을 수 있었다. 그때부터 나는 저항에 대해 생각하기 시작했다. 만약 누군가 나에게 저항이란 무엇이냐고 묻는다면 나는 루쉰에게 존재하는 모든 것이라고 대답할 수밖에 없다. 게다가 그런 것이 일본에는 존재하지 않거나 혹은 있더라도 매우 적은 것이다.[12]

다케우치 요시미는 또 이렇게 말했다.

　저항을 통해 동양은 근대화를 실현했다. 저항의 역사는 곧 근대화의 역사이다. 저항을 거치지 않은 근대화의 길은 존재하지 않는다. 유럽은 동양의 저항을 통해 동양을 세계사에 포함시키는 과정에서 자신의 승리를 확인했다. 그 승리는 문화, 혹은 민족, 혹은 생산력의 우월에 따른 것이라고 이해할 수 있다. 동양은 같은 과정을 거치면서 자신의 실패를 인정한 것이다. 그 실패는 저항의 결과이다.[13]

다케우치 요시미가 유도해낸 저항 속에서 생겨난 서로 주체가 되는 관계를 중국의 손꺼孫歌가 심화시켰다. 손꺼는 이렇게 말했다.

　똑같이 '주체성', '세계사'적 관념을 이용하고, 심지어 똑같이 니시다

기타로西田幾多郎의 철학관념인 '무(無)' 등의 관념을 이용해 주체와 세계의 관계에 대해 설명한 다케우치 요시미지만 문제를 전혀 다른 방향으로 이끌어갔다. 그 방향이 다르게 된 원인은 오로지 주체가 더 이상 자아를 강조하지 않을 수 있게 되었을 때에만 비로소 세계사에 들어갈 수 있다는 것을 강조한 데 있다. 바꾸어 말하면 일본문화가 중국이라는 매개를 통해 자아 부정을 실현하였을 때 일본문화는 중국에 대한 내재화를 실현한 것이다. 그 내재화로 인해 중국이라는 타자와 일본문화 주체 사이에 부정적인 관계가 발생함으로써 '중국'은 일본문화에 대한 존재가치를 얻을 수 있게 되었을 뿐 아니라 그로 인해 일본문화 또한 자신을 개방(이는 자신의 기존의 존재방식을 부정해야만 함을 의미함)하는 한편 타자를 포용하는 수밖에 없게 되었다.[14]

상기의 관점이 파생되게 된 것은 루쉰이 준 깨우침에서 비롯되었다. 일본에 대한 그의 태도가 일본 지식계 스스가 다시 자문해보는 기회를 마련해주었던 것이다. 사실 이는 루쉰 자신이 곤궁에 빠졌던 상태이기도 하다.

전형적인 예가 《후지노 선생》이다. 그는 청(淸)나라 유학생에 대한 부정에서부터 하나의 화제를 시작한 것이다. 센다이에 가게 된 중요한 이유 중의 하나가 바로 중국인을 피해서 조용하게 공부할 수 있는 삶을 시작하기 위한 것이었다. 그때 당시 일본인들은 그를 잘 대해줬다고 할 수 있으며 환경도 전에 비해 훨씬 나아졌다고 해야 할 것이다.

그런데 그 뒤로 많은 불쾌한 사건들이 일어났다. 재미있는 것은 그 불쾌한 사건들이 의외로 후지노라는 훌륭한 선생과의 감정과 얽히게 된 것이다. 그는 일본의 종족 멸시와 군국주의를 부정하는 한편 또 일반 교사인 후지노 겐쿠로藤野嚴九郎를 찬미하고 있었다. 이는 훗날 그가 양국 간의 우의를 노래하는 것과 불만을 표하는 것에 화젯거리를 마련하였다.

일본에 대한 루쉰의 판단에 변화가 생기게 된 계기는 니체의 사상이라고 할 수 있다. 니체는 그에게 문제를 파고들 때 남다른 시각을 가질 수 있게 만들었다. 니체는 "인류는 거쳐 가는 다리에 불과하며 최종이 아니다"라고 말했다. 니체는 또 "그대들은 자신을 찾아보기도 전에 나를 찾아냈다. 경건하고 정성스럽게 믿는 자는 모두가 그러하다. 그래서 모든 신앙은 가볍게 믿을 수 있는 것이 아니다. 이제부터 내가 그대들에게 나를 버리고 자기 자신을 찾는 법을 가르치려 한다. 그대들이 나를 부정하게 되었을 때 나는 그대들에게 되돌아갈 것이다."[15] 이러한 견해가 루쉰을 끌어당기는 매력은 말할 나위도 없다.

한 존재의 유도로 인해 후에는 그 존재와 작별하게 된다. 이는 문화 섭취 방법 중의 하나이다. 근대 중국의 대부분 사람들은 그런 방법을 알지 못했다. 루쉰은 특별해 보인다. 니체가 고대 그리스문명을 이해했던 것처럼 후에 그는 그 문명에서 벗어났다.

필자도 그런 사고방식으로 그와 일본의 관계에 대해 사고했다. 거기에는 그의 반짝이는 생각의 특징이 있었다. 일본을 바라보거나 본국인을 이해하거나를 막론하고 영원히 문제의 양면은 존재한다.

사람은 무엇을 선택하게 되면 그것의 노예가 되어 버릴 수 있다. 일본에서 중국에 이르기까지 그의 비슷한 체험은 정신적인 우화와 서로 교차한다.

우리가 그에게 가까이 다가가려면 그 우화와 마주하지 않을 수 없다. 그 미스터리와도 같은 핵심을 두고 우리는 그 오묘함의 답을 찾을 방법이 없는 것에 괴로워해야 한다. 또한 그로 인해 그는 우리가 따라잡을 수 없을 만큼 멀리 앞서 가고 있는 것이다.

참고문헌

1) [日] 岛骑藤村:《鲁迅的话》, 载《鲁迅研究动态》,1 985(4)
2) 《鲁迅全集》第四卷, 336页, 北京, 人民文学出版社,1981 。
3) [日] 伊藤虎丸:《鲁迅与日本人》, 26页,石家庄, 河北教育出版社,2001 。
4) 《鲁迅全集》第一卷, 362 `130页 。
5) 《鲁迅全集》第一卷, 362 `130页 。
6) 우키요에浮世繪 : 일본 에도시대(江戶, 1603~1867)에 서민계층을 기반으로 발달한 풍속화. 우키요에의 '우키요'는 덧없는 세상, 속세를 뜻하는 말로 미인, 기녀, 광대 등 풍속을 중심 제재로 한다. 목판화를 주된 형식으로 대량 생산하여 서민의 수요를 충당했다.
7) 《鲁迅全集》第十三卷,558页,北京,人民文学出版社,1981 。
8) 孙郁: 《鲁迅藏画录》,35~36页,广州,花城出版社,2008 。
9) 《鲁迅全集》第七卷,326页 。
10) 王世家 `止庵编:《鲁迅著译编年全集》第四卷,32~33页,北京,人民出版社,2009 。
11) 《鲁迅全集》第十卷,244~245页 。
12) [日]竹内好: 《近代的超克》, 196 `186 `36页,北京,三联书店,2005 。
13) [日]竹内好: 《近代的超克》, 196 `186 `36页,北京,三联书店,2005 。
14) [日]竹内好: 《近代的超克》, 196 `186 `36页,北京,三联书店,2005 。
15) [德]尼采:《苏鲁支语录》,75页,北京, 商务印书馆, 1997 。

魯迅

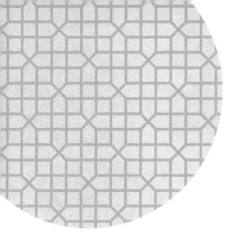

절동의 패기

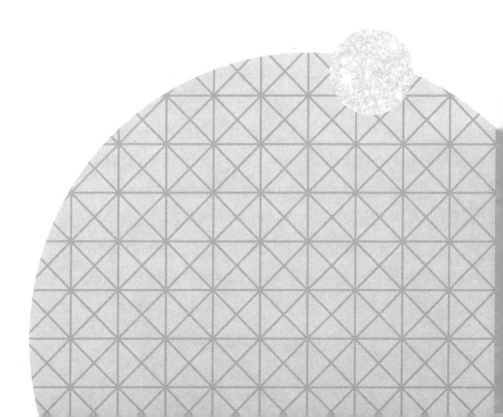

절동의 패기

루쉰은 절동浙東 사람의 성격으로 절동의 한 가지 전통을 뒤집고
있었다. 자신에게 익숙한 존재를 내려다보고 있으면서도 자신은
거기에 속하지 않았다.

①

오로지 사오싱(紹興)에 가야만 비로소 감성적인 각도에서 그의 배경
색채가 무엇인지 알 수 있게 된다. 루쉰이 사오싱에서 살았던 옛 집은
전형적인 강남 건물이다. 집 구조는 일반 민가와 비슷하지만 풍기는
멋에 대해서는 거듭 음미해봐야 한다. 그 고택은 1919년에 다른 사람에게
양도했기 때문에 아주 늦게서야 세상 사람들의 관심을 받게 되었다. 그 곳이
후세 사람들에 의해 끊임없이 서술된 것도 문학계에서 그의 영향력과 지위가
강화된 이유에서다. 사오싱은 그의 사상이 도약하기 시작한 곳으로 신기한
빛에 싸여 있다. 한 작가의 배경이 그 곳이기 때문이다. 그렇기 때문에 그가
살았던 집을 찾아보는 것은 루쉰을 이해하는 입구가 된다.

사오싱의 민가들은 전형적인 절동(浙東: 쳰탕강(錢塘江)을 경계선으로
하는 저장성(浙江省) 동부지역을 가리킴.-역자 주)문화의 흔적을 띠고 있다.
검은 기와에 흰 벽, 목재구조의 거실, 그리고 복도며 안채와 사랑채 사이의

마당 모든 것에서 문학적 기운이 느껴진다. 게다가 강 옆에 자리 잡고 있어 검은 칠을 한 지붕을 씌운 배가 민가들 사이를 지나다니고 있어 고풍스러운 분위기가 다분하다. 50년대는 정권 교체기였으므로 민국의 흔적이 약해져 있었다. 1953년에 사오싱에 루쉰기념관이 설립된 후, 루쉰이 살았던 옛 집과 저우 씨 가문의 노대문老臺門은 점차 사람들이 방문하는 곳으로 되었다. 많은 문물들이 잘 보존되어 있었다. 이에 따라 사오싱도 명성이 갈수록 높아지게 되었다.

강남 민가가 나에게 준 인상은 소박하고 예스러우며, 아담하고 품위가 있고, 그리고 송명(宋明)시기의 모습도 조금 있는 대신 북방 건물의 검소하고 거친 느낌은 없다. 그 곳에서는 비가 내리는 축축한 밤에 따스한 바람이 스치는 가운데 지난날을 그리는 깊은 정감이 몰려오는 듯한 분위기를 느끼게 된다. 현재 루쉰의 고향은 루쉰의 조상이 살았던 집, 루쉰이 살았던 집, 삼미서옥三昧書屋, 백초원百草園 등으로 구성되어 있으며, 민국시기의 옛 모습을 어느 정도 보존하고 있다. 루쉰이 태어난 곳은 '저우 씨 가문의 신대문周家新臺門'이고 조상이 살았던 집은 '저우 씨 가문의 노대문'이다. 신대문은 빈틈없이 잘 만들어져 크지는 않지만 아늑한 느낌이 있다. 노대문은 귀족적 분위기가 짙으며 위엄이 느껴진다.

'대문두臺門斗: 현관을 가리킴 -역자 주' 문 위에 걸려 있는 '한림翰林'이라고 적혀 있는 편액은 저우 씨 가문 신분의 상징으로서 명문 귀족의 기운이 흐른다. 조부가 한림(翰林) 출신이어서 저우 씨 집안사람들은 꽤 의기양양했다. 그 가옥은 월(越)나라의 민간 풍속에 따라 지은 것인데 선비 집안의 분위기와 사대부가의 위엄이 구석구석에 숨어 있다. 사오싱에는 멋스러운 민가가 참으로 많다. 그 중에서도 저우 씨 가문의 고택은 더욱 고풍스럽고 우아한 것이 역사적 수양을 갖추었음을 한 눈에 알아볼 수 있다. 저우샤서우周遐壽가 《루쉰이 살았던 집》에서 가옥의 특징에 대해 소개하면서 고향의 풍속과 민속에 대해서도 소개한 부분이 있다.

사당 앞마낭은 평소에 통로로만 쓰였으며 제사 때만 쓸모가 있었다. 제일 중요한 것은 당연히 그믐날부터 시작해 새해까지 이어지는 제사였는데 조상의 초상화를 18일 남짓이 걸어 두곤 했다. 그 다음 중요한 것은 조상의 기일, 중원과 동지·하지였으며, 춘분과 추분은 사당에서 제를 지내곤 했다. 사당 가운데 원래 팔선상을 양옆에 각각 한 장씩 놓아두는데 제를 지낼 때가 되면 중간에다 맞붙여서 놓는다. 상을 놓을 때 상판 나무무늬를 잘 보고 놓아야 하는데 '횡신직조(橫神直祖: 신에게 제를 지낼 때는 나무 무늬를 가로로 되게 놓고 조상에게 제를 지낼 때면 나무무늬가 세로로 되게 놓아야 한다.-역자 주)' 규정에 따라야 한다. 그리고 사람 수에 따라 좌석을 배치하고 그릇과 수저, 술과 음식을 마련해야 한다. 음식은 10그릇 준비하는데 '스완터우十碗頭'라고 부르며 생선과 육류 요리 5가지와 야채와 과일류 요리 5가지, 혹은 생선과 육류 요리 8가지와 야채와 과일류 요리 2가지 등으로 각기 다르게 준비할 수 있다. 제사 의식은 연장자가 향을 피우고 남녀가 차례로 절을 하고 은정銀錠: 제사 때 사용하는, 은박지로 만든 가짜 '원보(元宝)'-역자 주)을 태운 뒤 남자들이 또 절을 하는데 먼저 '사궤사배四跪四拜: 절을 네 번 반복하는 것 -역자 주'하고, 다음에는 '일궤사배一跪四拜: 한 번 무릎을 꿇은 채로 절을 네 번 반복해 하는 것 -역자 주'한다. 지전을 다 태운 뒤 제주를 올리고 한 번 읍하고 촛불을 끈 뒤 다시 읍하면 제사의식이 끝난다. 중원과 동지·하지는 조상에게 제를 올린 뒤 지주, 즉 옛날 이 집안에 살았던 영혼에게 따로 제를 올리는데 어린이와 하인들이 절을 한다 ……[1]

루쉰이 어렸을 때 전통의 영향을 받은 것과 그의 의식주행 속에 존재하는 고풍은 이러한 것과 무관하지 않다. 그런데 옛 풍속에 대한 그의 태도는 복잡한 편이다. 이에 대해서는 오래 전에 이미 글 속에서 서술한 바 있다. 월나라 사람들에게는 예로부터 기이한 기상이 존재한다. 월왕 구천勾踐에서 명말(明末)의 서문장徐文長에 이르기까지 감동적인 전기가 전해지고 있다. 그러나 시골과 시장의 백성들의 풍속에는 고달픔이 많으며 사대부의 시문 속에 묘사된 것처럼 시적 정취가 차고 넘치는 것이 아니다.

외지인이 사오싱을 보면 그 곳 물의 고장이 풍기는 멋에 마음이 끌릴 것이다. 소극(紹劇 : 중국 전통 극의 일종 역자 주)에서의 높은 곡조가 마치 정오의 햇빛처럼 뜨거울 것이고, 산그늘 길 옆 대나무숲 속에서는 분명히 난정(蘭亭)의 야상곡이 들리는 듯할 것이다.

대우능大禹陵과 청등서옥靑藤書屋에도 볼만한 곳이 많다. 강물 위에서 사희社戲: 중국 민간에서 널리 전해지던 사(社, 원래는 토지신 혹은 토지묘를 가리켰는데 후에 지방 기층조직 혹은 지역 명칭으로 발전했으며 '마을'과 비슷한 개념)에서 진행하던 일종의 종교와 풍속 관련 연극 활동 역자 주) 공연이 펼쳐지고 있는 무대를 멀리서 바라보면서 구경에 빠져 발길을 떼지 못할 수도 있다. 그러나 명·청 이후부터 백성들의 삶은 그런 우아한 흥미와는 무관해진 것 같다. 그들은 도탄 속에서 허덕이면서 전혀 다른 삶을 살고 있었다. 루쉰 형제는 고향 상황을 속속들이 알고 있었기 때문에 글 속에 그런 내용들이 당연히 얽혀 있으며 명암이 교차되어 있다고 할 수 있다. 그들 고향의 역사 언어 환경에 대한 설정에서는 민속학 외에 그들의 인생철학도 드러나고 있음을 분명히 엿볼 수가 있다.

어린 시절 루쉰의 눈에 비친 백초원과 삼미서옥은 분위기가 있는 곳이었다. 그 곳에 있으면 기분이 저절로 절동의 하늘로 날아오르곤 했다.

그러나 어른이 되어가면서 점점 세상을 많이 겪다나니 그의 눈에 비친 사오싱은 고달픈 모습들이 많았으며 백성들은 너무 어렵게 살아가고 있었다. 그래서 비참한 이야기들이 그 속에서 오래도록 맴돌곤 했다. 루쉰 작품들에 등장하는 윤토閏土, 상림 아주머니祥林嫂, 아큐(阿Q)는 불행한 인간세상을 살아가는 인물 형상들이었다. 애정은 이미 사라진 지 오래다.

루쉰이 고향의 건물과 풍경에 대해 서술한 글들에서는 언제나 어두운 정서가 느껴진다. 독자들은 과장된 심미적 판단으로 이해할 수도 있고 역사적 느낌을 뛰어넘는 것으로 간주할 수도 있다. 함흥주점咸興酒店, 토곡사土谷祠 안팎에서 펼쳐지는 비극과 희극들이 옛 성의 문화를 심오한 정신적 경지로 이끌어간다. 그곳은 관리와 백성, 귀신과 사람이 명리를 다투는 각축장이다. 루쉰은 고향이라는 한 지역의 풍경을 빌려 각박한 세상을 남김없이 폭로했다. 사오싱이라는 배경이 없었다면 향토의 루쉰도 없었을 것이다. 이에 대해 연구자들은 이미 매우 많은 말을 했다.

민국 이후의 문인들이 고향에 대해 서술한 글을 보면 지나치게 칭송하지 않으면 참을 수 없이 슬퍼한 것이 대부분이다. 오로지 루쉰 한 사람만이 애정 속에서 절망에 대해 썼으며 사멸 속에서 희망을 발견했던 것 같다. 오늘날 그의 고향에 가서 넘치는 인파와 어렴풋한 옛 흔적들을 보게 되면, 그리움에 대한 충동이 생기는 한편 자기반성을 불러 돌이키는 느낌도 들면서 만감이 교차할 것이다. 유구한 역사를 가진 사오싱이 그에게 한없는 따스함을 주었지만 그 비바람 속의 쓸쓸함은 또 그가 집을 떠나게 된 이유였을 수도 있다. 그가 평생 고향 말투가 없는 곳에서 홀로 지내는 것을 좋아했던 것은 아마도 옛날 꿈에서 벗어나기 위한 선택이었을지도 모른다.

오늘날 우리가 그 고대 월나라 땅이었던 곳으로 가서 둘러보면서 그 두께와 무게에 경의를 표하고 심오함에 대해 생각해보노라면 이따금씩 보이는 루쉰의 그림자 때문에 옛일을 회상하게 될 것이며, 멀어져간 쓸쓸함을 통해 얼굴에 감동의 빛이 어리게 될 것이다. 그것은 사람도 읽고 경치도 읽을 수 있는 수확이 아닐까? 사오싱에 대해 알지 못하고 루쉰의 세계에 들어가는 것은 너무나 어려운 일일 것이다.

②

루쉰은 평생 사오싱이라는 기호를 짊어지고 살았다. 사오싱 문화도 그로 인해 크게 명성을 떨쳤다. 천위안陳源이 루쉰을 비난할 때 가장 심한 한마디가 그에게 사오싱 사야(師爺, 막료) 기질이 있다고 한 것이다. 그 말이 전혀 이치가 안 맞는 말은 아니다. 그러나 사야의 유풍이 있다고만 말하는 것은 정확하지 않다. 그의 몸에는 절동문화의 흔적이 있다고 하는 것이 맞는 표현일 것이다. 그는 자기 고향사람들에게는 복수 의식이 있다면서 "회계(會稽: 춘추 시대 저장성 동쪽에 있던 도시 역자 주)는 원수를 갚고 원한을 푸는 곳이지 나쁜 사람과 악행을 감싸 주는 곳이 아니다"[2]라고 말했는데 이는 분명 일종의 정신에 대한 서술임이 틀림없다. 저우쭤런이 루쉰과 형제간의 의를 끊으면서 그를 '파각골(破脚骨: 전혀 사리를 따지지 않고 막무가내로 행동하는 사람을 얕잡아 이르는 말로서 중국 남방 저장지역에서 시장 불량배를 이르는 칭호 역자 주)'이라고 욕했는데 그 말도 사오싱 방언에 있는 말이다. 이로 미루어볼 때 루쉰에게 고향의 성격이 있다는 말도 어느 정도는 일리가 있는 말인 것 같다.

루쉰 집안이 사오싱으로 이주해 10여 대가 넘게 살았으므로 점차 절동의 풍속에 물들었을 것이다. 절동인의 강직한 일면이 저우 씨 형제의 몸에도 분명 어느 정도 있을 것이다. 저우 씨 형제는 고향 선현들의 저작에 큰 흥미를 느꼈던 적이 있다. 그들은 그 저작들에 고향의 기이한 것이 존재한다고 여겼다. 그러나 저우쭤런의 평가에 따르면 약 3백 년간의 학자 중에서 장학성章學誠만 큰 인물이라고 할 수 있고 그외 나머지는 시골구석에서나 볼 수 있는 평범한 문인일 뿐이라는 것이다. 그 이전으로 거슬러 올라가보면 사오싱에는 유명한 인물들이 매우 많다. 예를 들어 동한(東漢) 시기의 왕충王充, 송대의 육유陸游, 만명(晚明) 시기의 서위徐渭는 모두 유명한 인물들이다. 그들과 같은 시대의 투사인 여걸 츄진秋瑾 몸에서는 호기를 느낄 수가 있으며, 참으로 위대한 인물이라 할 수 있다. 사오싱 풍속에서 이러한 요소들은 훗날 지역문화의 발전에 매우 큰 영향을 끼쳤다.

그가 아직 문단에 발을 들여놓기도 전에 고향의 문명은 그에게 수많은 암시를 주었던 것이다.

《〈월탁〉 출세사 〈越鐸〉 出世辭》에서는 다음과 같이 썼다.

고대 월나라 옛터에 위치해 있기 때문에 천하무적이라고 할 수 있다. 넓은 바다와 높은 산, 맑은 물이 뛰어난 인물을 키워냈으며 과거에도 앞으로도 끊임없이 특별한 인재들을 창출해낼 것이다. 이곳의 백성들은 대우의 고생을 두려워하지 않고 부지런한 기풍과 구천의 확고하고 대범한 포부를 본받아 삶을 애써 영위해나갈 수 있어 충분히 자급자족하며 부유하게 살아갈 수 있다.[3]

상기의 구절을 보면 고향에 대한 그의 견해에서 애정을 느낄 수 있다. 지역에 대한 특별한 감정이 깃들어 있는 것이다. 루쉰은 여기서 풍토와 인정에 대해서 말한 것이 아니라 이 지역의 정신, 즉 일종의 가치 전통에 대해 말하고 있다. 첫째는 재능이고, 둘째는 강인함이며, 셋째는 강하고 굳센 기운이다. 이 세 가지를 루쉰은 중시했다. 그 자신도 이와 비슷한 기개를 갖추었음이 틀림없다. 재능으로 말하면 그의 필력에서는 왕충의 반문어 표현수법이 보이며, 혜강嵇康의 출중함도 분명하고 똑똑히 보인다. 한편 유머스럽고 조롱적인 필치에서는 서문장과 같은 인물을 떠올리게 하며, 언제나 세상 예법에 얽매이지 않고 하고 싶은 대로 다하는 자유로운 멋이 있다.

똑같은 고향에 대한 묘사지만 저우쭤런의 시각은 또 다른 색채를 띤다. 그도 역시 상기의 전통을 인정하지만, 그는 그 곳 민풍의 시적인 정취와 사회학에 고유한 내용을 더 신상했다. 그는 범인範寅의 《월언越諺》, 장대張岱의 《도암몽억陶庵夢憶》, 유섭俞燮의 《계사류고癸巳類稿》 등의 서책을 좋아했으며, 그 중의 풍토인정에 대한 내용을 많이 기억하곤 했다. 저우쭤런은 풍속습관의 각도에서 절동의 전통을 읽었으며 홍미성을 위주로 생각했다. 그러나 루쉰은 정신철학의 차원에서 선현들에게 가까이 다가갔으며 기개가 분명하게 드러난다. 이러한 요소들이 두 형제에게 많은 깨우침을 주어 필치에서도 어느 정도 그 흔적이 보여 진다.

저우쭤런이 후에 사오싱에 대해 묘사한 글에서는 실제로 시적인 정취를 느낄 수 있다. 《석판로石板路》에서 그는 이렇게 썼다.

사오싱 성안 서쪽에는 북해교北海橋로부터 차례로 큰 원형 아치 다리가 매우 많은데 그림 속에 그려 넣어도 좋을 것 같다. 옛집은 동곽문東郭門 안쪽에 있었는데 그 근처에서는 그런 다리를 보기가 드물었다. 장마교張馬橋·도정교都亭橋·대운교大雲橋·탑자교塔子橋·마오교馬梧橋 등은 계단이 고작 두세 계단밖에 안 되었으며, 어떤 다리는 바닥이 길바닥과 높이가 일치해 다리 밑으로 작은 쪽배가 겨우 지나갈 수 있을 정도였다. 우적사禹迹寺 앞에 있는 춘파교春波橋만 예외로 작은 원형 아치 다리였다. 그러나 그 밑으로 검은 칠을 한 지붕을 씌운 배들이 마음대로 지나다닐 수 있었으며 돌계단도 7~8계단은 되었다. 비록 모든 다리가 다 낮고 다리 양옆의 난간이 벽으로 되어 있지 않으며 의례적으로 항상 등불을 밝혀 길을 밝히도록 되어 있지만, 내가 똑똑하게 기억하는 것은 오직 춘파교 뿐이다. 그것은 아마도 다리가 큰

편이고 등불도 높은 이유 때문이리라.[4]

이와 같은 기억들이 루쉰에게도 없을 리 만무하지만 그는 시적으로 써내는 것을 원치 않았으며, 늘 나르시즘적 요소가 있는 것 같아 은근히 배척해온 것도 이해할 수 있다. 루쉰은 훗날 고향에 대한 서술에서 어두운 면이 밝은 부분보다 더 많았는데 그것은 그의 마음을 진실하게 반영한 것이라 할 수 있다. 고향이 그에게 영향을 주었지만 그는 거기에 빠져 있는 것을 원치 않았는데 그것은 그 곳에 귀기(鬼氣)와 다른 무엇인가가 있다고 여겨서일 것이리라. 이는 그의 복잡한 일면이다. 이로 비롯된 모든 것 또한 불쾌함을 가져다주었다. 예를 들어 냉담하고 기시적인 태도 및 세속적인 분위기가 그것이다. 이에 대해 루쉰의 체험이 더 많았을 것이다. 저우쭤런은 후에야 조금 느꼈을 뿐이나 월나라 문화와 사오싱의 환경에 실망한 부분이 많았을 것이다. 훗날 그들은 고향을 떠난 뒤 돌아간 적이 아주 적었는데 물리적 개념상에서 고향과 영원히 이별을 했다고 할 수 있을 것이다. 1906년 저우쭤런이 《추초한음秋草閑吟》의 머리말에서 고향에 대한 외로운 체험에 대해 서술한 적이 있다.

나의 집은 회계會稽이었는데 동문으로 들어가 불과 3~4리 되는 곳에 있었다. 그 곳은 황량하고 외지며 시내에서 멀리 떨어져 있다. 선조들이 살았던 낡은 집 여러 채가 있는 그 곳에서 비바람을 피하며 살기는 충분했다. 집 뒤에는 채소밭이 하나 있었는데 아무 것도 자라지 않아 황량하기만 했다. 뽕나무와 버드나무는 시들어 담 벽 옆에 붙어서 있고 매년 백로가 지나면 가을바람에 시든 들풀들이 채소밭을 가득 메울 뿐이었다. 나는 마음속으로 그 곳을 좋아해서 스스로 그 채소밭의 손님이라는 의미로 원객園客이라는 필명을 지어 가끔씩 시를 쓰곤 했다. 돌이켜보니 7, 8년간 지은 시가 버릴 것은 버리고 남길 것은 남겨 모은 것이 작은 책자로 한 질이 되긴 하지만 대부분 썩은 풀과 같은 것에 불과하다. 올 봄에 할 일 없이 한가한지라 하나 둘씩 모아 잠시 스스로 즐기면서 여전히 이름은 가을풀이라고 지어 그 밭을 잊을 수 없다는 의미를 나타내고자 했다. 세월이 많이 흘러 만사가 하찮은 일이 되어버렸다. 이에 대해서 그저 아득하고 서글플 뿐이다. 전에는 지나쳐버린 들꽃과 시든 풀이 여전히 눈에 선하다. 깊은 산속을 찾아 살고 있지만 천자의 명령은 다 귀에 들어온다. 쓸데없이 글을 건사해두었지만 내가 무슨 말을 하겠는가. 밭은 가지고 있으나 어찌 거기서 살 수 있겠는가? 거기서 나는 시로 소리 삼아 울기도 하고 노래를 부르며, 마치 부엉이처럼, 산귀신처럼 밤중에 달을 보고 울부짖어도 본다. 쓸쓸한 바람이 불어와 백양나무를 흔들어대 더 울적해지곤 한다. 귀산龜山의 소나무와 잣나무는 얼마나 푸르며 동백꽃은 여전하겠지? 가을 풀은 누렇게 시들어 마치 꿈속에 빠져든 듯하다. 봄바람은 불어오건만 푸른빛은 왜 안 보일까? 남쪽 성곽의 벌판을 지나며 어찌 낙담하여 눈물을 훔치지 않을 수 있으랴.[5]

그러한 체험이 훗날 저우쮜런의 글에서 별로 언급되지는 않았다. 그러나 그와 그의 형의 고향에 대한 아쉬움은 어느 정도 엿볼 수 있다. 생명에서 어두운 정서가 드러날 때 역사적 풍경과 겹치게 되면 시적인 정서와 철학적 사고가 감돌게 되는 것이다. 그러면 반드시 색다른 이미지로 나타나게 되는 것이다.

③

절동문화에 대한 자각화한 인식은 루쉰이 귀국한 뒤에 생긴 것이다. 근대 문명의 교육을 받은 '신인'으로서 그의 눈에 비친 사오싱 근처의 모든 것의 색채가 변했을 것이다. 일본 민속학을 참고한 것이 그에게 매우 큰 작용을 일으킨 것이 분명하다. 루쉰이 태어나서 자란 곳은 중원中原과 크게 다르다. 무술적 요소와 토템적 요소가 다 존재한다. 송(宋) 《가태회계지 · 풍속嘉泰會稽志 · 風俗 》에는 이런 말이 있다. "그러므로 오늘날의 풍속은 배움에 게을리 하지 않고 공부에 전념하며, 스승을 존중하고 벗을 가려 사귀며, 거문고 타는 소리와 시를 읊는 소리가 이웃 간에 서로 들릴 정도이며, 재물의 많은 것과 사치스러운 것을 서로 비기지 않고, 사대부가문은 모두 재산을 적게 소유하고 있으면서 검소하고 절약하며 입는 것과 먹는 것을 아껴 썼으므로 겨울을 나기에 충족했다."6) 사치스럽지 않고 썰렁하고 적막한 것을 미로 간주하는 기풍은 명청 시기의 문인들에게서 잘 반영되었다. 일본의 학자 야나기타 구니오柳田國男의 관점에 따르면 조상의 습속은 현시대 사람의 습관으로 이어질 수 있다. 루쉰 몸에 절동의 기질이 섞여 있는 것은 같은 시대 사람들이 이미 보았다.

사오싱의 풍속에 대해서는 많은 문헌들에 다 기록되어 있으며 문인들에 의해 묘사된 것도 아주 많다. 진노련陳老蓮이 그린 강남 풍경에서는 민풍의 운치가 느껴지며 절동 사람의 지혜가 아주 선명하게 드러난다. 그러나 루쉰 세대에 이르러서는 민풍이 많이 어지러워졌는데 청나라 이후 전란으로 인해 순박한 민풍이 심각하게 파괴되었기 때문이다.

월(越)의 문화에 대한 루쉰의 호감은 절제된 것이다. 저우쭤런이 그 속에 빠져 사회학적 각도에서 끊임없이 살펴보고 느끼는 것과는 달랐다. 그가 사오싱의 좋은 점에 대해 언급한 글은 매우 적다. 물의 고장인 이곳에서 발생한 이야기들이 소년 시절의 그에게는 어느 정도 영향을 끼쳤다. 그가 고향의 선현들에 대해 서술한 글은 다 담담한 것이 아니라 친절한 일면도 있었다. 예를 들어 소극에 대한 애정과 일부 고향 문헌에 대해 중시했다는 점에서 그의 뼛속에 깃들어 있는 월나라 문화의 기운을 분명히 느낄 수가 있다. 그는 왕충·육유의 글 속에서 자유분방한 사상을 받아들였으며 그의 일부 글 속에서는 심지어 서문장(徐文長, 명나라 유학가이자 서화가)의 유머까지도 읽을 수가 있다. 저우쭤런이 자신의 글 속에서 사오싱의 아름다운 풍토 인정에 대해 여러 차례 언급한데 대해서 루쉰은 그다지 반대하지 않았으나 다만 그 부분에 대해 언급하는 것을 별로 원치 않았을 뿐이다. 그 이유는 무엇이었을까? 아마도 역시 마음속에 내재된 복잡함을 느껴서 였을 것이다. 예를 들면 사야(師爺. 옛날 지방 관서[官署] 장관의 개인적인 고문) 근성, 타락 근성, 아큐 근성과 같은 것일 것이다. 이러한 근성이 민속에서는 소금과 물의 관계와 같아 서로 떨어질 수 없게 된 지가 이미 오래다.

필자는 그가 훗날 사오싱의 사람과 일에 대해 쓴 글들이 늘 이상한 색채를 띠고 있음을 발견했다. 그 색채는 어두운 피의 색깔이었으며 밝은 색은 별로 보이지 않았다. 게다가 인물들은 거개가 기형인 경우가 많았으며 심지어 온화하거나 청순하고 아름다운 색채가 없었다. 루쉰이 고향에 대해 묘사한 글에는 애정과 한이 엇갈린 감정이 들어 있다. 그는 민속에 대해 서술하는 것을 빌어 불행한 인생을 그 속에 내재화시켰다.

그러나 그는 아무리 고향의 악습에 대해 조롱해도 자신 역시 그 속의 일원이며 그 관계에서 벗어날 수 없음을 의식하고 있었다. 야나기타 구니오는 일본 지식인과 전통 문화의 관계에 대해 분석하면서 이렇게 썼다.

우리 일본은 이른바 개국이라 해봤자 국내의 지식계층이 분립되어 나온 지 얼마 되지 않아 국민 중의 옛 사람, 즉 영어로 folk, 한학자 등이 말하는 촌부·야인이 여전히 대부분을 차지한다. 때로는 우리와 같은 이른바 신인들도 마음속에 전통을 고수하고 있는데 실제로 나 자신도 그중의 한 사람이다. 아직도 나는 집에 들어설 때 문턱을 밟지 않고 볼 일을 볼 때 침을 뱉지 않으며 식칼을 부뚜막 변두리에 놓아두지 않고 특히 재채기를 할 때면 누군가 뒤에서 나의 흉을 보고 있다고 여기는 등등 이런 경우가 매우 많다. 다시 말하면 오늘날에 이르러서도 일본에서는 풍부한 민속자료를 여전히 보존하고 있다는 것이다.[7]

신인이 낡은 풍습을 유지하고 있는 것은 루쉰 시대의 보편적인 특징이었다. 루쉰은 자신의 글에서 저도 모르는 사이에 그런 요소들을 내비치곤 했다. 그는 그런 유물들을 증오하면서도 한편으로는 그 매혹적인 존재들을 둘러보곤 했다. 어찌 그들과 떨어질 수 있었겠는가? 《축복》에서 상림 아주머니의 죽음에 대해 쓸 때 고향의 민풍 속에 존재하는 죄악에 대해 극도로 미워했다. 그러면서도 서술자인 '나'를 끌어들였는데 '나'라는 신인은 고향과의 혈연관계에서 벗어날 수 없기 때문에 역시 죄인이 되어버렸다.

고향에 대해 공감하는 사람들과는 반대로 루쉰은 고향의 익숙한 정취에 대해 자가적으로 배척했다. 그는 자신이 그 기호에서 벗어날 수 없음을 알고 있으며 그러나 만약 그 기호 속에서 걸어 나오지 못한다면 그 자신의 생명의 빛을 잃게 될 것임을 느끼고 있었다.

④

절동 문화의 분위기가 루쉰에게 준 가장 큰 이점은 옛 사람이 남겨놓은 정서를 때때로 접할 수 있어 자신이 선조들의 맥락 속에 살고 있음을 알 수 있었다는 점이다. 그리고 그 자신의 옛 것을 좋아하는 마음도 이로부터 점차 생겨났던 것이다. 저우쭤런은 루쉰이 어렸을 때부터 야사류 서적을 읽기 좋아했으며, 아득한 옛날의 에피소드에 대해 호기심이 많았다고 회고했다.

그들 형제가 훗날 《회계군 고서잡집會稽郡故書雜集》을 편집한 것도 역시 옛 것을 좋아하는 마음을 가지고 있었다는 예증이다. 1918년 전과 후 루쉰은 《〈여초묘지명〉 발〈呂超墓志銘〉 跋》·《여초묘출토오군정만경고呂超墓出土吳郡鄭蔓鏡考》 등 글을 잇달아 창작했는데 절동 문물 감상에 대한 흥미를 분명하게 보여주었다. 이는 그의 '숨은 재능'으로서 다른 사람들은 쉽게 엿볼 수없는 것이다. 그러나 그가 옛날 사람의 물건을 감상하는 것은 고루한 연결이 아니라 지식을 탐구하고 역사에 대해 확실히 알고자 함이었다. 예를 들면 그는 고향에서 출토한 옛날 거울을 보면서 옛날 사람들의 삶을 연상했으며 전설과 신앙·심미의 관계에 대해서도 느끼는 바가 있었다. 거울의 유래와 발전과정에 대해 연구하고 진위를 가리는 과정에서 호기심과 지난날을 그리워하는 깊이 간직한 정감이 저도 모르는 사이에 겉으로 드러나 특히 변화에 대처하고자 하는 생각을 읽을 수 있다. 옛날 사람이 남긴 정서 속의 미묘한 이미지에 그는 큰 감동을 받곤 했다. 그러한 요소들 중 대부분은 오늘날 사람들의 생활 속에 보존되기 어려운 것들이다. 그런데 그런 유물들에 관심을 갖고 잃어버린 문명을 찾고자 했으니 그의 고심을 알 수 있다.

《회계군 고서잡집》 머리말에서는 루쉰의 민속의식이 잘 드러났다. 그는 이렇게 썼다.

회계이야기를 쓴 고서는 지금까지 흩어져 있는 상태로서 아직까지도 어느 현인이 그에 대해 질서 있게 정리했다는 소식을 듣지 못했다. 눈에 띄는 고서들 중 선인이 남긴 시문들을 골라 책으로 묶기 시작했다. 그 과정에서 여러 곳을 돌아다니고 또 냉철하게 분석해주는 언론도 들었다. 고향을 과장해 수식하는 것으로서 고상하고 멋이 있는 일이 아니라는 주장이었다. 사승謝承·우예虞預는 그로 인해 세인의 조소를 받았다. 결국 얼마 지나지 않아 중단하게 되었다. 십년이 지난 뒤 회계로 돌아왔다. 대우와 구천의 유적이 그대로 존재해 있었다. 남녀가 장난치며 서로 흘끔거리며 지나쳐버리면 대개 아무런 그리움도

남지 않는다. 그 어떠한 찬미의 말을 했을지라도… (士女敖嬉,
眼而過, 殆將无所眷念, 曾何夸飾之云, 而土風不加美.) 명망과 덕행에
대해 서술하고, 어질고 재능이 있음을 글로 쓰며, 역사적 사실을 기록해
고사를 전파함으로써 후세 사람들로 하여금 숙연한 마음이 들게 하여 옛
사람을 그리는 정이 생기해 할 수 있다. 옛 작자들의 용의가 여기에 있는
것이다. 그 저작들은 비록 대부분 산실되고 없지만 그나마 일부 산실된
작품이라도 있어 고증할 수가 있어 다행이다. 보존하고 수록하게 되면
어쩌면 완전히 소실되어버리는 것보다 조금은 나을 것이다.[8]

이처럼 옛것을 좋아하는 것은 유학자의 가치 공감이 아니라 생명에 대한
깊은 연구와 구조이며 고고학자와 같은 심경임이 틀림없다. 선현들의 자료를
살펴보는 그에게는 그만의 꿈이 있었다. 그것은 즉 오늘날 사람들은 옛날
사람의 무엇을 잃어버렸는지를 관찰하는 것이었다. 그 아득히 먼 옛날의
존재가 우리에게 여전히 가치가 있을 것이라는 생각에서다.

사오싱에서 생활하는 과정에서 한 가지 습관이 생겼는데 역사자료를 베껴
쓰는 것과 옛날 서적을 수집하고 교정하는 것이었다. 그는 수정 인쇄, 진위
감별, 필사 등 면에서 매우 재능이 있었다. 베이징에 온 후에도 여전히 그
흥미를 유지하고 있었으며 대단한 성과를 이루었다. 그중 일부는 고향문화에
대해 정리한 것이다. 한(漢)나라 비문의 글자와 육조六朝시기의 탁본 등을
그는 모두 좋아했다. 예를 들어 혜강嵇康이라는 본적이 회계인 문인에게
루쉰은 특별한 이끌리는 힘을 느꼈다. 1913년부터 1935년까지 계속하여
《혜강집》을 교정했는데 현재까지 3가지 종류의 필사본이 있으며 거기에

쏟은 정성은 일반인이 상상조차 할 수 없을 정도이다. 그가 베껴 쓰고 교정을 거친 글은 섬세하고 아름다웠는데, 그 속에서 옛날 사람의 운치가 느껴졌다. 옛날 사람의 문헌을 대할 때면 그는 첫째, 추호의 빈틈도 없었고, 둘째, 깊이 새겨보고 음미한 뒤 그 여운을 섭취해 자신의 글로 만들었으며, 셋째, 미적 감각에 대한 감상으로서 고서의 정신을 그려내 그야말로 깊이 간직했던 감정이 살아나는 것 같다. 그의 이러한 흥미에 대해 그때 당시 일반 독자들은 알지 못했으며 그의 백화문白話文은 단순한 창작으로 이루어지는 것인 줄로만 알았을 뿐 루쉰의 숨은 재능이 아득한 옛날부터 전해져 내려온 유습에 있었음을 알지 못했다. 루쉰은 창작으로 바쁜 와중에도 대량의 외국문으로 된 저서를 번역 소개했을 뿐 아니라 고대 고전서적의 수집과 정리에도 깊이 빠져 있었다. 1935년 9월 그는 타이징눙臺靜農이 부쳐온 《혜중산집嵇中散集》을 받아보고 감개가 무량해서 회답편지에 이렇게 썼다.

　　교정본 혜강집을 받았네. 이 책의 훌륭한 점은 고서를 베껴 썼다는 것일세. 옛날 교정본은 수준이 높지 않아 늘 판각본에 따르고 필사본은 부정하곤 했는데 판각본에 실제로 존재하는 오류에 대해서 알지들 못했지. 오늘날 그대의 교정본도 늘 낡은 교정본에 눈이 가리워 원 필사본의 훌륭한 글을 포기하고 써넣지 않았더군. 그러나 나의 교정본은 여전히 교정 인쇄해야 한다네.(固仍当校印耳) [9]

일반 문인들이 낡은 책을 읽는 것은 그 속에서 옛날 의미를 얻고자 함이기 때문에 교정을 거치지 않았다. 그러나 교정의 참뜻을 터득한 이들은 또 시적 정취와 철학적 사고를 갖춘 이가 드물다. 루쉰은 양자에 모두 관심이 있으며 이를 예술품으로 삼고 있었다. 그가 생전에 낡은 고전 서적을 수집 교정해 출판한 몇 부의 서적은 표지 설계와 판본 양식 설계가 모두 훌륭한 것이 자신과 옛 사람의 생명을 정말 한데 융합시킨 것 같았다.

옛것을 좋아하는 것은 원래부터 문인들이 심신을 수양하고 교양을 쌓을 수 있는 일종의 마음의 상태였다. 후에 고서의 가치가 올라가면서 장서가들이 이익을 노리고 고서를 수장하는 바람에 일반 지식인들이 고서를 얻기 어렵게 되었다. 루쉰은 후스·정전둬鄭振鐸 등 이들처럼 고서 필사본을 인쇄 출판하는 것으로 세상에 이름을 떨치지는 않았다. 그것은 자금력 때문이라고 생각한다. 그가 할 수 있었던 것은 오직 보편적으로 사용되는 책자의 정리였으며 당연히 국한성이 있었을 것임이 틀림없다. 그런데 그런 일반 문인의 눈에 쉽게 뜨이는 고서를 접하면서도 후스·정전둬 등 이들에게는 없는 안목을 갖췄으니 이는 정말로 쉽지 않은 일이다.

흥미로운 것은 루쉰이 고고학에 남다른 흥미를 느꼈다는 것이다. 본인은 고고학 보고서 여러 부를 소장하고 있었으며 대부분이 일본어로 된 것이었다. 새로운 문헌들은 그를 끌어당기는 힘이 있었다. 그는 그 문헌들에서 언제나 일반 책에는 없는 것들을 발견할 수 있었다. 고대에는 묻혀버린 내용이 너무 많다. 그래서 역사에는 진화하는 것만 있는 것이 아니라 퇴보하는 것도 있는 것이다. 그가 외국 고고학자들에게서 깨우침을 얻었다는 것을 알 수 있다. 그것은 신학新學의 시각이었다. 예를 들면 뤄전위羅振玉·왕궈웨이王國維에게 관심을 가져 많은 소감을 느낀 것과 같은 것이다. 그런 고증과 대규모의 문헌 수집은 그 혼자서는 해낼 수 없는 것들이었다. 그러나 그는 그런 연구의 가치에 대해 잘 알고 있었다. 후에 쉬쉬성徐旭生이 서북지역으로 가 고고학연구를 하고 있을 때 루쉰은 그에게 편지를 써 여행기 한 권을 쓰라는 부탁을 한 적이 있는데 이 역시 어떤 희망이 있었기 때문이었다. 그것은 새로운 역사자료와 새로운 방법의 등장이 때로는 역사를 고쳐 쓸 수도 있다는 희망이었다.

그러나 자금력으로 보나 경력으로 보나 그는 뤄전위와 왕궈웨이처럼 체계적으로 업무를 전개할 수는 없었다. 그 자신은 평범한 지식인일 뿐이었다. 1912년 말, 그는 1년간의 책 장부를 정리한 뒤 쓴 일기에서 이렇게 탄식했다.

5월부터 연말까지 8개월간 책을 구매하는데 160여 원을 써버렸건만 좋은 책이 없다. 경도京師: 수도를 이르는 말로서 베이징을 가리킴-역자 주 에서는 고서를 골동품으로 간주하고 있어 재력이 있는 자들만 갖출 수 있다. 요즘 사람들은 세상을 살아가는데 책을 읽을 필요가 없다. 그런데 우리 세대는 책을 살 힘도 없으면서 달마다 20여 원씩 허비해 낡은 책 여러 권을 사서는 기쁘다고 말하고 있으니 이 또한 가소롭고 감탄할 일이 아닌가.[10]

그때 그는 지식인들 속에서 옛것을 좋아하는 거친 사람이요, 초가집 냄새가 나는 산골 사람이었을 뿐이라고 말해도 무방했다. 그러나 그 거친 멋으로 인해 시원하고 거침없는 기개를 갖추었으며 케케묵은 선비의 썩은 내가 나지 않았으며 오히려 옛날 사람과 통하는 부분이 많았던 것이다. 그는 선진(先秦)·양한(兩漢) 시대에 대해 논하든, 육조·당·송 대에 대해 말하든 모두 명철한 견해를 가지고 있었으며 다른 사람들과는 다른 말을 했다. 때로는 옛날 사람과 벗이 된 것 같은 느낌이었다. 예를 들어 현재의 중국이 아직도 '명조 말기'에 처해 있는 것처럼 느껴지는 것은 모두 책을 읽고 세상을 경험한 후 느끼는 일종의 소감이었다. 옛날 사람의 득과 실에 대해 훤히 꿰뚫고 있어야만 현 시대의 명암에 대해 알 수 있기 때문이었다. 그의 언어 깊은 곳에서 풍기는 고풍스러운 분위기는 속으로 곰곰이 생각하고 직접 느껴야만 비로소 엿볼 수 있는 것이다.

⑤

절동지역의 문화 중에 인문적, 이성적인 면에서 칭송할만한 인물이 있다면 누가 뭐래도 왕충을 그중 한 사람으로 꼽을 수 있을 것이다. 루쉰이 쉬서우상許壽裳의 아들 쉬스잉許世瑛에게 적어준 반드시 읽어야 할 책의 목록에 그 선현의 《논형論衡》이 있다. 그 안에 "책 속에서 한 나라 말기 풍속과 미신 등의 내용을 볼 수 있음"이라는 주석을 달았다. 루쉰은 자신의 글에서 왕충이라는 사람에 대해 여러 차례 언급했었다. 《회계전록會稽典錄》에는 왕충에 대해 논한 다음과 같은 구절이 있다.

왕충은 자가 중임(仲任)이고[범서본(范書本)에서는 상우(上虞, 지금의 저장성 상위현) 사람이라고 전해지고 있다], 어릴 때 또래 아이들과

놀면서 업신여기거나 하지 않았다. 그의 아버지가 그의 남다른 점을 발견하고 7살 때부터 서수書數를 가르치기 시작했다.[11]

왕충은 필치가 호기롭고 특별한 언어표현을 많이 썼으며, 참위(讖緯) 미신에 확실하게 반대한 사람이다. 유가학설에 대한 그의 비난과 미신에 대한 배척은 동한시기의 기관(奇觀, 보기 드문)이라고 할 수 있다. 그의 특징은 허황함에 미혹되지 않고 판타지에 빠지지 않은 것이다. 그때 당시 세간에서 미신이 성행했으나 왕충만은 "사람이 살고 있는 것은 정기가 있기 때문이요, 사람이 죽으면 정기도 사라진다. 정기가 돌게 하는 것은 혈맥이 있기 때문이요, 사람이 죽으면 혈맥이 다하게 되며 혈맥이 다하면 정신이 사라지게 된다."라고 말했다. 이러한 견해는 허황한 견해와는 거리가 너무 먼 것이며 훗날 문인들에게 많은 영향을 끼쳤다. 루쉰이 중국 민간 미신에 대해 비난한 글에서는 왕충의 그림자가 보인다.

왕충의 저작을 읽노라면 그의 몸에서 풍겨 나오는 강렬한 귀신의 기운을 느낄 수 있다. 미신적 풍기와 신비주의 유물이 그를 에워싸고 있어 그는 그들을 직면하는 수밖에 없다. 참위와 대화하는 것은 어쩔 수 없는 선택이다. 그 결과는 철저히 결렬하고 다른 길을 가는 것이다. 샤오이핑邵毅平의 《〈논형〉 연구》에서는 이렇게 쓰고 있다. "《논형》에는 이러한 원시적 표상 간의 상호 침투 혹은 '감응'현상에 대한 내용이 많이 기록되어 있다. 옛날 사람들이 믿고 있었던 상호 침투 혹은 '감응'현상 중에서 가장 많이 나타나는 것은 당연히 사람과 하늘 사이의 감응이다. 《논형》에서 상당한 부분을 차지하는 내용이 하늘과 사람 사이의 이런 감응론에 대한 비판이다."[12] 사실 사오싱에 대한 루쉰의 기억을 살펴보면 역시 미신과 귀신 관련 풍속습관 때문에 곤혹스러워했음을 알 수 있다. 그가 직면한 문제가 바로 종잡을 수 없는 신기가 머무는 곳, 영혼의 유무, 사상의 명암 등이었다. 절동 문화는 수천 년 간 매우 큰 변화가 일어났지만 신비주의 분위기는 여전히 존재해오고 있다. 이는 하나의 전통이라고도 할 수 있다. 다만 그런 전통을 대함에 있어서 루쉰은 동화되어버린 것이 아니라 저항 속에서 자신만의 심미방식을 찾아낸 것이다. 우리가 그의 특징으로부터 왕충을 떠올리게 되는 것은 실제로 내재적 근거가 있는 것이다.

왕충과 루쉰의 풍속을 거스른 작품은 서로 다른 작품이지만 똑같이 뛰어나다. 사람이 죽으면 귀신이 되어 나타난다는 낡은 인식에 대해 풍자한 그의 글을 보면 얼마나 당당하고 과감한가. 루쉰이 수감록에서 미신 풍기에 대해 배척한 것을 떠올려보면 그 맥락이 일치한 것이다. 민간 종교와 신앙에 악습의 요소가 존재한다는 사실은 의심할 나위가 없다. 예를 들어 신령은 언제 어디서나 존재한다는 인식으로 인해 빠지게 되는 무아의 경지는 모두 얼토당토않은 것이다. 왕충의 《논형·박장편論衡·薄葬篇》에는 이런 내용이 있다.

세속에 물든 사람은 마음속에 회의적인 견해를 가지고 있는데다 밖에서 두백(杜伯)이 귀신으로 변했다는 전설을 듣고 또 병으로 곧 죽게 될 사람은 흔히 무덤 속에서 죽은 사람이 만나러 온다는 일을 전해 듣고는 귀신이 있다는 설을 믿게 되었으며 죽은 사람을 산 사람과 같다고 여기게 되는 것이다. 사람들은 죽은 사람이 홀로 외롭게 땅에 묻혀

영혼을 동반해줄 이가 없이 외로울 것을 가엾게 여겨, 그리고 무덤이 폐쇄된 후 곡물이 부족할 것을 생각해 인형을 만들어 시신이 담긴 관 속에 넣어 시중을 들게 하고 무덤 속에 많은 음식을 저장해 귀신이 먹게 한다. 이러한 기풍이 점차 발전해 그 영향을 받아 어떤 사람은 가산을 탕진하면서까지 순장 품을 죽은 사람의 관 속에 가득 채워주며 심지어 사람을 죽여 순장시킴으로써 산 사람의 소원을 풀어주기까지 한다.[13)]

왕충이 말하는 기풍이 청조 말기에 이르러서 비록 이미 바뀌었지만 망령 설은 이미 사회 기풍으로 깊이 물들어버린 데다 또 다른 버전이 생겨나고 그 함의도 따라서 확대되어 점점 더 많이 쌓임으로써 여자의 운명에 거대하고도 어두운 그림자가 드리웠다. 루쉰과 저우쭤런은 후에 글을 쓸 때 낡은 설을 꾸준히 비난했으며 민간 풍속 중 잔인한 존재에 대해 설명했는데 이미 왕충 식의 반문구가 아니라 인류학의 시각을 빌었기 때문에 사상적으로 물론 옛날 사람과 구별되었다. 그러나 동한 시기 이후 절동 사람들이 예의와 풍속 속에서 몸부림치며 저항한 사례를 통해 우리는 자연스레 어떤 인상을 받게 된다. 즉 사오싱에 저우 씨 형제가 나타나게 된 것은 결코 전혀 이상할 것이 없는 일이라는 인상을 말이다.

루쉰의 성격을 보면 그는 공자孔子의 전통 속에 있는 인물에 속하지 않으며 장자莊子·한비자韓非子의 전통과는 다소 맞물리는 부분이 있는 것 같기도 하다. 그러나 장자와 한비자는 학자풍이 너무 짙다. 루쉰은 그들처럼 이치와 이치에 대해 논하는 것을 좋아하지 않으며 산만하고 별로 마음을 쓰지 않는 쪽을 더 선호한다. 오히려 육조 시대 사람의 시각이 더 감동적이다. 원적阮籍·혜강에 대한 그의 태도가 더 친절하며 서로 간에 깊은 관계가 있는 것 같다.

　루쉰의 글에서는 때론 예리한 기운을 느낄 수 있다. 그렇기 때문에 극단적인 사례가 매우 많다. 예를 들어 그가 중국책을 적게 보거나 보지 않는다고 말할 때 어조가 매우 단호했는데 혜강이 논변할 때의 모습을 떠올리게 한다. 혜강은 《난자연호학론難自然好學論: 배우기를 좋아하는 것이 자연스러운 것이라는 논의를 논박함 -역자 주》에서 유학자들이 케케묵었다고 말했는데 너무 심하게 표현했다. "고로 그대는 육경을 태양으로 떠받들면서 배우지 않으면 캄캄한 긴 밤을 지내는 것과 같다고 했다. 만약 자신의 거처를 대하는 것처럼 제왕이 정치와 교화를 널리 펼치는 명당明堂을 대하고, 《시경詩經》과 《상서尙書》를 낭독하는 것을 귀신이 울부짖는 소리로 보며, 육경을 황폐한 것이라고 생각하고, 인의도덕을 썩고 추악한 것의 상징이라고 여기며, 서책을 읽으면 초조하고 불안해하고, 다른 사람에게 읍을 하며 인사하면 일부러 굽실거리는 것이며, 장복(고대 예복)을 입으면 온 몸이 불편하고, 예법에 대해 말하려면 입을 열기가 어려움을 느껴 《시경》과 《상서》를 읽지 않고 예의, 법전도 따르지 않으며 만사 만물을 두루 다 뒷전으로 밀어놓는다. 그리하여 그대는 비록 배움을 게을리 하지 않지만 여전히 부족함이 있는 것이다. 그리 되면 배우기 싫어하는 사람에게는 캄캄한 긴 밤뿐이라고 할 수 없고 육경을 반드시 태양으로 떠받들어야만 하는 것도 아니다. 속담에 이르기를 "걸인은… 말을 치료하는 마의馬醫에게 배우는 것을 부끄러워하지 않는다"라고 했다. 그리하여 아득히 먼 옛날처럼 아무 꾸밈이 없던 정치를 하는 시대가 되면 진정 배우지 않고도 안정된 세상을 실현할 수 있을 것이며, 애써 일하지 않고도 이루고자 하는 일을 이룰 수 있을 것이니 어찌 육경을 추구할 것이며 어찌 인의를 추구하고자 하겠는가?"[14] 이처럼 옛 사람들에게 불경스러운 것은 예로부터 존재해온 일이다. 루쉰이 일부러 이런 것을 본받았는지 아니면 기질적으로 우연히 일치한 것인지에 대해서는 깊이 사고해볼 필요가 있다.

왕충·혜강과 같은 사람들이 존재의 다양성에 대해 느끼는 것은 일반 유생의 시각을 뛰어넘었다. 머우종산牟宗三이 혜강에 대해 논할 때 이렇게 말한 적이 있다.

그처럼 퇴폐하고도 나태하며 산만한 생활을 하는 사람이었기 때문에 벼슬을 하며 사회에 적응해 살아가기에는 적합하지 않았다. 그렇지만 현실정치 문제를 제외한 다른 분야에서는 자유롭게 생각할 수 있었다. 《진서본전晉書本傳》에서는 그를 두고 "배움에서 스승의 가르침을 받지 않았고" 스스로 "경학을 탐구하지 않았다"라고 했다. 그는 정치와 경학의 속박에서 스스로 벗어나 장자와 노자老子의 이론에 근거해 이치를 논할 수 있었다. 그는 노자로부터 얻은 가르침이 많은 것 같으나 제일 먼저 자신의 생명을 양생에 기탁했다. 고로 "나는 양생 술을 배우는데 정력을 기울였기 때문에 부귀영화를 멀리 하고 적막한 삶에 전념했으며 무위無爲를 귀중히 여겼다"(《절교서絶交書》)라고 했다. 이로 볼 때 그의 삶은 원적과 같은 낭만주의 문인과는 다른 것 같다. 원적은 낭만적인 문인의 삶을 살았으며 또 고전적 예악의 삶을 살았다. 혜강은 도가 양생의 삶(주색을 멀리함)과 순수 음악의 삶을 살았다.

원적은 자신의 진실한 감정을 중시하는 편이고 혜강은 지혜로움을 강조하는 편이다. 고로 한 사람은 문인형이고 한 사람은 철인 형이다.[15]

혜강의 세계에 대해 루쉰은 자신만의 견해를 갖고 있었다. 그는 《위진시대의 풍채와 약 및 술의 관계魏晉風度與藥及酒之關係》라는 글에서 이에 내해 깊이 있게 논술했다. 국민당이 숙당 운동올 벌이고 있을 때 그는 혜강을 예로 들어 독재적 문화배경에서 문인들 앞에는 많은 갈림길이 놓여있다는 이치를 깊이 깨달아야 한다고 말했는데, 참으로 역사를 올바르게 이해한 사람만이 할 수 있는 말이었다. 혜강은 머우종산이 말한 것처럼 단지 철인형이기만 한 사람이 아니라 투사의 특징도 갖추었고 시인의 기질도 갖추었다. 루쉰이 이 선현의 영향을 어느 정도로 받았을지는 징확히 말할 수가 없다. 그러나 왕충·혜강 이래로 성급하고 모질며 심오하게 캐어묻는 사상적 전통이 그의 몸에서 엿볼 수 있다. 절동의 문화에 대해 논하면서 그러한 옛 사람의 혈맥을 어찌 잊을 수 있겠는가!

절동문화의 전통에서 왕충·혜강의 여맥은 보일락 말락 존재하고 있으나 주류는 아니었다. 저우쭤런은 줄곧 왕충의 가치를 높이 평가했으며 그를 중국문화사의 세 등대 중의 하나로 보았는데 참으로 정확한 안목이라 할 수 있다. 이러한 견해에 루쉰의 요소가 작용했는지 여부에 대해서 우리는 섣부른 결론을 내려서는 안 된다. 그러나 저우 씨 형제가 철학에 대해 묻기를 좋아하는 홍미를 가졌음은 한 눈에 알아볼 수가 있다. 루쉰은 왕충에 대해서는 논하는 일이 극히 드물었다. 아마도 그와 관련된 문헌이 완벽한 이유에서였을 것이다. 그러나 혜강에 대해 꾸준히 관심을 가져온 것은 그에 대한 자료가 결여되어 있어 직접 정리하는 수밖에 없었기 때문일 것으로 추측된다. 그는 혜강에 대한 문헌이 전해져 내려올 수 있었다면 중국 사대부의 생태환경이 그처럼 단순하지 않을 수도 있다고 생각하고 있었을 것이다.

⑥

참으로 특별한 현상은, 고향의 그 많은 선현들이 모두 다 그를 기쁘게 해줄 수 있었던 것이 아니라는 것이다. 청조 말기에 이르러서는 사회구조와 민간의 심리상태에서 분명한 유가의 기풍을 찾아볼 수 없게 된 지가 오래다. 매번 글에서 고향에 대해 언급할 때면 루쉰의 필치가 항상 무거워지곤 했다. 시골 세계에 대한 그의 기억은 대부분 불행한 것들이었다. 웨이좡未莊도, 루전魯鎭도 모두 어두운 바탕색이었으며 심지어 사람을 질식시킬 것 같은 느낌까지 들게 한다. 사오싱의 건물은 흑백 두 가지 색깔로 되었는데 이처럼 대비가 큰 존재 역시 그의 글 속에 스며들곤 했다. 그런데 그런 암흑적 색채 속에서 도스토예프스키의 그림자도 비끼지 않았을까 하는 의심을 필자는 해본다. 만약 외국문학이라는 참조 대상이 아니었다면 사오싱 문화의 발견 여부는 의문이었을지도 모를 일이다.

러시아 소설이 그에게 준 가장 큰 충격은 인간 정신의 바탕색을 찾을 수 있다는 것이다. 환경과 사람의 관계, 습속과 심령의 관계, 이승과 저승의 관계 등이 모두 구조와 정경 속에 포함되어 있다. 그는 이야기 뒷면에 있는 인간 정신의 존재를 발견했다. 뿐만 아니라 그 정신의 가능성, 혹은 의미의 유무에 대해 끊임없이 고문했으며 소설의 즐거움 기능과 사상 기능을 연결시켜 이야기 속에 다른 뜻이 포함되도록 했다. 이는 고향이 루쉰에게 준 깨달음이라고 할 것이 아니라, 현대 이성이 그의 내면의 자각을 깨웠다고 해야 할 것이다. 정신의 깊은 곳에는 그와 종교감이 강한 작가들의 공통된 마음의 느낌이 있는 것이다.

외국문학이라는 참조 대상이 있었기 때문에 자기 고향에 대한 기억 속의 희미한 존재를 밝게 비출 수 있었던 것이다. 여기에는 비방 반 칭찬 반, 아름다운 것과 추악한 것이 엇갈려 있으며, 고풍 속에서 얻은 마음이 있을 뿐 아니라 민풍 속의 어두운 흔적이 가져다주는 아픔 에 따르는 낙담도 있다. 모든 것이 복잡하게 그의 글 속에 나타난다. 저주가 있는 한편 경의도 있다. 절동지역의 모호한 말의 의미와 생명형태가 루쉰 식의 지혜에 의혜 여과되어 나타났다.

루쉰은 《무상無常》에서 사오싱 역사의 색채에 대해 전적으로 논한 바가 있다.

나의 고향은 한나라 말기에 우중상虞仲翔 선생으로부터 찬양을 받은 적이 있다. 그러나 그것은 너무 오래 전의 일이다. 그 후 오랜 시간을 거치는 사이 이른바 '사오싱 사야'가 생겨나는 일도 있게 마련이다. 그러나 남녀노소가 다 '사오싱 사야'일 리는 없으며 다른 '하층민'도 적지 않다. 그런 '하층민'들의 입에서 "우리가 지금 걷는 길은 좁고도 험악한 오솔길이다. 왼쪽은 끝이 보이지 않을 정도로 아득히 넓은 수렁이고 오른쪽도 아득히 넓은, 허공에 떠 있는 모래천지이며, 앞쪽은 아득하고 망망한 안개에 싸인 목적지이다" 등과 같은 아리송한 명언이 나오기를 기대하는 것은 말도 안 될 일이다. 그런데 그들이 무의식중에 "안개에 싸인 목적지"로 향하는 길을 아주 명확하게 보아낸 것이다. 즉 구혼하고, 결혼하고, 아이를 낳아 키우고, 죽는 것이다. 그러나 이는 당연히 나의 고향에 대해서만 말하는 것이다. 만약 '모범적인 현縣'에 사는 인민이라면 물론 따로 취급해야 할 것이다. 그들 ― 저와 한 고향의 '하층민' ― 중 많은 이들은 살아가고 있고, 힘들어하고 있으며, 떠도는 소문에 말리고 무고함을 당하고 있다. 오랜 경험으로 이승에서 '공리'가 유지되는 곳은 오직 한 '회會'뿐이라는 것과 또 그 '회' 자체가 '아득하고 망망한 것'임을 알고 있다. 그래서 저승에 대한 동경이 생겨날 수밖에 없는 것이다. 사람은 대개 스스로 억울함과 억눌림을 품고 살아간다고 여긴다. 이 세상에서 살아가는 '정인군자'들은 고작 날아가는 새들이나 속일 수 있을 뿐, 우매한 백성에게 묻는다면 그는 생각도 하지 않고 "공정한 판결은 저승에 있다!"라고 대답할 것이다.[16]

형이상학은 없고 저승만 있는 것이다. 망령 문화와 지역 언어의 환경으로 국민 영혼의 특색을 고찰한 것은 당연히 그의 발견이다. 그러나 그 속에서 그의 모순되는 부분을 엿볼 수 있다. 한편으로는 예술방식으로 저승의 인상을 표현한 희곡·그림에 대해 그는 호기심과 감상하는 태도를 가지고 있으면서, 다른 한편으로는 귀신문화가 '하층민'의 일상생활에 가져다주는 두려움과 불행에 대해 깊은 동정을 표했다. 《무상》과 《축복》의 두 가지 형태와 두 가지 심미효과는 모두 그의 마음속에서 사오싱 문화에 대한 복잡한 태도를 증명해준다. 한편 그런 낡은 풍습이 사람에게 입히는 상해는 그 유물이 보유한 심미적 쾌감을 훨씬 초월한다.

하나의 전통이 지혜를 묻어버릴 때면 정신적 차원은 대개 허물어져버린다. 절동 문인의 창조성은 세속적인 힘의 오염을 당해낼 수 없다. 매번 글의 풍격이 떨어진다는 생각을 할 때마다 그는 통탄하곤 했다. 소설에 나타난 웨이좡·루전 등 곳에는 앞잡이에 의한 파괴와 강도에 의한 파괴가 적지 않았다. 옛 사람의 전통이 어떻게 넋이 나간 인생의 정서로 변화했는지에 대해 그는 상세하게 묘사했다. 독자들은 '하층민'의 비극에 울고 슬퍼하면서, 한편으로는 그 곳의 고풍스러움에 경의를 느끼게 된다. 이처럼 서로 부정하는 존재성에서 그의 철학을 볼 수가 있는 것이다. 루쉰이 풍속을 통해 본 형이상적 의미의 존재는 바로 도스토예프스키가 일상성을 통해 신의 존재를 본 것과 같은 맥락이다. 이치로 설명할 수 없는 뒷면의 긴 그림자는 정신의 무한한 가능성을 암시해준다.

만년에 이른 루쉰이 여조女弔: 목 매 죽은 여자 귀신을 가리킴-역자 주 를 찬양하면서 중요하게 생각한 것은 그 사오싱의 귀신이 선사하는 혈기 넘치는 아름다움이었다. 그는 그 형상에서 매력적인 존재를 발견했다. 그것은 곧 사회 최하층에서 압박 받는 백성들이 신기한 존재를 창조해낸 것이다.

그 여자 귀신이 이상한 얼굴빛을 하고 백성들의 고통을 부르짖고 있는데 마력 같은 반짝임이 있다. 혹은 마력 같은 아름다움을 갖추었다고 말할 수도 있겠다. 그밖에 영신회신을 맞아들이는 행사-역자 주 의 많은 귀신들이 소년시절 루쉰에게 큰 영향을 주었다. 그는 그런 표현 형태와 그림 형태를 통해 인간이 아닌 존재에 대해 표현할 수 있는 미적 감각을 발견했다. 이 부분에 대해서 우리는 명·청 이후 문인의 필적에서도 가끔 만날 수 있다. 그러나 이를 정신적 높이로 끌어올려 살펴본 것은 루쉰이 최초이다.

만약 그가 사오싱의 민풍에 취해서 몽롱한 눈으로 흐뭇해 하면서 필사하는 데에만 그쳤다면 당연히 더 많은 민속의 비밀을 발견할 수 없었을 것이다. 그는 풍속을 통해 문화의 의문점을 발견하고 그 속에 존재하는 비인간적인 문제를 포착했는데 그의 독특한 시각을 보여준다. 그의 소설 속의 많은 풍속들은 실제 사람들의 생활에서는 아무런 의미도 없는 것들이다. 《내일明天》 속 단사아주머니單四嫂子가 아무리 민간의술을 다 써도 죽어가는 아이를 살릴 수는 없었다. 그 유구한 유풍이 루전의 사람들에게는 빛 좋은 개살구일 뿐이었다. 그의 산문 《아버지의 병환父親的病》에서는 민간 중의 의사의 미신적인 언어표현이 사람들에게 가져다주는 부정적인 요소에 대해 호되게 꾸짖었으며, 강대한 민풍 속에서 일루의 삶의 희망도 보이지 않으며 차례를 짓는 것은 오로지 절망뿐인 현실을 비난했다.

저우쭤런이 절동의 민속에 대해 논한 내용에는 애매모호한 부분이 많으나 루쉰은 선택적으로 비판했다. 그런 비논리적인 심미성이 우리에게 새로우면서도 기괴하고 황당한 화면 감각을 느낄 수 있게 한다. 그 속의 아름다운 그림 중에는 사오싱 문화에 물들었기 때문에 도움이 된 것도 있다. 이로부터 우리는 민간성과 역사 철학 사이의 어둠과 밝음이 끊임없이 반복되는 관계를 볼 수 있는 것이다.

낡은 풍속 중에서 어린이들을 즐겁게 하는 존재는 역시 너무 제한적이다. 루쉰은 절동 문화 중에서 어린이의 심성과 동떨어진 유전에 대해 불만스럽게 생각했다. 그는 어른화 된 민간 이념에 대해 뼈에 사무치게 언짢아했다.

《이십사효도二十四孝圖》는 유교의 내재적 정서에는 크게 불경스러운 것이었다. 다른 한 시각으로 그 유물들을 비추어보게 되면 그 속에 큰 문제가 존재한다는 것을 발견할 수 있을 것이다.

《이십사효도》에서 루쉰은 이렇게 썼다.

> 내가 본 그 저승의 그림들은 모두 집안에 소장되어 내려오던 오래된 책들로서 나 혼자만의 소유가 아니다. 내가 제일 처음으로 갖게 된 그림책은 집안의 한 어른이 선물한 《이십사효도》였다. 그 책은 아주 얇은 책이었지만 아래에는 그림이고 위에는 설명이 적혀 있었으며 귀신이 적고 사람이 많이 등장하는데다 또 나 혼자만의 것이었기 때문에 나는 너무 기뻤다. 책 속의 이야기는 누구나 다 알 수 있을 것 같았다. 글을 모르는 사람일지라도 예를 들어 아장阿長과 같은 사람일지라도 그림을 한 번만 보고나면 그림 속의 내용을 막힘없이 이야기할 수 있을 것이다. 그러나 나는 기쁨도 잠깐, 바로 흥이 깨지고 말았다. 나는 다른 사람에게 청 들어 24개의 이야기를 다 들은 후에야 '효'가 이처럼 어려운 일이라는 것을 알게 되었던 것이다. 그 이전에 효자가 되고자 했던 것이 허황된 망상이라는 것을 알게 되었으며 철저히 절망했다.[17]

민간의 그 그림책들은 아무런 이해관계가 없는 사람의 눈에는 물론 재미있는 부분이 있겠지만 일단 인생과 연결시켜 본다면 문제가 많았다. 루쉰은 풍속도 사람을 잡아먹고 있음을 분명히 알게 되었다. 그 기이한 귀신들은 젊은이들이 즐겁게 생활하는 데 아무런 도움도 안 될 뿐만 아니라 오히려 사람들에게서 기쁨과 위안을 앗아가거나 가두어 버릴 수도 있는 것들이었다. 풍속과 예교가 일체가 되었을 때 인간의 본성은 높은 벽에 부딪쳐 햇빛을 볼 수 없는 곳에 격리되어 버리는 것이다.

그때까지만 해도 일반 차원에서 서술한 것에 지나지 않았다. 그러나 《축복》에서는 풍속과 예교가 사람을 잡아먹는 화제를 다루면서 모습이 더 분명해졌다. 상림 아주머니를 죽인 것은 보이지 않는 헛소문과 백성의 신앙이다. 죽은 후의 유혹, 영혼의 존재가 생존할 방법이 없는 사람을 죽음으로 몰아간 것이다. 사오싱의 시적 정취는 이로써 끝나버렸다. 그 유구하고 의미 있는 유풍들이 이 세상을 살고 있는 여성에게 무슨 위안을 줄 수 있단 말인가? 소설 속에서 루전의 환경과 유전이 그처럼 깊이 드러나고 있다. 마치 일종의 종교적 그림 속의 경치와도 같다. 어둠 속의 알 수 없는 존재와 서로 연결되어 있는 사람과 일들이 철학과 시적 의미를 띠게 된 것이다. 상기 이야기에 대해 서술할 때 그는 그처럼 잔혹하면서도 괴로워했으며 한편으로는 또 부드러운 힘을 보여주었다. 고향에 대한 함축적인 서술은 다양한 가락으로 구성되었다. 우리는 유가문화에서는 볼 수 없는 이색적인 필법을 보았다. 혹은 루쉰이 자신의 생명의 빛으로 허무한 존재 영역을 밝게 비추었다고도 말할 수 있다.

필자는 가끔 루쉰이 절동 사람의 성격으로 절동의 한 전통을 뒤엎고 있다는 생각을 한다. 게다가 현대적 시각으로 절동 문화에 또 다른 의미를 부여했다. 유구한 유풍이 만약 시대적으로 단절된 상태로 멈춰버린다면 없어질 수도 있다. 루쉰의 등장으로 그런 유풍을 발견했으며 또 그 혼탁한 존재를 깨끗이 씻어냈다. 그는 그러한 지역적 풍토 인정에 대해 살필 때

막강한 힘을 가지고 있었으며 사상이 하늘로 날아올라 자신에게 익숙한 존재를 굽어보면서 자신을 거기에 속하지 않도록 했다. 그러나 그는 정말로 거기에 속하지 않는 것일까? 왜 절동 땅에 오게 되면 항상 그 키 작은 작가를 떠올리게 되는 것일까? 그가 아니었다면 사오싱의 색채가 이처럼 멀리까지 고루 비추며 여운을 남길 수 있었겠는가?

참고문헌

1) 周作人:《鲁迅的故家》, 见周作人、周建人:《年少沧桑:兄弟忆鲁迅(一)》, 30页, 石家庄, 河北教育出版社, 2002。

2) 这是绍兴先贤王思任的一句话, 鲁迅在《女吊》等文章多次引用过。

3) 《鲁迅全集》第八卷, 39页, 北京, 人民文学出版社, 1981。

4) 钟叔河编:《周作人文类编》第六卷, 100~101页, 长沙, 湖南文艺出版社,1998。

5) 钟叔河编:《周作人文类编》第九卷, 615页。

6) 《宋元方志丛刊》第七册, 6723页, 北京, 中华书局, 1990。

7) [日] 福田亚细男:《日本民俗学方法序说——柳田国男与民俗学》, 212页, 北京, 学苑出版社, 2010。

8) 《鲁迅全集》第十卷, 32页, 北京, 人民文学出版社, 1981。

9) 《鲁迅全集》第十三卷, 219页, 北京, 人民文学出版社, 1981。

10) 《鲁迅全集》第十四卷, 38页, 北京, 人民文学出版社, 1981。

11) 关于王充, 鲁迅在《女吊》一文也提及过, 对他的学问颇为赞赏。

12) 邵毅平:《论衡研究》, 277页, 上海, 复旦大学出版社, 2009。

13) 袁华忠等译注:《论衡全译》, 1416~1417页, 贵阳, 贵州人民出版社, 1993。

14) 夏明钊译注:《嵇康集译注》, 145页, 哈尔滨, 黑龙江人民出版社, 1987。

15) 牟宗三:《才性与玄理》, 278页, 桂林, 广西师范大学出版社, 2006。

16) 《鲁迅全集》第二卷, 269~270页。

17) 《鲁迅全集》第二卷, 253~254页。

鲁迅

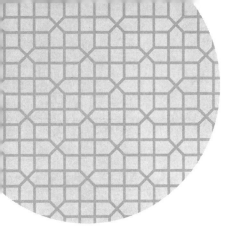

길손과 구경꾼

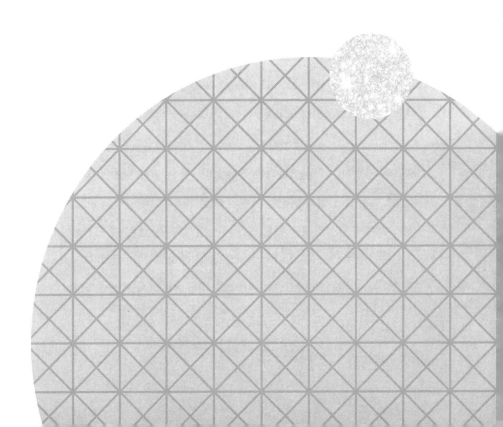

길손과 구경꾼

그는 영원히 걸어가고 있다. 절대 걸음을 멈추지 않을 것이다. 그는
종점이 없는 여정이야말로 생명의 빛나는 과정임을 알고 있다.

①

사오싱(紹興)을 제외하고 루쉰에게 있어서 베이징은 가장 중요한 생활
지역이었다. 그와 베이징 교육기관의 관계, 여러 문인단체와의 왕래, 그리고
자신의 의식주행은 모두 베이징과 깊이 얽혀 있다. 그 회색의 옛 도시가 그의
글에서는 일종의 바탕색이 되기도 하고 또 그의 생명과 대응되는 이색적인
의미를 띠기도 한다.

베이징에서의 그의 생활과 관련해 저우쭤런이 많은 기록을 남겼으며 그
기록들은 모두 훌륭한 자료로 남았다. 어떤 지역에 대해 저우 씨 형제가
느끼는 느낌은 언제나 차이가 났다. 제경帝京(제후의 수도)인 베이징의 경우
루쉰과 저우쭤런에게는 복잡한 존재였다. 한 사람은 제경을 역사 인지의
배경으로 보고 있었기 때문에 예술의 그림자가 많았다. 혹은 제경을 예술의
사고 속에 융합시켰다고 말할 수 있다. 다른 한 사람은 옛 도시를 지식의
기호로 보고 이 도시를 하나의 큰 책으로 간주하고 읽고 있었다. 그들과 이
도시의 관계는 현대문화의 발전과정과도 다방면으로 서로 얽혀 있었다.

루쉰과 저우쭤런을 연구하는 학자들은 두 사람의 심미적 차이가 그처럼 큰 것에 놀라움과 의아함을 금하지 못했던 적이 있다. 그 차이는 베이징에 대한 태도에서 분명하게 드러난다. 저우 씨 형제에게 베이징은 흥미로운 화제였다. 그러나 두 사람은 베이징 문화에 대해 전문적으로 연구하는 학자가 아니었기 때문에 베이징 문화의 발전과 변화 과정에 대해 논술한 전문적인 저술은 남기지 않았다. 그래서 그들의 견해와 관점은 소소하게 흩어져 있으며 체계를 형성하지는 못했다. 20세기 베이징 문화의 변화 발전에 대해 논함에 있어서 루쉰과 저우쭤런은 거론하지 않을 수 없는 존재이다. 그들의 학술활동과 창작이 베이징에 끼친 영향은 결코 가볍게 볼 수 없는 것이다. 이는 그들이 교사와 작가·학자의 신분으로 베이징 신문화 전통의 건설에 참여했기 때문만이 아니라 중요한 것은 베이징의 존재가 두 사람에게 일종의 참조 대상이 되어 중국의 시골에 대한 그들의 문화적 상상을 잠재적으로 제약하고 또 풍부히 했기 때문이다. 만약 베이징에서의 생활 경험이 없었다면 루쉰의 시골 소설 속의 경치가 그처럼 짙은 지역적 색채를 띠지 못했을 수도 있다. 한편으로 저우쭤런의 강남 민속 관련 묘사에서도 당연히 대조적인 색채가 부족했을 것이다. 그래서 저우 씨 형제와 베이징의 관계에 대해 탐구할 때 필자는 주로 두 사람의 창작에서 베이징의 이미지가 차지하는 위치와 현대 베이징 인문전통 속에서 두 사람이 차지하는 비중에 대해 더욱 관심을 가졌다. 이 두 가지를 명확히 하게 되면 현대 사상가와 지역문명 간에 복잡하게 얽힌 문화의 매듭을 엿볼 수 있다. 현대의식의 성장점이 때로는 이러한 문화적 충돌과 무관하지 않다.

1912년 5월, 루쉰이 베이징에 왔고, 5년 뒤에 저우쭤런도 루쉰의 추천으로 베이징에 와 일자리를 찾게 되었다. 처음에 그들은 성남城南의 사오싱회관에서 살다가 후에 함께 서성구西城區의 팔도만八道灣으로 ·이사했다. 두 사람에게 베이징은 생계를 위한 곳이었기 때문에 이 도시의 생활 분위기며 민속 정서에 대해 매우 좋아했다고는 할 수 없다. 저우 씨 형제에게 베이징은 라오서老舍처럼 혈연적 연계가 있는 곳이 아니었다. 그들의 언어는 베이징 후퉁(胡同, 골목) 풍격의 암시를 받은 적이 거의 없고 베이징의 지역 색채는 일종의 배경에 불과하며 두 사람이 사는 세계와 주변 사람들 사이에는 장벽이 존재했다. 루쉰은 베이징에서 15년간 살았지만 그 제경을 회고하고 그리워하는 글은 단 한 편도 쓴 적이 없다. 어쩌다 옛 성의 흔적에 대해 언급하더라도 반어적인 풍자를 띤 태도를 보이곤 했다.

　한 번은 린진란林斤瀾 작가가 필자에게 루쉰이 베이징의 후퉁과 사람에 대한 글을 쓸 때면 즐겁게 감상하거나 부러워하는 시선은 전혀 보이지 않고 오히려 조롱이 섞여 있다고 말한 적이 있다. 필자도 그 견해가 맞는다고 생각한다. 덩윈샹鄧雲鄉 교수가 《루쉰과 베이징 풍토》라는 책을 쓰면서 많은 고생을 했음에도 루쉰이 책을 찾아 다녔던 곳과 차를 마셨던 찻집과 같은, 루쉰의 발길이 닿았던 곳에 대한 묘사만 있을 뿐, 루쉰과 시민 간의 감정 교감은 전혀 보이지 않았으며 여전히 대체로 공백으로 남아 있다. 그러나 저우쭤런이 베이징에 대해 논한 글을 보면 많은 화제가 담겨 있다. 가장 중요한 것은 북경을 일종의 참고로 삼았다는 것이다. 예를 들어 강남 물의 고장에 대한 묘사에서 베이징을 예로 들었는데, 이는 서로 간의 차이를 본 것이다. 《물의 고장을 그리워하며水鄉懷舊》에서 그는 이렇게 쓰고 있다.

베이징에서 지낸 지도 오래다. 이제는 북방의 풍토에 습관이 되어 남방에 있는 고향에 대한 그리움이 간절하지 않은 것 같다. 그저 가끔씩 고향을 언급하면서 베이징과 비교해볼 뿐이다. 그런데 결국 비교해보니 부족함이 더 잘 드러나 자랑해 보이고 싶은 마음이 전혀 나지 않는다. 겨울만 봐도 그렇다. 민국 초년에 고향에서 몇 년간 지냈는데 해마다 발에 동상을 입어 봄이 되면 껍질이 한 층 벗겨지곤 했다. 그러나 베이징에 온 뒤로는 오히려 동상을 입은 적이 없다. 그래도 발뒤축의 상처자국은 40년 내내 그대로 있다. 여름이면 모기들의 포위 공격을 받아야 하는 것이 남방에서 제일 힘든 일이다. 낮에 글을 좀 쓰려면 모깃불을 피워 연기가 자욱한 가운데서만 겨우 완성할 수 있었다. 그래도 모기에게 몇 군데씩 물려야 했다. 그러나 베이징에서는 밤에도 나는 모기장을 드리우지 않는다 ……[1]

글에서는 어떤 문화적 평가에 대한 언급은 없고 다만 세월과 날씨에 대한 묘사뿐이며 깊은 이치에 대해서는 언급하지 않았다. 루쉰은 보통 거주하고 있는 도시의 장점에 대해서는 얘기하지 않았다. 그는 생활했던 사오싱·난징南京·도쿄·센다이·베이징·상하이 등지에 대해 모두 깊은 연정을 느끼지 않았으며 의연한 부분이 매우 많았다. 그의 소설에는 사오싱에 대한 내용이 특히 많다. 그러나 불만이 많았고 비판하는 어조가 강했다. 그의 강직한 성격이 많이 반영되었을 뿐이며 향토에 대한 그의 연정을 찾아보기가 매우 어렵다. 사오싱을 제외한 다른 도시에 대해서 그는 칭찬하는 경우가 극히 적었다. 이에 비해 베이징에 대한 견해가 다른 성省의 지역보다는 조금 나은 편이었으나 다만 그들 지역의 학술환경에 대해 그리워했을 따름이다. 그런데 베이징의 가장 주요한 문화경관에 대해서 그는 모두 별로 좋아하지 않았다. 예를 들어 장성·고궁 등에 대해 흥미를 느끼지 못했다. 그는 심지어 글에서 장성과 같은 유산에 대해 풍자하기까지 했다. 경극京劇에 대해서도 그는 큰 반감을 가지고 있었다. 경극을 몇 번 구경했으나 마음에 들지 않아 비난하던 나머지 서주까지 써부었다. 후에는 아예 영영 보지 않기에까지 이르렀다. 베이징인들의 능글맞은 말투와 노예상들이 특히 루쉰의 혐오를 샀다. 그는 글 속에서 본국인의 '지조가 없음无特操'을 꼬집곤 했는데 때로는 베이징인을 특례로 한 경우도 있었다. 루쉰의 눈에 비친 베이징의 색채가 어떠했는지를 찾아볼 수 없다면 그의 도시 관념상의 특징에 대해서도 아마 파악하기 어려울 것이다. 이 문제의 복잡성에 대해 학계에서는 공동 인식을 형성한 것 같다.

루쉰이 남긴 글을 보면 그는 베이징을 총망히 스쳐지나간 길손에 지나지 않으며 그 곳의 모든 것이 낯선 느낌이다. 그는 자신도 그 세계의 지나가는 나그네에 지나지 않으며 그 세계에 속하지 않는다는 것을 스스로 알고 있었다. 그런데 자신이 가야 할 곳은 어디인지에 대해서도 알지 못했다. 그저 걸어가고 있을 뿐이었다. 《야초·길손野草·過客》에서 말했듯이 말이다……

나는 계속 앞으로 걸어가야만 했다. 그곳으로 돌아가면 구실이 없는 곳이 없고, 지주가 없는 곳이 없으며, 추방과 굴레가 없는 곳이 없고, 겉발림 웃음이 없는 곳이 없으며, 거짓 눈물이 없는 곳이 없다. 나는

그들을 증오한다. 나는 절대 되돌아가지 않을 것이다! [2]

아주 많은 글에서 우리는 루쉰이 자신이 처한 환경에서 벗어나고자 하는 갈망을 읽을 수가 있다. 그가 꾸준히 자신을 추방하고자 하는 충동은 그의 글 속의 잠재적 선율이다. 루쉰이 베이징을 떠난 것은 하는 수 없는 선택이었다. 그는 도망치고 싶은 소원을 가지고 있었던 것이 분명하다.

그러나 그 후의 선택이 모두 좋다고만은 할 수가 없다. 길손의 마음이 항상 존재했기 때문이다. 후에 그는 상하이로 갔는데 후회했다. 그는 사람의 중후함과 학술환경을 놓고 보면 베이징이 상하이보다 훨씬 나았다고 여겼다. 저우쬐런이 베이징을 좋아했음은 두말 할 필요도 없다. 일본인들이 들어오자 문화인들은 잇달아 남방으로 도주했으나 그는 여전히 고우재苦雨齋에 머물며 이 옛 도시에서 고달픔을 견디면서 지냈다. 그 중에는 물론 복잡한 원인이 있었겠지만 제경에서의 생활에 미련을 두고 있었음은 부정할 수 없다. 그가 루쉰과 다른 부분은 그에게 자신의 활동무대가 있다는 것이었다. 그것은 애정과 기쁨과 위안이 있는 곳이다. 바깥세상이 아무리 고통스러워도 그는 그저 멀리서 바라만 볼 뿐이다. 혹은 구경꾼이라고 해야 할 것이다.

저우 씨 형제의 일생에 대해 묘사함에 있어서 베이징은 언급하지 않을 수 없는 단어이다. 두 사람이 그 도시에 가져다준 근심과 기쁨, 괴로움과 즐거움은 오늘날에 이르러서도 문화 맥락 속에서 여전히 일부를 느낄 수가 있다.

후스胡適가 '5.4'신문화운동 시기의 신문학新文學에 대해 회고할 때 한시도 잊지 않고 마음에 두고 있었던 사람 중에 저우 씨 형제가 있다. 후스는 학문과 문학적 재능을 놓고 말하면 그들이 일류라고 여겼다. '5.4'신문화운동에서 저우 씨 형제가 줄곧 중요한 인물들이었다는 사실에 대해서는 모르는 사람이 없다. 그들은 인본주의에 대한 해석에서 관점이 비슷하거나 서로 보완하곤 했다. 많은 명철한 견해들이 신문화사에서 빛났으며 후세 사람들은 이에 탄복하곤 했다. 루쉰과 저우쭤런은 베이징의 새로운 인문전통의 형성에 매우 큰 기여를 했다. 그들 두 사람이 그때 쓴 작품들은 지금도 많은 사람들에게 흥미진진하게 읽혀지고 있다. 문학석 이념·번역 사상·창작 풍격 등에 대해서는 앞 사람들이 이미 많이 논술했기 때문에 여기서는 거론하지 않겠다. 그들이 민속 문화에 대한 사고에서의 독창적인 사상과 베이징문화사에 남긴 흔적은 매우 의미가 있으며 뛰어난 가치를 가지고 있다.

경성의 문화 연혁에 대한 루쉰의 관심은 저우쭤런에 미치지 못한다. 그러나 그의 장서 중에는 베이징의 풍토인정과 관련된 것도 여러 부 있다. 《고궁 물품 조사 보고서故宮物品点査報告》와 같이 고궁의 문물을 소개한 도서를 제외하고도 또 《구도문물략舊都文物略》과 같은 자료들이 있다. 루쉰이 베이징에 대해 연구할 때는 늘 베이징을 역사 속의 한 점으로 삼아 관찰했으며 역사에서 분리시켜 조용히 관찰한 것이 아니다. 그러나 저우쭤런은 민속학 속에서 이 도시에 대해 살펴보는 것을 더 선호했다. 베이징 사회의 어두운 그림자가 그의 필 끝에서는 또 다른 색깔을 띠었으며 루쉰의 글에 비해 또 다른 특색이 있다. 베이징과 관련된 저우쭤런의 글은 매우 많다. 예를 들어《베이징의 다식北京的茶食》·《연경세시기燕京歲時記》·《〈연경세시기〉역본에 관하여關于〈燕京歲時記〉譯本》·《베이핑의 봄北平的春天》·《베이핑의 좋은 것과 나쁜 것北平的好壞》·《베이징의 풍속시北京的風俗詩》·《〈천교지〉서〈天橋志〉序》등이다. 글들이 모두 흥미성을 띠며 민속학적인 의미가 있다. 고서 중 베이징 관련 기록에 대해서도 그는 관심을 가졌다.《제경경물략帝京景物略》·《일하구문日下舊聞》·《연경세시기》·《구경쇄기舊京瑣記》등에 대해 모두 논평을 썼는데 사대부들의 일반적인 주장과 반대인 견해가 많았으며 일반 학자들과는 달랐다. 이처럼 민속학과 필기체 중의 비주류문화에 관심을 가졌던 것은 아마도 그 중의 민속적인 것을 보았기 때문일 것이다. 민속적인 것에는 민족 본연의 존재가 있어 진실한 흥미를 느낄 수가 있다.

그런 점에 대해서 루쉰은 줄곧 긍정하고 있었다. 그는 글에서 민풍과 신앙을 통해 국민의 성격을 엿볼 수 있다고 거듭 언급했었다. 그래서 장샤오위안江紹原이 민속학 연구에 몰두할 때 루쉰은 있는 힘을 다해 지지했으며 민속학을 최초로 국내 대학에 추천했다. 그러나 민속에 대한 견해에서 루쉰은 야성적인 것을 더 중시했고 저우쭤런은 심미적 정서를 더 중시했다. 루쉰은 소설에서 풍속 속의 인성의 역사를 보여주었고 저우쭤런은 지식학의 각도에서 사상을 다듬어냈다. 그들의 의도는 대체로 일치했다.

즉 모두 비정통적인 문화 속에서 본 민족의 성격을 인식할 수 있는 자원과 시각을 찾아냈던 것이다. 여기서 펼쳐 보인 정신적 이미지는 사대부들이 항상 중시하는 유가 · 도가 · 석가儒道釋의 방식보다도 훨씬 더 풍부하다. 저우쭤런은 《풍토지風土志》에 이렇게 썼다.

만약 또 다른 한 사람이 중국인의 과거와 미래에 관심이 있다면 그에게 역사학의 흥미를 낮고도 넓은 분야에 두게 하고 잡서를 볼 때부터 조정을 떠나 골목과 들판의 일에 관심을 돌리게 해 민간의 백성들과 점차 접촉하면서 국민생활역사에 대한 연구에 종사하게 한다면 비록 적막한 학문이라 할지라도 중국에 중대한 의미가 있을 것이다······ 우리는 베이징에서 살고 있는 사람들이니 베이징에 대해 말해보도록 하자. 연운십육주燕雲十六州의 지난 일이 기록으로 남아 있다면 재미있는 일이 아닐 수 없다. 애석하게도 그런 기록이 남아 있지 않다. 그래서 우리 이야기도 하는 수 없이 명(明)나라시기부터 시작해야 할 것이다. 명조말기의 《제경경물략》은 내가 즐겨 읽는 책이다. 비록 그 후 《일하구문》 등이 박식하고 정교한 면에서 그 책을 추월했지만 참고할 만한 유서일 뿐 《경물략》처럼 문학예술적 가치를 갖추지는 못했다. 청조 말기의 책 중에서 《천지우문天咫偶聞》과 《연경세시기》도 모두 훌륭한 책이다. 민국 이후에 출판된 즈차오즈枝巢子의 《구경쇄기》도 나는 아주 훌륭하다고 생각한다. 너무 적게 쓴 것이 아쉽긴 하지만. 최근 들어 영문으로 된 책 한 부를 시키바式場 박사가 일본어로 번역했는데 제목은 《베이징의 시민》이고 상, 하 두 권으로 되었다. 그에게서 한 부 선물 받아 읽어 보았더니 원래는 서양인이 베이징의 세시 풍속과 관혼상제의 예절에 대해 서술한 책인데 매우 재미있게 썼으며 삽화까지 그려 넣은 것이 속되지가 않았다……[3]

민속을 통해 베이징을 관찰하고 지역의 인정을 살펴보는 것이 저우 씨 형제에게는 흥미로운 선택이었다고 말할 수 있다. 만청 이후 베이징의 문인들이 점차 그 부분의 의미에 대해 알게 되었으며 미술과 문학 영역의 대가들은 모두 그 부분에 힘쓰기 시작했다. 루쉰의 벗인 천스쩡陳師曾이 바로 베이징의 풍토 세시에 큰 관심을 가진 대가 중의 한 사람이다. 그가 창작한 《베이징 풍속》은 옛날 베이징의 인물을 그렸는데 감화력이 있는 형태에 다양한 정서가 담겨 있어 말로 표현할 수 없는 미묘한 부분이 있다.

천 씨의 그림은 이미 사대부의 케케묵은 기풍을 벗어나 현대인에 대한 연민의 감정이 다분하다. 그의 그림 속의 상인·어린이·노부인에게서는 짙은 시정의 분위기가 느껴지며 베이징의 멋과 정서가 새어나오는 것을 느낄 수 있다. 작자는 그 속에 흠뻑 빠져 있기만 한 것이 아니다. 그 신선한 그림을 보면 지식인의 외로움을 은은히 느낄 수 있으며 민간의 중생에 대한 태도에 동정과 슬픔이 묻어 있는 것이 루쉰의 소설과 어딘가 비슷한 부분이 있는 것 같다. 루쉰은 천스쩡의 그림을 줄곧 찬탄해 마지않았다.

두 사람의 보통이 아닌 우정을 통해서도 비슷한 심미 태도를 찾아볼 수 있다. 첫째, 예술은 현실을 반영하는 것이라는 태도, 둘째, 민풍 속에 들어 있는 철학을 놓치지 않는 태도, 셋째, 현대인의 의식으로 낡은 예술형태를 깨우쳐 새로운 품격을 형성하는 태도이다. 이 세 가지를 천스쩡은 꽤 마음에 두고 있었으며 루쉰 역시 대체로 그러했다. 《베이핑첨보北平籤譜》의

머리말에서 루쉰은 천스쩡의 성과에 대해 긍정해 주었다. 그가 이 신식 민속화가에 대해 절찬한 사실을 통해서도 루쉰의 심미 열정을 분명히 느낄 수 있다. 새로운 민간 예술 속에서 한 민족의 건전한 정신을 표현하는 방식을 찾음으로써 거의 한 세대 5. 4신문화인의 마음을 사로잡았다. 오늘날 선총원 沈從文·펑즈카이豊子愷·라오서·리제런李劼人 등 이들의 창작 실적을 보면 그들이 지역문명 속에서 자양분을 섭취하는 용기에 탄복하지 않을 수 없다. 저우 씨 형제는 창작 실천으로 보나 이론적 자각으로 보나 다른 사람들보다 멀리 앞섰다. 그들은 강남사회를 관찰하거나 유구한 제경을 살펴보거나를 막론하고 일반 사람들에게서는 보기 드문 시각을 가졌다. 20년대의 베이징은 저우 씨 형제가 있음으로 인해 문단이 훨씬 무게감을 나타낼 수 있었던 것이다.

③

루쉰은 어쩌다 한 번씩 베이징에서의 생활에 대한 글을 쓸 때면 필치에서 어두운 분위기가 느껴지곤 했다. 소설에서나 잡문에서나 모두 오래된 베이징의 진부하고 억눌린 정서가 강하게 느껴졌다. 그가 물의 고향 사오싱에 대해 쓴 글에서도 비슷한 필치를 사용하긴 했지만 그래도 밝은 빛이 한 가닥씩 비쳐들곤 했었다. 《사희》와 《여조》와 같은 작품에서는 분명히 기이한 기운이 느껴졌으며 인성의 반짝이는 무엇인가가 나타났었다.

그러나 베이징의 후퉁과 회관 등의 정경에 대한 글을 쓸 때는 흥분점이 보이지 않았으며 오래 된 귀신이 그 곳들을 떠돌고 있어 숨을 쉴 수 없는 분위기가 느껴졌다. 《눌함》의 자서에서 그 자신이 생활하고 있는 사오싱 회관에 대해 썼는데 귀신의 기운이 느껴지는 것 같았다.

S회관에는 방이 세 개 있다. 이전에 한 여인이 정원에 있는 홰나무에 목을 매 죽었다는 소문이 전해져 내려오고 있다. 지금은 홰나무가 너무 높아 기어오를 수 없을 정도이지만 그 집에는 여전히 사람이 살고 있지 않다. 몇 년 전에 나는 그 집에 살면서 고비(오래 된 옛 비석 -역자 주)의 비문을 베끼면서 지냈다. 찾아오는 손님도 적고 고비에서도 무슨 문제나 주의 같은 것을 만날 수 없는 나날들 속에서 나의 생명은 소리 없이 사라져가고 있었다. 이 역시 나의 유일한 소원이기도 했다. 여름밤 모기를 쫓기 위해 부채질을 하며 홰나무 아래에 앉아 무성한 나뭇잎들 사이로 점점이 보이는 검은 하늘을 올려다보고 있노라면 매번 늦게 나온 차가운 자벌레가 목에 떨어지곤 한다.[4]

여기서 그가 베이징에서 생활할 때의 의기소침한 심정을 읽을 수 있으며 환경에 대한 그의 반응은 절망적이었음을 알 수 있다. 베이징에 대해 묘사한 많은 작품들은 모두 비슷한 바탕색을 띠었다. 《작은 사건一件小事》·《두발 이야기頭髮的故事》·《오리의 희극鴨的喜劇》·《조리돌림示衆》·《죽음을 슬퍼하며傷逝》·《형제兄弟》 등 작품에서는 베이징이라는 이 도시에 대해 기뻐 감상하는 어투를 사용하지 않았다. 오히려 이 도시 분위기를 암담하게 해 오래되고 낡은 성루의 상징이 되게 묘사했다. 《죽음을 슬퍼하며》에서 베이징의 후퉁과 거처에 대한 묘사를 보면 어두운 분위기에 질식할 것 같은 느낌이 들며, 따스한 온정이라곤 어디서도 느껴지지 않는다. 게다가 그의 문장은 얼마나 살풍경스러웠던지 그 상황을 보자.

내가 길조吉兆 후퉁을 떠난 것은 집주인들과 그 집 계집종의 차가운 눈초리 때문만은 아니다. 더 큰 이유는 아수阿隨를 위해서다. 그런데 "어디로 간단 말인가?" 살아 나갈 방도는 물론 아주 많다는 것을 나도 어느 정도 알고 있다. 또 간혹 어렴풋이 보이기도 한다. 바로 내 앞에 있는 것 같은 느낌도 든다. 그런데 나는 그 곳으로 들어가는 첫 걸음을 뗄 방법을 알지 못한다.

거듭 생각하고 비교를 해보았지만 오직 회관만이 나를 받아줄 수 있는 곳인 것 같다. 그 낡은 방과 그 딱딱한 나무 침상, 창밖의 반쯤 말라 죽은 그 홰나무와 자등 나무는 여전했다. 그러나 그때 내가 희망했던 기쁨·애정·삶이 이제는 모두 사라져버렸다. 오로지 내가 진실로써 바꿔온 허전함만이 존재할 뿐이다.

…………

이른 봄의 밤은 여전히 너무 길다. 오랫동안 멍하니 앉아 있노라니 오전에 거리에서 봤던 장례행렬이 떠오른다. 앞에는 종이 사람과 종이 말이 서고 그 뒤로 노래를 부르는 것과 같은 곡소리가 따라간다. 이제 와서 나는 그들의 총명함을 알 것 같다. 이 얼마나 홀가분하고도 간단명료한 일인가.[5]

흥미로운 것은 작자가 소설에서 또 한 번 회관에 대해 언급했다는 점이다.

그 낡은 집에 대한 묘사가 작자 필 끝에서 베이징의 상징적 건물이 되어버린 것이다. 이른바 '무쇠 집'이라는 인상도 사람들에게 그 낡은 집을 떠올리게 만든다. 그의 은유법에는 낡은 제경의 환경에 대한 조롱의 뜻이 포함되어 있다. 루쉰은 베이징 거처의 민속 정취와 그 사회학적 의미에는 전혀 관심이 없었으며 아예 그 곳을 묘지와 같은 사지로 간주했다. 소설의 서두에서부터 그는 이렇게 썼다.

회관 안 외진 구석에 있어 잊혀져버린 이 낡은 방은 적막하고 공허하기 그지없다. 세월은 빨리도 흘러 내가 자군子君을 사랑하고 그녀에 의지해 이 적막과 공허 속에서 도망쳐 나온 지도 어언 만 1년이 되었다. 세상일이란 참으로 공교로운 것 같다. 무슨 일인지 내가 다시 되돌아왔을 때 비어 있는 곳 또한 공교롭게도 방뿐이었다. 그 낡아빠진 창문, 창밖의 반쯤 말라 죽어 있는 그 홰나무와 늙은 자등 나무, 그 창가의 네모난 탁자, 그 허름한 벽, 벽에 붙어 있는 그 딱딱한 나무 침상은 여전히 원래 모습 그대로였다.[6]

저우쭤런은 루쉰의 창작에 대해 언급하면서 자신의 형에게는 다른 사람이 따를 수 없는 것이 있다면서 즉 중국 민족에 대한 깊이 있는 관찰이라고 솔직하게 말한 적이 있다. 그는 현대 중국 문인 중에서 자신의 형처럼 민족에 대한 어두운 비관 심리를 가진 이는 아직 존재하지 않는다고 여겼다. 루쉰의 베이징 생활의 일부분에 대한 저우쭤런의 서술을 통해 우리는 루쉰과 옛 제경 문화 간에 복잡하게 얽힌 관계에 대해 어렴풋이 느낄 수 있다.

예를 들어 유리창琉璃廠을 거닐거나, 익창식당益錩餐館과 화기 쇠고기 정육점和記牛肉鋪을 드나들거나, 직예서국直隷書局과 청운각靑雲閣을 왕래한 것 등이다. 루쉰의 생활에 대해 저우쭤런이 쓴 글에서는 베이징 풍속 속의 루쉰의 흔적을 분명히 읽을 수 있다. 이로써 문인과 시정의 흥미로운 그림이 구성되었다. 후세 사람들은 루쉰과 베이징의 관계에 대해 쓸 때 베이징의 느낌과 베이징의 정취에서 착수해 루쉰을 재경의 풍속도 속에 포함시켜 서술하기를 좋아했다. 그렇게 서술하는 것도 타당치 않은 것은 아니다. 적어도 옛 베이징의 생활이 색다른 색채를 띠게 했다. 그렇지만 우리는 절대 잊어서는 안 되는 것이 있다. 그것은 루쉰이 비록 오색찬란한 옛 성의 풍토 인정 속에 몸담고 있었지만 그의 세계는 그 곳과 전혀 어울리지 않았다는 사실이다. 그의 생활 배경을 흥미 있고 우아하게 민드는 것은 실제로 그의 정신세계를 단순화하는 것과 같다.

베이징에서 생활하는 많은 문인들은 그 곳의 역사 문물에 대해 찬양하곤 했다. 루쉰은 그 곳에서 박물관·공원·도서관을 기획 설립하면서 고궁 문물에 대해서도 어느 정도 알게 되었다. 그러나 그는 그 중의 어두운 부분을 너무 많이 보았으며 그에 대한 평가에서도 복잡한 태도를 보였다. 예를 들면 '대내당안(大內檔案, 황궁 문서)'에 대한 태도를 보더라도 그 베이징 황궁의 보물에 대해 지식인들은 모두 큰 관심을 가지고 있었지만 그의 견해는 참으로 남달랐으며 다른 사람들은 하지 않는 불평을 늘어놓았다.

이는 마치 몰락한 명문대가 집안의 폐지더미와도 같아 좋은 물건이라고 해도 되고 쓸모없는 물건이라고 해도 된다. 폐지이기 때문에 쓸모가 없는 물건이라고 하는 것이고, 몰락한 명문대가 집안의 물건이기 때문에 그 속에 좋은 물건이 끼어있을 수도 있는 것이다. 게다가 좋고 나쁘다는 평가는 사람의 견해에 따라 달라진다. 나의 거처 옆에는 쓰레기통이 하나 있는데 그 안에는 모두 주변 주민들이 버린 쓸모없는 물건들이다. 그런데도 아침마다 대바구니를 짊어진 사람들이 그 안에서 한 조각씩, 한 덩이씩 무슨 물건인지 주어가곤 하는 것을 볼 수 있다. 그들에게는 아직 쓸모가 있는 것들인 모양이다. 더욱이 지금은 황제가 여전히 존귀한 시기여서 '대내(황궁)'에 며칠만 놔두거나 혹은 '궁'자만 한 자 씌어져 있어도 흔히 사람들에게 각별한 중시를 받게 된다. 그건 정말 말해도 믿지 않을 것이다. 설사 민국시기라도 말이다.[7)]

루쉰의 말은 베이징 문물과 역사 연혁에 대한 태도를 개괄한 것 같다. 베이징에는 어디를 가나 역사의 자취를 만날 수 있다. 그러나 이 세상을 살고 있는 인생과 서민들과는 무관한 것 같다. 혹시 연관이 있다 하더라도 대개 주종식의 관계인 경우로서 정신적으로는 고통스러운 것이다. 그러한 시공간 속에서 사람들이 만약 기쁨과 위안, 행복을 느낀다면 그는 제왕이 아니면 노비이다. 많은 글 속에서 루쉰은 마치 늘 이 점에 대해 암시하는 것 같다.

이는 또 라오서를 떠올리게 한다. 오늘날 베이징인들은 그에 대해 논할 때 그를 옛 베이징 품격의 대표로 생각하고 있으며 어떤 민풍의 아름다움과 갈라놓을 수 없다고 생각한다. 사실 라오서가 베이징에 대해 쓴 글에는 기독교적 자비와 연민의 정이 들어 있다. 그 글들에는 후통에 살아가고 있는 인생들에 대한 동정과 어찌 해 볼 이치가 없는 슬픔이 많다. 그의 글들에서 언어의 아름다움은 자아창조를 거쳐 완성된 것이며 베이징의 정서 중에서 저속적인 것을 걸러낸 결과이다. 옛 베이징의 역사에 대해 그는 절망이 위안보다 많았고 슬픔이 기쁨보다 컸다. 그런데 어찌 된 영문인지 후에 그를 본받은 사람들은 하필 풍속의 아름다움에 대해 쓰는 것을 좋아해 이 땅을 제왕화와 귀족화시켰다. 결국 라오서와는 더 멀어진 것이다. 5.4신문학 시기에서 지금까지 시간이 겨우 몇 십 년밖에 흐르지 않았지만 그 세대 사람의 심리상태는 지금 사람과 너무 큰 차이가 난다. 이는 문화사의 비애라 하지 않을 수 없다.

④

루쉰과는 달리 저우쭤런은 주변의 세계에 대해 때로는 감상하는 태도를 취했다. 그가 쓴 《베이징의 다식》·《베이핑의 좋은 것과 나쁜 것》·《베이징의 풍토시》 등 작품은 모두 학자식의 되돌아봄이며 라오서와 같은 뼈에 사무치는 체험은 없다. 그가 베이징을 바라보는 시각은 그가 일본 유학시기 도쿄를 바라보는 시각처럼 역사를 읽는 것 같다. 이를 통해 그가 느낀 것은 주로 학문적인 여운이며 이로부터 흥망에 대해 생각하고 문화 흐름의 변화를 생각하게 되었다. 1924년 그가 글에서 옛 성의 거리를 걸을 때의 느낌에 대해 쓴 적이 있다. "나는 서사패루西四牌樓 남쪽으로 걸어 지나다가 '이복재異馥齋'라고 쓰여져 있는 한 장(丈) 남짓한 높이의 통나무 간판을 보고 저도 모르게 마음이 끌렸다. 그것은 간판에서 그 점포가 의화단 전부터 대대로 물려 내려오는 점포임을 알 수 있을 뿐 아니라 희미하고 어두운 글자는 향을 피우고 조용히 앉아서 편안하고 한가로우며 풍성하게 살 수 있는 삶에 대한 나의 판타지를 불러일으켰기 때문이다."[8] 이와 같은 독백은 마치 외지 유람객이 보고 느낀 점과 같다. 이는 분명히 자신을 줄곧 타성 사람으로 생각한 것이다. 그는 자신의 학술생애에 대해 언급하면서 명·청·민국 이래 출판된 베이징 풍토인정 관련 저서들을 잊지 않았으며 그 중에서도 민속학 의미가 있는 작품에 대해 특히 깊은 관심을 보였다. 예를 들어 천스쩡의 《베이징 풍속》에 대해 논하면서 그는 이런 내용의 글을 쓴 적이 있다.

풍속을 그리는 화가는 많지 않다. 그렇기 때문에 스쩡의 풍속도는 참으로 귀중한 작품들이다. 그의 그림은 모두 만화 풍으로 되었으며 필법이 서정적이다. 한 눈에 쉽게 알아볼 수 있는 거친 작품과는 전혀 다르다. 예를 들어 장례식送香火, 장례식 인부執事夫, 拾窮人, 군고구마烤蕃薯, 나팔을 불고 북을 치는 사람吹鼓手, 상갓집 북喪門鼓 등 그림에서는 모두 슬픈 정서가 느껴진다.[9]

저우 씨 형제는 풍속을 대하는 시각이 매우 현대적이다. 그들은 풍속을 통해 인간 세상의 희와 비를 반영하는 천스쩡 식의 필법을 동정하고 찬양했다. 그러한 필법은 귀기(鬼氣)와 세속적인 고리타분한 기운이 없고 대신 인문의식의 요소가 많기 때문이다. 그것은 서양학문의 영향을 받은 사람만이 가질 수 있는 마음이다. 흥미로운 것은 저우 씨 형제가 베이징 문화 중의 진부한 것에는 흥미를 느끼지 못했다는 사실이다. 예를 들어 경극을 좋아하지 않았으며 풍자하는 말도 많이 했다. 원래 경극은 처음에는 민간에서 생겨나 원시적인 분위기가 짙었으며 민간의 힘을 반영했었다.

그러나 베이징성에 들어온 후 사대부들에 의해 아무 의미도 없는 흐리멍덩한 것으로 바뀌어 혐오감이 들게 하였다. 저우쭤런은 매 번 경극의 곡조를 들을 때마다 아편장이가 생각난다면서 그것은 마취 효과 때문임이 틀림없다고 말한 적이 있다. 루쉰은 더욱 직설적으로 말했다. 그는 《메이란팡과 또 다른 것에 대한 약론(상)略論梅蘭芳及其他(上)》이라는 글에서 심지어 비꼬기까지 했다.

유명한 연극배우를 숭배하는 것은 원래부터 베이징의 전통이다. 신해혁명 이후 연극배우의 품격이 높아져 숭배도 공개적이 되었다. 처음에는 단쟈오톈譚叫天 한 사람이 연극계를 호령했다. 모두들 그가 훌륭한 기예를 갖추었다고 했다. 그러나 아마도 권세나 재물에 아부하는 요소도 섞여 있었을 것이다. 그는 '노불야老佛爺: 부처를 낮춰 이르는 말인데 청대 황태후와 태상황제에 대한 존칭이다.

-역자 주' —자희태후가 높이 평가한 적이 있기 때문이다······

그 후 유명해진 메이란팡은 그와 달랐다. 메이란팡은 생(生: 경극에서 남자 배역 -역자 주)이 아니고 단(旦, 경극에서 여자 배역 -역자 주)이었으며 황실의 예인이 아니라 서민의 총아였다. 그리 되니 사대부들이 감히 손을 댈 수 있게 되었다. 사대부들은 언제나 민간의 물건을 빼앗아 죽지사竹枝詞: 옛날 민가(民歌) 색채가 짙은 시체(詩體)의 하나로, 형식은 7언절구로 되어 있음 - 역자 주)를 문언文言으로 바꾸고

'가난한 집의 고운 딸'을 첩으로 삼듯이 수중에 넣어버렸다. 그런데 그들의 손만 타게 되면 그 물건은 그들과 함께 멸망하는 길밖에 없다. 그들은 그를 일반 사람들 속에서 꺼내 유리덮개로 덮어 화류장으로 만들었다. 그에게 대부분 사람들이 알아들을 수 없는 말로 몸을 비비꼬며 《천상의 선녀가 꽃을 뿌리다天女散花》·《대옥이 꽃을 묻다黛玉葬花》를 무대 위에서 연극으로 펼쳤다. 처음에는 그가 연극을 했는데 후에는 연극이 그를 위해 만들어졌다. 무릇 새로 창작되는 극본은 메이란팡만을 위해 존재했으며 그것도 사대부 마음속의 메이란팡을 위한 극본이었다. 우아해지긴 했지만 대부분 사람이 봐도 알 수 없으니 보려고 하지 않으며 또 스스로 볼 자격이 없다고 여겼다.[10]

베이징의 민간예술은 황권의 침해와 사대부의 간섭을 받아 생기를 띤 문화유산이 아주 적다. 루쉰이 베이징의 풍토를 찬양하지 않은 것도 어쩌면 그런 이유 때문일 것이다. 그 후 베이징파京派 (베이징 배우의 공연 풍격을 특성으로 삼는 경극 유파 -역자 주)·상하이파海派 (상하이 배우의 공연 풍격을 대표로 하는 경극 유파 -역자 주) 관련 견해도 대체로 낡은 사고방식을 답습한 것이다. 이른바 "베이징파는 관리들의 아첨꾼"이라고 한 것도 이러한 사고방식의 산물이다. 베이징 문화에 대한 루쉰의 견해는 대부분 인성과 개성 정신에 대한 사고를 토대로 삼았으며 개인 본위를 강조했다. 저우쭤런은 예술적, 학술적 시각으로 사물을 대하는데 습관이 되어 있으며 그 속에서 지혜를 늘려주는 학식을 추상적으로 받아들일 수 있기를 바란다.

무릇 민속에 대해 언급할 때면 그는 언제나 과학적인 시각으로 생각을 거듭하곤 했다. 그의 글은 현대적 이성의 힘이 강해 제경에 심취된 진부한 문인들과 비하면 그래도 어느 정도 밝은 부분이 있다. 그가 1940년에 쓴 《추석 달中秋的月亮》과 곽예신郭禮臣의 《연경세시기》는 느낌이 크게 다르다. 혹은 상반된 주장을 내세웠다고 할 수 있다. 그가 풍토에 대해 감상하는 것은 스스로 즐기는 베이징 분인의 방식이 아니라 때로는 의심과 비판의 어조를 띨 때도 있다. 풍속에 대한 그의 긍정적인 태도는 조정에서 멀리 떨어져 점차 일반 서민들과 접촉하면서 비정통문화에 대해 흡족함을 느낀 데서 비롯되었다. 그러나 때로는 그 속에 존재하는 외설적이고 추악하며 미신적인 것을 배척하는 태도가 생기기도 했다. 그가 베이징에 대해 논한 글을 보면 유연함 속에 씁쓸함도 담담히 느껴진다. 《추석 달》에는 이러한 그의 심리상태가 어느 정도 반영되었다.

곽예신은 《연경세시기》에서 이렇게 썼다. "경도에서 팔월제라고 하는 것은 바로 추석이다. 매년 추석이 되면 명문대가들은 모두 월병(月餅)과 과일들을 서로 선물하곤 한다. 추석날 밤 둥근 달이 뜰 때를 기다려 정원에 과일들을 차려놓고 달에게 제물로 바치며 콩과 맨드라미를 제상에 올려 제를 지낸다. 그때가 되면 밝은 달이 하늘에 높이 걸리고 채색 구름들이 흐르는 가운데 서로 술잔을 나누며 자녀들이 시끌시끌한 것이 그야말로 즐거운 명절이라 할 수 있다. 다만 달에게 제사를 지낼 때 남자들은 절을 하지 않는다. 고로 경도 속담에는 '남자는 달에게 소원을 빌지 않고 여자는 부뚜막 신에게 제사를 지내지 않는다'라고 했다." 이 글은 40년 전에 쓰여진 것이지만 오늘에 이르러서도 풍속에는 별로 큰 변화가 없는 것 같다. 비록 민생이 어려워져 물가가 2년 전에 비해 5배 넘어 올랐지만 추석에 월병을 먹는 것을 포기하는 것은 원치 않는 것 같다. 달구경에 대해서는 꼭 흥미를 느끼는 것은 아니다…… 나는 달구경에 별로 흥미를 느끼지 못한다. 눈 구경도 그렇고 비 구경도 마찬가지이다. 그것은 자연에 대한 두려움이 애정보다 더 커 스스로 자연을 극복할 능력이 있다고 믿지 못하기 때문에 문명인의 일부 향락이 나와는 별로 인연이 없는 것이다.[11]

베이징에서 몇 년이나 생활했으면서도 스스로 그 오래 된 도시의 낯선 일원이라고 느끼고 있는 것을 통해서도 그의 사상이 외계와 서로 통하지 않고 있다는 사실을 증명해 주고 있다. 저우 씨 형제는 자신이 나서 자란 땅에 깊은 정을 가지고 있으면서도 또 먼 것 같은 느낌을 느끼며 고락을 동반하고 있다. 만약 루쉰을 베이징의 길손이라고 한다면 저우쭤런은 옛 도시의 구경꾼이라고 말할 수 있다.

길손은 총총걸음으로 갈 길을 서두르며 다니니 주변 세계를 귀숙歸宿 (집으로 돌아가는 것 - 역자 주)으로 여기지 않았고, 구경꾼은 그 사회의 변두리에 서서 해가 떴다가 지고, 사람이 나타났다가 사라지는 것을 보면서 현세 속의 사람들은 할 수도 없는 냉정한 말들을 하곤 했다. 베이징에 대한 루쉰의 관점은 줄곧 크게 바뀌지 않았으나 저우쭤런은 자꾸 바뀌었다.

그러나 한 사람은 불변 속에서 변하고 있었고, 다른 한 사람은 변화 속에서 변하지 않고 있었다. 두 사람은 뭇사람들과는 다른 이미지를 남겼다. 그들은 베이징에서 생활했었지만 베이징에는 속하지 않았던 것이다.

⑤

1926년에 루쉰은 남하했다. 그때 그는 이미 저우쭤런과의 사이가 틀어진 뒤였다. 고성古城을 떠난 뒤 그 도시에 대한 견해도 점차 냉정해져 우연히 거론하게 될 때면 괜찮은 견식이 드러나곤 했다. 몇 마디씩 하는 말 속에서 베이징에 대한 그의 호감을 희미하게 느낄 수 있다. 1932년 11월 그가 가족을 만나기 위해 베이징으로 돌아왔을 때 쉬광핑許廣平에게 보낸 편지에 이렇게 썼다.

지금 이곳은 날씨가 별로 차지 않아 외투를 걸칠 필요가 없다네. 참으로 신기하지 않은가. 오랜 벗들이 나를 참 잘 대해주고 있네. 오로지 이익관계만을 목적으로 하는 상하이와는 전혀 다르다네. 고로 우리가 이곳으로 이주한다면 상하이에서보다 더 재미있을 것 같다는 생각이 드네.[12]

훗날 그는 베이징의 좋은 점에 대해 몇 번이나 언급했다. 특히 고대 문화의 분위기는 상하이가 따를 수 없는 부분이라고 말했다. 1933년 10월에 정전둬에게 보낸 편지에 그는 이렇게 썼다.

상하이에서는 편지지를 수 십 가지나 찾아 모았지만 모두 베이핑北平의 것보다 못하더군. 항저우杭州 · 광저우廣州 등지에서도 벗에게 부탁해 찾아보게 했으나 역시 베이핑의 것보다 못했으며 상하이 것에도 미치지 못하더군. 게다가 상하이 편지지인 것이 많더군. 참으로 우습지 않은가. 그런데 이는 수집자가 문외한이기 때문일 수도 있네. 어쨌건 상하이를 제외하고 많이 수집할 수 있기를 바라는 것은 아마도 어려울 것 같네. 베이핑에서는 개인이 사용하는 편지지 중에 잘 만들어진 것이 있네. 그 편지지들을 전문 수집할 수 있었으면 하는 바람이네.[13]

그 시기 루쉰은 '베이징을 관찰하고 있었고' 저우쭤런은 점차 경성에서 '관찰'과 '묘사'의 대상이 되었다. 고도에서 오래 세월을 살아온 데다 또 벗들과 점차 하나의 문화권을 형성했기 때문에 저도 모르는 사이에 하나의 경관을 이루었다. 저우쭤런은 스스로 고되게 산다고 말했다. 그의 '고우재'를 찾는 손님들은 모두 청렴 고결하고 세속에 어두운 이들이었다.

선총원 沈從文이 자신이 쓴 글에서 '고우재' 사람들을 '베이징파'라고 한 적이 있다. 그 뒤로 '베이징파'라는 개념이 30년대 문단에서 유행되기 시작했다. 저우쭤런을 위수로 하는 '베이징파'는 자발적으로 조직된 단체가 아니다. 어떤 운동을 거친 것도 아니고 사조도 아닌, 오로지 비슷한 흥미와 비슷한 심미 정서, 비슷한 인생 태도를 가진 사람들로 구성된 집합체이다.

'베이징의 구경꾼'에서 '베이징인의 관찰 대상'이 되면서 저우쭤런은 비주류인에서 사회 유명 인사로의 전변을 실현했다. 그 전변은 그 자신의 성과로 이뤄진 결과로서 의도한 흔적은 보이지 않는다. 선총원 은 부러워하는 필치로 저우쭤런과 펑원빙馮文炳[본명은 페이밍(廢名)]의 글의 절묘한 점에 대해 묘사했다.

5.4운동시기부터 담백하고 소박한 언어와, 원초적인 단순함, 간단한 묘사의 아름다움이 한 시대 한 부류의 사람들을 지배했던 문학 흥미가 지금까지도 흔들리지 않는 막강한 세력을 갖고 있으며 엄연히 특별한 풍격의 선도자와 지지자가 되었다. 그가 바로 저우쭤런 선생이다.

자신의 소품문小品文이나 산문시, 소개 평론을 막론하고 모든 글을 '단순한 완벽함'으로 발전시켜 문구는 화려하나 텅 빈 수식에서 실실석인 서술로 철저히 바꿔 인류의 감정에 매우 가까이 다가갔다. 일본 소품문과 고대 그리스 이야기를 번역하거나 기타 약소 민족의 보잘것없는 문학을 번역할 때도 여전히 똑같은 어조로 소개해 중국의 젊은 독자들과 만날 수 있게 했다. 그 문체의 아름다움 때문에 가장 순수한 산문마저도 비록 시대는 발전했어도 여전히 세상 사람들에게 쉽게 잊혀지지 않고 있는 것이다.

············

그러나 문장에 있어서 평원빙 군의 작품에서 드러나는 흥미는 저우 선생의 흥미이다. 문체에서 비슷한 부분이 있는 것은 워낙 지극히 예사로운 일이어서 두말 할 필요가 없다. 저우 선생의 기호도 일정한 영향을 끼쳐 평원빙 군 작품을 성공시키는 요소로 되었다고 말한다면 이는 주관적인 판단에 가깝긴 하지만 아주 틀린 말은 아니다. 같은 시각과 같은 마음으로 저우 선생은 모든 섬세한 부분에서 놀라운 애정을 만들어냈다. 평원빙 군도 역시 그 애정의 상황 속에서 자신의 필치로 그 경지를 섬세하게 그려내 창작을 완성한 것이다.[14]

'베이징파' 문인들 대부분이 학자 혹은 대학 교수이거나 잡지사 편집자들이다. 저우쭤런 이외에도 위핑보兪平伯·페이밍·선치우沈啓無·주광첸朱光潛·린휘인林徽因·선총원 등은 모두 비슷한 곳이 있다. 그들의 글은 모두 소박하고 고풍스러우며 역사적 느낌과 학식을 갖추었으며 종교적인 태도로 인생을 관찰하지 않고 감상하는 태도로 주변을 둘러보는 특징을 띤다. 선총원 은 그런 태도를 좋게 평가했으며 상하이 문인들의 경박함보다 훨씬 월등하다고 주장했다. 그래서 상하이 문인과 베이징 작가 사이에 한바탕 논쟁이 붙었으며 그 논쟁은 현대사에서 아주 흥미로운 에피소드가 되었다. 루쉰은 그 논쟁에 대해 주목했으며 《'베이징파'와 '상하이파'》라는 글에서 이렇게 썼다.

베이징은 명·청 두 조대의 제도이고, 상하이는 여러 나라의 조계지이다. 제도에는 벼슬아치가 많고 조계지에는 상인이 많다. 그래서 문인도 베이징에 있는 자는 관리와 가까이 지냈고 상하이에 있는 자는 상인과 가까이 지냈다. 관리와 가까운 자들은 관리가 명성을 얻을 수 있도록 돕고 상인과 가까운 자들은 상인이 이익을 얻을 수 있도록 도우면서 자신들은 그런 것에 의지해 생계를 유지했다. 한 마디로 말해 '베이징파'는 관리들의 아첨꾼이고 '상하이파'는 상인들의 끄나풀에 불과할 뿐이다. 단 관리를 따라 생계를 유지하는 자들은 상황이 겉으로 드러나지 않기 때문에 대외로는 고고해보일 수 있고 상인을 따라 생계를 유지하는 자들은 상황이 겉으로 드러나 감출 수 없다. 그래서 그 까닭을 모르는 사람들은 그런 것에 따라 사람의 청렴함과 탐욕스러움을 가리곤 했다. 게다가 벼슬아치가 상인을 경멸하는 곳은 중국의 오랜 습관이어서 '베이징파'는 '상하이파'를 더욱 하찮게 여겼다.[15]

루쉰은 '베이징파'를 비평하면서 때로는 저우쭤런과 교제하는 사람들도 은연중에 포함시키곤 했다. '베이징파' 인사들의 '은밀함'과 '고고함'은 사실 애써 꾸며낸 것으로서 생계를 위해 애쓰고 있는 것뿐이다. 루쉰은 《은자隱士》·《차 마시기喝茶》·《류반눙 군을 추억하며憶劉半農君》와 같은 여러 편의 글에서 저우쭤런 주변 인물들의 "고문을 망치고 있는" 태도에 대해 많은 불만을 토로했다. 그는 '베이징파' 문인들이 살아있는 생생한 민간사회와 동떨어져있음을 보았다. 그는 학자건 작가건 암흑적인 삶을 직시하지 못한다면 그건 문제가 된다고 주장했다. 그때 저우쭤런은 글을 쓸 때 늘 루쉰과 같은 좌파 인사들이 '유행을 따른다'고 비꼬았고 루쉰은 '베이징파'의 허위적인 모습을 반박하곤 했다. 두 사람은 삶의 상태에서건 심미적 취향에서건 많은 차이가 났으며 이전에 흥미가 서로 맞았던 때의 모습은 더 이상 찾아볼 수 없었다. 30년대에 루쉰과 저우쭤런은 각각 자신들의 핵심을 형성했다. 루쉰은 좌익 비판의식의 방향으로 기울어 피의 색채를 많이 띠고 민중의 질고를 살피는 쪽으로 더 가까이 접근했다. 반면에 저우쭤런은 '고우재'에서 역사와 문화를 음미하며 고상하고 우아하며 담백함 속에 빠져 지냈다. 저우쭤런도 세상을 불평하는 목소리를 많이 냈으며 일부 견해는 좌파 문인들을 능가할 때도 있었지만 그를 위수로 하는 베이징파 문인들은 5.4시기 투사들과 비하면 이미 크게 뒤처졌으며 공동 언어가 없어진 지 오래였다.

린위탕林語堂은 저우 씨 형제에 대해 언급할 때 저우쭤런에 대한 호감이 루쉰에 대한 호감보다 훨씬 컸다. 후에 그는 잡지를 운영하면서 저우쭤런의 길을 걸었으며 '고우재' 식의 박식함과 고상함, 그리고 은일함을 찬양했다.

그는 저우쭤런에게 은일한 일면이 있다고 여겼으며 욕심이 없고 초탈해 글이 갈수록 그윽하고 아름다우며 은사의 일면도 있는 것이 마음에 들었다. 베이징파의 은일한 기풍은 한때 일부 지식인들의 특별한 사랑을 받았던 적이 있으며 그 바탕에는 급진파 문인에 대한 비평이 깔려 있었다. 그러나 그런 은일함에 대해 루쉰은 색다른 관점을 가지고 있었다. 그는 다음과 같이 썼다.

은자가 아닌 사람이 생각하는 은자는 명성을 드러내지 않고 산속에 숨어 지내는 인물이다. 그런 인물에 대해서 세상은 알지 못한다. 그러나 일단 은자라는 간판을 내걸면 그가 '여기 저기 날아'다니지 않아도 자신을 드러내고 떠벌리게 마련이다. 혹은 그의 끄나풀들이 징을 울리며 외쳐댈 것이다― 은자의 집안에도 끄나풀이 있다는 것은 이치에 맞지 않은 일인 것 같다. 그러나 간판으로 밥그릇을 바꿀 수 있는 때가 되면 바로 끄나풀이 생기게 되는 법이다. 이를 두고 "간판 변두리를 갉아먹는다啃招牌邊"라고 말한다.

....

벼슬길에 오르는 것(跫土)은 밥을 먹기 위한 길이고 민간으로 돌아가 은거하는 것도 밥을 먹기 위한 길이다. 밥을 먹을 수 없다면 '은거'조차 할

수 없게 된다.[16]

루쉰은 중국이라는 곳에서 초계급적인 견해라고 해서 다 옳다고 할 수 없으며 사람이 사회에서 살면서 속세를 이탈하려는 것은 꿈에 지나지 않는다고 주장했다. 린위탕이 좋아하는 은자의 삶은 문인들의 희미한 꿈일 뿐 실제 생활과는 항상 거리가 있다는 것이다. 여기서 루쉰은 사실 또 저우쭤런의 선택을 비판한 것이다.

이처럼 서로 다른 관점은 젊은 문인에게도 영향을 주었다. 좌익 젊은이들의 필 끝을 통해 보는 베이핑과 베이징파 문인의 필 끝에서 드러나는 베이핑은 서로 다르다. 그들이 루쉰과 저우쭤런에 대한 견해도 많이 달랐다. 그러나 베이징파 문인을 이해하는 이는 언제나 상하이의 지식인들이었다. 예를 들어 차오쥐런曹聚仁·스저춘施蟄存은 루쉰과 저우쭤런에 대해 색다른 견해를 가지고 있었다. 저우쭤런이 '물에 빠지자' 좌익 작가들이 맹렬한 비난을 쏟아냈으며 그의 흥미에 문제가 있다고 주장했다. 네간누聶紺弩는 루쉰의 선택에 찬탄했고 차오쥐런은 루쉰을 이해하는 한편 저우쭤런의 선택도 비난하지 않았으며 게다가 그를 많이 이해하기까지 했다. 차오쥐런은 도연명陶淵明에서부터 현대까지를 언급하며 진부한 시각으로 은사를 바라보지 않았다. 그러나 네간누의 시각으로 보면 아주 큰 문제가 존재하는 것이었다.

이른바 '은일'이란 예로부터 분명하지 않은 애매한 일이다. '벼슬하는 것(仕)'과 대응되는 은거(隱)는 벼슬을 하지 않는다는 뜻이고, "관리가 되는 지름길"로서의 은거는 벼슬을 준비한다는 뜻이다. 이원李愿·맹동야孟東野와 같은 사람들은 "벼슬의 뜻을 이루지 못해" 높은 지위에 있는 친척이나 옛 친구의 덕택으로 한몫 챙겨가지고 집으로 돌아가 살아가는 수밖에 없었고, 소부巢父·허유許由·장저長沮·걸닉桀溺은 벼슬을 하지 않았을 뿐 아니라 정치에도 관심이 없었으며 혹은 정치에 반대까지 했으며, 원중랑袁中郎·원자재袁子才는 벼슬을 하지 않는 것이 벼슬하기보다 좋은 점이 더 많다고 여겼을 뿐이고, 제갈공명諸葛孔明은 "난세에서 목숨을 부지한 것"이며, 이영백李令伯과 도잠陶潛은 후반생에 모두 조국에 충성하는 감정을 가지고 있었으며 괴뢰정권을 위해 일할 마음이 없었다. "세상을 피해 은거하는 인생태도"가 이처럼 서로 다른데 지금 통틀어 한 마디로 '반대한다'고 한다면 적어도 "벼슬의 뜻을 이루지 못한" 사람은 "배부른 자는 굶주린 자의 배고픔을 모른다"고 말할 것이다.[17]

이와 같은 관점은 루쉰이 개괄해냈다고 할 수 있다. 네간누가 후에 자발적으로 루쉰의 길을 걸으면서 저우쭤런 식의 초탈하고 안일한 삶을 거부한 데는 그 자신의 내재적 원인이 있었다. 최전방의 많은 문학청년들은 모두 이와 비슷한 느낌을 받았다. 그들이 루쉰에게서 받은 영향은 저우쭤런에게서 받은 영향보다 컸다. 루쉰 정신의 영향력은 역시 따를 자가 없었다.

그러나 좌익 작가들도 은일한 문인의 삶에 대해 찬탄하는 부분이 있었다. 어지러운 세상에서 그들도 역시 안정되고 조용한 삶을 꿈꾸지 않았을 리 없다. 탕타오唐弢가 1944년에 베이핑을 유람하고 쓴 글은 전적으로 베이징파 식의 정서로 가득 찼다. 저우쭤런 식의 유유자적한 정서가 없지 않았다. 《제성십일帝城十日》에서 그는 다음과 같이 썼다.

베이핑의 좋은 점은 반드시 자세히 음미하고 천천히 느껴야 한다. 어린 아이들의 말다툼 소리, 재담하는 사람들의 입씨름 소리, 두유 장수가 두유를 사라고 외치는 소리도 듣고 구름다리 위에 올라 예인들이 잡기를 부리는 것을 구경도 하며 중앙공원 찻집에 앉아 끄덕끄덕 졸기도 하고 광화루廣和樓로 가 박자에 맞춰 손가락으로 탁자를 두드리며 연극을 듣기도 한다. 이런 것에 대해 나는 다 알고 있지만 한 번도 직접 해보지는 못했다. 나는 급하게 왔다가 급박하게 돌아가야 했으니까. 누가 나에게 베이핑이 좋으냐고 묻는다면 나는 베이핑은 정말 좋다고 대답할 것이다. 그런데 어떻게 좋으냐고 묻는다면 대답을 못할 것 같다. 베이핑은 젊은이들이 공부하기 좋고 중년층이 학문을 연구하기 좋으며 연세가 든 사람들이 여생을 안락하게 보내기 좋은 곳이다. 이 곳은 거주하기 좋은 곳이지만 장사를 해 부자가 될 생각은 절대 하지 않는 것이 좋다.

베이핑의 좋은 점은 아마도 사람을 부자가 되지 못하게 하는 데 있는지도 모를 일이다.

오후에 저민哲民과 함께 나가 자질구레한 물건들을 산 뒤 짐을 꾸릴 것이다.

위핑보兪平伯에게 보내는 편지에 짧은 시 한 수를 붙이는 바이다.

명성을 다투느라 몸과 마음이 모두 병들고詞賦名場心力殘

옥천의 비단 찢기는 소리가 차갑게 들려오네.玉泉裂帛聽終寒

서리 바람에 서산 길이 붉게 물들어도霜風紅遍西山路

강남의 봄빛으로 생각하지 말지어다.莫作江南春色看[18]

여기서 드러나는 흥미가 고우재와 아주 비슷하다. 이와 비슷한 흥미를 가진 이들로는 황상黃裳·원자이다오文載道 등이 있다. 그들은 사상적으로는 루쉰을 인정하면서도 흥미는 저우쭤런 식이다. 그것은 그들 모두가 길손의 자세를 취하는 것을 쉽지 않게 생각하나 구경꾼의 삶은 좋아하기 때문이다. 그것은 지식인의 우아한 흥미에 접근한 것이다.

30년대 문단에서 루쉰과 저우쭤런에 대한 견해가 모순되는 부분이 있는가 하면 잘 이해한 부분도 있다. 그중에는 뛰어난 식견도 적지 않다. 두 형제에 대한 서로 다른 인식이 문인들 사이의 모순을 부르기도 했다. 네간누와 차오쥐런 사이에서 벌인 논전의 핵심은 저우쭤런과 루쉰을 어떻게 보아야 하느냐는 것이다. 이처럼 서로 다른 견해는 문단의 한 현상이 되었다. 페이밍은 저우쭤런의 산문 서언에서 루쉰과 저우쭤런의 공통점과 차이점에 대해 이렇게 썼다.

루쉰과 치밍豈明 선생의 중요한 차이점은 바로 역사에 대한 태도라고 생각한다. 루쉰은 역사에 대한 현명한 인식이 있지만 여전히 감정적인 요소가 많이 들어가 있으며 어떤 때는 감성적이기까지 하다. 예를 들어 그는 '동방 문명'을 극단적으로 증오하면서 심지어 중국의 책을 읽지 말라고까지 한 적이 있다. 이 한 가지만으로도 이미 중국인의 성격이라는 점을 피할 수 없다. 그는 문명에 대한 전반적인 관찰을 진행한 바 없다. 그는 서양의 그리스문명에서 얻은 것이 적은 것 같다. 또 중국 고대의 사상가에 대한 이해도 부족한 것 같다. 그는 동방문화를 창도하는 자들과 마찬가지로 이상파이다. 치밍 선생은 유럽문명에 대해 언급할 때면 반드시 그리스로 거슬러 올라가곤 한다. 그는 히브리 문명과, 일본·인도·중국의 유가와 노자·장자에 대해 모두 예술적인 태도로 이해할 수 있다. 그가 이러한 문명에 대해 훤히 꿰뚫고 있음은 그의 글에서 잘 반영된다. 현명한 독자들은 반드시 이해할 수 있을 것이다. 루쉰은 감정적인 요소가 많이 들어가 있기 때문에 예교를 비난하는 면에서 《광인일기》를 썼는데 시인의 서정적인 면에 접근했다. 치밍 선생은 순수하게 살피는 것을 창도했기 때문에 결국 자연스레 사회 인류학의 탐구에 몰입해 침묵할 수 있었다. 루쉰의 소설은 거의 모두 신해혁명에 눈길이 닿았기 때문에 민족에 대한 느낌이 깊다. 솔직하게 말하면 그는 대중을 믿지 않았기 때문에 결국 대중과 한 무리가 된 듯하다.[19]

페이밍의 견해는 전형적인 베이징파의 시각에서 비롯된 것이다. 만년에 이르러 그는 그러한 관점을 포기하고 오로지 루쉰만을 존중했다. 문제는 학자의 시각과 사상 해방의 시각으로 저우 씨 형제를 관찰할 경우 서로 다른 결론이 얻어진다는 것이다. 취츄바이瞿秋白·후펑胡風·펑쉐펑馮雪峰은 페이밍의 조기 언론과 전혀 다른 견해를 갖고 있었다. 이들 좌익 작가의 시각으로 보면 루쉰의 가치를 서재의 시각으로 살펴보는 것은 뭔가 빠뜨리는 부분이 있다.

저우 씨 형제의 관계에 대해 대략 살펴보면 현대 문화 속에서의 분쟁과 화합, 성쇠와 변천에 대해 대체적으로 느낄 수 있다. 루쉰과 저우쭤런은 아주 많은 비슷한 사상을 가지고 있다. 두 사람은 서로 밀접히 합작한 역사가 있으며 후세 사람들이 곰곰이 음미해볼 만한 이야기들도 아주 많이 남겼다. 그들이 베이징과 중국에 남긴 가치는 문학적인 에피소드의 범위를 훨씬 뛰어넘었으며 차라리 지식인의 자아선택과 관련된 문화적 딜레마라고 해야 할 것이다. 베이징의 새로운 전통에 대해 논할 때 이 두 사람 사이의 원한에 대해 무시할 수 없다. 루쉰은 영원히 걸어가고 있다. 그는 발걸음을 멈추지 않을 것이다.

그는 종점이 없는 여행만이 생명에서 가장 빛나는 부분임을 알고 있다. 모든 존재하는 것은 다 지나갈 것인데 왜 하필 자신의 옛 흔적을 마음에 두려 하겠는가? 오로지 끊임없이 걷고 또 걸어야만 자신의 존재를 느낄 수 있다. 그러나 저우쭤런은 하늘 아래 새로운 일이 없을 것이라고 생각했다. 어제도 그러했고 오늘도 그러하며 내일도 그러할 것이라고 여겼다. 그래서 그는 고우재에 박혀 지냈다. 결국 불변 중의 변화가 더 큰 비극을 낳은 것이다. 이 역시 두 형제가 모두 미처 예상치 못했던 일이다.

![참고문헌]

1) 钟叔河编订:《周作人散文全集》第十四卷,84页,桂林,广西师范大学出版社,2009。

2) 《鲁迅全集》第二卷,191页。

3) 钟叔河编订:《周作人散文全集》第九卷,409~410页,桂林,广西师范大学出版社,2009。

4) 《鲁迅全集》第一卷,418页。

5) 《鲁迅全集》第二卷,129,110页。

6) 《鲁迅全集》第二卷,129,110页。

7) 《鲁迅全集》第三卷,562页。

8) 钟叔河编订:《周作人散文全集》第三卷,377页,桂林,广西师范大学出版社,2009。

9) 钟叔河编订:《周作人散文全集》第十卷,692页,桂林,广西师范大学出版社,2009。

10) 《鲁迅全集》第五卷,579页。

11) 钟叔河编订:《周作人散文全集》第八卷,324~325页,桂林,广西师范大学出版社,2009。

12) 《鲁迅全集》第十二卷,127,247页。

13) 《鲁迅全集》第十二卷,127,247页。

14) 《沈从文全集》第十六卷,145~146页,太原,北岳文艺出版社,2002。

15) 《鲁迅全集》第五卷,432页。

16) 《鲁迅全集》第六卷,223~224页。

17) 《聂绀弩全集》第一卷,61~62页,武汉,武汉出版社,2004。

18) 姜德明编:《北京乎》下,699~700页,北京,三联书店,1992。

19) 止庵编:《废名文集》,120页,北京,东方出版社,2000。

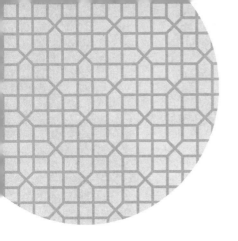

생존의 은밀함에 주목하다

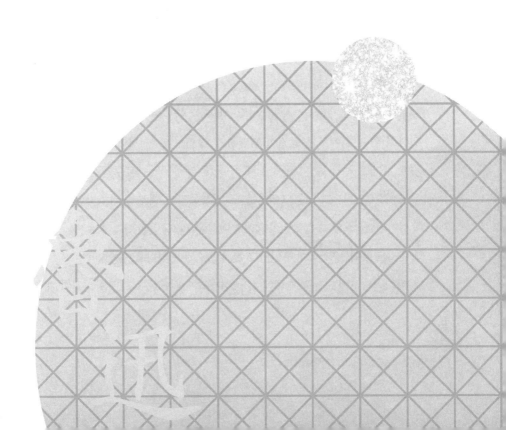

생존의 은밀함에 주목하다

중국인이 세상에 대한 느낌을 표현할 때는 대부분 첫 느낌이 아니라
제2, 제3의 느낌인 경우가 많다. 그러나 루쉰은 영원히 첫 느낌을
유지했으며 추호도 뜨뜻미지근함이 없이 문제의 핵심을 콕 집어냈다.

①

분명한 것은 야성적이고, 패기가 있으며 애정이 담긴 루쉰의 글들을
전통적인 개념으로는 설명하기 어렵다는 것이다. 예술문제에 대한 그의
모든 사고에서는 복잡한 사회적 맥락을 찾을 수 있으며 또한 자신에 대한
고문을 토대로 하고 있다. 전자로 말하면 끊임없이 변화하는 사람과 일과
꾸준히 대화해야 하기 때문에 그의 사상은 생존 현실과 갈등하고 있는
것이다. 후자로 말하면 항상 자아를 의심하는 과정에서 세계를 인식하는
길을 개척해나가는 것이다. 실제 상황은 이러한 대화가 언제나 서로
뒤섞여 있으며 때로는 심지어 명백하지 않기까지 한 것이다. 그의 흥미와
기호에서는 사대부 기질에서 벗어나기 위해 꾸준히 투쟁하는 일면을
엿볼 수가 있다. 그러나 그에게는 또 일생동안 사대부가 가져다준 어두운
그림자가 남아 있지 않았던가? 그가 현실에 대해 가장 신랄하게 비난한 글
속에서도 우리는 중국 옛 문인의 고질적인 습관을 찾아볼 수 있다.

아이러니하게도 전통에 대해 가장 심각하게 비난한 그가 동방의식이 가장

강한 지식계층의 보편적인 인정을 받은 것이다. 전통에 대해 비난한 그의 격문들은 살상력을 갖추지 않은 것이 없으며 아름답고 감동적인 문자들은 바로 그 속에서 용솟음쳐 나온 것이다. 주관과 객관, 실재한 것과 허무한 것이 모두 그처럼 깊은 갈등을 겪고 있는 것이다. 5.4 시기의 작가 중에서 루쉰처럼 마음의 아픔을 느낀 이가 드물다. 내면에서 피어오르는 흑백이 엇갈린 이미지에서는 사상의 온도가 느껴진다. 그것은 유가이념을 벗어난 현대 철학의 영향력이며 현대 철학에 접근한 심미의식의 도약이기도 하다. 중국의 현대문학은 그러한 존재로 인해 동·서양의 장벽을 무너뜨릴 수 있었던 것이다.

루쉰을 이해하려면 그가 구시대 진영의 출신이라는 것에 주목할 필요가 있다. 그는 그러한 자신의 신분에 대해 줄곧 명석한 인식을 가지고 있었다. 그는 자신이 거의 13년간 경학을 공부했으며 장주莊周·한비자韓非子로부터 해를 입기도 했다고 말했다. 또한 자신은 사대부의 창작방식에도 익숙하며 자신도 고문의 유령을 등에 업고 있다고 말했다. 그런 것들이 사람의 내면을 잠재적으로 제약한다고 그는 말했다. 그는 자신의 그러한 신분을 증오했기 때문에 그 신분에서 벗어나려는 갈망이 그에게서 떠난 적이 없다. 예를 들어 자신의 몸에는 귀신의 기운이 있으며 내면에는 어둠이 깔려 있다고 한 것, 또 자신이 한가한 문인이라고 자조하며 자신과 대중 사이에는 장벽이 존재한다고 말한 것 등이다. 한편으로는 비이성적인 철학으로 자신의 유교적 구습을 뒤엎고 다른 한편으로는 마르크스의 문학예술 미학으로 자신의 진화론만 믿는 편파적인 경향을 치료하고자 하는 갈망이었다. 루쉰은 사고와 창작과정에서 자신을 찢어 버리기를 갈망했다. 그는 피와 전쟁의 세례를 겪고 나면 자신을 해방시킬 수 있으리라고 믿었다. 그의 글 속에는 불안한 어조 속에 단호한 부분도 있다. 매번 글을 쓸 때마다 그는 애써 자신의 마음을 열어 서양의 개성 있는 표현과 고대 중국의 생기 있는 존재를 하나로 만듦으로써 주변 언어 표현과의 연결을 피하고자 했다. 그는 가장 낯선 언어로 가장 익숙한 삶에 접근하려고 애썼는데 이로써 탄력을 형성했다. 자신의 봄을 부스러뜨리는 과정을 통해 보기 드문 수많은 예술적 감각이 조용히 생겨날 수 있었던 것이다.

수많은 글들이 뼈에 사무치는 흔적을 남겼으며 독자들은 그 글들 속에서 경이로움을 느낄 수 있었다. 그 죽음의 냄새는 심지어 조설근曹雪芹의 소설 속에서도 보기 드문 것들이었다. 바로 구시대의 나를 찢어 없애려는 충동이 현대 소설의 큐브와도 같은 경관을 낳은 것이다. 그 세세는 수많은 서방의 현대적인 예술 원소를 포함하고 있다. 프세볼로트 가르신·안드레예프 등의 예술이 그의 정신세계의 일부로 개조되었다. 자신을 찢어 버리는 과정은 또 극단적인 자살의 과정이기도 하다. 예를 들어 잔혹하고 핏빛으로 가득 찬 것이며, 자신과 다른 사람을 조소하는 것 등이 그것이다. 많은 글에서는 어두운 밤으로 존재 방식을 비유했다. 처량하고 고통스러운 장면들에서는 낡은 세계에 대한 규탄의 의미를 제외하고도 "스스로 심장을 도려내 먹는" 듯한 경련을 느낄 수가 있다. 자신 내면의 어둠을 절대로 가만두지 않고 마음을 활짝 열어 숨김없이 드러내보였는데 결국은 자신에게 존재하는 밝은 부분마저 가려버린 것이다.

바로 그로 인해 우리는 그의 글 속에 포함된 우울함과 무거움, 고통, 그리고 두려움 모르는 정신을 보았다. 그것은 많은 모순되는 것들이 뒤엉킴으로서 무수히 많은 죽음과 갈망이 포함되어 있다. 조기사상 중에서는 니체의 특징이 남아 있는 세계에 대한 그의 견해를 지탱해주고 있었으며, 만년에 이르러서는 또 고골리(니콜라이 바실리예비치 고골리) 식의 준엄함과 유머적인 요소가 많아졌다. 《죽은 혼》 중의 심령에 대한 고문과 자신에 대한 조소가 그의 존경심을 자아냈다. 이로부터 우리는 그의 내면의 원소를 볼 수가 있다. 러시아의 정신과 육조(六朝)의식이 그처럼 재미있게 결합된 것이다. 중요한 것은 그가 소설·산문·잡문 세계에서 전통과 전혀 다른 세계를 펼쳐 보였다는 것이다. 그는 백 명이 넘는 작가의 작품을 번역했는데 풍격이 각기 다른 그 글들은 대부분이 그가 좋아하는 것들이다. 이를 통해서도 그의 심미의식의 본색을 엿볼 수가 있다. 그의 사상의 특징을 이해하려면 그 번역 작품들을 느껴보지 않을 수 없다. 사실 그의 많은 표현 풍격은 바로 그 번역 작품들을 본보기로 삼은 것이다.

종합적으로 말하면 심미관이 그의 창작에서 생명철학의 일부로 바뀌었다. 고대 중국의 잠잠하고 차분하며 자연과 사람이 서로 어우러진 풍경은 사라지고 억눌린 욕구들 하나하나가 피를 토할 것 같은 두근거림 속에서 살아서 꿈틀거린다. 그것은 스러져가던 불길이 다시 타오르는 것처럼 내재적 우주가 팽창하는 것이지 비이성적인 자아확장이 아니다. 여기서는 가슴에 큰 애정을 품은 이가 지옥의 변두리에 서서 중생을 널리 제도하는 자비로움을 느낄 수 있을 것이다. 바깥세상이 너무 추운 것과는 반대로 루쉰은 너무나도 뜨거운 마음을 가졌던 것이다.

루쉰의 문학관에 대해 논하면서 만약 서양의 현대문학이론을 억지로 끌어다 붙이게 되면 인식상의 곤혹을 가져다줄 수가 있다. 예를 들어 그를 개인주의자라고 하지만 그는 대중의 혁명에 희망을 기탁했다. 만년에 그는 좌익작가연맹에 가입했지만 그 시기 그는 '다다이즘'·'표현주의' 등 특징을 띤 예술가의 작품을 극구 추천했나. 30년대에 이르러 그는 대중문회의 중요성을 강조했지만 그가 번역한 문학이론과 소설은 끝까지 다 읽기 어려울 정도로 문구가 어렵고 까다로우며 읽기에도 부자연스러워 대중의 구미와는 거리가 멀었다. 이처럼 모순되고 여러 가지 색채를 띤 심미방향에는 사상의 복잡성도 포함되어 있다. 루쉰 세대에 유행이었던 이론 중에 그의 사상과 겹치는 부분은 극히 적었다. 실제상황은 그가 번역 소개한 이론과 그 사이의 관계는 단지 '접근'했을 뿐이며 어느 한 존재에 '속하는 것'은 아니었다.

그 특징은 조기에 이미 나타났으며 일본 유학시기 문학 활동에서 이미 복잡한 다방향성을 보였다. 그는 때로는 과학 판타지소설에 주목했다가 때로는 니체의 학설을 좋아하면서 문제를 관찰함에 있어서 어느 한 가지 사유에만 국한되지 않았다. 이는 아마도 모든 존재에 다 받아들일 수 있는 요소가 있다고 생각했기 때문일 것이다. 그가 접촉한 역외 작품들은 기세가 중국과 크게 달랐으며 자신의 생명 속의 내각內覺을 자극하는 것 같았다.

그에게 가장 큰 충격을 준 것은 투사들의 글이었다. 중국의 글들에서 투사의 언어표현방식은 선진적인 수준이 아니다. 《악마파 시의 힘(摩羅詩力說, 마라시력설)》에서 그는 감회에 젖어 탄식했다. "오늘날 모든 시인 중에서 저항에 뜻을 두고 행동에 옮기는 것을 취지로 삼고, 또

세상 사람들이 별로 좋아하지 않는 시인들을 모조리 이 유파에 귀속시키고
그들 일생의 사적과 사상 및 그들의 유파와 영향에 대해 서술하도록 한다. 이
시파(詩派: 시인이나 시가의 유파 -역자 주)의 우두머리인 바이런부터 시작해
마지막에 마자르(헝가리) 시인에 이르기까지 논하도록 한다. 이들 시인은
겉모습은 서로 달라 각각 본 민족의 특색으로 빛을 발하고 있지만 그들의
대체적인 방향은 모두 일치한다. 그들은 대부분 자기 주견이 없이 시대의
흐름에 휩쓸려 평화롭고 즐거운 노래를 부르는 것을 원치 않는다. 그들이
높이 외치는 소리는 듣는 이로 하여금 들고 일어나 하늘과 맞서 싸우고
세속에 저항하도록 한다. 그들의 정신은 또 후대 사람들을 깊이 감동시킬
것이며 영원히 전해져 내려갈 것이다."[1] 세속적인 것을 거부하는 의식은
악마파 시인의 시문에서 나온 것이며 철학계의 니체 역시 그 부류에 속한다.
그들의 시와 철학의 기운은 만청시대 사람들의 주목을 받았다. 루쉰뿐 만이
아니라 그 시기의 쑤만수蘇曼殊 · 장스자오章士釗 · 천두슈陳獨秀 등이 모두
그랬다.

　서양의 상상력 넘치는 작품들이 그에게 많은 감회를 안겨주었다. 바로
그런 글들이 그를 침울한 전통 속에서 해탈시켰다. 그러나 그는 단순히
외국사상의 측면에서 문제를 사고하는 데만 그친 것이 아니다. 그는 악마파
시인을 찬미함에 있어서 전적으로 판타지 속에 빠져만 있지 않았다. 그는
인간세상의 은밀함에 대한 그들의 발견이 마음에 들었다. 5.4운동 후 그는
낭만적인 정서만 강조한 것이 아니라 개인의 자각 정신에 대해 강조하기
시작했다. 예를 들어 헨리크 입센에 대한 경탄은 눈을 똑바로 뜨고 세상을
바라보고자 하는 갈망에서 비롯된 것이다. 개인주의로 자신의 상상력을

펼치는 것, 그것은 정신의 자립을 바탕으로 한다. 이로써 그의 작품은 다양한 정서를 띤다. 니체 식의 고민에서 시작해 현실을 주목하는 데서 결말을 지었으며 고골리·투르게네프의 많은 사상과 서로 겹쳐졌다.

20~30년대 그의 번역과 창작에 대해 고찰해보면 틀림없이 니체의 충동적인 기운이 들어있다. 그러나 그를 끌어당긴 것은 혁명시기 러시아 지식인과 현실 사이의 연결이다. 그가 번역한 《하프》는 러시아 동반자 작가의 작품인데 침울하고 어수선한 분위기 속에서 구시대 지식인의 질고가 현실의 잔혹함으로 인해 더욱 강렬하게 안겨온다. 피를 흘리는 과정을 거쳐야만 역경에서 벗어날 수 있다. 현실의 관문을 지날 수 있느냐 없느냐가 재생의 핵심이다. 문학은 이런 모순에 대해 중시하지 않는다면 무력해지고 만다. 그가 동유럽 작가들에게 관심을 보인 것도 이러한 맥락에서다. 그는 그 작품들의 침투력은 현시대 사람들이 본받아야 할 바라고 여겼다.

루쉰에게서는 사실주의 이념과 현대주의 느낌이 번갈아 나타난다. 사실주의는 생활에 대한 판단 근거이고, 변형된 예술적 체험을 통해서는 창조의 즐거움을 느낄 수 있다. 그래서 통찰력을 강조하면서도 표현의 초월성을 주장하는 것이다. 그는 중국의 예술가들이 '기만瞞'과 '사기騙'의 늪에 빠졌다고 비판했다. 《눈을 똑바로 뜨고 보라를 논함》에서는 "중국의 문인은 대부분 인생에 대해 — 적어도 사회현상에 대해 직시할 수 있는 용기가 없다. …… 만사에 눈을 감고 스스로를 속이고 또 남을 속이고 있다. 그 방법은 기만과 사기이다."[2]라고 썼다. 루쉰은 예술은 숲속에 은거해 있는 것이 아니며 마땅히 자신만의 발견과 체험이 있어야 한다고 여겼다. 중국 누각 속의 시와 사대부의 시가 중에는 민간의 존재를 회피한 것이 많으며 오히려 두보杜甫와 같은 시인이 실제로 훌륭한 작품을 써냈다. 사람들의 사랑을 받는 작품들을 보면 생명의 의미가 짙은 한편 심미적 기쁨도 평범한 사람들로서는 따를 수 없을 정도이다. 현실의 은밀함은 오로지 지혜로운 자의 시각으로만 포착할 수 있으며 체험 과정에서 느낄 수 있는 신비감이 작가에게는 없어서는 안 되는 것이다. 조기 신문학 작가들은 이론의 신령을 믿었다. 그러나 그 이론들이 모두 창작의 실적을 가져다줄 수 있는 것은 아니었다. 저우쭤런·위다푸郁達夫·페이밍 등 이들의 작품을 제외하면 훌륭한 작품이 많지 않다. 따라서 이론은 역시 주요한 문제가 아니다.

생명 체험의 깊이야말로 문학의 질에 영향을 주는 요소이다. 훌륭한 이론이라 하여 반드시 훌륭한 예술을 창작해낼 수 있는 것은 아니다. 중요한 것은 생명의 상태이다. 그 시기의 사람들은 이론을 잘 장악하면 모든 것을 해결할 수 있을 것이라고 여겼었다. 30년대 초의 상황을 보면 지식인이 여러 개의 진영으로 갈려져 있었다. 루쉰은 창작사의 시인들이 혁명적인 측면으로 방향을 틀어 구호만 외치고 있는 현상을 보고 지식계층에 심미적 오류가 발생했음을 의식했다. 그 혁명적인 구호와 현실 상황은 서로 엇갈리는 것이었다. 그가 창작사 회원들을 풍자한 것도 사실은 현실에서 동떨어진 공론가의 징조의 끔찍함을 발견했기 때문이다.

혁명가들이 이론을 단순화해 생긴 폐단은 현실 속의 기본 문제를 빠뜨릴 수 있다는 것이다. 이는 반드시 직시해야 할 문제이다. 이론은 현실 속에 실재한 것을 진실하게 반영한 것이다. 그러나 그 이론이 수립되고 유행이 되고 있을 때 현실은 흐르는 시간 속에서 이미 변화해 있다. 그렇기 때문에 이론은 참고 대상일 뿐 전부가 아니다. 오로지 직시하고 대상 세계에 적응해야만 인지의 격차를 뛰어넘을 수 있다. 30년대 많은 작가들은 그 부분에 대해 미처 깊이 인식하지 못했다. 민감한 루쉰은 자신의 섬세한 관찰과 직접적인 느낌으로 사실주의 이념을 한층 높은 차원으로 끌어올렸다.

루쉰의 글을 이해하는 사람이라면 그가 소설에서 주관세계에 대해 반영하는 것을 너무나도 중시했다는 것, 이야기가 내면 활동의 지배를 많이 받고 있다는 것, 그리고 내면세계와 외부세계의 경계선이 사라졌다는 것을 발견할 수 있을 것이다. 이는 중국의 옛 소설에서 한 번도 있어본 적이 없는 경지로서 바로 그가 그 정신세계로 향하는 은밀한 문을 열어 제친 것이다.

이로부터 우리는 도스토예프스키의 그림자를 볼 수 있으며 니체 사상의 장력을 어렴풋하게 느낄 수가 있다. 사람은 욕구가 있고 자유를 향한 충동을 가진 존재이다. 그렇기 때문에 그의 끝없는 정신적 요구기 여기서 피어오를 수 있었던 것이다.

그렇기 때문에 그의 많은 글들은 모두 실패, 혹은 실패를 거부하는 내면의 발로였으며 역사의 장면도 내면의 불안한 정서들을 정렬한 것이었다. 이는 현실주의일까 아니면 현대주의일까? 이에 대한 사람들의 견해는 각기 다르다. 이는 또 그가 여러 맥락 속을 떠돌면서 괴로움을 느꼈음을 증명해준다. 사람들이 무한한 희망과 동경에 빠져 있을 때 그는 매우 처절한 존재를 표현했으며, 어두운 정서가 지식계층의 세계를 점령하고 있을 때 그는 생각밖에 세상 사람들에게 낙관적인 공격의식을 보여주었다. 캄캄한 어둠 속에서 꾸준히 밝은 정서를 드러내며 고통에서 해방되기 위한 길을 탐색하는 것을 글의 바탕색으로 변화시킴으로써 예술을 허위적인 거짓 속에서 해방시킬 수 있었다.

③

　루쉰은 중국 역사 관련 많은 서술이 허위적인 것이며 진실하지 않다고 이해하고 있었다. 한어漢語에 덮여 가려진 현실은 단일한 색채로서 이치로 이해시킬 수 없는 생존에 대한 묘사가 너무 적다. 그가 1919년 전과 후에 창작한 작품에서 우리는 한 가지 특징을 발견할 수 있다. 그것은 환경에 대한 예리한 묘사와 내면에 대한 다차원적 묘사이다. 《눌함(吶喊)》 한 작품만 예를 들어 봐도 그 절심한 표현과 속되지 않은 격식이 독자들의 감동을 자아내고 있음을 발견할 수 있다. 《눌함》은 나츠메 소세키와 안드레예프 등의 작가를 떠올리게 한다. 그들 사이에 서로 비슷한 부분이 있기 때문이다.

　예를 들어 안드레예프의 소설들을 보면 거창한 이야기가 없고 모두 작은 이야기들이지만 독자들을 사상적 성당으로 이끌고 있다. 소설의 배후에는 신비로운 기운이 감도는 것 같다. 그들 모두 학식을 크게 중시해 문학 이외의 인문학과에 특별한 흥미를 가지고 있었으며 어떤 분야에서는 심지어 꽤 창의적인 견해까지 가지고 있었다. 그러나 그들은 정금단좌하고 학문을 연구하는 학원화를 좋아하지 않고 문학적 이미지와 시적인 형태로 자신을 표현하는 것을 즐겼다. 사람이 형이상학적 차원에서 아주 멀리 떨어져 가고 있으면서 순수한 사변 문체를 포기하고 문학의 도움을 빌고자 할 경우 그는 마음속으로 해탈감을 느낄 수 있을 것이다. 그의 소설 속에서는 그의 자학과 초탈함을 읽을 수 있다. 그는 조소와 자아 풍자 속에서 냉혹함과 따스한 마음을 드러냈다. 그런 냉혹함과 따스한 마음은 그의 중요한 심미 요소라고 할 수 있다.

《눌함》에서는 사상의 다의성을 반영했다. 그 속에는 생활과 저촉되는 루쉰의 여러 가지 사상이 들어 있다. 그러나 서술자는 니체처럼 생활과 너무 멀리 떨어져 있지 않고 인생에 대한 절절한 애착을 갖고 있다. 차가움과 따스함이 그렇게 깊이 한데 엉켜 있다. 《광인일기》 의 침울함 속에는 존재주의 식의 어쩔 수 없는 마음도 들어있다. '사람을 잡아먹는다'는 맥락은 지옥의 두려움이라고 할 수 있을 정도로 무시무시하다. 루쉰은 사람을 빛이 들지 않는 곳에 가둬놓고 고문하고 있다. 그런데 그 글을 읽다보면 또 그 속에서 벗어나고 싶은 갈망을 느끼게 된다. 마지막에 "아이를 살려 주세요"라는 부르짖음이 사람을 캄캄한 밤에서 갑자기 밝은 갈망의 입구에 끌어당겨다 놓은 것처럼 독자들은 한 가닥의 해방 받을 것 같은 충동을 느끼게 된다. 따라서 그 냉랭한 기운도 사라져버리는 것 같다. 《광인일기》·《아Q정전》·《고향》 등 작품은 그의 심미의식에 대해 이해할 수 있는 모본이 되고 있다. 가장 중요한 것은 옛 문인의 고질병에서 벗어난 것이다. 이들 작품들에서는 이른바 은덕·공적·도학 기운이 자취를 감췄으며 생활의 실질이 뒤바뀌었다. 루쉰의 글은 대각체臺閣體(명·청의 묵색이 짙고 글씨 크기가 고른 네모반듯하고 깔끔한 서체로 관직에 있던 자들의 글 형식을 말함 역자 주)가 아니다. 그의 글에서는 야성이 넘친다. 사람이 어떤 억눌림을 당하고 어떤 굴욕을 당하는지 등의 내용들이 글을 윤색해주고 있다. 특히 중요한 것은 그러한 윤색한 글들은 어둠과 밝음이 끊임없이 엇갈리는 형태로 나타난다는 것이다. 루쉰의 글 속에는 사람 몸에서 풍기는 귀기(鬼氣)와 귀기에서 해탈하고자 하는 의식이 흐르고 있다.

《눌함》·《방황》·《야초(野草)》에서는 어디서나 느낄 수 있는 감옥같은 느낌에 대해 썼다. 《방황》에서 더 이상 갈 곳이 없이 궁지에 몰린 지식인에 대한 묘사, 《야초》에서 없는 길을 걸으면서 하는 독백은 깊고도 절절한 영역으로 사상을 인도한다. 신비·처참·어둠이 모든 것을 감싸고 있다. 이러한 서술 수법은 옛 문인들의 고리타분함과 노예근성을 띤 가면을 찢어버리고 낯선 정신세계를 향해 나아가고 있음을 보여준다. 이들 작품의 특징은 모순을 직시한 것이다. 오로지 모순이 존재하는 곳에서만 사상도 예술도 비약할 수 있다. 루쉰은 창작 과정에서 무의식적인 선택 부분이 많았을 수도 있다. 그러나 그의 사상 방향은 사회와 인심의 가장 난감하고 어쩔 수 없는 부분을 가리키고 있다. 그래서 모든 것이 변했다. 독자가 경이로움을 느낄 수 있을 뿐만 아니라 그와 같은 세대 문인들마저도 적응할 수 없다는 반응이었다. 모든 현대작가들은 그의 작품에서 유행 이념에는 없는 존재를 발견할 수 있다.

《야초》는 확실히 그의 심미 이념을 최고로 표현한 작품이라고 할 수 있다. 검은 바탕색에 차가운 온도, 갈 수 있는 길은 한 갈래도 없고 꿈은 온통 죽은 뒤의 대화들뿐이다. "희망이 허망한 것일진대 절망인들 왜 허망한 것이 아니겠는가."[3] 이 번역 시구는 그의 마음을 잘 반영하고 있다. 중요한 것은 여기서 작자의 "끝없이 방황하는" 외로움을 표현한 것이다.

내가 시들해하는 것들이 천당에 있어서 나는 가고 싶지 않다. 내가 시들해하는 것들이 지옥에 있어서 나는 가고 싶지 않다. 내가 시들해하는 것들이 그대들 장래의 황금세계 속에 있어서 나는 가고 싶지 않다.

그런데 그대가 바로 내가 시들해하는 것이다.

벗이여, 나는 그대를 따르고 싶지 않아서 그대가 있는 곳에 살고 싶지 않는 것이니라. 원치 않는다!

오호 오호, 원치 않는다. 차라리 끝없이 방황하고 싶구나.[4]

이러한 문장 구조를 니체의 복제판이라고 형용하는 사람도 있다. 그 말이 맞는 말일 수도 있다. 그러나 이처럼 황당함이 난무하는 작품에서 불교이념의 요소를 보는 사람도 있다. 작자는 자신의 상상을 충분히 살려 현실을 관찰하는 것에 충실한 것처럼 자신 내면의 느낌에 충실했다. 유행 중인 구시대적 표현방식이 무력하게 사지에 몰리고 새로운 표현방식은 아직 현실적이지 않은 상황에서 그의 언어는 논리성이 없는 세계에서 출발한 것이다. 작자 자신은 모든 것이 일부러 사람을 놀래기 위한 것이 아니라 내면의 성실함에 대한 시적인 모사라고 보고 있다. 인간세상의 모든 질서는 모두 인위적으로 함부로 갈겨놓은 것이다. 그래서 현실에 직면하게 되면 예전의 언어가 오래 전에 이미 더럽혀져 있어서 오로지 비논리적인 묘사만이 현실에 더욱 접근했음을 발견하게 된다.

④

어쩌면 루쉰의 이런 빼어난 표현이 유미주의와 개인주의자들에게 접근했을 가능성이 있다고 말할 수도 있다. 어떤 학자는 그의 미술 소장품에서 염세주의적 심미의식을 읽었다고 한다. 그러나 전혀 반대로 그는 유미주의의 독백이 위험한 것이라고 주장했다. 그는 현실을 벗어난 공상이 대부분 나르시시즘에 빠질 수 있다고 여겼다. 앞선 예술은 만약 현실의 은밀한 배려가 뒷받침이 되지 못한다면 영혼이 사라져 버린다.

요점은 생존의 은밀함에 접근할 수 있느냐의 여부이다. 이러한 은밀함에 중점을 두게 되면 고답적인 이론을 대수롭게 여기지 않게 된다. 역사는 통치자와 그들의 노예들에 의해 이미 고쳐 쓰인 지 오래다. 그러니 새 문인들도 만약 낡은 사고방식을 바꾸지 않는다면 아마도 함정에 빠지게 될 것이다.

겉으로 보기에는 변형되고 어두워 보이는 글에서 루쉰은 현상세계의 내면에 대한 통찰력을 보여주었다. 현실이 허상에 가려진 것이라면 그 현실을 표현하는 수단도 은밀하고 완곡해야 함은 의심할 나위가 없다. 루쉰은 과장과 절망, 외침 속에서 현상 세계 뒤에 숨겨진 존재를 드러내 보이고 있다. '사람을 잡아먹는 것', '아Q상', '노예의 총지배인' 등의 형상은 모두 이러한 변형된 필법 속에서 나타난 것이다.

잡문세계에서도 이러한 서술방식이 여전히 이어지고 있으며 다만 더욱 이성적인 반박의 힘을 갖췄다는 점이 다를 뿐이다. 루쉰은 잡문에서 항상 정곡을 찌르곤 했는데 이는 허망함을 뒤엎는 것이었다. 그런데 그 주요 대상은 지식인집단을 겨냥한 것이다. 예를 들어 어떤 학자들이 청나라의 학술에 대해 크게 찬탄하고 있는 것에 대비해 그는 무수히 많은 사람들이 노예가 된 것과 바꾼 대가라고 주장했다. 《결산算賬》에는 이런 말이 있다. "사람들은 250년을 족히 노예로 살아온 대가로 겨우 영광스러운 학술역사 몇 쪽을 바꿨다. 이 장사는 과연 남는 장사였을까? 아니면 밑진 장사였을까?"[5] 지식계층은 그 문제를 밝혀낼 생각은 하지 않고 본 학과의 '위대한 업적'

속에 빠져서 흔히 인간 세상의 본질을 빼먹곤 한다. 루쉰은 그것이 대체로 노예적인 사유방식 때문이라고 주장했다. 그밖에 또 세속적인 사유방식도 원인 중의 한 가지이다. 《세상물정 삼매경世故三昧》에서 그는 중국이 세속에 깊이 물들었다고 개탄하는 한편 또 역사를 볼 때 세상 물정을 알지 못하는 부분에 대해서도 지적했다. 한편으로는 약삭빠른 것이고 다른 한편으로는 존재하는 것을 보고도 못 본 체 한 것이다.

그러나 만약 현재 중국이 당요唐堯와 우순虞舜의 태평성세 때와 같다고 한다면 '세속적'인 언론이라 하지 않을 수 없다. 직접 눈으로 보고 귀로 들은 것을 제외하고도 신문에 실린 글만 보더라도 사회에 얼마나 많은 불공평이 존재하는지, 사람들이 얼마나 많은 억울함과 억눌림을 당하는지 알 수 있다. 그러나 그런 일들과 관련해 가끔씩 같은 업계, 한 고향, 동족이 호소하는 말을 몇 마디씩 하는 것을 제외하고 이해관계가 없는 사람의 의분에 찬 목소리는 거의 들을 수가 없다. 이는 분명 모두가 입을 열지 않거나 혹은 자신과 무관하다고 생각하거나 혹은 "자신과 무관하다"는 생각조차도 전혀 들지 않기 때문일 수 있다. '세속적'인 정도가 너무 심각해 자신이 '세속에 깊이 빠져 있다는 사실'조차 느끼지 못하게 되면 이야말로 정말 '세속에 깊이 빠져버린 것'이다. 이는 중국 처세법의 핵심중의 핵심이다.[6]

이는 그가 중국인의 사유방식에 대해 개괄한 말이다. 그런데 그의 창작 본질은 이와 서로 대립된다. 역사적으로 훌륭한 작가들은 사실 모두 이러한 세속적인 것에서 벗어났기 때문에 비로소 사람을 감동시키는 힘을 얻을 수 있었다. 이백李白처럼 미친 체하며 글로 표현하는 사람도 있고, 도잠陶潛(도연명)처럼 은자로 살면서 시를 지어 읊는 사람도 있다. 루쉰은 참담한 암야를 직면하는 자세를 취했다. 광인의 독백과 길손의 '방랑' 정신은 세상을 똑똑히 바라본 뒤에 자유롭게 표현한 것으로서 그러한 표현은 모국어에 대해 여러모로 개조를 거쳐서 완성된 것이다.

많은 글들에서 루쉰은 주변의 존재에 대해 간여할 것을 거듭 강조했다. 현실을 주목한 글들이어서 천박하게 느껴질 수도 있겠지만 그것은 우리의 생사와 연결되어 있는 것들이다. 중국처럼 독재 전통이 있는 사회에서 문인들의 표현방식은 제한적일 수밖에 없다. 그래서 은밀하고 완곡한 표현 속에 어쩔 수 없는 마음의 소리를 담아냈던 것이다. 그런데 후세의 학자들은 그 뒤에 숨어 있는 존재에 대해 토론하지 않고 역사의 진실을 빠뜨리곤 했다. 그는 "내 생각에는 옛날 사람일지라도 그 시문에서 정치를 완전히 벗어난 이른바 '전원시인', '산림시인'은 없었으며 인간세상을 완전히 벗어난 이도 없었다."[7]라고 말했다. 신월파新月派들이 공리를 벗어나 평정적인 문학이론을 크게 펴고 있을 때 루쉰은 그들에 대해 냉소적인 태도를 취했다. 독재주의가 난무하는 환경에서 자유로운 표현이 어려울 때 자유자재로 흙에서 벗어나 소탈할 수 있었을까? 문인들의 표현은 경향적 양상에서 벗어나기 어려웠을 것이며 애매한 태도를 취할 수 없었을 것이다.

이러한 경험들을 바탕으로 그는 같은 시대 많은 비평가들을 비판했다. 글에 대해 트집을 잡았다고 하기 보다는 차라리 낡은 사유방식에 대한 도전이라고 말하는 것이 나을 것이다. 전형적인 예로 주광첸朱光潛의 미학

이론에 질의를 던진 것인데 자유파 학자와의 거대한 차이를 보여주었다. 주광첸이 시에 대해 논한 글은 줄곧 일부 사람들의 인정을 받았다. 그러나 루쉰이 보기에는 빈틈이 있었다. 주 선생은 육조의 문장을 마음에 들어 했으며 도연명에 대한 평가가 매우 높았다. 그러나 그는 단지 자신의 애호에서 출발해 그 시문에 대해 토론했을 뿐, 문화의 복잡성을 소홀히 했다. 예술은 현실을 반영한 것으로서 인간세상의 고락이 빠진 글은 거짓에 불과하다. 루쉰은 사회문제가 많을 때 상아탑 속의 만족스러움에 대해 말로만 외치는 것은 남을 기만하는 행위라고 주장했다. 그래서 그는 도연명도 유유자적하며 남산만 바라본 것이 아니라 금강역사가 눈을 부릅뜨듯 한 일면도 있었을 것이라며 진정한 고요함이 어디 있겠느냐고 말했다.

그 대학 교수들의 글에 비해 루쉰에게서 풍기는 속세의 내음과 현재에 집착하는 편향은 그에게 인지의 힘과 사상적 정서를 부여했다. 그러한 이유 때문에 그는 소설 창작을 점차 포기하고 잡문 창작을 통해 자신의 세계를 꾸준히 드러냈다. 마르크스주의 문예 미학이 그에게 준 충격은 현실상황에서 문화의 추세를 고려하고 고전적인 정서 속에서 자신의 책임을 잊지 않도록 경계해야 한다는 것이었다. 그가 보기에 서양의 대문호와 중국 고대의 훌륭한 시인은 모두 현실에 대해 관심을 가지고 있었다. 그런데 애석하게도 문인들의 연구를 거친 뒤 그들은 모두 고상해지고 문묘에 모셔져 있어 마치 세상을 등지고 살아온 것처럼 느껴진다. 이는 기이한 현상이며 또 현 시대 문인이 변변찮은 원인 중의 하나이기도 하다. 예술이 학술적으로 변하고 우아해지면 진실하고 아름다운 것과는 거리가 멀어지게 된다.

생활을 도피한 은밀한 문장에도 물론 불평과 원망이 있지만 결국 노예의 사상 흔적은 쉽게 지워지지 않는 것이다. 중국 노예근성의 유래는 대체로 실제 생존환경과 동떨어진 것과 관련이 있다. 아Q의 정신 승리법은 실제로 자신도 속이고 남도 속이는 현실 도피의 내용을 포함하고 있다. 소설 《내일》의 반어적 풍자수법에서 노예근성에 대한 실망을 엿볼 수 있지 않은가? 그가 보기에 중국인은 과거와 미래에 대해서는 터무니없이 허풍을 떨며 드높은 기세를 보이면서 유독 현실에 대해서는 아무 성과도 이루지 못했다. 그가 만년에 진화론에 대해 수정한 것도 사실은 미래의 모든 것은 현재 실천 속에서 수립해야 한다고 느낀 데 원인이 있다. 현재가 없으면 미래도 있을 수 없다는 이치를 그는 깊이 깨달았던 것이다.

⑤

1921년 기쿠치간의 《미우라 우에몬의 최후(三浦右衛門の最後)》을 번역한 뒤 루쉰은 다음과 같이 썼다.

> 기쿠치간은 창작과정에서 인간성의 진실을 파헤치기 위해 애썼다. 일단 진실을 보고나면 그는 또 낙심해 감탄하곤 한다. 그래서 그의 사상은 염세에 가깝다. 그러나 또 언제나 먼 새벽을 주시하고 있기 때문에 분투하는 자가 아니라고 할 수 없다.[8]

이 말은 마치 그때 당시 루쉰의 내면을 그대로 묘사한 것 같다. 그 자신

역시 그렇지 않은가? 바로 세상을 깊이 읽었기 때문에 많은 황당무계한 감탄을 표했던 것이며 사상도 사대부들과는 일치하지 않았다. 세상을 많이 경험한 이들 중에는 가와바타 야스나리川端康成 식의 자살을 선택하는 이들도 있다. 그들은 이 세상을 살아가면서 아무런 희망도 보이지 않는 것이 너무 고통스럽게 느껴진 것이다. 그리고 도연명처럼 산속에 은거하면서 한적하게 구름이나 날을 감상하는 것을 선택하는 이들도 있다. 그러나 이런 것은 모두 루쉰이 원하는 선택이 아니었다.

작가의 임무 중의 하나가 존재하는 사물에 대한 묘사이다. 세태의 겉모습은 복사할 수 있지만 그렇게 된 까닭을 글로 써내는 것은 어려운 일이다. 세간의 여러 가지 거짓 현상을 꿰뚫어본 뒤 루쉰은 자신과 세상 사이에 존재하는 거리를 조소적으로 보여주었다. 그는 영원히 자신의 첫 느낌에 충실했으며 실재하는 것에 대해 생생하게 파악하는 것을 포기하지 않았다. 민국 시기에는 학살이 너무 많았다. 그런데 그 시기에 필을 들어 거기에 대해 기록한 이는 너무 적었다. 국민당이 청년들을 암살할 때 후스·저우쭤런은 아무 묘사도 하지 않았지만 루쉰은 글 속에 하나하나 다 기록해 넣었다. 타이징눙臺靜農·리지예李霽野는 초기에는 좌적인 경향이 있는 이들이었으나 백색테러가 발생하자 모두 서재에서 침묵하고 있었으며 과거의 열정은 온데간데없이 사라져버렸다. 그러나 루쉰은 죽을 때까지도 현실속의 가장 민감한 화제에 관심을 쏟았으며 그 이상한 존재를 그냥 지나치지 않았다. 이 역시 "분투자라고 할 수 있는" 그의 선택이기도 했다. 세태를 꿰뚫어본 뒤에는 물론 글로써 표현할 수 있다. 그런데 루쉰은 고통의 도가니 속에 들어가 자신을 희생시키는 것마저 마다하지 않았다. 세상에 대한 이런 마음이 그의 글과 인격이 밝은 빛을 발할 수 있게 했다.

중국인이 세상에 대한 느낌을 표현할 때는 대부분 첫 느낌이 아니라 제2, 제3의 느낌인 경우가 많다. 그러나 루쉰은 영원히 첫 느낌을 유지했으며 추호도 뜨뜻미지근함이 없이 문제의 핵심을 콕 집어냈다. 그는 사람들이 서로 만나면 착한 말을 골라서 하곤 한다면서 이는 물론 인지상정 때문이기도 하지만 직언을 하는 이들이 멸시를 당하기 때문에 사람들이 마음에도 없는 소리를 하는 것을 선택한다고 말한 적이 있다. 그러나 그 자신은 공교롭게도 남에게 환영 받지 못하는 사람이었다. 그는 자신의 말을 올빼미의 울음소리라고 표현했는데 이는 과장된 표현이 아니다. 소리 없는 중국에서 인간세상의 진실을 밝히는 소리를 내지르는 것, 그것이야말로 그의 가치 선택의 척도에 어울리는 것이었다.

이 또한 그가 토비 기질이 다분한 사람을 좋아할 수 있었던 원인이기도 하다. 그가 천두슈·샤오쥔蕭軍 등 이들에게 귀여운 부분이 있다고 느낄 수 있었던 원인은 그들에게서 진실한 존재를 느낄 수 있었고 그들에게 정신적 자유를 감추지 않는 부분이 있다고 느꼈기 때문이다. 세속에 물들면 인간세상의 진실을 볼 수 없다. 그런데 문인들 중에는 세속에 물든 이가 매우 많다. 세속을 부수고 나온 자만이 세상의 본 모습을 볼 수 있는 것이다.

그의 글속에서는 언제나 허상에 대한 경계심을 느낄 수 있다. 그는 "환멸을 느끼는 것은 대부분 거짓 속에서 진실을 발견한 경우가 아니라 진실 속에서 거짓을 발견했을 경우이다."[9]라고 말했다. 그는 창작 과정에서 자신이 정말 세상의 본색을 그대로 보여줄 수 있을지에 회의적인 태도를 보이기도 했다. 그가 1936년에 쓴 《나는 사람을 속이려 한다》에서는 어디에나 존재하는 거짓 현상을 느낄 수 있다. 즐거운 마음을 느끼기 위해서는 사람을 속이는 것마저 마다하지 않는 것, 일반 사람들은 얼마든지 이해할 수 있는 일이지만 루쉰은 죄의식을 느꼈다. "조리 없이 글을 쓰면서 또 열정적인 독자들에게 미안한 마음이 들었다."[10] 이처럼 어쩔 수 없는 것에 대한 어쩔 수 없는 표현은 사실 존재의 본 뜻을 분명하게 드러내 보여주었다.

만년에 그가 고골리의 《죽은 혼》을 번역 소개한 데서도 그의 마음을 엿볼 수 있다. 고골리의 세상은 존재의 황당무계함에 대해 설명하고 있기 때문이다. 가소로워 보이는 선택 속에 세상의 진실이 들어 있는 것이다. 그것은 중국 작가들에게서는 찾아볼 수 없는 재능이었다. 루쉰은 그의 현실적 감각을 마음에 들어했을 뿐만 아니라 그의 특별한 표현수법을 더욱 좋아했다. 우크라이나와 러시아로 말하면 고골리가 진실의 복원자이다. 루쉰이 번역 과정에서 보여준 인정과 석연함에서 그의 심미적인 편애를 엿볼 수 있다. 이와 같은 시기 루쉰의 글들을 보면 예리함이 고골리를 바싹 따라잡을 기세이다. 그는 작가로서 마땅히 해야 할 일이 무엇인지, 마땅히 거부해야 할 일이 무엇인지를 잘 알고 있었다.

고골리의 유산에는 회의정신이 깃들어 있다. 루쉰은 그의 글에서 자극을 받았으며 그 자극들은 그의 핏속으로 깊이 녹아들었다. 그래서 그의 작품 속에서는 유행어에 대한 회의와 자아 회의가 보인다. 그 뒷면으로 이어지는 화제는 이상하리만큼 깊이가 있다.

이는 사실 캐묻고 있는 것이다. 루쉰은 일생동안 존재하는 것에 대해 캐묻는 것을 멈춘 적이 없다. 캐묻는 과정은 존재하는 것에 대한 함축적인 설명 과정이기도 하다. 번역 과정에서나 창작 과정에서 나를 막론하고 세상의 진실을 인식하려는 그의 갈망은 끊긴 적이 없다.

⑥

그의 글을 읽노라면 옛 문인의 뜨뜻미지근한 표현방식과 다른 점을 느끼지 않을 수 없으며 또 신문학 작가들과도 많이 구별되며, 세심하게 분석해보면 좌익 문인들과도 구별되는 점을 느낄 수 있다. 그의 태도는 완전하게 지식계층에만 속하는 것이 아니라 사회 최하층 사람들이 체험을 거친 뒤의 성급함과 세상물정을 다 알고도 세상물정에서 동떨어진 순수한 시각을 갖추었다. 이는 주로 그의 잡문에서 드러난다. 분명하고 뚜렷이 보이는 애정 외에 세상물정에 대한 그의 통찰력은 일반 학자들은 갖추지 못한 것이다. 그는 벗에게 보내는 편지에서 "만약 꼭 할 거면 학자의 양심을 품고 시정잡배의 수단을 갖춰야 한다."[11]라고 썼다. 루쉰은 시정잡배들과 내왕하면서도 또 그들을 혐오했다. '내왕'과 '혐오'사이에서 세상의 은밀함을 복원시킨 것이다.

예를 들어 그가 학계삼혼에 대해 논술하면서 관혼(官魂, 관리의 혼)과 비혼(匪魂, 비적의 혼)은 뼈저리게 증오하면서 민혼(民魂, 민중의 혼)은 중요하다고 했다. 중국문화 속의 관료풍官氣은 등급제도의 산물인데 학자들의 사상은 그로 인해 크게 중독되었다. 그는 민혼이 소중한 것이라고 하는 것은 관혼에 오염되지 않은 것을 가리키며 그 것은 남다른 정신이라고 말했다. 그러나 그는 또 관혼·비혼과 민혼을 구분하기가 너무 어려우며 그것들을 인식하려면 분별할 수 있는 시각이 필요하다고 말했다. 그는 다음과 같이 썼다.

뒤죽박죽이 되어 암담한 사회에는 관리들이 말하는 '비적'과 민중들이 말하는 비적이 있고, 관리들이 말하는 '민중'과 민중들이 말하는 민중이 있다. 관리들이 '비적'이라고 여기는 이들이 사실은 진정한 국민이고, 관리들이 '민중'이라고 여기는 이들은 사실 관아의 심부름꾼과 관리 신변의 호위병이다. 그렇기 때문에 얼핏 보기에 '민혼'인 것 같은데 때로는 여전히 '관혼'인 경우가 있을 수 있다. 이는 영혼을 감별하는 자들이 마땅히 주의해야 할 바이다.[12]

망나니의 변천에 대해 논하면서 그는 유교문화에 대해 상세하게 분석했는데 역시 한 마디로 정곡을 찔렀다. 이른바 신성한 존재가 어떻게 한 걸음 한 걸음씩 황당하게 바뀌어 너절한 상태에까지 이르게 되었는지에 대한 그의 상세한 분석은 마치 만화처럼 사람들이 자기반성을 하게 한다. 약간의 웃음기에 이어 싸늘한 한기가 스며들며 바로 정신적 고문이 이어진다. 우리는 그 고문에 놀라움을 금치 못하게 된다. 삶이 원래 그러할진대 우린들 어찌할 수 있겠는가?

망나니 정치를 마주했을 때 그는 인간 백정에 대한 뼈저린 증오를 추호도 감추지 않았다. 3.18참사, 좌익작가연맹의 다섯 열사 사건에 대한 그의 빠른 반응과 침통한 읊조림, 비분에 찬 증오는 너무나 격하고도 깊었다. 중국에서 맨주먹인 청년들을 학살한 것에 대해 많은 문인들은 보고도 잠자코 있었다. 그러나 루쉰은 피를 토할 것 같은 글로 인간 백정의 추악상을 폭로하는 한편 인성의 아름다운 일면을 너무나도 생생하게 보여주었다. 《류허전劉和珍군을 기념하며》·《망각을 위한 기념》 등의 글에서는 모두 아름다운 생명의 추락에 대해 썼다. 그 사랑스러운 사람들이 모두 총에 맞아 죽었음에도 바로 웃음기 머금은 필묵에 의해 말살되어버렸다. 그러나 루쉰은 그 필묵들을 찢어버렸으며 싸늘한 화면 속에 자신의 눈물을 남겼다. 그때 당시 문인과 고아한 선비들 모두가 침묵을 지키며 아무 말도 하지 않거나 혹은 감히 말을 하지 못하고 있었지만 오로지 루쉰만은 용감하게 나섰던 것이다. 그러한 중국에서, 그러한 세상에서 사대부들이 어느 누가 그렇게 할 수 있었을까?

그의 민감한 신경은 세력가들을 위해 앞장서는 문인들의 추태를 절대 그대로 지나치지 않았다. 그들의 영혼의 어두운 면을 폭로하는 것이 그에게는 속이 후련해지는 일이었던 것이다. 한편 우매한 백성들에 대한 애탄은 또 다른 풍격의 필치로 표현했으며 그 자신의 마음을 전율케 했다.

이는 톨스토이가 관료와 농노를 대하는 태도와 아주 흡사했다. 그 불안 속에서 고통을 견디는 철학적 사고가 매혹적인, 성스러운 불길이 타오르게 한다. 무수히 많은 고통 받고 있는 자, 무수히 많은 일반 민중들이 모두 자신과 관련이 있다. 그는 모든 세부적인 것에 민감했다. 언제나 돌발사건을 통해 불행한 집단을 발견하고 추호의 망설임도 없이 그들의 곁에 나서곤 했다. 전통적인 문인들은 세상의 은밀함을 깊이 느낀 뒤에는 대부분 그 속에 스며들어 그 중의 일원이 되어 동행하곤 한다. 혹은 암초를 돌아서 자기 혼자 고결하게 살 수 있는 길을 가곤 한다. 민국시기에 이르러서도 그러한 현상은 여전했다. 루쉰은 이에 대해 철저히 반대하는 입장이었다. 예를 들어 적수를 추호도 용서치 않은 것, 아첨꾼을 완전히 뒤엎는 묘사, 이른바 자유주의자의 터무니없는 이론에 대한 신랄한 풍자는 곧 니체와 고골리 정신의 연장이었다.

여기서 우리는 그의 '독설'를 느낄 수 있으며 인물 형상을 부각하는 데서의 예리함을 느낄 수가 있다. 그가 관료사회에 대해 묘사한 글은 매우 노련하다. 이는 관료사회에 몸담았던 경험이 있는 사람만이 가질 수 있는 시각이다. 시민과 유민들에 대한 견해도 사대부들은 어깨를 견줄 수 없을 정도로 남다르다. 그는 때로는 대중의 적이 되기도 한다. 그는 다수인의 독재로 사상이 있는 개인에 대한 파괴에 따르는 비극에 대해 줄곧 경계심을 품고 있으면서도 또 그 다수인의 입장에 서서 그 어려운 문제를 해결하려고 한 것이다. 그러한 상황 자체가 그에게 새로운 모순을 가져다주었다. 그러나 오로지 모순 속에서만이 모순을 처리할 수 있다는 것을 그는 알고 있는 것 같았다. 이것이 바로 루쉰의 복잡성이다.

현대 작가들 대부분은 비애에 젖어 긴 탄식을 내뱉거나 혹은 상아탑 속에 숨어서 홀로 탄식하곤 했다. 화려한 문자와 우아한 학식에는 지식인의 지혜가 깃들어 있다. 그러나 그것은 일반인의 지혜에 불과할 뿐 정신적 핵심이 될 수 없다. 철학적 깊이와 심미적 초연함에 있어서는 오로지 루쉰과 같이 천지간의 혼을 얻은 자만이 그 세계에 들어갈 수 있다.

혹은 루쉰이 소설세계에서는 개체 인간의 운명의 기괴함과 불행에 대해 묘사했다면 잡문에서는 세상의 여러 면을 복원했다고 말할 수도 있다. 그의 잡문 속에는 소설적인 화면도 있고 시적인 문장도 있으며 또 만화적인 윤곽도 들어있다. 어떤 사람은 그 속에 중국인의 중생상이 포함되어 있다고 말했는데 곰곰이 음미해보면 맞는 말인 것 같다.

⑦

위다푸가 생전에 그에 대해 평가한 의미심장한 말을 남겼는데, 그의 글속에서는 기이한 기운이 감돈다고 했다. 루쉰의 사상은 모두 적대 세력과 비교하고 맞설 때 나타나곤 했다. 흥미로운 것은 그가 자신의 사상을 서술할 때 간단한 설교에 그친 것이 아니라 줄곧 형상적인 언어로 서술했는데 매우 특별해 보인다. 그가 학자들과 이론적인 문제에 대해 논전을 벌일 때 표현방식은 모두 시화된 것이라는 사실에 주목할 필요가 있다. 장자와 니체 · 플레하노프의 절묘한 표현방식을 받아들여 복잡한 문제를 색다르게 표현해 또 다른 높이를 보여준 것이다. 루쉰에 대해 연구한 일부 문장들을 보면 루쉰의 표현방식에 관심을 두지 않은 경우가 많은데 루쉰의 흥미로운 일면이 사람들의 서술을 거친 뒤 오히려 무미건조하게 되어 버리곤 했다. 혹은 우리는 선생이 가장 혐오하는 방식으로 그를 기념하고 있는지도 모른다고 해도 무방하다. 예를 들어 팔고문 어조八股調라고 한다든가 위군자僞道學라고 하는 등이다. 루쉰의 심미적 특징과 사상 철학적 특징을 무시하고 루쉰에 대해 논하는 것은 매우 큰 문제가 있다고 본다.

있는 그대로를 묘사하는 것은 사실 매우 실천하기 어려운 정신노동이다. 루쉰은 복잡한 현실에 대해 일상용어로써 모두 다 표현할 수 없는 경우도 많다고 주장했다. 있는 그대로를 묘사하는 것은 복사한다는 의미가 아니라 표면 현상 뒤에 숨어 있는 존재를 보아내야 함을 뜻한다. 비판적 이념과 지적인 빛을 제외하고 루쉰이 일생 동안 사물에 대한 판단에서 사용했던 시적인 표현에 대해 후세 사람들은 잘 계승하지 못했다. 현대 한어는 갈수록 저속하게 변해가고 있으며 단의성이 복잡성을 대체하고 문예적인 투가 시적인 정취를 대체했다. 그 속에 존재하는 문제는 한어 표현의 차원을 상실한 것으로서 언어를 오직 수단으로만 여기고 사상 승화에 필요한 매개로 여기지 않는 것이며, 옛 의미가 사라졌을 뿐 아니라 역외 예술과 연결 짓고자 하는 충동마저 사라져버린 것이다. 5.4문인들과 비교했을 때 우리는 표현 항로에 있어서 이미 많은 문제가 존재하고 있음을 알아야 할 것이다.

물론 시대마다 자체만의 언어방식이 있기 때문에 현 시대 사람들은 과거로 되돌아가서는 안 된다. 루쉰의 언어는 고대 사람들과 다르며 같은 시대 사람들과도 다르다. 그는 고대의 언어가 사대부의 기운에 오염되었다고 여겼으며 공적에 대해 기록하고 성현을 칭송한 글은 창의력이 부족하다고 여겼다. 그는 또 자신이 처한 시대의 언어는 강호의 기운과 당파의 색채를 띠는 한편 개인의 의지가 부족하다고 여겼다. 그 의지 속에는 지혜가 포함될 뿐 아니라 인성의 따뜻함도 포함되어 있다. 그런데 오늘날 우리는 그 심원하고 부드러운 문체를 포기해버렸다. 선생은 그 수많은 서술 공간에서 뛰쳐나와 홀로 외롭게 독창적인 풍격과 방법을 개척하는 외길을 걸었다. 그는 그 시대에 몸담고 있으면서 또 그 시대에 속하지는 않았다. 그래서 현시대적인 의미를 갖추었을 뿐만 아니라 순수하게 조용히 지켜보는 비범함도 갖출 수 있었던 것이다.

루쉰의 표현은 중복이 아주 적다. 화제마다 특별한 맥락이 있다. 그는 생활에 대해 이해함에 있어서 기계적으로 모사한 것이 아니라 이치로 이해할 수 없는 복잡한 존재에 중점을 두었다. 최고로 분노했을 때일지라도 여전히 아름다운 문장 구조를 보여주었다.

이야기하는 과정에서 사람들은 정신적인 판타지에 빠지기 쉽다. 그는 표현과정에서 줄곧 그러한 판타지에 빠지지 않도록 피했다. 옛날 사대부들에게 존재하는 문제 중의 하나가 바로 항상 자기를 기만하는 것과 남을 기만하는 것인데 이에 따라 인생의 진실이 가려져버리게 된다. 신월사(新月社)는 애정문학을 주장하면서 좌익 작가의 이론을 못마땅하게 생각하고 있었다. 루쉰은 신월사가 못마땅하게 생각하는 것은 세상에 아직도 현재 상황에 불만을 느끼는 사람이 존재한다는 사실이라고 말했다.

이런 견해는 철학적 의미를 포함하고 있으며 실제로는 황당무계한 표현의 반영이다. 작자는 《문예와 정치의 갈림길》에서 다음과 같이 썼다. "매우 궁핍한 삶을 살아온 사람이 부유해지면 두 가지 상황으로 바뀌기 쉽다. 한 가지는 이상적인 세계로서 같은 처지에 있던 사람들을 생각하며 인도주의적으로 바뀌는 것이고, 다른 한 가지는 모든 것을 스스로 노력해서 얻고자 하는 것으로서 과거의 처지로 인해 모든 것이 냉혹하다고 여겨 개인주의로 나가는 것이다."[13] 이러한 맥락은 마르틴 하이데거가 《존재와 시간》에서 한 말을 떠올리게 한다. 즉 존재하는 것에 질문을 던질 경우에는 반드시 질문자에게도 질문을 해야 한다. 루쉰은 이야기의 제한성에 항상 경계심을 가지고 있었으며 그러한 경계심은 백화문을 제창할 때도 줄곧 사라진 적이 없다. 이로부터 그의 언어적 차원의 개방성을 엿볼 수 있다.

사람은 흔히 틀에 박힌 표현을 쓰게 되는데 이는 그가 줄곧 강조해온 견해이다. 그가 시적인 언어로 사상을 표현하는 것은 사실 그런 어색함을 뒤엎기 위해서다. 예를 들어 사상과 예술의 관계에 대해 논하면서 그는 "분수대에서 뿜어져 나오는 것은 모두 물이고, 혈관에서 뿜어져 나오는 것은 모두 피이다."[14]라고 말함으로써 좌익의 화제를 분명하게 밝혔다. 선전과 예술의 관계에 대해 논술할 때 그는 "그러나 나는 모든 문예가 선전임은 틀림없지만 모든 선전이 다 문예인 것은 아니라고 여긴다. 이는 마치 모든 꽃은 다 색깔을 띠지만(나는 흰색도 색깔로 친다) 무릇 색깔을 띤 것은 모두 꽃이라고 할 수 없는 것과 같은 이치이다."[15] 이러한 비유는 그 폭이 매우 크며 또 이론 설명의 단일성을 피면했다. 그의 잡문에도 이러한 필법이 아주 많다.

언어도 판타지의 일종이며 게다가 사람을 역설에 빠뜨리는 매개이기도 하다. 그런 악순환이 언어에 대한 제한과 반문을 해체하는 것이 그에게는 한계를 넘어서는 기쁨과 위안이 된다. 루쉰의 언어는 배경과 격리시키는 효과를 조성한다. 시정에 들어갔으나 또 시정에 속하지 않았기 때문에 존재하는 얼굴이 더욱 또렷하게 보이는 것이다. 장아이링張愛玲은 위다푸의 문학관에 대해 분석할 때 다음과 같은 말을 곁들였다. "중국인은 문화 배경과 조화롭게 어울리는 정도가 다른 어떤 민족보다도 깊은 것 같다. 그래서 개인은 늘 문화의 도안에 가려져 '당연한 것이라는' 색채가 너무 짙어지곤 한다. 그것이 문예적인 면에 반영되면 흔히 도덕관념이 너무 돋보이게 된다. 모든 감정이 이치에 맞게 기존의 곬을 따라 흐르며 인성 깊은 곳에 있는 예측할 수 없는 부분을 건드리지 않는 것이다. 그러나 현실생활 속에서는 사실 흑백이 분명한 경우가 매우 적다. 그렇지만 다 회색인 것도 아니며 대부분은 '산초와 소금을 볶은 맛椒鹽'같은 식이다."[16] 인간세상의 은밀함이 바로 '산초와 소금을 볶은 맛' 같은 식의 존재를 반영한 것이다. 루쉰 자신의 선택에는 그러한 요소가 들어있다. 그가 중국사회에 대해 묘사한 것이 어찌

간단한 도식이라고만 할 수 있겠는가? 그런 복잡함 속에서도 눈여겨볼 수 있는 데는 정신적으로 위대한 힘이 있는 것이다. 옛날식 언어표현방식이 여기서는 이미 그 힘을 잃었다. 그는 새로운 언어 환경을 조성함으로써 우리에게 오래오래 가슴에 아로새기게 했다.

어느 각도로 보나 인간세상을 꿰뚫어볼 수 있는 루쉰의 시각은 비상한 것이었다. 그는 존재하는 것과 역사 · 자아에 충실한 사람임에 틀림없다. 그는 일생동안 부지런히 일해 거의 소실되어가고 있었던 고대 중국문화의 빛을 계승하고 또 현대성과 반(反)현대성 요소를 신문학에 도입시켰다. 그는 어느 한 고정된 질서를 수립한 것이 아니라 자아를 확립하고 또 끊임없이 자아를 부정하는 개방된 예술 공간을 형성했다. 그러한 선택으로 옛날 언어 표현으로의 복귀를 피했으며 또 자아 폐쇄적인 단일한 가치 판단을 피할 수 있었다. 선명하고 생동적으로 살아있는 지혜의 흐름이 현대사에서 넘쳐흐르기 시작했으며 우리는 드디어 그의 글 속에서 우리 자신의 본모습을 볼 수 있게 되었던 것이다.

참고문헌

1) 《鲁迅全集》 第一卷, 66, 237~238页。
2) 《鲁迅全集》 第一卷, 66, 237~238页。
3) 《鲁迅全集》 第二卷, 178, 165页。
4) 《鲁迅全集》 第二卷, 178, 165页。
5) 《鲁迅全集》 第五卷, 514页。
6) 《鲁迅全集》 第四卷, 591~592页。
7) 《鲁迅全集》 第三卷, 516页。
8) 《鲁迅全集》 第十卷, 228页。
9) 《鲁迅全集》 第四卷, 24页。
10) 《鲁迅全集》 第六卷, 489页。
11) 《鲁迅全集》 第三卷, 516页。
12) 《鲁迅全集》 第三卷, 516页。
13) 《鲁迅全集》 第七卷, 115页。
14) 《鲁迅全集》 第三卷, 544页。
15) 《鲁迅全集》 第四卷, 84页。
16) 张爱玲：《重访边城》, 53页, 北京, 北京十月文艺出版社, 2009。

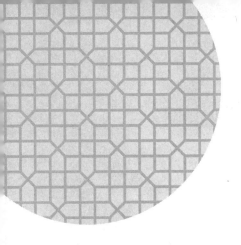

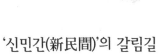

'신민간(新民間)'의 갈림길

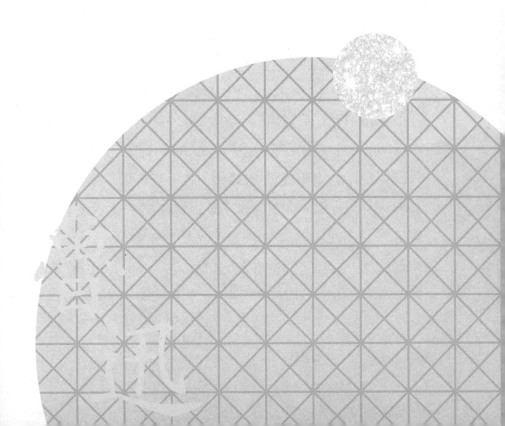

'신민간(新民間)'의 갈림길

문화는 낮은 단계에서 높은 단계로 나아가야만 건전하게 발전할 수 있다. '신민간新民間'의 등장이 그런 가능성을 열어주었다. 이는 폐쇄된 개념이 아니라 "인각유기 자타양리(人各有己 自他兩利, 사람마다 개체에 대해 감지할 수 있게 되면 자신과 타인에게 다 이롭다는 뜻)" 의식의 운반체이다.

①

사회학자의 관점에 따르면 전통 민간사회와 조직이라 하면 일반적으로 시사詩社 · 회관會館 · 회당會堂 · 선당善堂 · 묘회廟會 등을 가리킨다. 이들은 옛 윤리 · 옛 도덕과 관련된다.

그렇다면 이는 '구민간舊民間'의 형태라고 해도 무방할 것이다. 만청 이후 여러 사회조직이 나타나면서 새로운 사상과 이념이 생겨났으며 형태가 다양한 이들 집단을 우리는 잠시 '신민간新民間'이라고 부르기로 한다.

그때 당시 많은 새로운 기풍의 형성은 사단社團의 운영을 통해 실현되었다. 《민보》 · 《갑인甲寅》 · 《신청년新青年》이 새로운 기풍을 형성했으며 배만(排滿, 만주족 배척)운동과 사상운동은 바로 그런 활동무대의 선동으로 적잖이 기상을 갖추었다. 그 시기에 잡지와 신문을 핵심으로 하는 지식인 집단이 각자 갈 길을 가며 다양한 풍격을 형성했으며 각자 기묘한 경지에 이르렀다. 명나라 이래 지식인들이 결사하는 것은 더 이상 신기한 일이 아니었다. 청 말에 불안정한 사회에서 사회기풍을 바꾸려는 움직임은 바로 새로 설립된 단체들 사이에서 나타났다. 예를 들어 정계의 동맹회, 연극계의 춘류사春柳社, 신문계의 애국사 등은 모두 그런 단체들이다. 만약 이런 민간단체가 나타나지 않았다면 만청의 구도에 변화가 일어나지 않았을 것임이 틀림없다.

그 기풍은 민국 초기의 10년간 점점 세차게 퍼졌다. 민국 초기에 교육부 계통의 활동 중에서 한 가지 현상을 찾아볼 수 있다.

그것은 즉 사단활동이 늘어났다는 것이다. 지식인들은 우아하게 모이는 것을 선호했기 때문에 구석구석에 살롱이 나타났다. 1912년 오족국민합진회五族國民合進會가 설립되고, 1915년에 세계사世界社, 호조사互助社가 나타났으며, 1916년에 화법교육회華法教育會가 탄생하고, 1918년에 베이징대학 화법연구회畵法研究會가 세상에 나왔으며, 1919년에는 국어연구회, 신교육공진사新教育工進社, 베이징청년회 등이 활동을 시작했는데 문화의 진보에 영향을 주었다. 이들 조직은 대부분 교육부와 베이징대학의 인원들이 조직했으며 낡은 풍속을 고치는 것, 혹은 새로운 지식을 발전시키는 데 의의를 두었다. 그러나 그 조직들이 도덕 기풍이 짙어 신문화인들은 대부분 가입하지 않았다. 자세히 살펴보면 그 조직들은 모두 분산되어 있어 엄밀하지 않았지만 신사상을 보급하는 데서 일으킨 역할이 매우 컸으며 또 신문화운동이 일어나기 전의 전주곡의 일종이라고도 할 수 있다. 훗날 신형 지식인들이 자체 학설을 널리 보급하는 과정에서도 그런 방식으로 자기 무대를 건설하는 것을 선호했으며 그 시기의 풍조를 형성했다.

1912년 '사회개량회' 선언에서는 "이렇게 말했다".

　　우리나라는 자고로 도덕을 교의로 삼아왔다. 고로 다른 나라들에 비해 풍속적 바탕이 훨씬 두텁다. 그리고 수천 년간 받아온 군권과 신권의 영향이 현재까지도 여전히 존재하고 있으며 그 중에는 공화 사상과 저촉되는 부분이 아주 많다. 뜻을 같이하여 모인 동인들이 본 회를 설립해 인도주의로써 군권의 독재주의를 물리치고 과학지식으로써 신권의 미신주의를 몰아내고자 한다. 여러 가지 사건을 열거해 서로 독려하고 공화 국민의 인격을 유지해 애써 진보함으로써 점차 대도가 행해져 천하가 태평해질 수 있기를 바라는 것이 본 회를 설립하게 된 시초이다.[1]

이 사단의 규약은 새 도덕의 의미를 띤다. 예를 들어 기생질하면 안 되고 첩실을 두면 안 되며 무릎을 꿇고 절하는 예법을 폐지하고 전족을 폐지하며 공동묘지 제도를 제창하는 등 내용이 포함된 것이다. 이런 사고방식은 모두 신문화의 전주곡으로서 그 정신의 경지를 훗날 후스·천두슈 등이 받아들였다. 사단의 등장은 정부 기능이 미흡한 부분에 대한 보충이며 지식계층의 역할에 대한 갈망의 발로이기도 하다. 후에 리다자오李大釗가 《종적인 조직에서 횡적인 조직으로由縱的組織向橫的組織》라는 글에서 사단과 동반자조직이 나타나게 된 원인에 대해 설명했다. 그 원인인 즉 사회를 바꾸는 기관이 새로운 사상과 새로운 정신을 주입시킴으로써 정신의 푸른 싹을 양성할 수 있기 때문이다. 그는 다음과 같이 말했다.

이전의 사회조직은 종적인 조직이었으나 현재 필요한 조직은 횡적인 조직이다. 이전의 사회조직은 상하계급을 나누어 체계를 이룬 조직이었으나 현재 필요한 사회조직은 상하계급을 깨고 평등하게 연합된 조직이다. 이전의 사회조직은 힘에 의해 통괄되고 지배되는 조직이었으나 현재 필요한 사회조직은 애정이 결합된 조직이다.[2]

리다자오의 이해에 따르면 새로운 생활은 새로운 조직의 창출과 밀접한 연관이 있다. 순수하고 애정으로 가득 찬 새로운 단체가 등장해야만 비로소 새로운 민간이 형성될 수 있는 것이다. 훗날 공산당의 탄생은 이러한 이념과 관련이 없지 않다. 민국 초기 지식계층의 활약 분위기가 새로운 예술의 생성에 영향을 미치지 않았을 리 없다. 신문화운동의 기반은 바로 그 토양 속에서 육성된 것이다.

그러나 그러한 새로운 단체와 민간조직에서는 옛 문인의 숨결이 깃들지 않을 수 없다. 혹은 신구 문인의 정취가 절반씩 차지한다고 말할 수도 있겠다. 루쉰·후스·천두슈가 줄곧 그 조직들과 관계를 맺는 것을 원치 않았던 것은 아마도 기질적인 차이가 큰 것이 원인이었을 것이다. 루쉰을 예로 들면, 신해혁명 전과 후 그는 고향의 사단과만 일부 관계를 맺었을 뿐이다. 그것은 아마도 향원鄕愿과의 관계였을 것이다. 그 뒤 베이징에서 일하게 된 후에도 일부 사단과의 관계는 끊어졌다 이어졌다 하는데 그쳤다.

그러나 지식계에서 새로운 문제에 대해 토론할 때 그는 사단이 일으키는 역할에 주의를 돌리게 되었다. 교육부 업무를 보는 틈틈이 그는 일부 민간 조직의 활동에 주의를 돌리고 지지하기도 했다. 그 활동들은 그 자신의 심미적 기대와도 연관이 없지 않았다. 그의 가치 있는 문자들은 그 경로를 통해 사람들에게 익숙히 알려졌다. 또한 그와 이들 민간단체의 관계도 의미심장해졌다. '신민간' 문화단체 건설이 실제로 추진된 것은 천두슈와 후스가 손잡고 문단에서 등극한 후부터였다.

그들의 사상은 캉유웨이康有爲 · 량치차오 · 장타이엔 등 이들과 전혀 달랐다. 그 후 루쉰 · 저우쭤런 · 첸쉬안퉁錢玄同 등 이들의 개입으로 구도가 일변했다. 후세 사람들로부터 신문화운동의 선구자로 칭송 받고 있는 그들이 민간문화 발전방향을 자발적으로 설계했으며 엘리트 의식과 민간적인 느낌이 한데 어우러져 과거와 다른 '신민간' 단체의 등장을 추진했다. 한편 여기서 후스와 루쉰의 얽히고설킨 사연은 또 인문지도를 고쳐 썼다.

②

후스는 미국에서 유학할 때부터 이미 서방사회 민간조직의 가치에 주의를 돌리기 시작했다. 여러 가지 유파의 등장은 대학교육의 독립성 및 민간 사단과 매우 큰 관계가 있다. 《유학일기》에는 그가 여러 가지 문화사단의 활동에 참가한 내용과 미국 민간사단의 여러 가지 운동에도 큰 관심을 가졌다는 내용이 적혀 있다. 일기에는 여성활동의 조직기관, 세계 학생총회의 특징 등의 내용도 적혀 있다. 그는 사회 공공시설의 창설에 대한 꿈도 가지고 있었다. 1915년 3월 8일의 일기에는 이렇게 쓰여져 있다.

나는 귀국하게 되면 이르는 곳마다 반드시 공공 장서각을 창설할 것을
제창하려고 한다. 내부적으로는 적계독서사績溪閱書社를 설립하고
외부적으로는 환남장서각皖南藏書樓·안훼이장서각安徽藏書樓을
설립할 것이다. 그런 다음 널리 보급시켜 중화민국 국립 장서각을 세울
것을 제창하려 한다……[3]

후스가 상기와 같은 내용을 일기에 쓰기 2년 전, 루쉰이 교육부에서
근무하던 시기에 발표한 언론에는 이미 이와 비슷한 내용이 있었다.
1913년에 《미술 전파 계획 의견서儗播布美術意見書》에서 루쉰은 민간
박물관과 예술관 설립에 대해 제창했다. 그는 중국문화가 생기를 띠게
하려면 극장·주악당奏樂堂·문예회文藝會 등이 있어야 한다고 주장했다.
그는 이렇게 말했다.

반드시 문인 학사들을 불러 모아 집회를 설립하고 국민의 문학예술에
대해 조사를 거쳐 훌륭한 것을 선발해 장려하고 또 널리 전파될 수
있도록 도와야 한다. 그리고 역외 유명 도서 전적들을 중국어로 번역해
국내에 전파해야 한다.[4]

이는 매우 선견지명이 있는 생각이며 민국 초기 사회에 절박하게
필요한 존재이기도 했다. 쉬서우상에게 보낸 편지에 그는 자신이 조사한
도서 중 대부분이 황당무계한 사상을 담고 있어 학생들의 사상에 해가
되는 문장들이라고 썼다. 그때 그는 새로운 지식계층이 나타나기 전에는

문화의 진보를 실현하는 것이 너무 어렵다는 것을 의식하게 되었다. 공익 문화기관의 설립이 사회의 진부한 기풍을 바꿀 수 있을 것이며 국민의 정신에 영향을 줄 수 있을 것임을 깨닫게 되었다. 사회의 진화는 이런 것들과 모두 관련이 있는 것이다. 루쉰의 출발점은 심미교육을 기반으로 하는 심경이었고, 후스는 인문지식의 전파를 갈망했다. 새로운 문명의 건설에 대한 그들의 구상은 기본상 역외의 경험에서 얻은 것이다.

후스는 천두슈를 알게 된 후 운명이 바뀌었다. 그는 《신청년》 잡지의 활동에 참가하자마자 그 활동무대의 가치에 대해 의식하게 되었다. 그때 그와 천두슈·루쉰 등이 서로에게 영향을 주는 과정에서 서로의 꿈을 발견할 수 있었다. 후스의 문장들은 어디서나 '신민간' 형성 책략을 보여주었고, 루쉰은 진실한 감정을 토로하면서 독특한 길을 걷고 있었다. 그들은 모두 중국에서 신문화를 형성함에 있어서 개성 존중의 초석이 흔들려서는 안 된다는 이치를 알고 있었다. 이에 따라 '신민간'의 형성이 바로 개성 존중의 산물임은 의심할 나위가 없다.

《신청년》은 지식구조가 서로 다름으로 인해 가치 추구에서 늘 좌적인 경향을 보이곤 했다. 천두슈의 스러져가는 부패한 세력의 광분은 독단적인 경향을 띨 수밖에 없었고, 후스는 점잖은 군자 식의 독백으로 서양의 상식에 대해 말하고 있었으며, 루쉰은 길손 식의 단호함과 심오함을 갖추었으며 어둠 속에서도 따스한 색채를 띠고 있었으며, 저우쭤런은 박식하고 고상한 가운데 홍미적인 것에도 눈길을 돌렸다. 아쉽게도 그들의 합작시간은 너무 짧았다. 내부적으로 쟁의가 많았으며 후에는 정치적인 원인으로 서로 엇갈리게 되었다. 이는 그들이 각자 독립적으로 자신의 활동무대를 형성할

수 있도록 추진했다.《신청년》이 분열된 뒤 루쉰과 저우쭤런은《어사사
語絲社》에 참여하고, 후스는 주간지《노력努力》을 기획하면서 여전히
그들의 옛 꿈을 이어나갔다. 다만 전자는 야성적 경향이 더 강했는데 스스로
'비적 학자學匪'로 자칭하면서 엄숙하고 경건한 태도를 취하지 않고 갈수록
녹림의 풍격을 보였다. 후자는 기품이 있는 신사의 풍격을 갖추어 선비의
도포를 벗으려 하지 않았으며 엄숙하고 경건한 풍격을 유지했다.

천두슈는 자신의 간행물을 정당의 잡지로 바꾸어 학술과는 동떨어졌다.
이로써 그들의 가치 지향이 서로 달랐음을 알 수 있다. 후스는 1923년 10월
9일 가오이한高一涵 등 이들에게 보낸 편지에 이렇게 썼다.

25년간 오직 세 개의 잡지만이 세 개의 시대를 대표할 수 있으며 세
개의 새 시대를 창조했다고도 말할 수 있다. 그 세 잡지는 각각《시무보
時務報》·《신민총보新民叢報》·《신청년》이다. 《민보》와 《갑인》은
이들 축에 끼지 못한다.

《신청년》의 사명은 문학혁명과 사상혁명이다. 그런데 그
사명이 불행하게도 중단되었으며 그 중단된 상태가 오늘날까지도
이어지고 있다. 만약《신청년》이 오늘날까지 중단되지 않고 6년간
문학사상혁명을 이어왔다면 분명 작지 않은 영향력을 과시했을 것이다.

앞으로 우리 사업은《노력》을 확충함으로써《신청년》이 3년 전에
채 하지 못한 사명을 직접 이어나갈 것이며 또 앞으로 20년간 꾸준한
노력을 통해 사상 문예면에서 중국정치를 위한 튼튼한 토대를 마련할
것이다.[5]

후스의 사상에는 또 계몽단계에서 시작해 서서히 경험을 쌓아야 하며 서둘러 정당문화의 차원에 들어설 필요가 없다는 주장도 포함되었다. 정당의 창립에는 집단의 이익이 따르게 된다. 그러나 지식계층은 정당문화를 벗어난 차원에서 업무를 수행해야 한다. 이는 매우 엄숙한 업무로서 사실 그 뒤에는 유가의 치국평천하의 정서가 묻어 있기 마련이다. 그러나 저우 씨 형제는 세상에 구애받지 않고 구름을 구경하고 한담하며, 고향을 그리고 세상을 풍자하며, 남을 욕하는 등 풀뿌리 근성과 미친 선비의 기개가 여전하다. 루쉰이 육성한 《광표(狂飆, 광풍)》·《망원(莽原, 초목이 우거진 벌판)》·《어사》 등 잡지는 예술적 색채가 매우 짙으며 비범한 은은함과 고통을 인내하는 방랑자의 모습도 있다. 민국 초년에 나타난 서로 다른 색채를 띤 이들 민간조직은 사상의 깊이와 표현의 풍부성 면에서 선대 사람들을 추월했다.

③

　　후스의 민간 이념은 엘리트 문인의 이념으로서 중생을 굽어보는 의미도 조금 띠고 있다고 말할 수 있다. 루쉰의 민간 꿈에는 오만함이 묻어 있는데 이는 일부는 향토와 현대 민속학에서 깨우침을 얻은 것이고 일부는 근대 철학의 업적을 이은 것이다. 후스 주변의 사람들은 어딘가 교수 기질이 있다. 예를 들어 천위안·량스츄梁實秋·쉬즈모·사오쉰메이邵洵美 등인데 구미파가 많으며 사상이 자유주의와 인문주의 사이에 처했으며 상아탑적인 일면이 있다. 루쉰에게서는 정말 흙냄새와 옛스러운 풍격을 느낄 수 있다.

그의 몸에 있는 저항적인 기운이 폭풍 같은 기세를 형성하며 온갖 독특한 사상들이 또 다른 풍경을 이루었다.

중국에 대체 얼마나 많은 민간예술집단이 있는지 후스와 루쉰의 세대에는 분명하게 알 수 없었다. 우연히 그러한 민간의 존재를 만나기라도 하면 그들은 날듯이 기뻐하곤 했다. 교육부에서 근무하면서 루쉰은 민간 예술단체의 존재에 대해 크게 중시해 의도적으로 일부 사단조직을 설립하고 민간의 미술활동을 제창했다. 이는 역사에 대한 그의 인식이 기반이 되었다. 그가 후스와 다른 점은 옛 민간의 형태에 익숙한 것이며 공을 들여 연구한 것이다. 옛날 민간에는 잊혀져버린 존재가 매우 많다. 루쉰과 저우쭤런은 귀국 초기부터 고향의 문헌과 야사 잡기에 흥미를 가졌다.

《회계군고서잡집會稽郡故書雜集》·《남풍초목상南風草木狀》 등에는 모두 유혹적인 존재가 많았는데 저우 씨 형제는 그에 대한 감회가 깊었다. 왕희지王羲之의 난정아집蘭亭雅集이 열린 뒤로 사오싱 문인의 결사가 예사로운 일이 되었다. 명·청 이래 시인과 화가들이 남긴 옛 흔적들은 오늘날까지도 사람들의 기억 속에 여전히 남아 있다.

그 시기 루쉰의 일기를 보면 그가 교육부에 있을 때의 사상이 실제적이고 활약적이었음을 느낄 수 있다. 그 시기 대량의 서양 문학자료와 문화자료를 읽어 여러 가지 문화교육 사고를 형성했다. 중국의 미래에 대해 그는 그래도 아련한 희망을 안고 있었다. 쉬서우상에게 보낸 편지에 그는 이렇게 썼다.

국내를 두루 살펴보면 좋은 모습이 하나도 보이지 않으나 노복사상이 많이 바뀌었기에 전혀 비관하지 않는다. 무릇 나라의 관념은 그 어리석음 또한 성의 경계와 비슷하다. 인류에게 역점을 두면…… 앞으로 인도주의가 최종 승리할 것이다. 설령 중국이 개진하지 않아 노예가 되기를 원할지라도 다른 사람이 노예를 부리는 것을 원치 않을 것이다. 문안을 여쭙기를 갈망하지만 주인이 없으니 실의에 빠져 죽을 수밖에 없다. 이와 같이 여러 세대를 거치노라면 머리를 조아리며 문안을 여쭙는 중독현상이 점차 줄어들게 되어 결국 진보할 수밖에 없다. 그리 되면 노복에게는 기쁜 일이다.[6]

그러나 새로운 변혁은 어디에 있는 것일까? 중국에서 문화의 진화를 이루려면 누군가는 반드시 몸소 행해야 한다는 이치를 그는 잘 알고 있었다. 그의 시안西安행은 그에게 적잖은 이득을 가져다주었다. 1924년 그는 시안에 갔을 때 '역속사易俗社'가 활동하고 있는 것을 발견하고 너무 기뻤으며 그 단체에 도움을 주며 지지했다. 루쉰과 '역속사'의 이야기는 문단에서 미담으로 전해졌다. 이로부터 그가 중국 민간의 새로운 시도에 대해 긍정적 입장을 가지고 있었음을 알 수 있다. 그가 그 사단을 위해 써준 "고조신담(古調新談: 옛 곡조를 새롭게 논함)"이라는 제사를 통해서 그의 갈망을 읽을 수 있다. 옛 전통극에 대해 연구하는 의미는 혁신을 위해서라는 데 있다. 민국초기에는 옛 전통극에 불만인 사람이 많았다. 차이위안페이·첸쉬안퉁·저우쭤런 등은 모두 옛 전통극에 대한 불만을 말한 적이 있다. 그들이 낡은 전통극에 불만인 이유는 주로 그 중의 도학의 존재에 싫증을 느꼈기 때문이다. 그들은 새로운 피를 주입시키는 것만이 옛 전통극을 살리는 출로라고 주장했다. 루쉰은 '역속사'의 존재가 확실히 상징적 의미를 띤다고 여겼다.

그 시기 루쉰의 활동과 관련해서는 또 일부 청년단체와의 관계도 이야기할 거리가 된다. 특히 다른 성省들에서 일부 민간단체들이 창출한 것에 그는 큰 흥미를 느꼈다. 1925년에 그는 허난河南의 청년들이 꾸리는《예보豫報》의 전문란을 보고 너무 기뻐했다. 편집 담당자들에게 보낸 편지에 그는 다음과 같이 썼다.

> 어제《예보》를 2부 받아보고 크게 기뻤습니다. 특히《전문란副 刊》을 보고나서 말입니다. 그 넘쳐흐르는 생기는 그야말로 예상 밖이었습니다. 생각해 보세요. 그처럼 역사가 유구한 중주(中州, 허난 성의 옛 이름. -역자 주)에서 젊은이들의 목소리가 들려왔으니 오랜 역사를 가진 이 나라가 부활을 예고한 것이 아니겠습니까? 이 얼마나 기쁜 일입니까?[7]

그 사단들이 루쉰에게 가져다준 기쁨이 그 글 속에서도 느낄 수 있다. 이로부터 그는 새로운 민간이 사회에 나타남으로 하여 문화의 생태가 반드시 바뀔 것이라는 느낌이 들었다. 그로부터 얼마 지나지 않아 그는 또 침종사沉鐘社ㆍ미명사未名社 등 단체와 더 밀접한 연계를 가졌다. 그는 쉬광핑에게 보낸 편지에 자신이 망원사에 참가한 것은 문명에 대한 비평과 사회에 대한 비평을 위한 것일 뿐이라며 낡은 사회의 가면을 찢어발기려는 의도라고 썼다. 여기서 그의 내면의 가장 부드러운 일면과 용세 정신이 완벽하게 드러났다. 저우쭤런·첸쉬안퉁 등 교수의 삶에 안주하는 사람들에 비해 황야에서 길을 개척하려는 그의 용기가 분명하게 드러난다. 그때는 오로지 젊은이만이 그처럼 대담한 길을 걸을 수 있었다. 황량함 속에 나타난 녹색이야말로 가치가 있는 것임을 그는 분명하게 알고 있었다.

역사에 대해 깊이 음미하고 있었던 루쉰은 추호도 주저하지 않고 자신의 새로운 인생길을 시작했다. 그는 한편으로는 절망하면서 또 다른 한편으로는 선택하면서 앞으로 나아갔다. 그 뒤로 긴 역사의 그림자가 이어졌다. 후스는 온몸이 밝은 분위기였다. 역사가 그에게는 지식의 좌표에 불과할 뿐 뼈에 사무치는 체험의 고문은 없었던 것 같았다. 꼭 같이 새로운 유토피아 꿈을 꾸고 있었지만 그의 꿈은 더 순수해 보이며 어두운 그림자가 드리우지 않았으며, 사랑스럽고 이해하기 쉬우며 미래 정경이 상상을 거쳐 더 아름다워 보였던 것이다. 그의 유토피아 꿈은 마르크스주의를 신앙하는 사람들에 뒤지지 않았다.

④

하나의 연합전선을 만들고 새로운 민간단체를 구성하는 것은 결코 쉬운 일이 아니다. 이에 대한 루쉰의 견해는 후스보다 더 복잡했다. '신민간' 단체에 대해 언급할 때 루쉰은 그 가치를 긍정하면서도 경계심도 드러냈다. 몇 십 년간의 경험을 보면 쓴맛을 겪은 경우가 대부분이다. 예를 들어 창조사創造社의 독단주의에 대한 실망, 좌익작가연맹의 폐쇄주의에 대한 비평은 모두 교훈을 거친 뒤에 문득 깨달은 것이다. 루쉰은 좌익작가연맹

창설대회에서 한 연설에서 그 신생조직의 발전이 직면한 시련에 대해 언급하면서 실제와 결부시키지 않는다면 좌익의 반대편에 설 수 있다고 말했으며, 그로 인해 새로운 민간조직이 옛날 동업조직의 소굴로 전락될 수 있다고 말했다. 후스도 일부 민간조직에 대해서는 비평하는 태도를 취했지만 자신을 돌아보는 경우가 드물었으며 혹은 자신을 조사 대상으로 삼을 줄 몰랐다고 할 수 있다. 그러한 차이의 배경에서 루쉰이 회의주의자라는 것과 후스는 자신만의 신앙하는 태양이 있음을 엿볼 수 있다.

정신적 기질 면에서 봐도 그들의 차이가 쉽게 드러난다. 루쉰은 현대의식을 갖추었을 뿐 아니라 고풍스러움도 갖추어 수없이 많은 시골의 기억도 그 사이에 섞여 있다. 그는 또 강호의 억센 풍격을 유지했다. 후스의 몸에서 느낄 수 있는 옛날 문인의 기운 속에는 초야의 격앙된 정신이 없었으며 유가의 중정中正 사상과 권위의 실험주의 이념이 그의 세계에서 조화로운 통일을 이루고 있었다. 그러나 후스의 사고방식에 대해 분석해보면 그의 민간은 결국은 일종의 과도단계로서 최종적으로는 정부에 이르게 되었다. 민간에서 출발해 정부의 사고방식을 바꿔 권력자들이 중정사상을 받아들이게 하려는 데 취지를 둔 평화적 의념을 갖추고 있다. 이러한 뚜렷한 목적성이 앞으로의 선택에 이론적 토대를 마련해주었다. 그와 국민당의 애매한 관계 속에 숨어 있는 화제도 한 마디로 이루 다 말할 수 없을 만큼 복잡했다.

민간사단에 대한 후스의 구상은 대학의 실험에서 시작되었다. 그는 대학은 사회정신의 원천이고 사상의 저장고라고 생각했다. 그런데 그가 당혹스러웠던 것은 대학 사단이 후에 정치적 요소를 포함한 것이며 후에는 사회운동과 연결된 것이었다. 사단은 학생운동의 대본영이 되었으며 이에 후스는 초조해 했다.《우리가 학생들에게 거는 희망》에서 그는 학생은 학문적인 삶, 단체적인 삶, 사회 봉사적인 삶을 살아야 한다고 말했다. 그는 다음과 같이 주장했다.

학생운동이 현재 사면으로 공격을 받고 있다. '5.4'의 후원도 없고 '6.3'의 후원도 없어졌다. 우리는 학생들에게 다음과 같이 충고한다. "단순히 동맹휴학하는 것을 무기로 삼는 것은 하책이다. 그런데도 자꾸 되풀이하고 있다면? 학생운동이 만약 '5.4'와 '6.3'이 빛냈던 영예를 유지하려면 오로지 한 가지 방법밖에 없다. 즉 활동방향을 바꿔 '5.4'와 '6.3'의 정신을 학교 안팎의 이로운 학생활동에 활용하는 것이다."[8]

여기서 그가 청년 학생들과 관념상에서 차이가 있음을 분명히 볼 수 있다. 온화한 사상이라 하여 모두 청년 학생들의 이해를 받을 수 있는 것은 아니다. 훗날 후스에 대한 루쉰를 비롯한 좌익작가들의 불만과 오해는 모두 이와 관련이 있다. 그때 대학 청년들이 루쉰을 좋아한 것은 자아 해방의 내면이 서로 통했기 때문이다. 20~30년대 문헌자료를 보면 사단의 구국이념과 세상을 구하고자 하는 충동이 본질적으로 후스가 아닌 루쉰에게 더 치우쳤음을 알 수 있다. 후스 주변에 남은 청년들의 몸에서는 서재 분위기와 신사의 그림자를 어느 정도 느낄 수가 있다.

후스는 자신의 당혹스러움을 모르는 것이 아니었다. 그는 중국인이 흔히 감정적으로 일을 처리하며 과학적인 이념이 부족하다고 확신하고 있었다.

그가 천두슈·루쉰·저우쭤런·첸쉬안퉁과의 다른 점은 그의 민간이념이 실험주의 철학을 토대로 수립되었다는 것이다. 그는 또 평민주의를 기점으로 새로운 사회질서를 수립할 수 있기를 갈망했다. 그 특징은 "(1) 한 사회의 이익은 반드시 그 사회의 구성원들이 공동으로 누려야 한다는 것, (2) 개인과 개인, 단체와 단체 사이에는 반드시 원만하게, 자유롭게 서로 영향을 줄 수 있어야 한다는 것"[9)]이다. 실험과정은 오로지 사단과 민간조직에 의지하는 수밖에 없다. 그는 영국과 미국의 약 20~30년간의 다양한 사단활동 중에서 실험의 가치를 발견했다. 예를 들어 '빈민구 거류지'운동·'여성 선거권 운동'·'자선운동' 등은 모두 사회생활을 풍부하게 했다. 게다가 이들 운동은 모두 개량주의에 속하며 비이성적인 충동이 존재하지 않았다. 자신에게도 이롭고 타인에게도 이로운 이런 생활을 그는 "비개인주의 신생활"이라고 개괄했다. 철학적인 측면에서 보면 이런 평화로운 개량은 민간사회가 건전하게 발전할 수 있는 기반이었다. 그러나 그는 이러한 민간 조직이 중국에서는 단시간 내에 나타날 수 없다며 대학생들이 사실 그 사명을 짊어질 수 있어야 한다고 주장했다.

그러나 루쉰은 모든 대학이 다 '신민간'의 요람이 될 수 있는 것은 아니라고 주장했다. 중국의 대학들 중에는 사회를 이탈한 상아탑이 너무 많으며 인간세상의 맛이 적었다. 타이징눙에게 보내는 편지에서 그는 베이징대학이 5.4정신을 잃음으로써 나타나는 폐단에 대해 비평하면서 훌륭한 청년은 모두 상아탑 속에 있지 않다고 주장했다. 그와 방랑시인·방랑문인 사이의 밀접한 관계 속에는 모두 새로운 지식계층집단에 대한 기대가 포함되어 있다. 훗날 그는 중국의 훌륭한 청년들은 모두 전선으로 갔다면서 피 흘리며 싸우는 그런 지식인들이야말로 지식인 중의 대들보라고 할 수 있다고 말했다.

대학교에 대한 후스의 지나친 의존과 지식인 엘리트에 대한 지나치게 큰 꿈은 귀족 기질이 그를 둘러싸는 결과를 초래했다.

천두슈 · 루쉰 · 저우쭤런의 신민간 이념은 그와 아주 큰 차이가 있다. 그들은 사상을 유포하고 개성을 퍼뜨리는 것을 더 중시했을 수 있으며 정신적으로 고독한, 그리고 향상시키려는 충동을 느꼈을 수 있었다. 후스의 정신은 사회질서안정 차원의 요소가 많았고 천두슈 등은 자체 맥락에 빠져 유가 전통과 동떨어졌다. 저우쭤런은 개인의 흥미를 고양해 지혜를 생명의 유기체 속에 주입시켰으나 사회 관심에 대한 온기가 부족했다. 이처럼 각기 다른 떠들썩한 목소리가 5.4 전과 후의 문화 경관을 이루었다. 그들이 신뢰하고 기대한 존재가 다양한 색채 속에서 역사의 화제를 풍부하게 했던 것이다.

⑤

1923년 루쉰은 저우쭤런과의 사이가 벌어진 뒤 한때 외롭고 쓸쓸한 처지에 빠졌었다. 이로 인해 그는 생존 환경에 회의를 느꼈을 뿐 아니라 심지어 자신마저도 의심하게 되었다. 그를 꿈틀거리게 만든 것은 자신에게 익숙한 지식인집단이 아니라 젖내도 아직 가시지 않은 청년들이었다.

미명사 · 광표사狂飆社 · 침종사 · 어사사語絲社 등은 모두 그를 기쁘게 했다. 루쉰은 그 젊은이들의 두려움 모르는 자세가 예전의 신사계급의 몸에서는 찾아볼 수 없었던 것이라고 생각했다.

가오창훙高長虹·웨이쑤위안韋素園·리지예 등 이들에 대한 그의 열정을 그 한 예로 볼 수 있다. 징유린荊有麟은 회고록에 다음과 같이 썼다.

> 그 시기에 선생은 모든 젊은이들의 운동을 지지했다. 국민당이 《국민신문國民新聞》을 간행하게 되자 선생은 쑤위안을 천거해 전문란 편집을 맡게 했다. 뤼윈루呂蘊儒가 허난에서 《민보》를 꾸릴 때 선생이 사람들을 이끌고 글을 써 그에게 제공했다. 쉬즈모가 영감을 띤 필을 놓고 정치적 색채가 풍기는 필을 들어 유명한 《정치생활과 왕가네 셋째 아주머니政治生活與王家三阿嫂》를 썼을 때도 루쉰은 좋은 평가를 해주었다. 딩링丁玲 여사가 선생에게 편지를 써 일자리를 찾아달라고 요구했을 때도 선생은 나에게 《경보京報》의 사오피아오핑邵飄萍을 찾아가보라고 했다. 후예핀胡也頻이 옌타이烟臺에서 생활할 수 없어 글 한 편을 나에게 부쳐왔을 때도 선생은 그를 위해 리샤오펑李小峰을 찾아가 원고료 교섭을 했었다.[10]

여기서 루쉰이 젊은이들의 일에 얼마나 열정적이었는지를 엿볼 수 있다. 베이징대학 교수들 중에도 젊은이들을 아꼈던 이가 매우 많다. 후스는 매주 젊은이들과 만나는 날을 정해두었다. 그러나 그 만남은 학교 학생들로만 제한했다. 그러나 루쉰은 달랐다. 그는 사회에서 떠도는 젊은이들에게 관심을 두었으며 창작에 잠재적 재능이 있는 이들을 아꼈다. 1924년 9월 24일 그가 리빙중李秉中에게 보낸 편지에는 이렇게 썼다.

나를 찾아오는 손님이 별로 많지 않네. 나는 외로운 것을 좋아하면서도 또 싫어하거든. 그래서 젊은이가 나를 찾아온다면 나는 무척 기쁘다네. 그러나 솔직하게 말하면 자네는 나의 이런 느낌을 모를 것이야. 그것은 그 사람이 만약 나를 본보기로 삼는다면 나는 슬플 것이라는 것, 그가 나와 같은 운명에 빠져 들까봐 두려운 것이네. 만약 한 번 만난 뒤 내가 자신과 같은 족속이 아니라는 느낌을 받고 다시 찾아오지 않는다면 그가 나보다 더 희망이 있는 사람이라는 것을 나는 알게 될 것이며 그러면 매우 안심이 될 것이네.[11]

　상기와 같은 말은 마음속 깊은 곳에서 우러나오는 진심 어린 말이다. 그가 실제로 자신의 세대는 이미 지나갔고 자신보다 젊은 사람들에게 희망이 있다고 여기고 있었기 때문이다. 필경 그들은 범속한 것에 깊이 물들지 않았으며 순수함을 여전히 간직하고 있기 때문에 어쩌면 새로운 선택을 할 수 있기 때문이다. 이는 새 젊은 세대에 대한 그의 꿈이었으며 그는 그런 젊은이들이 새로운 풍격과 면모를 갖출 수 있다고 여겼으며 중국의 희망은 그들에게 있다고 여겼다.

　저우쭤런과 비해볼 때 루쉰은 시골에서 민속을 발견하려 하지도 않았고 책 속에서 관점을 찾으려고 하지도 않았다. 루쉰은 길이 나 있지 않은 곳을 걸어가는 그런 사람들을 갈망했다. 예를 들면 가오창훙이 《광표》를 꾸려서 몇 기가 되지 않아 루쉰의 주목을 받았으며 루쉰은 그 간행물을 훌륭하다고 여겼다. 거기에는 야성이 존재하는 대신 케케묵은 사대부의 기운은 전혀 존재하지 않았다. 새로운 민간의 의미가 바로 여기에 있음은 의심할 나위가 없다. 루쉰이 최초에 그 젊은이들에 대한 느낌은 모두 너무 단순했다. 그는 대학 교수와 사대부 부류의 사람들에게 실망했기 때문에 젊은이들에게 거는 기대가 높아졌던 것이다. 이는 새로운 유토피아라고 하지 않을 수 없다. 다만 남방으로 옮긴 후에야 비로소 자신의 사고방식이 어느 정도 낭만적인 부분이 있음을 발견할 수 있었다.

베이징에서 떠도는 젊은이들은 그 자신에게도 영향을 끼쳤다. 그는 웨이쑤위안의 번역 작품에서도 많은 것을 배웠다. 심지어 그의 작품집의 제목마저도 젊은이들의 영향을 받아 만들어진 것이다. 여러 해가 흐른 뒤 웨이쑤위안이 세상을 떠났을 때 그는 슬픔에 젖어 자신의 느낌을 글로 썼는데 그 애절한 문자들은 읽는 이의 마음을 아프게 했다.

일부 자료들을 보면 알 수 있다시피 루쉰이 젊은이들과의 접촉에서 꿈을 안고 있었는데 그것은 즉 중국에 새로운 지식계층이 생긴다면 마땅히 이들 중에서 나타나야 한다는 것이었다. 그 주변의 청년들이 그의 눈길을 끌었지만 그는 또 그 청년들에게 존재하는 문제에 대해 줄곧 관심을 가졌었다. 예를 들어 일부 청년들은 지나치게 서재에만 박혀 문제를 사고하면서 사회와의 접촉이 적은 것이 문제라고 생각한 것이 바로 그런 것이다. 일단 상아탑 속에 들어가기만 하면 대체로 무감각해지기 때문이다.

펑즈馮至는 루쉰과 침종사의 관계에 대해 회고할 때 그때 당시의 기풍에 대해 언급했는데 감동적인 부분이 아주 많다 그는 루쉰이 젊은이들을 비평한 사실을 언급하면서 많은 정보를 내비쳤는데 예를 들어 사회단체를 설립함에 있어서 만약 현실과 대화하지 않는다면 문제가 있는 것이라고 말한 것 등이다. 그는 다음과 같이 회고했다.

1926년 5월에서 7월까지 우리는 루쉰 댁을 여러 차례 방문했다. 루쉰은 문학과 시사에 대해 논하는 외에도 우리에게 비평을 제기했다. 그는 "그대들은 왜 언제나 번역하고 시만 쓰는가? 왜 논설을 발표하지 않는 건가? 왜 문제들에 대해 아무 말도 하지 않는 건가? 왜 실제 투쟁에 참가하지 않는 건가?"라는 말을 했다.[12]

루쉰의 마음 속 깊은 곳에서는 새로운 민간은 자아 연민에 빠진 작은 문인단체가 아니라 사회적 관심과 현실적 비판정신의 보루가 되어야만 마땅하다고 생각하고 있었다. 그런데 그때는 루쉰의 마음을 이해할 수 있는 사람이 몇 안 되었다. 1927년에 그가 남방으로 이주한 지 얼마 되지 않았을 때 그는 창조사의 작가들과 하나의 전선을 결성해 자신이 하고 싶은 일을 하고자 생각했다. 이 또한 베이징에서 쌓은 경험의 연장이었다. 가장 현실적인 시각을 가졌음에도 또 가장 꿈같은 심경을 갖춘 것이다. 이는 보기에 너무 큰 대조를 이루는 것 같았다.

루쉰의 복잡함은 자신의 운명 속의 염세적인 것과 결함을 절감하면서도 기어코 불가능 속에서 가능성을 형성한 데 있다. 그는 세월을 뛰어넘어 다른 한 자아가 될 수 있기를 갈망했다. 젊은이들의 존재는 바로 그 자신을 동반하는 추동력이었던 것이다. 그는 자신의 수많은 동년배들을 혐오했다. 그는 자신의 다른 절반은 이미 죽었거나 혹은 당연히 죽었을 것이라고 생각했다.

⑥

한 시기 동안 루쉰은 문예 사조 저작을 번역하는 것을 크게 중시했다. 그 작품들 속에서 그는 예술가가 사회에 영향을 끼치는 대부분의 경우는 한 유파와 한 단체의 역할이 있기 때문이라는 점을 발견했다. 이와 같은 발견이 그에게 준 자극은 매우 컸을 것이다. 예를 들어 이다가키 다카오板垣鷹穗의 《근대 미술사조론》을 번역하면서 프랑스 대혁명이 예술 창작에 깊은 영향을 주었다는 사실과 러시아 혁명도 예술에 많은 자극을 주었다는 사실, 그리고 독일에서도 여러 가지 사회단체들이 모두 예술 사조를 좌우지했다는 사실을 발견했다. 이다가키 다카오는 이렇게 썼다.

그 다음 신운동의 직접적인 동기와 결과에 대해 조사해 봤더니 1906년에 드레스덴에서 설립된 화회(畵會:미술단체) Brcke(브뤼케: 다리)회원들이 출품한 작품을 위주로 한 '분리 낙선 그림 전시회'가 1910년에 베를린에서 열었다. 다리파는 1902년경부터 E.헤켈 · E.키르히너 · K.슈미트로틀루프 등을 중심으로 새로운 경향을 띤 작가들이 점차 모이기 시작해 설립된 회화계畵界이다. 1905년에 E.놀데가 가담하고 그 이듬해에 M.페히슈타인이 가담했다. 제작을 위주로 하고 실질적으로 진행해왔지만 1912년에 이르러 끝내 해체되고 말았다. 이 화회畵會는 표현파 운동의 중심 세력이 되었었다.[13]

필자는 줄곧 이와 같은 글들이 훗날 루쉰이 판화운동을 조직한 데 영향을 끼쳤을 것이라고 여겨왔다. 혹자는 이 미술단체의 자극이 없었다면 독일 미술의 발전은 상상도 할 수 없었을 것이라고 말할 수도 있다.

즈루미 유스케(鶴見祐輔)의 작품을 번역할 때 그는 《뉴욕의 미술마을》이라는 글을 선택했는데 대도시 예술가의 활동상황에 대해 느낄 수 있었다. 그것은 예술가의 작은 민간이라고 말할 수 있겠다. 그리네치(格里涅區) 마을에 다양한 유파의 예술가들이 모여들어 뉴욕에 다원화한 정신적 색채를 가져다주었다. 루쉰은 그 젊은이들의 흥미에 주목했으며 즈루미 유스케의 말을 빌어 "아메리카 인들의 생활에 싫증을 느낀 뒤 전원 정취가 풍기는 생활을 찾는 것은 흥미로운 일이다"[14]라고 말했다.

서양 문예운동 관련 자료를 대량으로 접하는 과정에서 민간의 여러 가지 조직이 루쉰에게 남겨준 인상은 깊었을 것임을 단언할 수 있다. 그도 아마 니체식의 개인주의에만 의지해서는 문단의 면모를 바꾸기 어렵다는 것을 느꼈을 것이다. 새로 나타난 민간운동은 여러 영역에 영향을 끼치게 된다. 사회 개조 부분에 있어서도 단체의 형성은 매우 중대하다. 그 시기 그는 대규모 혁명운동에 갈수록 강한 매력을 느꼈다.

민간단체에 대한 루쉰의 열정이 그가 예전에 가지고 있던 개인주의 이념을 바꿔놓았으며 그의 이전 심미관에도 일정한 변화가 일기 시작했다. 사회 변혁은 집단의 힘을 떠나서는 상상할 수조차 없는 것이다. 개인의 정신에서 집단주의로 발전해야만 공상의 궁지에서 벗어날 수 있다.

그 시기 그가 러시아-소비에트 문학을 그처럼 좋아했던 것도 마음속으로 어떤 기대를 하고 있었기 때문이다. 십이월당과 동반자작가는 모두 매력적인 부분이 있었다. 그는 러시아의 큰 변화가 신흥 지식계층의 존재와 관련이 있다고 생각했다. 중국이 진화하려면 이런 부분을 참고하는 것에 관심을 돌려야만 한다. 산산이 흩어진 모래알 같은 중국 문단이 응집력을 갖추고 한 목소리를 낼 수 있다면 국면은 반드시 바뀔 수 있을 것이다.

⑦

여기서 그의 유토피아적 색채를 엿볼 수 있다. 마음이 복잡한 와중에도 자신의 판타지를 잃지 않는 그것이 바로 그의 정신에서 가장 감동적인 부분이다. 오로지 이 부분에 대해서 이해해야만 그가 어떻게 좌익작가연맹의 일원이 될 수 있었는지에 대해 이해할 수 있다. 새로운 지식계층을 양성하려면 반드시 다른 사람과 연합하는 길을 걸어야지 혼자서는 절대 이룰 수 없다. 좌익작가연맹 시기의 루쉰은 집단정신이 개인주의 판타지를 초월했으며 사회실천의 이념이 매우 중요한 역할을 일으켰다.

베이징의 백색테러를 경험한 그는 혼자서는 고달픈 운명에서 벗어나는 임무를 감당할 수 없음을 이미 느끼고 있었다. 오로지 다른 사람과 결합해야만 자신의 외로움과 어둠을 극복하고 함께 밝은 앞날을 향해 나아갈 수 있는 것이다. 개인의 무기력함에 대해 인식했기 때문에 그는 얼마 지나지 않아 정치에 흥미를 느끼기 시작했던 것이다. 그러나 그런 흥미는 혁명가적인 것이 아니라 문학가적인 심미 조정이었다. 혹은 그는 그런 조정을 통해 자신이 예전에 올바르다고 여겼던 것들을 포기했다고 말할 수 있다. 격변하는 연대에 문학가의 읊조림은 참으로 보잘 것 없는 것이었다. 그는 마음속으로 실천 중에 있는 투사들에게 경의를 품고 있었다. 그때 그는 '전선'이라는 단어를 참 좋아했다. 그는 대학과 문단의 훌륭한 사람들은 대부분 전선으로 가고 후방에 남은 사람들은 실천에는 약한 사상적인 거인에 불과할 뿐이라고 생각했다. 좌익작가연맹에 참가하기 전부터 그는 포화를 멀리하는 사람들에게 "혁명의 후방은 게으른 자들이 향락을 누리는 곳이 될 수 있다"[15]면서 사람들에게 "비록 앉아서 업무를 보고 있지만 전선을 영원히 기억할 것"[16]을 희망한다고 경계했었다. 지식계층은 상아탑 안에서는 제멋대로 부르짖을 수 있지만 밖으로 걸어 나오게 되면 어려움이 너무 많을 것이다. 그는 러시아-소비에트 문학을 번역하면서 시인에게 문제가 많다는 사실을 발견했다. 그들은 혁명을 환영했으나 혁명이 일어난 뒤 스스로 자신이 본 현실에 부딪쳐 죽어버렸던 것이다.

1928년 그는 좌익작가의 맹비난을 받았다. 좌익작가들은 그의 사상과 심미관에 많은 문제가 존재한다고 비판했다. 그 글들에서는 그를 케케묵었다면서 만가를 부르는 구식 문인이라고 비난했다. 이런 비난은 그의 급소를 명중시켰다. 사실 그는 오래 전부터 자신의 계급을 혐오하고 있었으면서도 그 혁명적인 젊은이들의 관점에는 공감하지 않았다. 혁명은 사람들이 더 합리적으로 존재할 수 있게 하는 것이지 비인간적인 것으로 바꾸는 것이 아니라고 그는 주장했다. 그런데 창조사는 혁명가가 아닌 사람을 죄다 쓰레기 속에 버려버리려는 양상을 보였다. 루쉰은 이런 부분은 인생의 따스함과는 거리가 멀다고 여겼다. 그것은 아마도 마르크스주의가 요구하는 것이 아닐 것이라고 그는 주장했다.

그러나 진정한 마르크스주의는 마땅히 어떤 모습이어야 할까? 그 자신은 게오르기 플레하노프·아나토리 루나차르스키 등 이들의 저서를 열심히 번역하기 시작하면서 중국의 급진적인 젊은이의 언론과 비교해 본 뒤에야 문득 한 가지 이치를 깨달았다. 그것은 새로운 혁명계급은 하늘에서 떨어지는 것이 아니라는 것이었다. 구호만 있고 실적이 없는 부르짖음은 진리와는 거리가 너무 멀다는 것이었다. 그가 좌익작가연맹에 가입한 뒤에 종사한 가장 주요한 일은 자신의 소설 창작이 아니라 마르크스주의 작품을 번역 소개하는 일이었다. 그는 목각 작품을 번각하고 러시아 소설을 소개했으며 여러 가지 잡지를 꾸렸는데 그 뒤에는 하나의 희망이 있었던 것이 틀림없다. 그것은 새 계급의 문화적 토양을 마련할 수 있다는 희망이었다. 그 토양은 스스로 즐길 수 있는 작은 민간의 정신적인 장소가 아니라 광범위한 노동자와 농민의 세계였다. 좌익작가연맹의 업무는 마땅히 문화에서 착수해 새로운 가치이념과 심미의식을 보급시켜 더 넓은 정신적 무대를 형성하기 위한 기반을 마련하는 것이었다.

루쉰이 '좌익작가연맹'에 가입하게 된 관건적인 요인은 그때 그는 이미 계급론자였다는 것이다. 그는 사회가 새로운 주종관계에 들어서기 시작했다고 여겼다. 그리고 그런 관계에서 벗어나는 것이 곧 계급투쟁이라고 생각했다. 좌익작가연맹은 비록 문예단체이긴 하지만 실제 가치는 새로운 계급을 위해 말할 수 있다는 데 있었다. 그러나 그것은 자신의 이론을 말하는 것에 대중을 이용하는 것이 아니라 자신이 바로 그 대중의 일원이어야 한다는 것이다.

사실 그때 좌익작가들은 많은 면에서 루쉰을 이해하지 못했다. 루쉰은 자신을 바꾸는 한편 세계도 바꾸려고 했다. 여기서 자신의 마음을 씻어내는 것이 큰 부분을 차지했다. 그 시기 젊은 작가들 대부분은 자신이 진리를 장악했다고 여겼으며 도의를 위해 몸을 바치는 느낌이었으며 자신에 대한 경계가 극히 적었다. 그래서 그가 좌익작가연맹 창설 대회에서 한 연설은 정말 의미심장했다. 그것은 좌익작가들이 현실 상황에 결부시키지 않으면 우익 작가로 변할 수 있다는 의미였다.

좌익 문인들은 그때 당시 많은 문제에 직면해 있었다. 그들은 중국사회의 변혁에 대한 낭만적인 상상으로 가득 차 있었으며 절실한 생명적 체험이 없었다. 혹은 그들의 단체의식 속에는 파벌 간의 자기 감싸기 식 일면이 존재했으며 심지어 동업 조직의 색채까지 띠었다고 말할 수 있다. 이는 루쉰의 이해와는 거리가 멀었다. 젊은이들의 충동 속에는 문화 축적에 대해 고려하는 요소가 많지 않았다. 그러나 루쉰은 예술 활동과 혁명실천을 결합하는 것이 가장 중요한 것이라고 주장했다. 정신적 차원에서 변혁의 가치는 자신과 여러 사람이 같이 완성할 수 있다는 데 있다.

그는 일부 젊은이들에게서 새로운 요소를 느낄 수 있었다. 러우스柔石·샤오홍蕭紅·샤오쥔·후펑·펑쉐펑 등 젊은이들의 몸에는 사랑스러운 면이 매우 많았다. 그는 그들에게 있는 야성적인 요소들이 마음에 들었다. 이들이 외로운 루쉰에게 어느 정도 즐거움과 위안을 가져다주었다. 저우쭤런이 루쉰과 젊은이들 간의 밀접한 관계를 발견하고 《늙은이의 망령》이라는 글에서 타락한 행위라면서 대대적으로 비난했다.

사실 루쉰이 민중에게 절망해서부터 민중에게 희망을 걸기에 이른 것은 세계를 바꾸기 위한 애정으로 가득 찬 선택이었다는 것을 작자는 모르고 있었다. 그리고 50세 후에도 여전히 멈추지 않고 낯선 진영에 걸어 들어가는 것은 모든 사람이 다 해낼 수 있는 일이 아니다. 루쉰과 같은 세대 사람들이 만년에 사상적으로 반짝이는 것이 없었던 것은 그들이 새로운 계층의 자양분을 감히 섭취할 엄두를 내지 못한 것과 크게 관계된다.

활발한 그 젊은이들도 그에게 깨우침을 주었음은 의심할 나위가 없다. 취츄바이·펑쉐펑 등 모두가 그의 사상에 영향을 주었다. 이들 공산주의자들의 몸에는 일반 지식인에게는 없는 생기가 있다. 그가 좌익작가연맹의 초청을 받아들인 것은 사실 그 단체에 기대를 품고 있었기 때문이다. 그에게 유토피아적인 색채가 있다고 하는 것도 틀린 말은 아니다.

그런데 얼마 지나지 않아 그는 새로운 자극을 받았다. 그는 새 계급에게는 새 기상이 있을 것이라고 여겼다. 그러나 그들의 몸에서 그는 낡은 계급의 유물을 보았던 것이다. 구호를 부르짖는 데 능한 좌익작가들 중에 그의 마음에 드는 이가 많지 않았다. 저우양周揚·샤옌夏衍·톈한田漢 등 이들은 그와 거리가 너무 멀었으며 쩍하면 갈등이 생기곤 했으며 얼마 지나지 않아 단체 내부의 분쟁에 말려들었다. 그는 원래 그들과 단결했어야 했지만 불행하게도 결렬의 충동을 느꼈다. 그 분쟁의 결과는 개인주의 사상을 불러일으킨 것이다. 그가 단체 내에서 자신의 신념을 지킬 수 있었던 것은 마르크스주의의 요소 때문이 아니라 예전에 지켜왔던 개성주의 때문이었다. 저우양 등 이들과 마찰을 빚을 때 젊었을 때의 맹렬한 기운이 약화되는 대신 오히려 더 거세졌다.

만년에 루쉰의 새로운 사단과 신민간에 대한 탐색은 이상하리만치 고생스러워보였다. 그것이 종점이 없는 고된 여정이라는 것을 그는 알고 있었다. 여러 가지 시련을 겪은 뒤에야 그는 중국의 좌익작가들에게는 부르주아적인 것이 많다는 것과 생활과는 언제나 거리가 있다는 것을 발견하게 되었다. 새 사회단체 내의 퇴폐적인 존재에 대해 그는 처량함을 금치 못했다. 새로운 사상집단의 형성이 말처럼 그렇게 쉬운 일은 아니었다.

모두가 새로운 주종 관계망 위에 있을 뿐이었다. 이는 루쉰이 예전에는 미처 예측하지 못했던 고통스러운 운명이었다. 진정한 지식계층의 형성이 그의 눈에는 여전히 너무나도 아득한 미래의 일로 느껴졌다. 그에게 앞으로 나아가는 길은 종점이 없는 고된 여정이었다.

⑧

시간을 되돌려 1919년으로 돌아가 보자.

그해에 저우쭤런은 일본의 신촌에 대해 소개했는데 흥분에 젖어 일본의 '신민간에' 대해 담론했다. 그의 눈에 신촌은 사회생태를 변화시킬 수 있는 새로운 존재였다. '신촌'에 대해 그는 다음과 같이 썼다.

신촌의 사람들은 현재의 사회조직에 만족할 수 없어 근본적으로 변화시키려고 한다. 최종 목표는 다른 유파의 개혁 주장과 비록 비슷하지만 방법상에서는 조금 다르다. 첫째, 그들은 폭력에 반대하며 평화적으로 새로운 질서를 형성할 수 있기를 희망한다. 둘째, 그들은 인류를 신뢰하며 인간세상의 이성에 의지한다. 그래서 각성해 바른 길에 돌아오기를 기다린다.[17]

신촌의 등장이 일본에서는 무수한 민간조직의 일종에 지나지 않는다. 저우쭤런이 이를 중요하게 여긴 중요한 이유 중의 하나는 존재방식의 순수성 때문이다. 또한 '신민간'이 그 실험적인 자세로 인해 사회의 사상과 존재방식을 바꿀 수 있을지도 모른다고 생각했기 때문이기도 하다.

신촌은 새로운 실험체로서 여러 사람들이 시골에 모여서 설립한 호조단체이며 실제로 유토피아의 그림자가 보이기도 한다. 일본 국민성 중 조용하고 무위적인 아름다운 소질은 이러한 선택에 어울린다. 이러한 조직이 일본에는 너무 많으며 그들의 다양한 생활은 분명 저우쭤런과 같은 사람들의 부러움을 자아냈다.

그때 당시 루쉰은 이에 대한 입장을 밝히지 않고 침묵했다. 그러나 후스는 이에 대해 세상을 피해 은거하려는 요소가 있다면서 완곡하게 비평했다. 루쉰과 후스의 서로 다른 태도는 사실 서로 다른 정신 집단에 대한 각기 다른 판단에서 비롯된 것이다. 루쉰의 시각으로 보면 자신만의 '민간'이 있었다. 경극 속의 세계에는 대체로 민간적인 요소가 없으며 오래 전에 이미 황권화皇權化, 사대부화士大夫化 되어버렸다. 오히려 소극紹劇에 옛날 백성의 정신이 보존되었으며 그 민간은 이미 절반이상이 소실되었다.

저우쭤런이 창도하는 신촌에 대해 루쉰이 일언반구도 하지 않은 것은 아마도 국정과는 너무나도 어울리지 않는다고 여겼기 때문일 것이다. 그는 새로운 민간은 마땅히 새로운 정신과 현실 간의 대화여야 하며 이를 떠나 신민간을 논하는 것은 분명 전원의 꿈 이야기에 지나지 않는다고 여겼다.

저우쭤런에 대한 후스의 비평은 주로 다음과 같은 몇 가지를 바탕으로 해서 고려했다. 첫째는 '독선주의獨善主義'의 여론으로써 사람을 사회에서 멀어지게 할 수 있다. 둘째는 신촌의 '범泛노동주의'가 현대생활에 어울리지 않는 것, 혹은 일종의 퇴보라고 말할 수 있다. 셋째는 사회에 대한 개조는 신촌처럼 개인에 대한 개조와 갈라놓을 수 없으며 마땅히 일체가 되어야 한다는 것이다. 그래서 그는 다음과 같이 말했다.

신촌의 운동이 정말 "사회를 개조하려면 개인을 개조히는 것부터 시작해야 한다"는 관념을 토대로 행해진다면 그것은 근본적으로 잘못된 것이라고 여긴다. 개인에 대한 개조도 개인을 형성하는 여러 가지 사회 세력들을 조금씩 개조하는 것을 통해 실현해야 한다. 그 사회 속에 발을 들여 놓고 사회를 조금씩 개조하지 않고 사회 밖으로 뛰쳐나가서 '자신의 개성을 완성시키고 발전하는 것'은 현 사회를 포기한 것이며 사회를 개조할 수 없다고 여기는 것이다. 이것이 바로 독선적인 개인주의이다.[18]

후스는 저우쮀런에게서 드러나는 세상 도피의 기운을 찬양하지 않았으며 또 급진적인 정신도 경계했다. 그는 비록 적극적인 자세를 주장했지만 천두슈 식의 무모함은 아니었다. 우리는 후스가 천두슈와 갈등을 빚은 사실을 통해 그의 가치 태도가 급진주의와 다른 것을 엿볼 수 있다. 1925년 베이징 대중들이 《신보晨報》관을 불태운 것과 관련해 천두슈는 찬양하는 태도를 보였는데 이는 후스의 경계심을 자극했다. 후스는 민간운동이 그릇된 방향으로 발전할까봐 걱정이 되었던 것이다. 천두슈에게 보낸 편지에 그는 몹시 상심해서 말했다.

수십 명에 달하는 폭도들이 신문사 건물을 에워싼 것은 별로 이상하게 생각할 일이 아닙니다. 그러나 당신은 한 정당을 책임진 수령으로서 그 일을 그릇된 것으로 여기지 않고 '당연한 것'으로 생각하고 있었습니다. 이러한 태도가 저에게는 참으로 이상하게 보였습니다.

당신과 저는 함께 '자유를 위해 싸워야 한다'는 선언을 발표하지 않았습니까? 그날 베이징의 대중들이 "인민에게는 집회와 결사, 언론출판의 자유가 있다"고 선언하지 않았습니까? 최근 몇 년간 《신보》의 주장은 우리가 보기에 옳든 그르든 지간에 자유를 위해 싸운다고 자처하는 민중들에게 불태움을 당해 '마땅한' 죄를 절대 짓지 않았습니다. 자유를 위해 싸워야 하는 유일한 원리는 "나와 다른 견해를 갖고 있다고 하여 모두 틀린 것이 아니고 나와 같은 견해를 갖고 있다고 하여 모두 옳은 것도 아니며 오늘날 많은 사람이 옳다고 해서 반드시 옳은 것이 아니고 많은 사람이 그릇된 것이라고 하여 실제로 그릇된 것도 아니라는 것"입니다. 자유를 위해 싸워야 하는 유일한 이유는 다시 말해 모두들 자신과 다른 의견과 신앙을 용납할 수 있기를 바라기 때문입니다. 무릇 자신과 다른 사람의 자유를 인정하지 않는 사람은 자유를 위해 싸울 자격이 없으며 자유에 대해 논할 자격도 없습니다.[19]

후스가 공산당 · 좌익작가를 멀리한 원인은 이들 단체가 정당한 이치와 중정中正사상에서 벗어난 데 있다. 그러나 그가 좌익 문인들의 개성적인 창작 전체를 배척한 것은 아니며 루쉰에게는 여전히 경의를 느끼고 있었다. 그러나 그는 민간의 비이성적인 운동으로 어떤 부분의 퇴보를 초래할까봐 걱정했다. 그의 이런 생각은 저우쭤런과 매우 흡사했다. 1937년 저우쭤런이 후스에게 《사통기思痛記》 한 권을 부쳤는데 후스는 그 책을 보고 크게 괴로워했다. 후스는 모든 민간운동이 마지막에 비이성적인 살육으로 변해버리는 것은 죄악이라고 주장했다. 그는 회답편지에 이렇게 썼다.

살육을 좋아하는 본성은 야만성의 일부와 같다. 생활이 진보한 나라에서는 무고한 사람은 한 사람이라도 차마 죽이지 못한다는 말이 있다. 더 진보하면 죄인마저도 차마 죽이지 못할 것이다. 오늘날 이른바 금연 관련 새 법령에 마약을 흡입하는 자는 총살한다는 규정이 있는데 이는 곧 사람의 목숨을 값없이 여기는 문화를 반영한 것이다. 서양인들은 "동물을 학대하는 것을 금지하는 운동"을 벌이고 있지만 현재 우리는 "동포를 학대하는 것을 금지하는 운동"에 대해 토론하는 수준에조차도 이르지 못하고 있으니 이를 어찌할꼬![20]

후스의 감탄은 여전히 학구적인 이념일 뿐이었다. 그러나 루쉰은 그런 테러의 존재를 제지시키려면 오로지 사거리로 나가 투쟁하는 수밖에 없다고 주장했다. 그때 당시 문화생태를 보면 루쉰이 야성을 띤 민간인 대오에 들어간 것은 예술가의 자아 추방이었다. 후스의 정신은 여전히 대학에 있었으며 그에게는 학교에서 자신의 사상을 표현하는 것이 더 어울렸다.

저우쭤런은 자신의 무대로 완전히 물러났으며 활동무대가 갈수록 작아져 오직 정신만 지키고 있을 뿐이었다. 인간 본성의 존엄은 대학교의 강당에서 높이 쌓아올릴 수도 있고 시적인 문장을 통해 드러낼 수도 있다. 더 중요한 것은 저항 과정에 형성되는 것이다. 이는 그 시기 세 가지 민간 자태의 기본 색채였다.

20~30년대 후스의 문화 활동을 고찰해보면 주로 대학과 사회 사단 사이에서 이루어졌다. 그가 편집에 참가했거나 지원한 신문·잡지 등 간행물이 매우 많다. 《신청년》·《매주 평론每週評論》·《현대 평론現代評論》·《노력 주보努力週報》·《신월新月》·《독립 평론獨立評論》 등에는 모두 그의 심혈이 깃들었다. 그는 중국이 사상의 다양성을 갖추어야 하며 대학·사단은 모두 없어서는 안 될 존재라고 주장했다. 그러나 1927년 이후 대학에 정당 문화가 침투되기 시작하면서 사단이 압박에 직면하게 되었으며 상황이 복잡해졌다. 정당은 대학과 민간 사단에 개입하기 시작했으며 이에 따라 5.4시기의 자유 기풍이 수그러들었다. 그와 베이징대학·상하이공학上海公學·《신월》·《노력 주보》와의 관계를 보면 줄곧 정신의 중립을 유지하기 위해 애썼음을 알 수 있다. 1930년 주징농朱經農은 후스에게 보낸 편지에서 다음과 같이 우려를 표했다.

대학에서는 마땅히 강의의 자유가 있어야 하며 한 당의 통제를 받아서는 안 되며 또 한 두 사람이 좌지우지해서도 안 된다.[21]

이에 대해 후스는 크게 찬성했다. 그의 기본적인 마지노선은 오직 민간적 차원에서 일을 하고 민간에서 대각을 바라보며 오직 구경꾼이 되는 것이었다. 1931년 화북華北 정무위원회가 그에게 위원회에 가입할 것을 요구하는 내용의 편지를 보냈다. 이것은 정부 조직이었다. 후스는 그 요구를

거절했다. 그는 민간의 입장에 서서 민간 인사의 언론을 발표할 수 있기를
희망했다. 그리 되면 자유 세상이 생길 수 있기 때문이다. 만년에 그가
주관한 《독립 평론》에 대해 회고하면서 그는 다음과 같이 말했다.

> 우리가 《독립 평론》을 꾸리던 시절을 돌이켜보면 참으로 독립
> 적이었다. 그때는 판로가 매우 넓어 1만 3천부씩이나 팔렸다. 우리는
> 12명이 하나의 작은 단체를 조직해 신문을 꾸릴 계획으로 몇 개월 전부터
> 모금하기 시작했다. 한 사람 당 고정 소득의 5%를 기부했다. 이는 고정
> 소득을 가리키는 것으로서 임시 소득은 계산하지 않았다. 몇 개월 만에
> 4천 여원(元)을 모금해 그 돈으로 신문을 꾸리기 시작했다. 업무에
> 종사하는 우리들은 수당을 받지 않았으며 광고도 없었다. 그때 광고는
> 국가은행 혹은 국영기관에 가서 받아와야 했는데 그리 되면 정부의
> 보조금을 받는 셈이 되며 뇌물을 받는 것과 같다. 그래서 5년간 우리는
> 출판물 광고를 게재하는 것을 제외하고는 수입이 없었다.[22]

이런 입장은 그가 후에 자유주의 문인들로부터 보편적인 찬양을 받은 원인
중의 하나이다. 50년대에 그가 레이전雷震의 《자유중국》을 지지한 것도
모두 이런 입장의 연장이었다. 그는 미국의 민간사회와 정치집단의 관계
속에서 독립적으로 학교를 운영하고 신문을 꾸리는 중요성을 보았다. 새로운
민간이 형성되려면 이런 입장이 없이는 상상하기 어려운 것이다.

⑨

후스가 전문가와 학자들에 의지해 형성한 문화 분위기는 치국방법에 대해 현대적으로 서술한 것이다. 루쉰은 중국의 이른바 전문가와 학자들에게서 역설적인 이론을 보았다. 어떤 사람이 그의 정신의 깊은 곳에는 "반현대적인 현대성"[23]이 있다고 했는데 일리가 없지는 않았다. 루쉰이 극도로 절망을 느낄 때마다 그의 정신을 호전시킨 것은 언제나 젊은이들의 사단이었다.

그가 베이징에서 참가한 몇 개의 사단은 모두 교수 기질이나 케케묵은 사대부 기질이 없었다. 그는 새로운 지식인집단이라면 교수 기질이나 사대부 기질을 마땅히 거부해야 한다고 생각했다. 이는 후스 주변의 사람들과는 크게 다른 흥미였다. 루쉰과 청년 작가들이 번역 소개한 예술작품들은 현대적 영감을 부르짖고 있으나 또 현대성에 대한 반항도 많았다. 그와 좌익 청년들은 지식인집단의 문제를 보았으며 모두가 무형의 그물 속에 억눌려 있었다. 그들은 사회에 반항해야 했을 뿐 아니라 자아에 반항해야 했다. 그러한 분위기 속에서는 표현주의 흔적이 보이며, 또 시와 철학과 통일된 정신적 모험가이기도 했다. 그 집단의 사람들이 미국문명에 지나치게 집착하는 후스의 선택에 코웃음을 치는 것도 일리가 없지 않다. 그들은 후스 선생이 너무 고지식하다고 생각했다.

그러나 저우쭤런은 온화한 편이었다. 그는 루쉰과 후스의 중간에 처해 있었다. 신문화운동이 일어난 뒤 저우쭤런은 몇 개의 민간조직에 희망을 걸었던 적이 있다. 그 중 하나는 문학연구회이고 다른 하나는 주간지인 《어사語絲》였다. 이 두 단체는 모두 절실한 꿈을 가지고 있었는데 그것은 바로 지식과 사상을 현대 문화건설과 결합시키려 한 것이다. 그 단체들은 엄밀하지 않은 느슨한 조직이었다. 저우쭤런은 구속을 받지 않는 그런 단체가 매우 중요하다고 생각했다. 그는 《문학연구회 선언》에서 이 조직을 결성하는 것은 주로 감정을 교류하기 위한 목적이라고 말했다.

중국에는 "문인들끼리 서로 깔보는 기풍"이 줄곧 존재해왔다. 그래서 지금은 신구 두 파가 서로 화합을 이루지 못하고 있을 뿐 아니라 신문학을 연구하는 사람들 내부에서도 나라별, 파별 주장이 서로 다름으로 인해 앞으로 경계가 생기는 것을 피할 수 없을 것이다. 그래서 우리는 본 회를 조직해 모두들 자주 모임을 열고 의견을 교류해 서로 간에 이해를 늘림으로써 문학중심단체로 발전할 수 있기를 희망한다.[24]

저우쭤런의 관점은 그 시대 사람들의 꿈이었다. 그런데 그 꿈은 얼마 지나지 않아 엄혹한 현실 앞에서 산산조각이 나고 말았다. 그는 고우재(苦雨齋)로 물러나 자신의 활동무대를 운영하며 지내는 수밖에 없었다. 루쉰은 그와 점점 멀어져 좌익 작가로 변했다. 후스는 루쉰과 저우쭤런 모두 훗날의 선택에 일부 문제가 있다고 보았다. 한 사람은 공산주의 물결에 뛰어들어 민간의 따스한 정을 파괴했고 다른 한 사람은 지나치게 세상을 피해 은거하다가 허무한 경지에 이르러 불행하게도 일본의 마굴에 빨려 들어갔는데 참으로 애석한 일이었다. 후스는 민간 조직이 배타주의에 빠져들어서도 안 되지만 또 자아도취에 빠져 자신을 한탄하는 것도 바람직하지 않다고 주장했다. 중국 민간의 사단이 일단 종교적

열광이나 이기주의에 말려들게 되면 아마도 좀 문제가 될 것이다. 이는 '신민간'의 갈림길이다. 그는 저우쭤런 주변 사람들은 서재에 은둔해 있으며 구속 받지 않고 자유자재로 살아가는데 사회에 아무런 도움도 되지 않고, 천두슈의 정당주의는 살기를 띠었으며 폭력으로 폭력을 대체한 산물로서 취할 바가 못 된다고 여겼다. 그리고 루쉰이 후에 좌익작가연맹에 가입한 것도 사실은 투쟁철학의 결과로서 《신청년》 창간 당시의 초심과 거리가 멀다고 보았다. 그는 마음속으로 이런 급진적이거나 은일한 문인들 모두가 병적인 사회의 산물이라고 여겼을 수도 있었다. 그는 중국에 필요한 것은 밝은 빛과 같은 존재라고 여겼을 것이다.

그러나 잔혹한 현실적 맥락을 벗어난 그런 사상은 보편적인 바른 이치의 토대 위에 형성된 교조적인 것으로서 밑바닥 사람들의 삶의 아픔을 무시한 일면도 있었다. 그와 루쉰 두 사람 다 30년대에 중국 민권보장동맹에 참가했는데 인권문제를 대할 때 때로는 정부의 차원에 서서 문제를 고려했기 때문에 많은 인사들의 반대를 받았다. 루쉰의 시각은 달랐다. 그는 후에 후스에 대한 불만으로 가득 찼을 뿐 아니라 심지어 그의 입장을 공개적으로 비난했다. 사실 그는 이 박사의 이른바 민간성(民間性)과 쟁우(爭友)의 신분은 최종 국사(國師)가 되고 싶은 마음에 불과한 것으로서 결국은 일개 선비일 뿐이라고 여겼다. 독재사회에서 맹목적으로 민주만을 강조하는 것은 공상일 뿐이었다. 중요한 것은 통치자와의 투쟁이었다. 그가 《현대평론》을 혐오하고 《신월(新月)》을 비평한 것도 사실은 신사(紳士)문화에 대한 불만 정서를 쏟아낸 것이다. 민간 청년들에 대한 루쉰의 애정에는 야성의 광채가 넘침을 발견할 수 있다. 예술가의 고집과 자아추방으로 인해 낭만과 아픔의 독백이 많으며 신사계층의 조심스러움보다 내재적 긴장이 더 많았다.

루쉰이 신생의 젊은 작가들을 좋아하는 감정에는 학원파적인 흔적이 전혀 없었다. 호방함과 온정이 들어 있었는데 인간 본성의 빛의 반짝임이라고 할 수 있다. 그러나 루쉰의 예술적 시각과 독특한 생명 체험으로 인해 그는 자신과 주변의 벗들을 반정치적 정치의 소용돌이에 휘말려들게 했으며 반정치의 압박 때문에 순수성을 유지했다. 후스는 정당 정치에 개입하지 않는 순수한 태도 때문에 역시 복잡한 정치의 일부가 되어버렸다. 이 두 결과 모두 그들이 미처 예상치 못했던 일이다.

루쉰과 후스 둘 중에서 저우쭤런은 후자에게 치우쳤다. 저우쭤런은 사단과 민간조직은 될수록 순리를 따라야 하며 고정적인 조직이 존재하는 것은 대체로 문제라고 보고 있었다. 그의 이른바 자유의 집단은 마음껏 즐길 수는 있지만 다른 사람의 자유는 간섭하지 않는 것이다. 새로운 지식 민간의 등장은 개인주의의 자유로운 조합에 의지해야만 외부 요소에 연루되지 않는다.

저우쭤런은 루쉰이 좌익작가연맹에 가입한 것은 '늙은이의 망령'에 불과한 것이라고 여겼으며 후스가 장제스蔣介石의 쟁우가 된 것은 쓸데없이 고민을 사는 일이라고 생각했다. 그는 스스로 고우재로 물러나 세상을 피해 책을 읽으며 지냈는데 자신의 풋풋함을 유지하기 위함이었다. 그의 주변 사람들은 루쉰과 점차 멀어졌고 후스와도 가깝게 지내지 않았다. 고작 엄숙함과 학술에 대한 냉정한 관찰이 많아졌을 뿐이다. 정신의 생태로서 그들은 자신들의 가치가 전자를 초월할 것이라고 자신했던 것이다.

《신청년》 시기 뜻을 같이 해 모인 동인들 사이의 우정은 아주 짧게 끝나버렸지만 훗날 그들은 모두 그때 당시 존재했던 것을 매우 소중히 여겼다. 만년에 이르러 루쉰은 그 시기의 생활을 회고하면서 천두슈는 마음에 들어 했지만 후스에 대해서는 비평했다. 저우쭤런에 대해서는 서로에 대한 견해에 또 다른 정서가 포함되었다. 그러나 그들의 회고 문장을 보면 가장 가치가 있는 것은 역시 5.4전통이었으며 그 후의 길은 대체로 잘못된 것임을 알 수 있다. 후스가 대만에서 5.4에 대해 언급하면서 새로운 정신의 생장점은 오로지 그 시기의 맥락으로 돌아가야만 비로소 새로운 길이 열리는 것이라고 주장했다. 중국의 새로운 민간사회가 오래도록 형성되지 못했던 것은 그 세대 사람들의 숙명이었음이 분명하다.

항일전쟁 기간에 국민당의 이른바 신생활운동에 대해 후스는 모두 찬양한 것이 아니라 민간 건설 방향을 잘못 정했다고 주장했다. '신민간'은 하부사회로부터 상부사회로 올라가는 과정에 생겨나는 산물로서 정부의 행위가 아니었다. 상부로부터 하부로 내려온다면 큰 문제가 있다. 그가 후에 국민당으로부터 비판을 받은 원인도 역시 그의 가치 입장의 민간성에 있었다. 비록 그런 민간성이 좀 애매한 요소를 띠긴 했지만 그럼에도 국민당은 여전히 그의 위험성에 대해 의식했던 것이다.

비록 좌익을 마음에 들어 하지 않고 고우재 집단의 지식인들을 칭찬하거나 탄복하지 않았지만 국가라는 조직 앞에서 후스는 천두슈·루쉰·저우쭤런 등 이들의 가치가 유행문화의 가치보다 크다는 것을 알고 있었다. 중국의 출로는 독립적인 지식인을 보호하는 것이다. 이 또한 어떤 사람이 편지를 써 루쉰·저우쭤런을 비난하면서도 또 그들을 위해 변호한 이유이기도 하다. 민간에서 서로 싸우는 것은 참을 수 있어도 정부가 민간을 압박하는 것은 용서 못할 죄인 것이다.

루쉰 · 후스 · 천두슈 · 저우쭤런 등 이들이 '신민간'을 대하는 태도의 다른 점과 같은 점을 통해 우리는 현대 중국 지식인의 가치취향의 다양성을 알 수가 있다. 그들은 '신민간'이 폐쇄된 개념이 아니라 "사람마다 개체에 대해 느끼고 자신과 타인에게 모두 이롭게 한다"는 의식의 운반체라고 보았다. 사람마다 다른 사람이 되는 것이 아니라 자신으로 돌아오는 것, 이것이 민간단체의 기본 요소였다. 루쉰은 개성의 표방과 선양에서 사람의 인식 한계에 대한 도전으로 나아갔는데 참으로 영웅적 기개를 갖추었다고 할 수 있다. 후스는 과학적, 이성적인 차원에서 지식 엘리트의 기상을 보여주었으며 유학자의 새로운 풍격을 나타냈다. 전자는 지성과 흥미를 서로 결합시켰고 후자는 인간 이성의 영향력을 보여주었다. 루쉰 주변의 젊은이들은 한어漢語 표현에서 더욱 독창적이었고 후스는 건강한 상식을 널리 보급하기 위해 노력했다. 흥미로운 것은 루쉰이 자신이 가입했던 민간단체에 대해 대부분 유감을 느끼고 탄식했는데 여기에는 자신이 실패한 존재라는 숨은 뜻이 포함되어 있다. 반면에 후스는 자신의 옛 친구에게 오로지 그리운 마음만 있을 뿐이다. 사실 자세히 살펴보면 중국 사회에 가장 부족한 것이 바로 이 두 가지 정신 상태이며 아직까지도 그 발전이 많이 미흡한 수준이다. 5.4 세대 사람들은 고생스러운 노력을 거쳐 각자 성과를 거두었다. 애석하게도 그런 새로운 사상적 요소가 모두 파괴를 받아 중도에 요절해버린 것이다. 오늘날에 이르러서도 우리는 멀어져간 그 존재들을 대할 때면 울적하고 의기소침해질 뿐이다.

참고문헌

1) 高平叔编：《蔡元培全集》第二卷，137页，北京，中华书局，1984。

2) 《李大钊全集》第三卷，167页，北京，人民出版社，2006。

3) 曹伯言整理：《胡适日记全编》第二卷，83~84页，合肥，安徽教育出版社，2001。

4) 《鲁迅全集》第八卷，48页。

5) 耿云志、欧阳哲生编：《胡适书信集》上册，322~323页，北京，北京大学出版社，1996。

6) 《鲁迅全集》第十一卷，354页。

7) 《鲁迅全集》第三卷，51页。

8) 欧阳哲生编：《胡适书信集》(11)，53~54页，北京，北京大学出版社，1998。

9) 欧阳哲生编：《胡适书信集》(2)，247页，北京，北京大学出版社，1998。

10) 荆有麟：《鲁迅回忆断片》，见孙伏园等著：《鲁迅先生二三事》，254~255页，石家庄，河北教育出版社，2002。

11) 《鲁迅全集》第十一卷，430页。

12) 冯至：《白发生黑丝》，223页，北京，中央编译出版社，2005。

13) 王世家、止庵编：《鲁迅著译编年全集》第九卷，95页，北京，人民出版社，2009。

14) 王世家、止庵编：《鲁迅著译编年全集》第九卷，185~186页。

15) 《鲁迅全集》第八卷，159、160页。

16) 《鲁迅全集》第八卷，159、160页。

17) 钟叔河编订：《周作人散文全集》第二卷，243页，桂林，广西师范大学出版社，2009。

18) 欧阳哲生编：《胡适书信集》(2)，569~570页。

19) 耿云志、欧阳哲生编：《胡适书信集》上，366~367页。

20) 耿云志、欧阳哲生编：《胡适书信集》中，713页。

21) 《胡适来往书信选》中，42页，北京，中华书局，1979。

22) 《胡适全集》二十二卷，759页，合肥，安徽教育出版社，2003。

23) 汪晖、代田智都持这个观点，参见赵京华：《周氏兄弟与日本》，北京，人民文学出版社，2011。

24) 钟叔河编订：《周作人文类编》第三卷，50页，长沙，湖南文艺出版社，1998。

魯迅

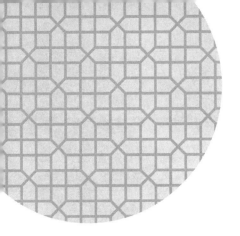

노예근성에 물든 나라

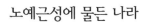

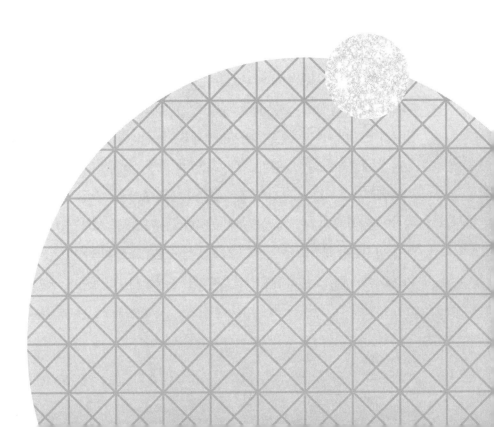

노예근성에 물든 나라

캉유웨이 · 량치차오는 최초의 망명자들로서 처음에는 매우 환영을
받았다. 후에 장타이옌 등 이들이 망명을 왔을 때는 세상의 풍조가
이미 바뀌어 있었다.《민보》에 그들의 상황이 소개된 적이 있다.

①

　베이징에서 지내던 시절에 지식인들에게 필독서 목록을 추천하라는
《경보부간京報副刊》의 요구에 루쉰은 백지를 냈다. 그는 중국의 도서는
적게 읽고 외국 도서를 많이 읽어야 한다고 말했다. 이런 태도에 언론은
적잖은 불평을 자아냈다. 저우쭤런은 루쉰이 엇나가기 좋아해 일부러 다른
사람의 반대편에 서는 것이라며 여기에는 비슷한 사건도 포함된다고 말한
적이 있다. 그때 당시 그를 이해할 수 있는 사람은 몇이 되지 않았다. 그런
비난의 목소리는 지금도 일부 사람들에게서 나오고 있다.

　필자 개인적으로는 루쉰이 아마도 중국의 낡은 언어에서 벗어나려는
의도에서였으리라고 생각된다. 그가 보기에 중국의 언어는 오염된
것이었다. 즉 우리 모두 노예근성에 물든 언어를 사용하고 있다는 것이다.
이를 바꾸려면 첫째는 한 · 당漢唐시대의 언어 환경으로 되돌아가 씩씩한
기운을 회복하는 것이고, 둘째는 민간의 거친 풍격을 취하는 것이며, 셋째는

외국의 것을 참고해 논리적인 요소를 첨가하는 것이라고 하였다. 한·당 시대의 질서로 되돌아가는 것은 물론 꿈일 뿐이었다. 그리로 통하는 길은 이미 막혀버렸고 그저 마음속으로 한 번쯤 갈망해볼 뿐이었다. 민간 속으로 들어가는 것도 그곳은 오래전에 이미 황권화 되어 수확이 많지 않았다. 그러나 외국 도서를 읽는 것은 참고가 될 수도 있다. 살아 숨 쉬는 느낌이 있을 수도 있었다. 그의 번역 경험에 비추어보면 모국어의 일부 표현방식을 바꿀 수 있는 것이었다.

그것을 실현하는 길에는 옛 언어적 요소가 들어있으며 혹은 옛 언어가 활성화되는 것이라고 말할 수 있었다. 여기에 아마도 그의 서술 책략이 있었을 것이다.

사대부식 언어에 대한 혐오는 일본 유학시절부터 시작되었다. 그는 장타이옌의 관점을 접하게 되면서부터 청나라 이래에 유행했던 문장들에 경멸하는 태도를 보였다. 그때 그는 일본어 문장을 읽는 과정에서 언어 표현의 풍부함을 실현할 수 있다는 것을 알게 되었다. 그가 역외 소설 번역에 고심했던 것은 낡은 문장의 기운에서 벗어나고 신선한 혈액을 받아들이기 위함이었다. 그때 그에게 언어적 쾌감을 가져다준 것은 한 가지는 육조六朝 시기의 문장이었고, 다른 한 가지는 일본어와 독일어 속의 러시아 소설이었다. 일본어의 기품이 있는 문장이 그에게 일정한 영향을 주었다. 맑고도 힘 있는 문자들은 그에게 정신적으로 새 출발을 할 수 있는 가능성을 보여주었다.

귀국 후 그의 문체들은 만청시기 유유자적한 고풍과 상반되며 틀에 박힌 방식을 전혀 찾아볼 수 없었다. 교육부 문서를 작성할 때도 관료 티가 전혀 나지 않았으며 편지에 사용된 단어들에서는 한·당의 기백을 느낄 수 있었다. 그는 의식적으로 주변의 언어와 일정한 거리를 유지했다. 이는 그와 쉬서우상·차이위안페이의 글을 비교해보면 느낄 수 있다. 5.4운동 전 후 백화문이 나타나자 루쉰은 크게 기뻐했으며 그 새로운 문체에 많은 희망을 걸었다. 후스의 우아하고 고상한 필치, 저우쭤런의 박식한 말투, 리다자오의 강직한 언어 등이 루쉰이 보기에는 모두 새로운 언어의 탄생이었다. 만약 중국이 조금이라도 희망이 있다면 그것은 일종의 새로운 표현방식으로 시작하는 것이 중요한 것이라고 생각했다. 그가 《신청년》의 대오에 가입한 것도 언어 혁명에 호응하고자 하는 심리에서 비롯된 것이었을 것이다. 비록 그가 뜻을 같이 하여 모인 동인의 관점을 마음속으로 다 인정하는 것은 아니었지만 뜻이 서로 맞는 부분은 있었다.

루쉰이 《신청년》에 동참한 작품은 《광인일기》인데 그 문풍의 뛰어남은 문단에 비할 자가 없었다. 그것은 전적으로 기괴한 표현방식으로서 문자가 유현幽玄하고 심오하며 상징적인 문구 뒤에는 낡은 풍속을 뒤집는 예언이 숨어 있었다. 그런 문장 속에는 뜨뜻미지근한 정서가 없고 직설적이며 게다가 노예근성이 없이 진실을 향해 곧장 돌진해나가고 있었다. 후에 그가 쓴 《야초》에서는 사대부의 가식적인 허울을 찢어발기고 정신이 깊숙한 곳까지 들어갔다. 인식 한계에 대해 두루 살핀 그 글들은 땅속 깊이에 있는 뜨거운 용암에 의해 단련되어 불운과 어둠이 모두 사라져버리고 마음을 비추는 촛불의 밝은 빛으로 탄생한 것이었다. 그처럼 순수하게, 아득하고 고요하게, 신기하게, 마치 아침 햇살마냥 정신의 깊은 굴로 뚫고 들어가 밝게 비추어주었다. 허위적이고, 나르시시즘적이며, 노예근성을 띤 모든 단어가 그와는 관련이 없었으며 완전 신식인 정신 표현방식을 사용했다. 신문화의 업적 중의 하나는 사실 그런 개인주의 신문체가 나타날 수 있게 했던 것이다.

그 시기 베이징 문단에서 신구 문인 간의 겨룸이 끊겼던 적이 없었다. 구식 문인의 존재와 복벽을 주장하는 자들의 언행이 하나의 무서운 세력을 형성했다. 그들은 공자에 대한 숭배를 주장하고 경전을 읽을 것을 제창했으며 고서를 인쇄 제작했다. 루쉰은 고서를 꼭 나쁘다고만 할 수 없다고 여겼으며 선인의 아름다운 유물도 있다고 보았다. 그러나 근본적인 측면에서 보면 고서의 논리는 주인에게 아첨하는 문체가 많으며 현 시대 사람의 느낌과는 전혀 다른 것이었다. 전제국가에서 표현방식은 개성이 있어야 하며 바로 노예심에서 벗어나야 한다는 것이었다.

그가 훗날 린위탕 · 저우쭤런 · 류반눙劉半農이 명 · 청 사대부의 소품문(수필류)으로 돌아갔음을 발견했을 때 마음속으로 실망했다. 베이징 파 문인의 선비다움과 나르시시즘이 문장의 빛을 흐렸으며 전목재錢牧齋의 우울함을 느끼게 했다. 그는 신문화인이라면 마땅히 기본적인 면에서 전통과 일정한 거리를 유지해야 한다고 여겼다. 구문체舊文體는 독소를 포함하고 있는데 모든 사람이 그것을 엿볼 수 있는 것은 아니었다. 그러한 견해에 대해서는 의논해볼 만 하다. 그러나 그 뒷면에 숨어 있는 미래에 대한 기대에 대해서도 우리는 조금은 느낄 수 있다.

《이십사효도》에서 그는 사대부의 문언문文言文에 대한 반감에 대해 거론했다.

나는 늘 위에서 아래로, 사방으로 찾아다니며 가장 어두운 주문을 찾아내서는 백화白話에 반대하고 백화를 반대하는 모든 이들을 제일 먼저 저주할 것이다. 설령 사람이 죽은 뒤 정말 영혼이 있어 나의 이 가장 악한 마음 탓에 지옥에 떨어지는 한이 있더라도 절대 후회하지 않을 것이며 반드시 백화에 반대하고 백화를 반대하는 모든 이들을 제일 먼저 저주할 것이다.

이른바 '문학혁명' 이후 어린이들을 위해 마련한 서적이 유럽·미국·일본과 비교해 보면 너무 불쌍할 정도지만 그래도 그림도 있고 설명도 있어 읽어 내려갈 수만 있다면 알아볼 수 있다. 그런데 다른 마음을 품은 사람들은 그런 어린이 서적들을 극구 저지해 어린이들의 세계에서 즐거움을 깡그리 빼앗아가려고 한다 …… 백화에 반대하는 자들이 끼치는 악영향은 심지어 홍수나 맹수보다도 더 사나우며 그 범위가 너무 크고 영향을 끼치는 시간 또한 너무 오래되어 전 중국을 마호(麻胡: 전설 속의 인물로서 흉포하기로 유명하며 민간에서 아이들을 으를 때 흔히 쓰는 말이다. -역자 주)로 만들어 모든 어린이들을 그의 뱃속에서 죽어버리게 할 수 있다.[1]

문언문에 대한 혐오가 그 정도에 이르게 된 것은 뼈에 사무치는 경험 때문이었다. 그는 고서를 경멸하는 것은 오로지 고서를 읽은 자만이 가장 유력하게 할 수 있다고 말했다. 이 말은 맞는 말이었다. 낡은 문선들 중에서 사실을 무시하고 함부로 지껄이고 있는 것이나 혹은 자신을 기만하고 남을 기만하는 것들이 아주 많았다. 그가 보기에 그 고로한 유물들은 현 시대 사람의 개성과는 현저한 차이가 있으며 그 근본을 따져보면 그들은 여전히 노예근성을 띤 언어였던 것이다.

오늘날의 젊은이들은 루쉰의 그런 생각을 이해하기 쉽지 않을 것이다. "공자孔子의 말, 주희朱熹의 말, 캉유웨이의 말은 아주 인정미 넘치고 철리가 있는 말이 아닌가?"라는 것이 그들의 보편적인 견해였다. 그런데 누가 알랴? 다른 사람에게 인용된 그 말들이 얼마나 많은 젊은이들의 목숨을 말살했는지를, 그리고 피가 튕긴 그 유물들과 고분고분 순종하며 벌벌 떠는 말들이 오래 전에 이미 학식이 풍부하고 품위 있는 사대부들의 역사적 서술에 의해 가려졌다는 사실을 말이다.

②

그가 노예근성을 띤 언어를 경계한 것은 낡은 도덕을 뒤집어엎으면서 시작되었다. 낡은 도덕들을 제거할 수 있는 방법은 반드시 자아를 희생시키는 정신을 갖추는 것이다. 그는 수많은 학자들을 감동시킨 말 한 마디를 한 적이 있다. 그것은 젊은이들을 대하는 연장자의 자세에 대해 언급하면서 다음과 같은 독백을 남긴 것이다.

자신은 답습이라는 무거운 짐을 짊어지고 어깨로 어두운 갑문을 떠받쳐 그들을 넓고도 밝은 곳으로 내보낼 것이며 그들이 앞으로 행복하게 살면서 합리적인 인간이 될 수 있도록 할 것이다.[2]

이러한 독백은 석가모니와 예수의 정신을 떠올리게 한다. 그들의 몸에서 느낄 수 있는 중생을 구제하려는 비장함이 루쉰의 몸에서도 느낄 수 있을 것 같았다. 이처럼 자신을 희생시켜 다른 사람을 구하는 행동이 중국 역사상 철인 중에는 흔치 않거나 혹은 극히 드물다고 할 수 있다.

루쉰과 공자의 관계는 참으로 의미심장하다고 말할 수 있다. 그들은 근본적으로 너무 다르다. 많은 측면에서 루쉰의 선택은 마침 공자 선생과 고별하면서부터 시작되었다.

루쉰 세대 사람들이 공자의 일부 사상에 반대한 것은 생명의 진화를 고려한 데서 비롯되었다. 공자학설은 후에 이르러서는 제일 큰 문제가 생명의 자연적인 발전과 대립을 이룬 것이며 케케묵은 것을 보호하고 어린 생명을 억제한 것이었다. 유가의 윤리강상이 원래는 생명의 조화로운 발전을 추진하는 것이었으나 그 후의 변화 발전과정에서 "천리를 보존하고 인간의 욕망을 억제하는存天理滅人欲" 이념에 의해 대체되었다. 그 결과 연장자를 본위로 함으로써 어린 자가 발붙이고 살아가야 하는 토양을 없애버린 것이다. 이러한 현상이 송명이학에서 더욱 뚜렷하게 드러난다. 그로 인해 만청과 민국시기에 이르러서까지도 그 그늘이 여전히 남아 있었다. 이에 대한 루쉰의 사고는 타고르와 아주 비슷한데 즉 학문상의 이치와 예교제도를 구분해야 한다는 것이었다. 타고르는 종교와 종교제도에 대해 거론하면서 이는 서로 다른 두 개념이라고 주장했다.

종교에서는 현실속의 사람으로서의 개인은 그가 어느 집안에서 태어났든지를 막론하고 존경 받아 마땅하다고 말한다. 종교제도에서는 바라문 가문에서 태어난 사람이라면 그가 얼마나 한심할 정도로 멍청한 사람이건 관계없이 존경 받아 마땅하다고 말한다. 이로부터 종교가 고려하는 것은 해탈에 대한 진언이지만 종교제도가 고려하는 것은 노역에 대한 진언이라는 것을 알 수 있다.[3]

중국에서 유학과 유교 간의 복잡한 관계가 바로 그러했다. 도덕의 수립이 후에 중국에서 완전히 왜곡되었다. 루쉰의 마음을 아프게 한 것은 그런 존재들이 개체 생명의 무한한 발전 가능성을 완전 무시했다는 사실이다. 중국에서 남존여비, 장로제, 남권이 모든 것을 주도하는 것에 대해 루쉰은 큰 문제점이라고 보았다. 그런데 우리 문화는 바로 그런 질서 속에서 형성되었으며 인간 본성의 본연과 뒤바뀐 관계인 것 같다. 5.4 후에 루쉰은 여러 문장에서 유교의 그릇된 점에 대해 이야기했는데 그 문장들에서는 너무 침울한 느낌이 느껴진다.

그 자신의 혼인이 바로 낡은 도덕의 결과였다. 사랑은 무엇일까? 아주 오랜 시간 동안 그 자신도 알 수 없었다. 그는 어느 한 편의 글에서 사랑이 없는 혼인의 고통에 대해 쓴 적이 있다. 뼈에 사무치는 아픔을 느꼈기 때문에 이치 속에서 변화 발전되어 나온 비인성적인 존재에 대해 깊고도 확실한 인식을 가질 수 있었던 것이다. 그래서 그가 《신청년》 대오에 가담한 것은 새로운 도덕관을 허락하고자 하는 충동에서 비롯되었으며 공가점(孔家店, 공자의 유교사상 거점)을 포격하는 행동에 자발적으로 사상을 집중시켰던 것이다.

《지금 우리는 아버지 노릇을 어떻게 할 것인가》 라는 글에서 그는 이렇게 썼다.

생명은 왜 반드시 지속되어야 할까? 그것은 바로 발전하고 진화되어야 하기 때문이다. 개체는 죽기 마련이고 진화는 끝이 없다. 그래서 지속적으로 그 진화의 길을 따라 가는 수밖에 없다. 그 길을 가려면 반드시 내적인 노력이 있어야 한다. 예를 들어 단세포 동물은 내적인 노력이 있음으로 하여 오랜 세월을 거쳐 복잡하게 발전할 수 있고, 부척추동물은 내적인 노력이 있음으로 하여 오랜 세월을 거쳐 척추가 생겨날 수 있게 된 것이다. 그렇기 때문에 후에 생겨난 생명은 항상 그 이전의 생명보다 더 의미가 있고 더 완벽해지게 되며 따라서 더 가치가 있고 더 귀한 것이다. 전자의 생명은 마땅히 후자를 위해 희생되어야 한다.

그런데 애석하게도 중국의 낡은 관점은 바로 이런 이치와 상반된다. 어린 자가 마땅히 본위가 되어야 하는데 거꾸로 연장자가 본위가 되어 있고, 마땅히 미래에 치중해야 하는데 거꾸로 과거에 치중하고 있다. 전자가 그보다 더 이전의 전자를 위해 희생하고 나서 자신은 정작 생존할 힘이 없어져 후자에게 희생하라고 혹독한 요구를 제기함으로써 자아 발전할 수 있는 모든 능력을 훼손해버린다.[4]

거꾸로 된 가치관에 대해서는 반드시 새로운 논리로써 바로잡아야만 근대에 들어선 뒤 사회의 흐름에 부합된다. 그러나 이를 실현하려면 인정과 인성의 아름다움을 망가뜨릴 것이 아니라 이런 인정과 아름다운 정신을 계속 이어나가야 한다. 여기에 필요한 수단은 문화에 대한 개변으로서 성실과 미적 정신으로 실현할 수 있다. 그는 이를 실현하려면 제일 먼저 '사랑'이 있어야 한다면서 "무아의 사랑으로 후대 신인들을 위해 자신을 희생시켜야 한다"고 주장했다. '사랑'과 '희생'이 새로운 도덕 윤리를 수립하는 조건이라고 루쉰은 주장했다. 그 새로운 도덕의 실행과 관련해 루쉰은 다음과 같은 세 가지 견해를 제기했다. 첫째는 이해하는 것이고, 둘째는 이끌어주는 것이며, 셋째는 해방시키는 것으로서, 오직 그리 해야만 중국문화를 또 다른 세상으로 이끌 수 있다고 말했다.

루쉰이 이와 같은 화제에 대해 논할 때는 조금은 천진스러워 보였는데 그의 낙관적인 예언이 이전의 쓸쓸함을 압도해버린 것 같았다. 그 언어 환경 속에 들어있는 사상에서는 진화론의 흔적뿐 아니라 입센주의 그림자도 보이는 것 같았다. 진화를 거친 결과는 반드시 나중에 나타난 것이 이전의 것보다 나은 것이다. 그리고 입센의 사상은 틀림없이 인도적인 것과 개성적인 정신이 서로 캐어묻는 것이다. 중국의 낡은 도덕은 결과적으로 노예근성을 띤 인격을 만들어냈다. 참으로 애석한 일이었다. 왕더허우王得后가 《루쉰과 공자》라는 책에서 이에 대해 매우 투철하게 분석했다. 그는 이렇게 말했다.

공자가 말하는 '효(孝)'의 내용 중에서 어떤 것은 인지상정으로서 인성에 부합된다. 예를 들어 "부모는 오직 자식이 병들까 근심한다.(父母喩其疾之憂)" "자식은 부모가 생존해 계실 때는 멀리 떠나 있지 말아야 하고 먼 곳에 가야 할 때는 반드시 그 행방을 알려야 한다.(父母在, 不遠游, 游必有方)" "부모님의 연세는 알고 있지 않으면 안 된다. 부모님의 연세를 알고 있으면 한편으로는 부모님이 장수하심을 알게 되어서 기뻐할 수 있기 때문이고 한편으로는 부모님이 늙어 가심을 알게 되어서 두려워할 수 있기 때문이다.(父母之年, 不可不知也. 一則以喜, 一則以懼)” 이는 모두 ‘자연적’인 ‘사랑’이요, ‘자연적’인 ‘가족애’이다. 그러나 공자가 강조하는 ‘효’의 근본 특질은 ‘공경하는 것(敬)’이고, ‘거스르지 않는 것(無違)’이며, ‘아버지는 아버지다워야 하고 자식은 자식다워야 한다(父父子子)’는 질대 복종이고, “아버지가 돌아가시면 생전의 업적을 본받아 3년간을 고치지 않고 좇는 것(三年無改于父之道)”이며 더 나아가서 “아버지의 가신(家臣)을 바꾸지 않고 아버지의 정사(政事)를 고치지 않는 것(不改父之臣, 與父之政)”이다. 부모에게 잘못이 있고 타당치 못한 곳이 있으면 타일러 잘못을 고치게 할 수 있지만 부모가 자신의 견해를 고집하고 자신의 주장을 굽히지 않으며 간언을 받아들이지 않을 경우 반드시 ‘공경’해야 하고 반드시 ‘거스르지 말아야 한다.’ 뿐 아니라 원망하는 말이나 원망하는 마음이 없도록 해야 한다. 즉 이른바 “부모를 섬길 때는 잘못하시는 점이 있더라도 조심스럽게 말씀드려야 하고, 부모가 그 말을 따르지 않을 뜻을 보이더라도 더욱 공경하여 부모의 뜻을 거슬러서는 안 되며 아무리 힘들더라도 부모를 원망하지 말아야 한다.(事父母幾諫, 見志不從, 又敬不違, 勞而不怨)”라는 것이다. 그래서 자녀에게는 ‘자기 자신’이 아예 없고 ‘개성’도 없으며 ‘독립적인 인격’도 없이 완전히 부모의 부속물일 뿐이다. 이는 일종의 노예근성을 띤 윤리 도덕이다.[5]

왕더허우는 문제의 근본적인 부분을 보았다. 루쉰의 시각으로 본 공자의

유산은 그런 측면에서 현대인의 수요와 동떨어진 것이었으며 개성의 잠재
능력을 발굴할 수 없게 억제하는 것으로서 결점이라고 하지 않을 수 없었다.

그리고 그 결점은 생존 상태와 한漢 언어 체계 속에서 집중적으로
드러났다.

③

유가문화의 변화 발전과정에 나타난 노예근성이 전 민족의
열근성(劣根性)을 초래했다. 물론 중국은 사회문제가 복잡해 노예근성의
요소가 다른 문화형태 속에도 남아 있다. 노예근성은 통치자가 형성한
문화의 영향에 따른 결과로서 대중과 사대부 모두 피해갈 수 없다. 게다가 이
모든 것이 일상 문화 속에 포함되어 있어 어쩌면 이제는 살펴보아도 발견할
수 없는 현상이 되어 버렸다.

노예근성에 대한 루쉰의 민간성은 자신의 생명 체험에서 시작된 것이다.
조부의 하옥과 부친의 병환은 제쳐두고 일본과 교육부에서 자신의 경력만
보더라도 치욕적인 기억들이 있다. 《등하만필燈下漫筆》에서 그는 자신의
예금 가치가 하락한 뒤 매우 당황했는데 후에 지폐를 은화로 바꿔올 수
있다는 말을 전해 듣고 나서야 비록 절반 이상 손해 보았지만 마음속으로는
그래도 기뻤다고 썼다. 그래서 그는 자조하며 이렇게 감탄했다.

그러나 나는 은화 한 보따리를 품에 안았을 때 그 묵직한 느낌에 마음이
놓였다. 한창 기뻐하고 있을 때 문득 한 가지 생각이 들었다. 그것은
우리가 너무 쉽게 노예로 변할 수 있다는 생각이었다. 게다가 노예로

변한 뒤에는 또 너무 좋아서 어쩔 줄 모르기까지 한다는 것이다.[6]

자신이 바로 노예 중의 한 사람이라는 것을 그는 느낀 것이다. 그래서 그가 쓴 아Q를 통해 우리는 때로는 은연중에 그 자신에 대한 고문을 느낄 수 있는 것이다. 어느 누가 여기에 그의 그림자가 들어있지 않다고 말할 수 있겠는가? 루쉰이 자신에 대한 해부가 다른 사람에 대한 풍자에 뒤지지 않는다고 말했는데 이는 모두 맞는 말이다.

중국인의 생존상태에 대한 그의 평가는 첫째, 노예가 되고자 하나 될 수 없는 시대라는 것이고, 둘째, 잠시는 안정적으로 노예로 살 수 있는 시대라는 것이다. 이러한 견해는 사회역사분석의 시각이 아닌 노예근성의 시각에서 비롯된 것이다. 그래서 그 자신의 생생한 특점과 느낌이 있는 것이다. 이를 토대로 그의 사상을 이해한다면 어쩌면 사상의 논리과정을 엿볼 수 있을지도 모른다.

우리는 그의 고통스러운 반항을 노예근성에서 벗어나기 위한 선택으로 볼 수 있다. 이는 매우 중요한 것이다. 그는 전통에 대해 맹비난하는 과정에서 어디에나 존재하는 무흥미한 인생을 발견했다. 공을기孔乙己가 그러했고 아Q가 그러했으며 상림 아주머니가 그러했고, 위련수魏連殳도 그러했다. 모두가 다 그러한 질서 속에 있었다.

노예근성의 핵심은 자신의 독립적인 판단이 없이 모든 일에서 자신을 기만하고 또 남을 기만하는 것이다. 혹은 현실을 직시할 용기가 없다고 말할 수도 있다. 그는 《눈을 똑바로 뜨고 보라를 논함》에 이렇게 썼다.

중국인이 여러 방면에서 감히 현실을 직시하지 못하고 기만과 사기

수법으로 기묘한 도피 경로를 만들어서는 스스로 바른 길이라고 착각한다. 그 길에서 겁이 많고 연약하며 게으르고 또 교활한 국민성을 증명하고 있다. 하루하루 만족하면서, 하루하루 타락하면서, 그러나 또 나날이 영광스러워짐을 느끼면서.[7]

이는 문인의 각도에서 얻어낸 결론이다. 혹은 문인의 노예근성을 비판한 것이라고 할 수 있다. 민중의 노예근성은 더욱 기이하다. 일상생활의 모든 것은 스스로 즐길 수 있는 공간이 거의 없다. 수상록隨想錄 삼십팔에는 이렇게 썼다.

중국인은 본래부터 좀 잘난 척하는 구석이 있다.- 애석하게도 '개인의 잘난 척'은 없고 모두 '집단적, 애국적인 잘난 척'뿐이다. 이것이 바로 문화경쟁에서 실패한 뒤 더 이상 침체 상태에서 벗어나지 못하고 개선하지 못하는 원인이다.

'개인의 잘난 척'은 독특해서 평범한 사람에게 선전포고를 하는 것이다. 정신병학적인 과대망상을 제외하고 이렇게 잘난 척하는 사람은 대체로 천재적인 일면이 있다.- 막스 노르다우(Max Nordau) 등 이들의 말을 빈다면 광기가 있다고 말할 수 있다. 그들은 스스로 사상과 식견이 평범한 사람들보다 뛰어나다고 여기고 있으나 그런 평범한 사람들이 알아주지 않고 있어 이 세상의 모든 불합리한 현상에 대하여 분노하고 증오하고 있으며 점차 염세주의자 혹은 '국민의 적'으로 변해가고 있는 것이다. 그러나 모든 신사상은 대부분 그들에게서 나오며 정치, 종교,

도덕의 개혁도 그들에게서 시작된다. 그래서 '개인이 잘난 척 하는' 국민이 많은 나라는 얼마나 다복하며, 얼마나 행운인가!

'집단적인 잘난 척', '애국적인 잘난 척'은 뜻이 같은 사람과는 한 패가되고 뜻이 다른 파는 배척하고 공격하는 것이며 소수의 천재를 상대로선전포고를 하는 것이다. ─ 다른 나라 문명에 선전포고를 하는 것은 그다음 순서이다. 그들은 사람들에게 과시할만한 특별한 재능은 한 가지도갖추지 못했기 때문에 이 나라를 가져다 그늘로 삼고 있다. 그들은 이나라 안의 습관과 제도를 높이 추켜세우며 대단한 것으로 찬미한다.그들의 고유한 문화의 정수가 그처럼 영예로운 만큼 그들도 자연히영예로울 수 있는 것이다! 혹시 공격을 받게 되더라도 그들이 직접 맞서싸울 필요가 없다. 그들처럼 그늘 속에 숨어 기세를 조장하고 혀만놀려대는 사람의 수효가 많기 때문에 mob(민중, 폭도, 집단 역자 주)의특기를 살려 한바탕 마구 떠들어대기만 하면 이길 수 있다. 이기면 나는한 무리에 속한 한 사람이기에 자연스레 이긴 것이고 만약 지게 되면한 무리에 속한 사람이 많기 때문에 꼭 내가 손해를 입는 것은 아니다.무릇 무리를 지어 사단을 일으키는 사람들 대부분이 그런 심리를 갖고있으며 이것이 바로 그들의 심리이다. 그들의 행동이 얼핏 보기에는사나워 보이지만 사실은 너무 비겁한 것이다. 그로 인해 얻어진 결과를보면 복고, 왕도를 숭상하는 것, 청 정부를 도와 서양 열강을 물리치는것扶淸滅洋 등으로서 이미 너무 많은 것을 겪고 느꼈다. 그렇기 때문에이처럼 '집단적이고 애국적으로 잘난 척하는' 국민이 많은 것은 참으로슬프고 참으로 불행한 일이다!⁸⁾

민중의 정신이 오염된 후에는 사상이 발전할 수 없다. 그가 소설 속에서 부각한 형형색색의 인물들은 거의 모두가 그랬다. 예를 들어 구경꾼의 형상, 유민의 형상이 모두 그랬다. 그런 국민이 그런 정권을 만들어낸 것이다.

그 두 가지가 서로 인과가 되며 더 큰 윤회 속에 빠져든 것이다. 그의 그런 노예근성에 대한 반감에는 무정부주의 흔적이 있는 것 같다. 그러나 그는 진심과 애정으로 등급문화를 대했다. 개인의 고답과 깊은 잠에서 깨어나지 못하고 있는 국민의 대립이 그의 문장에서 사람을 끌어당기는 엄청난 힘을 만들어냈다. 그 언어들을 곰곰이 음미해보면 이런 점을 느낄 수 있을 것이다.

사대부가 할 수 없고 민중도 할 수 없으면 중국문화는 정말로 영원히 회복될 수 없는 것이다. 후에 루쉰은 자신의 사고방식에 문제가 존재한다는 것을 의식하고 일부 견해를 수정했다. 단 그런 수정은 은연중에 제3계급에 대한 갈망을 내포하게 된 것이다. 그것은 바로 사대부의 부류에 속하지도 않고 평범한 민중의 부류에도 속하지 않는, 신흥의 투자였다. 그는 여러 세력과 맞서 싸우는 과정에서 중국인의 새로운 품성을 보여주었다. 어떤 참신한 인격의 힘이 옛 문명 속의 처참한 존재를 뒤엎어버렸다.

여기서 니체와 톨스토이의 선택이 그에게 큰 깨우침을 주었다. 니체는 옛 문자 학자로서 역사의 함축된 의미에 대해 깊이 알고 있었으며 단어에 대한 민감성이 매우 강했다. 그가 일부러 새로운 표현방식으로 기독교 문명에 반항한 데는 깊은 뜻이 있었다. 톨스토이가 종교 중의 예의파에서 벗어난 것도 생명의 열기를 띤 문장을 찾고자 하는 갈망에서였다.

루쉰은 그들의 자료를 접하게 되면서 노예근성을 띤 언어를 해방시켜야 할 필요성을 의식하게 되었으며 그러한 요소는 또 잠재적으로 그의 생명철학 속에 녹아들었다.

④

루쉰의 작품 속의 일부 인물들을 자세히 음미해보면 대화 중 그들의 표정과 태도에서는 모두 노예적인 일면을 엿볼 수 있다. 사람의 말투, 표정과 태도에는 목석같은 연함과 속됨이 들어 있으며 그에 대한 묘사는 생동감이 넘친다. 노예근성을 띤 언어는 각양각색의 형태를 띠는데 대체적으로 첫째는 온순한 양의 형태이고, 둘째는 잔폭한 형태이며, 셋째는 망나니 형태라고 할 수 있다. 때로는 이 세 가지 형태가 한 사람의 몸에 집중되어 가련함과 가증스러움을 다 갖추기도 한다. 그가 묘사한 아Q는 그중의 대부분 요소가 한 몸에 집중되어 그 글을 읽고 나면 오래도록 잊혀 지지 않게 된다.

아Q의 형상이 복잡한 것은 그의 내면에 중국인의 품행 중의 여러 가지 요소가 들어있기 때문이다. 예를 들어 가짜 양놈이 들고 있는 곡상봉(哭喪棒, 구사회에서 아들이 부모의 장례를 지낼 때 '효도 지팡이(孝杖)'를 짚어 몸을 가눌 수 없을 만큼 슬픈 심정을 나타냈는데 그 지팡이를 곡상봉이라고 했다. 아Q는 그 가짜 양놈이 미워 저주의 의미로 그가 짚은 서양지팡이를 곡상봉이라고 부른 것이다. -역자 주) 앞에서 그는 이상하리만치 비열해지곤 하는데 온순한 양의 모습이다. 그러나 D씨와 왕호王胡를 대할 때는 또 포악한 모습을 보인다. 그는 비구니를 괴롭히고 오마吳媽를 희롱하는 등 서로 다른 사람을 대할 때 각기 다른 모습을 보였다. 그의 성격에는 교활한 일면과 소박한 일면이 있는가 하면 잔혹하고 무지한 일면도 있다. 예를 들어 혁명 장면에서는 완전 망나니의 모습을 보였는데 유민의 간교함과 무지함을 다 갖추었으며 매우 강한 기만성을 띤다. 루쉰이 가장 증오하는 것은 국민성 중의 그런 망나니 기질이다. 아Q의 몸에 드러나는 막돼먹은 간교함은 국민의 열근성을 낱낱이 드러냈다.

아Q의 언어체계 속에는 어둡고, 너절하며, 저속적이고, 우매한 부호가 다 들어있으며 강호 속의 탁한 기운으로 가득 찼다. "중놈은 건드려도 되고 나는 건드리면 안 되나?" "우리는 예전에 — 너보다 훨씬 더 잘 살았어! 너 따위가 다 뭔데!" "내가 뭘 갖고 싶건 누굴 좋아하건 다 내 마음대로 할 것이다." 이런 표현들은 모두 밑바닥 망나니 기질과 노예 기질이 뒤섞인 표현들이다. 루쉰은 중국에서 가장 무서운 것이 '노예식 파괴'와 '강도식 파괴'라고 결론을 지었다. 아Q의 몸에서 그 열근성들이 모두 각기 다양한 정도로 나타났다.

그럴 때 루쉰은 마음속으로 절망을 느꼈을 것이다. 그는 잿빛 안개에 가려진 것 같은 느낌을 받았을 것이다. 그 노예 기질을 띤 언어들은 밝은 빛이 없이 전적으로 암흑 속의 산물이었다. 그것은 문화의 산물이었을까 아니면 제도의 산물이었을까?

다른 작품들에서 그는 대량의 평범한 대중들의 생활을 묘사했다. 능욕을 당하고 짓밟히는 사람들의 생명 언어가 마음을 아프게 한다. 그 언어들에는 넋을 잃고, 겁먹었으며, 감히 아무 말도 못하고 울분을 억누르는 요소가 들어 있으며 애매모호하고 빛과 그늘이 동시에 존재한다. 루쉰은 평범한 생활 대화 속에서 비인간적인 생활에 대해 폭로했는데 그 표현들 역시 뼛속까지 스며드는 듯하다.

《풍파》에서 변발을 둘러싼 여성들의 대화는 모두 사회 상황에 따른 것이며 위에 있는 사람들의 눈치를 봐가며 시비를 결정하고 있음을 알 수 있다. 청 왕조가 무너지자 변발을 자르는 것이 더 이상 죄가 아니게 되었다. 그러나 복위 사조가 나타나면서 여인네들의 변발을 둘러싼 의론이 복잡해졌다. 권세를 쥔 자들에게 죽임을 당하는 것이 두려워 변발을 자른 남자들을 불평하거나 두려워하는 태도를 보였다. 그녀들의 말투와 내면세계에 대해 묘사한 루쉰의 필치는 진실감이 넘쳤으며 살아서 움직이는 듯하다. 그 일반 백성들은 자신의 주견이 없이 사회 풍조 속에서 오로지 짓밟히기만 하는 고통스러운 모습이다. 그런 화면들에서는 우울한 감정이 흐른다. 사람들은 제왕의 말 속으로 사라져버렸으며 자신의 모든 것이 무형의 권력의 그림자에 휩싸여버렸다. 민간의 백성들에게 자신의 발언권이 있을 리 있었겠는가?

《고향》의 줄거리에서는 일종의 연민의 정서가 흐른다. 소년 윤토閏土와 '나'는 감정이 너무 잘 맞았으며 둘 사이에 아름다운 교제가 있었다. 그런데 몇 년이 지난 뒤에 다시 만났을 때 그가 '나'를 '나리'라고 불렀다. 이 부분에서 작자는 절제된 필치로 서술하고 있으나 내면의 고통은 너무나도 강열하게 뿜겨져 나오고 있다. 그는 갑자기 높은 장벽이 둘 사이에 가로놓여졌음을 느꼈다. 어렸을 때 아름다웠던 모든 것이 지금은 주종관계의 지배를 받게 된 것이다. 전편은 편폭이 길지 않지만 깊은 생각에 잠기게 만드는 부분이 많다. 노예근성을 띤 언어는 자신을 낮추고 머리 숙인 언어로서 윤토의 몇 마디 안 되는 말 속에서 중국 농민의 불행이 역력히 드러난다.

《고향》 속의 인물은 성격이 각기 다르다. 양 씨네 둘째 아주머니

楊二嫂의 대화에서는 읍鎭子 내 사람들의 교활함과 세속적인 일면을 읽을 수 있다. 그녀가 다른 사람들과 나눈 대화에서는 사리사욕이 적나라하게 드러나는데 불쌍한 노예상이 여기서 변형되어 드러난다. 힘들고 고통스러운 삶에 허덕이는 백성들 중 어떤 사람은 처량함과 고달픔을 묵묵히 견디며 살아가고 있고 또 어떤 사람은 강도의 기질을 갖추게 되었는데 이 모두 중국인의 살아 숨쉬는 형태이다. 작자를 가장 슬프게 한 것은 자신에게 익숙한 그 존재들이 모두 때 투성이가 되어버린 것이다. 그는 이렇게 말했다.

나는 그들이 더 이상 나처럼 사람들에게 이해 받지 못하는 사람이 되지 말기를 바란다 ……그러나 나는 또 그들 모두가 기개 하나만을 지키기 위해 나처럼 고된 삶을 사는 것을 원치 않으며, 또 그들 모두가 윤토처럼 고되면서도 불감중에 익숙해져 사는 것을 원치 않으며, 또 그들 모두가 다른 사람들처럼 고되면서도 제멋대로 방종하는 삶을 사는 것도 원치 않는다. 그들은 마땅히 우리가 살아본 적이 없는 새로운 삶을 살아야 한다.[9]

그의 깊은 애정이 그 문장 속에 고루 퍼져 있다. 그의 한없이 넓은 마음은 아마도 오로지 교도에게만 있을 수 있는 심경과 비슷한 것이리라. 그러나 그는 교도가 아니다. 그의 심장은 일반인과 똑같이 뛰고 있으며 연민과 자해 정서가 어두운 밤을 타고 퍼져나가 우리 마음속 깊은 곳까지 파고든다. 그것은 중생을 제도하는 고생을 기꺼이 감내하고자 하는 그리스도 · 석가모니 식의 마음이다. 그는 선각자의 시각으로 세상을 굽어보고 있었으며 모든 것이 바뀌어야 함을 느끼고 있었다. 루쉰의 눈에는 자신이나 다른 사람이나 막론하고 모두 노예의 나라에 살고 있었다. 그는 그런 삶은 문제가 크다고 보았으며 오로지 그러한 존재의 그물을 찢어버리고 다른 시공간 속에서야만 자유롭게 숨 쉬며 살아갈 수 있을 것이라고 여겼다.

⑤

조설근은 자신이 생활했던 시대에 노예근성을 띤 언어가 중국에 일으키는 특별한 역할을 이미 의식하고 있었다. 청조 말기에 이르러서는 장타이옌·옌푸嚴復·류스페이劉師培도 한어의 문제를 절감하기 시작했다. 그들 사이의 서로 다른 견해들은 루쉰 세대 사람들에게 깨우침을 주었다. 중국의 노예근성을 띤 언어들은 그야말로 각양각색이다. 역대로 남아 내려온 유물들을 주의 깊게 살펴보면 주종 문화 사이의 상호 입증에 불과할 뿐 건장한 존재를 찾아내기는 어렵다. 그리고 노예 아래 노비는 더 심하다. 자신을 망각하고 있을 뿐 아니라 자신을 망각한 사실 자체를 사회에 발붙일 수 있는 기반으로 삼기까지 한 것이다. 이런 현상 앞에서 루쉰은 선배들보다도 더 똑똑하게 볼 수 있었다.

노비 언어의 표현은 형형색색이었다. 어떤 것은 현 상황에 안주하며 속박 속에서도 스스로 즐거움을 느끼고, 어떤 것은 자아 망각을 지켜보는 데 빠져 심지어 자아 망각을 찬미하기까지 했다.《타민'을 논함》에서는 타민(墮民, 중국의 원명청 시기 무시 받던 절강성의 일부 평민, 천민과 비슷한 개념. -역자 주)의 노비 심리에 대해 썼다.

타민 가정마다 들어가 일할 수 있는 주인집이 정해져 있으며 마음대로 들어갈 수 있는 것이 아니다. 시어머니가 죽으면 그 며느리가 들어갈 수 있으며 그 후 마치 유산을 물려주는 것처럼 그 후대에게 물려주게 되어 있다. 그리고 반드시 너무 가난해서 걸어 다닐 수 있는 권리마저 남에게 팔아야만 옛날 주인과의 관계를 끝낼 수 있다. 아무 이유 없이 그녀에게 더 이상 일하러 오지 않아도 된다고 하는 것은 그녀에게 너무 큰 수치심을 주는 것과도 같다. 나는 아직도 기억하고 있다. 민국 혁명 후 나의 어머니가 한 타민 가정의 여인에게 "이제부터는 우리 모두가 같으니 더 이상 오지 않아도 된다."고 말했다. 그런데 뜻밖에도 그녀가 갑자기 화를 내며 안색을 바꾸더니 "그게 무슨 말씀입니까? …… 우리는 천년만년 대대로 이 댁에서 계속 일할 겁니다!"라고 대답하는 것이었다.

얼마 되지 않는 포상을 위해 노비로 사는 삶에 만족할 뿐 아니라 더 광범한 범위의 노비로 살고자 하며 게다가 노비로 살 수 있는 권리를 돈을 주고 사기까지 해야 한다. 이는 타민을 제외하고 자유민들은 생각조차 할 수 없는 일일 것이다.[10]

사오싱의 역사 유물 속에 존재하는 이와 같은 깊은 주종 구조는 루쉰이 줄곧 뼈에 사무치게 잊지 못했던 것이다. 중국 문화의 내면 구조 속에 존재하는 이런 문제들이 그의 작품에 꾸준히 반영되었다. 물론 노예는 가엾다. 그러나 노예의 지위에 만족하면서 또 그것을 아름답다고 생각한 사람은 노비들이었다. 이들은 타민들보다도 더 무서운 사람들이었다. 《총명한 사람, 바보, 종》에는 이런 내용이 있다.

종은 항상 다른 사람을 찾아 하소연하곤 했다. 오로지 그렇게 하는 것을 원했고 또 그렇게 하는 수밖에 없었다. 어느 날 그는 한 총명한 사람을 만났다.

　　"선생님!" 그가 슬픈 표정을 지으며 말했다. 눈물이 눈가에서 줄줄 흘러내렸다. "그걸 아십니까? 제가 사는 건 사람이 사는 게 아닙니다. 하루에 한 끼도 먹으나마나 하는데다 그 한 끼조차도 수수거가 고작이랍니다. 정말 개돼지도 먹지 않는 것입니다. 그것도 겨우 한 공기밖에 안 됩니다……."

　　"그것 참 불쌍한 신세입니다그려." 총명한 사람이 참담한 표정으로 말했다.

　　"왜 아니겠습니까!" 그가 기뻐하며 말했다. "그런데 일은 또 밤낮을 쉬지 않고 해야 합니다. 아침 일찍 일어나 물을 길어 와야 하고 저녁에는 밥을 지어야 하며 낮에는 밖에 나가 일해야 하고 밤에는 가루를 빻아야 한답니다. 개인 날에는 빨래를 해야 하고 비가 오는 날에는 우산을 펼쳐야 하며 겨울에는 난로를 피워야 하고 여름에는 부채질을 해야 한답니다. 밤에는 흰 목이 버섯을 우려야 하고 주인이 노름을 하는데 시중을 들어야 합니다. 개평은 한 푼도 얻어 가진 적이 없습니다. 때로는 채찍질을 당하기도 합니다……."

　　"아이고 저런……." 총명한 사람이 한숨을 지으며 눈시울을 붉혔다. 눈물을 쏟아낼 것 같았다.

　　"선생님! 저 이렇게 가까스로 버티는 것도 더 이상은 못하겠습니다. 어떻게든 달리 방법을 찾아야 합니다. 그런데 무슨 방법이 있겠습니까?……"

"다 잘 될 겁니다……"

"그럴까요? 제발 그리 됐으면 좋겠습니다. 선생님께 억울함을 하소연하고 또 동정과 위안을 받고나니 마음이 한결 편안해졌습니다. 이 세상의 도리가 다 사라져버린 것은 아닌가 봅니다……."

그런데 며칠이 지나지 않아 그는 또 불평이 쌓여 또 누군가를 찾아 하소연을 시작했다.

"선생님!" 그가 눈물을 흘리면서 말했다. "그걸 아십니까? 제가 사는 곳은 정말 돼지우리보다도 못합니다. 주인집에서는 저를 사람으로 취급하지도 않습니다. 그가 자기 집 발바리에게는 저에게보다 몇 만 배나 더 잘 대해준답니다……."

"개자식!" 그자가 큰소리로 외치는 바람에 그는 깜짝 놀랐다. 그자는 바보였다.

"선생님, 저는 작고 낡아빠진 집에 살고 있습니다. 습하고 햇볕도 들지 않고 빈대가 득실거려 잘 때면 얼마나 물어뜯는지 견딜 수가 없습니다. 악취가 진동을 하고 사면에는 또 창문도 하나 없습니다……."

"그럼 자네 주인에게 창문을 하나 열어달라고 하지 그래?"

"어떻게 그럽니까?……"

"그럼, 나랑 같이 한 번 가보자구!"

바보는 종을 따라 그 집 밖에 이르더니 흙벽을 부수기 시작했다.

"선생님! 지금 뭐하시는 겁니까?"그가 깜짝 놀라서 물었다.

"자네에게 창문구멍을 열어주려고 그러네."

"그건 안 됩니다! 주인이 욕할 겁니다!"

"상관없어!" 그가 계속 부쉈다.

"거기 누가 없습니까! 강도가 우리 집을 망가뜨리고 있습니다. 빨리 좀 도와주세요! 조금만 늦으면 벽에 구멍이 뚫리게 생겼습니다! ……" 그가 울며불며 땅바닥에서 대굴대굴 뒹굴었다.

종들이 우르르 몰려나와 비보를 쫓아버렸다.

고함소리를 듣고 제일 마지막에 뒤늦게 걸어 나온 사람은 주인이었다.

"강도가 우리 집을 망가뜨리려고 하는 걸 제가 제일 먼저 고함질렀고 우리 모두가 같이 그자를 쫓아버렸습니다."그가 공손하면서도 우쭐한 표정을 지으며 말했다.

"잘했어." 주인이 그를 칭찬했다.

이날 많은 사람들이 위문을 와주었다. 그 속에는 지난번의 총명한 사람도 있었다.

"선생님, 이번에 제가 공을 세워 주인이 칭찬해주었습니다. 선생님께서 앞서 잘 될 거라고 말씀해주시지 않았습니까. 참으로 선견지명이 있으십니다……." 그가 큰 희망이라도 있는 것처럼 기뻐서 말했다.

"왜 아니겠습니까!" 그 총명한 사람도 그를 위해 기쁘다는 듯이 대답했다.[11]

이 짧은 문장은 루쉰이 중국인의 품행에 대해 고도로 함축적으로 표현한 것으로서 국민성의 몇 가지 유형을 분명하게 가려낼 수 있다. 그의 글 속에서 종의 형상은 마치 살아있는 것처럼 생생하며 어이없고도 가증스럽다.

총명한 사람의 몰골도 매우 생동감이 넘친다. 그것은 중국에서 가장 너절한 존재로서 지식계와 정계에서 흔히 볼 수 있는 형상이다. 바보의 등장이 문장에서는 매우 흥미로운 의미가 함축되어 있다. 그 변혁자는 세상 사람들의 사유로는 이해할 수 없는 존재이다. 그러나 오로지 그만이 이 세상에 변화를 가져다줄 수 있다. 루쉰의 작품에 등장한 바보, 미치광이, 광인은 모두 풍자적 유형의 인물들이다. 노예근성에 도전하는 이들 인물들은 세속적인 의미에서 때가 묻어 있어 멸시와 모욕을 당하고 있지만 총명한 사람과 종에 비하면 그 무게가 훨씬 강력하게 드러난다.

사람의 등급과 불행한 지위에 대한 민감성이 루쉰의 사상 속에서 파괴력을 만들어낸다. 주종구조에 대한 전복적인 파괴는 청년의 혁명적 경향을 이끄는 하나의 자원이다. 바로 그 점을 잘 포착했기 때문에 그의 사상은 마르크스주의의 일부 이론과 서로 일치할 수 있었으며 사회적 호소력을 갖추게 된 것이다. 그가 훗날 좌익작가연맹에 가입하고 공산주의자와 깊은 연계를 맺을 수 있었던 것도 절대 우연이 아니다. 그것은 그의 정신의 논리적인 부분이었다. 노예근성에 대한 반항에서 시작해 노예근성에 반항해야 하는 불운에서 벗어나기에 이르기까지 그것은 너무나도 비장한 것이었다.

바보는 일종의 평범함에 대한 부정이다. 루쉰은 정신병환자의 이미지를 통해 인성의 복잡한 경관을 은유적으로 보여주었다. 세속에 대한 도전적인 그 언어들을 정상적인 상태가 아닌 사람의 입을 통해 표현함으로써 문화의 허점이 드러나게 한 것이다. 루쉰은 노예근성을 띤 언어의 기만성을 보았다. 그는 언어와 존재 모두가 황당함 속에 처했음을 발견했다. 그런 것을 뒤엎으려면 역시 황당한 인물과 황당한 언어를 사용하는 수밖에 없었다. 그는 속어, 번역어, 반어가 바뀌며 유행하는 논리 자체의 과정을 통해 인성에서 가려져 있는 존재를 조금씩 폭로시켰다.

⑥

역사에 대한 인식이 깊은 루쉰은 중국 언어 중에 노예근성의 요소가 나타난 것은 전제문화의 결과라고 주장했다. 문자옥, 사상죄와 같은 예리한 검이 정수리를 겨누고 있었기 때문에 수많은 우민적인 반응이 나타나게 되었다는 것이다. 그리고 반역적인 자들도 새로운 길을 선택할 때 불행하게도 역시 낡은 사유방식의 포로가 되어버렸다고 했다. 그들은 스스로 이미 오래 전에 신인이 된 줄로만 알았지만 근본적으로는 노예근성의 다른 한 일면이었다는 것이다. 그는 《청대 문자옥 서류淸代文字獄檔案》에 대해 분석할 때 노예근성의 언어가 가져다준 것에서 더 노예적인 후과를 이미 보았다. 중국의 언어가 후에 무미건조해지게 된 것은 권력으로 겁을 줬기 때문이라고 했다. 인성적인 표현을 썼다가 조정의 비위를 거스르기라도 하면 어찌 되었겠는가 하고 물으면서, 노비는 숨 돌릴 여유만 생기면 주인 못지않게 모질어져 그 표현 역시 고분고분하던 데서 흉악한 데로 바뀌어버리고 만다고 했다.

자오위안趙園이 명・청 시기 '노변(奴變, 명말 청초 노비들이 주인의 노역에 반항해 벌인 투쟁 -역자 주)'에 대한 서술을 보면 소름 끼치는 화면들이 아주 많았다. 자신의 주인을 배반한 사람들이 다른 사람에게

행하는 흉악함과 잔인함이 절대 그들 주인에 뒤지지 않았다. 더 인정사정이 없었으며 무시무시한 공포까지 느끼게 했다. 노예의 반란은 정신의 세례가 아니라 생존 변위의 일종이었다. 기본적으로는 여전히 옛 길을 걷는 것으로서 새로운 의미가 없었다. 사고방식에서는 이것이 아니면 저것, 둘 중 하나라는 논리가 대부분이었으며, '너 죽지 않으면 나 죽기'식이었다.

그런 사고방식은 그 후 사회변혁 사조에까지 줄곧 이어졌는데, 1920년대에 이르러서는 혁명을 하지 않는 자는 반드시 반혁명이라는 논리로 이어졌다. 갑을 선택하지 않으면 을을 선택해야만 했는데, 물론 잔혹한 계급투쟁시기에는 사람들이 그런 논리에서 벗어나는 것이 너무 어려웠을 것이기 때문에 그리하여 정신의 복잡성이 묻혀버리고 말았던 것이다.

1928년 창조사創造社 · 태양사太陽社의 일부 인사들이 루쉰을 비난할 때 사용한 이론은 마르크스주의였으나 문장은 옛 문인들이 남을 비난하던 상투적인 문투였다. 옛 문인들이 남을 비난할 때는 대부분 하나의 이론과 주인에게 의지해 다른 사람은 모두 노비로 보고 오직 자신만이 참뜻을 깨달은 것처럼 여겼다. 두취안杜荃은 루쉰을 조소하고 비난하면서 이렇게 썼다.

그는 자본주의 이전의 봉건 잔여 세력이다.

자본주의가 사회주의에 대해 반혁명적인 존재이기 때문에 봉건 잔여 세력이 사회주의에는 이중 반혁명적인 존재이다.

루쉰은 이중 반혁명적인 인물이다.

이전에 루쉰을 신구 과도기의 방랑자, 인도주의자라고 한 말들은 전적으로 틀린 말이다.

그는 뜻을 이루지 못한 Fascist(파시스트)이다![12]

이처럼 건방지게 남을 훈계하는 언어는 그 뒤로도 중국에서 한 번도 사라졌던 적이 없었다. 루쉰은 그것도 노예근성을 띤 언어의 변종이라고 주장했다. 그는 분노했다. 후에 혁명문학논쟁과정에 그는 애써 자제했으며 사용한 언어가 그 반란자들의 언어와는 관계가 아주 멀었다. 한편으로는 전투적인 표현을 썼고, 다른 한 편으로는 지혜롭고 예술적인 표현을 썼다. 그 온화하면서도 옛스러운 언어들은 노예근성과는 전혀 다른 품격의 길을 걸었다. 그는 원래 새로운 지식계층은 마땅히 새로운 언어체계가 있을 줄 알았으나 예상 밖에 여전히 기존의 낡은 상투적인 틀에서 벗어나지 못한 것을 발견했다. 30년대에 그는 좌익작가연맹의 간행물에 남을 비난하는 글이 실린 것을 보고 크게 실망했다. 그는 저우양에게 보낸 편지에 이렇게 썼다.

역대로 중국 문단에서는 모함·헛소문·공갈·욕설이 흔한 일이었네. 대부분 역사를 펼쳐보면 그런 문장들을 흔히 만날 수 있으며 지금에 이르러서도 여전히 응용하고 있으며 게다가 더 심해지고 있다네. 그러나 나는 그런 유물들은 죄다 발바리문예가들에게 양보해야 한다고 생각하네. 우리 작자들이 그것을 애써 포기하지 않는다면 그들과 '한통속'이 되어버리고 말 것일세.

그러나 나는 적을 웃는 얼굴로 대할 것과 적에게 굽실거릴 것을 주장하지 않네. 나는 다만 전투적인 작자들은 반드시 '논쟁'을 중시해야 한다고 말하는 것일세. 시인이라면 감정을 억제하지 못하고 분노를 드러낼 수도 있고, 또 웃으면서 욕하는 것도 안 될 것 없네. 단 반드시 조소에 그쳐야 하고 매서운 욕설에 그쳐야 하며 게다가 '기쁨과 분노가 모두 문장으로 표현'되도록 해 그로 인해 적들은 상처를 받거나 죽음에 이르게 하고, 자신은 비열한 행위를 하지 않고 보는 이도 역겨운 생각이 들지 않게 해야 한다네. 이것이야말로 전투적인 작자의 재능이라 할 수 있지.[13]

루쉰이 희망하는 새로운 투사의 문체는 살기를 띠지 않으며 엄격하고 명확한 이성을 갖춘, 흥미적이고 애정으로 가득 찬 단어들로 구성된 것이었다. 후에 그는 러우스·샤오훙·바이망白莽의 시에서 그러한 서광을 보았다. 비록 억눌림과 짓밟힘을 당하는 젊은이들이지만 그들에게 저항정신 이외에 끝없는 따스함이 남아 있다는 사실이 너무나도 감동적이었다. 그가 좋아했던 젊은이들의 글은 모두 옛 문인의 기질이 없다. 바이망의 《아이탑孩兒塔》 머리말에서 루쉰은 이렇게 썼다.

《아이탑》이 세상에 나온 것은 현재의 일반 시인들과 누가 조금 더 나은지를 겨뤄보기 위한 것이 아니며 다른 의미가 있다. 그것은 동방에 보이는 희미한 빛이고 수림 속에서 화살이 날아가는 소리이며 늦겨울의 새싹이고 진군의 첫 걸음이며 선구자가 높이 든 애정의 깃발이고 또 파괴자에 대한 증오의 이정표이기도 하다. 모든 이른바 능숙하고 간결하며 세련된, 숙연하고 그윽한 작품들은 비교할 필요가 없다. 그

시들은 다른 한 세계에 속하는 것이기 때문이다.[14]

그 다른 세계가 바로 루쉰이 동경하는 세계였다. 그 세계는 제왕의 기질과, 사대부의 기질, 노예 기질과는 동떨어진 것이기 때문이다. 그가 평생 애써 추구해온 것 중에 바로 그런 존재가 있다. 그는 한漢 문명 속에서 예전에는 없었던 정신의 반짝이는 빛이 나타날 수 있기를 바랐다. 중국이 희망을 가지려면 당연히 이런 시문이 창출되어야 한다. 옛 문명과 거리를 유지하려는 그의 자발적인 선택에 대해 모든 사람이 다 깊이 이해할 수 있는 것이 아니다.

사실 그의 글을 보면 노예의 언어 속에서 벗어난 전형적인 새로운 어문임을 알 수 있다. 그 글 속에는 두루뭉술하고 뜨뜻미지근한 것이 사라져버렸으며 제 잘난 척 우쭐하는 횡포가 진심 어린 애정에 의해 대체되었다. 치열한 반박을 펼친 문체 속에서 우리는 이따금씩 그의 끝없이 따스한 마음이 넘쳐흐르고 있음을 느낄 수 있다. 한·위漢魏 시기의 기개와 절동 지역의 기품이 그 글 속에서 풍겨나고 있으며 니체와 고골리의 문장의 힘찬 일면도 씩씩한 문구로 전환되었음을 발견할 수 있다. 어떤 사람은 루쉰이 파괴만 하고 건설을 할 줄 모른다고 비난했는데 그가 문체에 대해 진행한 혁신은 설사 오늘날이라 할지라도 어느 누가 해낼 수 있는 것이 아니다

노예근성이 없는 언어의 조성은 그가 젊은이에 대한 육성 과정에서 주로 반영되었다. 그가 샤오쥔·샤오훙을 좋아한 주요 원인은 그들의 글 속에 염세적이고 기만적인 언어가 없는 것이다. 그는 좌익 작가라면

온순한 양과 같은 고분고분한 기질이 없는 새로운 문체를 창조할 수 있어야 한다고 주장했다. 그런 문체는 마땅히 한漢대 조각상의 기개가 있어야 하며 사마천司馬遷 식의 씩씩함도 있어야 한다. 사실 그는 고리키·이사크 바벨 등 이들의 언어 속에서 새로운 언어가 탄생할 수 있는 가능성을 느꼈던 것이다. 그가 양성한 작가·화가들에게서 나타나는 새로운 문풍은 그의 마음을 움직였다.

⑦

필자는 가끔 그의 장서를 보고 그의 고향의 문헌과 야사 필기를 보면서 그의 흥미 속에 얼마나 풍부한 내용이 함축되어 있는지를 깊이 느끼곤 한다. 뜻을 이루지 못한 사대부들의 글에서는 적든 많든 반짝이는 단어가 있어 어둠 속에서 지옥의 문을 멀리서 바라보는 것 같다. 옛날 사람 중에서 정이 많은 사람은 언제나 케케묵은 표현을 에돌아 심오한 이치가 있는 곳에 이를 수 있다. 정사正史의 기록에 있는 일부 문인들 중에도 긍정할만한 사람이 있다. 그는 장자莊子에 대해서는 "문장이 시원시원하고 적절하게 늦췄다 당겼다 하는 것이 참으로 다양하다"[15]고 찬탄했으며, 굴원屈原에 대해서는 "언어 표현 능력이 뛰어나고, 사유가 판타지적이며, 글이 화려하고, 뜻이 명확하며, 솔직하게 말하면 규칙과 법도를 잘 따르지 않는 점"[16]을 마음에 들어 했다. 동방삭東方朔·사마상여司馬相如에 대해서도 정곡을 찌르는 평가를 했다. 그는 문화가 사람의 잠재력을 개발할 수 있다면 또 다른 빛을 발할 수 있을 것이라고 주장했다.

새로운 언어를 받쳐주는 것은 단어의 개변 외에 또 예술의 참고 요소도 포함된다. 루쉰도 역시 고대 중국의 예술 속에서 기이한 존재를 발견했다. 애석하게도 그런 존재는 존재한 시간이 너무 짧아 얼마 가지 못하고 사라져버렸다. 루쉰은 표현에서의 새로운 정신은 구애받지 않는 호방한 경지에 이르러야만 나타날 수 있다고 여겼다. 그는 러시아와 일본 작가들의 글 속에서 특별한 존재를 느낄 수 있었다. 그가 그런 외국문 작품을 읽기 좋아했던 것은 그들 글 속에 노예근성이 없기 때문이었다.

그의 문장을 보면 그가 올빼미의 형상을 좋아했으며 무덤이 있는 화면을 부각하기 즐겼음을 알 수 있다. 지옥의 귀신불, 사막의 바람 등이 그의 작품 속에서 아름다운 모습으로 나타났다. 그는 거칠고 변변찮은 존재로써 섬세한 언어를 덮어두고 오염된 언어들을 해방시켰다. 그의 글들은 끊임없이 세속적인 자들을 방해하고 얌전한 문인들과 틀어졌으며 심지어 자신과도 갈등을 빚었다. 다른 사람의 몸에 존재하는 노예근성을 부정하는 한편 자신 속에 존재하는 어둠도 부정했기 때문에 남은 것은 오로지 사막의 존재뿐이었다.[17] 죽음·사막·캄캄한 밤의 등장은 어두운 세상에 저항하는 용기 있는 행동이다. 그는 단점을 짚어내는 방식으로 추한 존재와 부딪쳤으며 그 과정에서 매력적인 아름다움을 탄생시켰다. 여기서는 유토피아도 거부하고 상아탑도 거부했다. 그래서 우리는 그의 글 속에서 지옥의 어두운 그림자를 끊임없이 보게 되는 것이다. 그러나 그것은 위진 시기 이후 문학작품 속 저승의 그림자가 아니다. 그 속에서는 마그마가 끊임없이 요동치고 있으며 오랫동안 억눌려왔던 거센 물결이 뿜어져 나오고 있다. 1936년에 그는 알렉세프의 《도시와 세월》 삽화를 출판했다.

어둠속에서 뿜어져 나온 그 기이한 빛은 지옥 같은 문을 꿰뚫고 굴함 없는 밝은 빛을 끌어들였다. 이러한 것들이 루쉰의 기쁨과 위안을 자아냈음이 틀림없다. 이반 알렉산드로비치 곤차로프의 《이바노프 단편소설〈전야〉》 삽화에도 이와 비슷한 이미지가 있는데 바로 고통에서 벗어난 강인한 정신이 물결처럼 흐르는 것과 같은 형상이다. 시런스키 (L.S.Khizhinsky)의 《켈러 단편소설》 삽화는 강렬한 빛이 어둠 속에서 뿜어져 나와 죽음의 적막이 흐르던 세상을 비추어 살아 움직이게 함으로써 더 이상 어두운 모습을 찾아볼 수 없게 한다. 이들 작품들은 모두 노예근성에서 벗어난 위대한 그림들이다. 루쉰이 기대한 신예술은 아마도 이런 요소를 포함했던 것 같다. 우리는 그가 추천한 판화 작품에서도 그의 마음과 맞물리는 요소를 찾아낼 수 있다. 그의 언어적 원소가 그런 의미를 포함하고 있다.

　루쉰의 전반 예술 활동과정에서는 거의 모든 시기에 신예술에 대한 그의 기대를 엿볼 수 있으며 그의 창작 과정은 자유의 길을 향한 노력이었다. 노예근성을 띤 예술에 대한 반항이야말로 고통 속에서 벗어날 수 있는 선택이었다. 우리는 그런 측면에서 그의 눈물겨운 의도를 똑똑히 엿볼 수 있다. 펑쉐펑(馮雪峰)은 루쉰의 그런 부분을 '바보정신'이라고 말했다.

　'바보'이기 때문에 그런 끈질긴 전투 기질을 가졌으며 일반 사람들과는 다른 부분이 있다는 것이다.[18] 전통 문인들이 노예화로 깊이 빠져드는 과정에서 다음과 같은 반응을 보였다. 첫 번째는 전혀 자각하지 못하는 것이고, 두 번째는 독가스에 감염되어 자신도 난폭한 기운을 띠는 것이며, 세 번째는 도피해 스스로 판타지세계를 만드는 것이다. 그러나 루쉰은 사처에 캄캄한 어둠이 드리운 속에서도 또 다른 정신을 갖추었으며 명쾌하고 세속에 구애 받지 않는 언어 또한 우환 속에서도 자유롭게 뿜어낼 수 있었다. 첸리췬錢理群은 "적의를 품은 사람은 '신'에게 향하느냐, '짐승'에게 향하느냐는 갈림길 어구에 처하기 쉽다"면서 "루쉰은 자신의 전사의 신분으로 노역의 불운에서 벗어날 수 있었다"고 말했다.[19] 이는 맞는 말이다.

루쉰은 상처를 입었을 때 물러나 짐승의 세계로 들어서지 않았다. 그는 모욕을 당할수록 점점 더 인성의 순수한 미를 보여주었다. 오로지 전사만이 노예근성을 띤 세계에서 걸어 나올 수 있는 것이다. 그들은 피 흘리고 희생하는 것을 두려워하지 않았기 때문이었다. 이는 또 확대된 '바보'의 형상이기도 했다.

오로지 '바보' 정신을 이해해야만 비로소 루쉰이 어찌하여 인정사정을 보지 않았고, 어찌하여 의심이 많았으며, 어찌하여 원수에 대해 추호의 용서도 없었고, 어찌하여 죽음 앞에서 그처럼 큰 기쁨을 느낄 수 있었는지를 이해할 수 있다. 이러한 부분은 모두 노예근성을 띤 사유와는 정반대인 존재들이다.

루쉰이 일생동안 애써온 부분도 바로 이런 선택들이었다. 위다푸의 말을 인용하면 이는 '매몰찬 것'이었다. '멍청한 것'과 '매몰찬 것'은 너무나도 서로 반대되는 정신이다. 그런데 이런 것들이 그처럼 완벽하게 그의 세계에서 반영되었던 것이다. 이 두 가지 존재의 뒤에서 생겨난 것은 애정 어린 훈훈함이었다. 위다푸는 이렇게 썼다.

루쉰의 성정은 사람을 의심하기를 좋아하는 것이다 — 이는 그 자신이 한 말이다 — 그가 화제에 올리는 것은 모두 사회나 인성의 암흑면이기 때문에 그 언어는 매몰찬 부분이 많으며 모두 날카로운 비판뿐이다.

이는 그의 천성 때문이라기보다는 환경이 조성한 것이라고 말하는 것이 더 적절할 것 같다. 그가 젊은이들로부터, 학자들로부터, 사회로부터 너무 많은 중상모략을 당했기 때문이다. 자라 보고 놀란 가슴 솥뚜껑 보고 놀란다고 당연한 일이 아니겠는가! 루쉰의 매몰찬 겉모습에서 사람들은 그의 차겁고도 푸르뎅뎅한 얼굴만 보았을 뿐 그 겉모습 뒤에서 용솟음치며 부글부글 괴는 끓는 피와 열정은 보지 못했다. 그 내면의 목소리는 그의 소설 속에서, 특히 《양지서兩地書》(루쉰과 쉬광핑이 두 곳에 갈라져 있으면서 서로 주고받은 서신을 묶은 책 -역자 주)를 통해 들을 수 있다.[20]

위다푸의 견해는 사실 그의 또 다른 말과도 서로 맞물린다.

위대한 인물이 나타나지 않은 민족은 세계에서 가장 불쌍한 생물 집단이다. 위대한 인물이 있어도 높이 우러러 받들지 않는 국가는 희망이 없는 노예의 나라이다. 루쉰의 죽음으로 사람들은 민족이 아직 장래성이 있음을 자각할 수 있었고 또 루쉰의 죽음으로 사람들은 중국이 여전히 노예성이 짙은 반절망적인 국가임을 엿볼 수 있었다.[21]

위다푸의 견해는 마음속 깊은 곳에서 우러나온 진심 어린 말로서 오늘날에도 여전히 살아 있는 느낌이 든다. 루쉰에 대한 같은 세대 사람들의 이해를 후세 사람들이 반드시 추월할 수 있는 것은 아니다.

무릇 루쉰을 감상하는 사람들은 노예의 고통에 대해 어느 정도 혐오한다.

루쉰이 말한 것은 바로 각성한 자들의 마음속에서 우러나오는 말이다. 바진巴金·후펑·딩링 등 이들이 마음속으로 루쉰을 숭배한 것은 바로 위다푸와 같은 느낌의 연장이라 할 수 있다.

오늘날 우리가 왕야오王瑤·리허린李何林·왕푸런王富仁·첸리췬 등 이들이 루쉰에 대해 토론한 문장을 읽노라면 여전히 비슷한 느낌에 사로잡히게 된다. 루쉰의 존재로 인해 햇빛이 그 정신의 블랙홀을 통과해 드디어 우리 세상을 비출 수 있게 된 것이다. 루쉰은 빛을 빌려온 사자라고 말하는 사람도 있는데 틀린 말이 아니다. 그는 노예의 나라에서 세상을 깜짝 놀라게 하는 다른 세계의 시문을 써냈던 것이다. 이런 일을 어느 누가 또 해낼 수 있을 것인가?

참고문헌

1) 《鲁迅全集》第二卷, 251页。

2) 《鲁迅全集》第一卷, 140页。

3) 转引自李文斌:《泰戈尔美学思想研究》, 47~48页, 上海, 华中师范大学出版社, 2010。

4) 《鲁迅全集》第一卷, 131~132页。

5) 王得后:《鲁迅与孔子》, 171页, 北京, 人民文学出版社, 2010。

6) 《鲁迅全集》第一卷, 211, 240, 311~312, 485页。

7) 《鲁迅全集》第一卷, 211, 240, 311~312, 485页。

8) 《鲁迅全集》第一卷, 211, 240, 311~312, 485页。

9) 《鲁迅全集》第一卷, 211, 240, 311~312, 485页。

10) 《鲁迅全集》第五卷, 217页。

11) 《鲁迅全集》第二卷, 216~218页。

12) 孙郁编:《被亵渎的鲁迅》, 87页, 贵阳, 贵州人民出版社, 2009。

13) 《鲁迅全集》第四卷, 452~453页。

14) 《鲁迅全集》第六卷, 494页。

15) 《鲁迅全集》第九卷, 364, 370页。

16) 《鲁迅全集》第九卷, 364, 370页。

17) 参见《鲁迅全集》第三卷, 4页。

18) 《冯雪峰选集 · 论文编》, 52页, 北京, 人民文学出版社, 2003。

19) 钱理群:《我的精神自传》, 317页, 桂林, 广西师大出版社, 2007。

20) 《回忆鲁迅——郁达夫谈鲁迅全编》, 86页, 上海, 上海文化出版社, 2006。

21) 陈子善、王自立编注:《郁达夫忆鲁迅》, 15页, 广州, 花城出版社, 1982。

魯迅

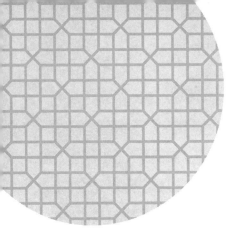

번역의 혼

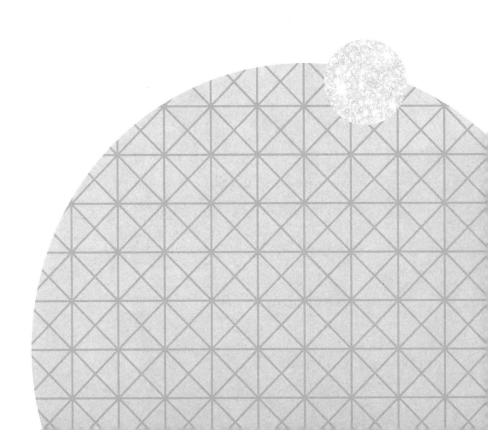

번역의 혼

루쉰은 한어를 개조하려면 외국의 문법을 인용하지 않을 수 없으며 그렇게 하지 않을 경우 정신에 대한 표현이 폐쇄적이 될 것이라고 믿고 있었다. '뻣뻣하게 번역하는 것硬譯'은 불치병이 아니라 표현의 한계에 대한 도전이다. 그는 새로운 표현의 가능성에 대한 탐색을 멈춘 적이 없었다.

①

루쉰의 번역문 저작은 31권, 약 3백여 만 자에 달한다. 그 수량은 그의 잡문집과 소설집을 합친 것보다도 더 많다. 짧은 56년 동안의 생애에 그는 참으로 많은 번역문을 세상에 남겼다. 필자가 루쉰은 무엇보다도 먼저 번역가이고 그 다음 작가라고 말한 적이 있는데 그것은 그의 번역문과 창작문의 비례를 두고 한 말이었다. 실제로 그는 일생 동안 주요 정력을 번역과 편집 출판에 쏟았으며 창작은 그가 여가가 있을 때 가끔씩 영감을 얻어 쓰곤 하는 것일 뿐 창작을 우선적으로 생각하지는 않았다. 그런데 오늘날 그에 대한 사람들의 인식은 뒤바뀌어 있다. 그 원인은 그가 번역한 작품을 만나기 어렵거나 혹은 알지 못하고 있기 때문이다. 이는 실로 유감스러운 일이다.

루쉰에 대해 전면적으로 인식하려면 그의 번역 저작(물론 고서 정리와 회화 연구도 포함됨)을 읽어보지 않을 수 없다. 오로지 그의 역외 문학과 이론 문장을 접한 뒤에야 만 비로소 그의 창작 기조에 대해 알 수 있고 또 그의 지식구조와 사상 원천에 대해서도 어느 정도 이해할 수 있다.

애석하게도 오랜 세월 동안 학술계이건 출판계이건 어느 곳을 막론하고 모두 이 부분을 무시해 왔다. 대중들의 눈에 비쳐진 루쉰의 형상은 줄곧 반쪽 얼굴이었으며 우리 매체들은 "보라, 루쉰은 바로 그런 모습이었다"라고 말했다.

역사적으로 루쉰의 번역 작품집이 대규모로 출판된 것은 두 차례인데 1차는 1938년에 초판으로 《루쉰전집魯迅全集》이 출판된 것이고, 2차는 1958년에 출판된 10권 본 《루쉰역문집魯迅譯文集》이다. 그 후 50년간 재판된 적이 없다. 일반 독자들은 역문이 루쉰의 세계에서 차지하는 위치에 대해 관심을 갖는 경우가 드물다. 50년간 루쉰 연구 전문가들 중에서도 역문에 대해 토론하는 이는 극히 적었다. 루쉰박물관에서 편집한 신판 《루쉰역문전집魯迅譯文全集》[1]은 지금까지 그의 번역 작품이 가장 완벽하게 수록된 판본이다. 일부 작가와 연구자들이 이에 관심을 돌리기 시작했다. 주정朱正 · 손위스孫玉石 · 첸리췬 등 이들은 모두 이번 대규모의 번역 저작 출판이 루쉰에 대한 학계의 더 한 층 풍부한 인식을 형성할 수 있을 것이라고 생각했다. 그래서 그 저작이 출판되자 독서계에 의론이 분분했으며 관련 화제도 불거지기 시작했다.

신판 역문전집은 주로 원판의 모습을 반영하는 한편 새로 발견된 문장을 추가했으며 또 50년대에 출판사에서 삭제했던 작품들도 보충했다. 단행본과 분산되었던 작품들을 각각 최초 출판 시간과 발표시간 순서별로 편성했다.

교감 작업은 최초로 발표 원본 혹은 초판본을 원본으로 삼고 번역자의 후기·출판 광고 등을 모두 관련 번역 작품 뒤에 첨부했다. 초판본 속의 삽화를 남겨둔 외에 관련 사진 자료들을 적당히 보충했다. 그 당시 루쉰이 책 속에 수록했던 영문 작품들도 이번에 한어로 번역했다. 루쉰의 창작 과정을 전반적으로 분명히 파악할 수 있으며 독자와 연구자들의 수요를 만족시키기에는 아마도 문제가 없을 것 같다.

루쉰의 역문집은 울긋불긋 각양각색이라고 말할 수 있다. 이국의 풍채와 깊은 사상이 일종의 힘을 형성했다. 여기에 수록된 문자들은 그의 잡문에서처럼 제멋대로이지는 않지만 여러 가지 문화가 서로 만났을 때의 쾌감을 느낄 수 있다. 루쉰은 중국어와 일본어·독일어·영어 속에서 서로 대응되는 사물을 찾으려고 애썼기 때문에 새로운 기풍을 형성할 수 있었으며 그의 번역문을 읽노라면 참신한 느낌이 든다. 이로부터 언어 운용 면에서 그의 천부적인 재능과 글귀에 대해 심사숙고하는 그의 눈물겨운 노력을 느낄 수 있다. 어떤 말은 마치 그의 개인 의식의 표현인 듯하며 또 마치 다른 사람의 입을 빌어 무슨 말을 하는 것 같기도 했다.

50년간 사람들이 그의 번역 작품을 경시한 데는 매우 복잡한 원인이 있다고 생각된다. 첫 번째 원인은 그가 번역한 작품 중 대부분은 비밀스럽고 염세적인 작품들로서 사회 주류문화와는 서로 엇갈리는 부분이 있었기 때문이다. 1958년의 《루쉰역문집》의 "출판설명"에는 다음과 같이 밝혔다. "이 역문들이 오늘날에 이르러서는 그중 일부는 번역자가 그들을 소개할 때 당시에 갖췄던 역할과 의미를 이미 상실했거나 심지어 해로운 것으로 변해버렸다."[2] 그래서 트로츠키와 같은 인물의 문장은 뽑아버렸으며 의외로 니체의 문장도 비판을 받았다. 어떤 학자는 심지어 루쉰 사상 속에는 허무한 내용이 포함되어 있다며 그의 번역 작품 속에 소자산계급의 유서가 매우 깊다고 말했다. 그 말 속에는 루쉰의 번역작품이 눈 깜짝할 사이에 지나가버릴 구물舊物에 불과하다는 뜻이 담겨 있다.

루쉰의 역문이 인기가 없었던 또 다른 원인은 번역문 필치가 뻣뻣해 끝까지 다 읽어 내려가기 어렵다는 것이다. 량스츄에서 리아오李敖에 이르기까지 모두 그런 견해를 가지고 있었으며 마카오의 한 학자는 루쉰의 문장 중 문법이 통하지 않는 것에 대해 전문적으로 논술한 책까지 썼으며 지금까지도 불평을 멈추지 않고 있다.[3] 이는 학술 이념의 문제로서 옌푸(嚴復) 뒤로 번역 이념의 많은 난제와 연결되며 첸중수錢鐘書 세대에 이르러서도 여전히 견해가 일치하지 않았다. 사람들이 각자 다른 관점을 가지고 있는 것은 탓할 일이 아니다. 단 루쉰의 "믿음"만 있을 뿐 "순응"은 않는 번역의 필치가 다른 하나의 주제로 뻗어나갔다. 다만 세상 사람들이 알지 못할 따름이다. 이로 인해 그도 소수파가 되어 대중의 열독에 영향을 끼친 것만은 사실이다. 《죽은 혼》은 훗날 보는 사람이 별로 없었으며 그 판본을 인용하는 사람도 극히 적었다.

그러나 루쉰 자신은 이와는 반대의 관점을 가지고 있었다. 그는 자신이 쓴 소설과 잡문의 의미는 사실 번역한 저작에 못 미친다고 생각했다. 소설과 잡문에서는 현실의 암담함과 내면의 퇴폐함에 대해 썼을 뿐으로서 빠르게 썩어가는 사물에 지나지 않지만 그가 추천하고 소개한 소설·수필 나아가서 학술 저작에서는 다른 세계의 신기한 광채가 반짝이고 있다. 그 반짝이는 빛이 마음속의 한기를 몰아낼 수 있기 때문에 국민의 열독이 너무 중요한 것이다. 1927년에 누가 그에게 노벨문학상 후보에 추천했지만 그는 거절했다. 그중 한 가지 이유가 자신의 창작은 내세울만한 수준이 아니라는 것이었다. 그는 자신이 창작한 작품이 자신이 번역한 《작은 요한네스》와 같은 책에 비하면 일정한 거리가 있다고 생각했다.

이로부터 그가 번역을 중시하고 자신의 창작이 우월하다고 생각하지 않은 진실한 마음을 알 수 있다. 그는 새로운 문학예술을 갖추려면 오직 역외의 예술을 옮겨오는 것 이외에 다른 길은 없다고 생각했다. 그는 한어가 주종 관계 속에 너무 오래 물들어 있었는데 현대 이념 속의 개체화된 문자가 어쩌면 그런 병적인 언어를 대체할 수도 있을 것이라고 여겼다. 루쉰은 심지어 한자를 폐지하고 라틴화의 길을 걷는 것도 선택할 수 있는 길이라고 주장했다.[4]

그래서 그는 번역에 많은 심혈을 기울였으며 그 내용 또한 너무 잡다하다. 루쉰의 모든 역문을 이해하는 것은 쉬운 일이 아니다. 언어 환경과 시대배경의 차이 때문에 우리는 그의 심리를 헤아리려면 인내력이 많이 필요하다. 그가 선택한 대상도 때로는 상식적으로 생각할 수 있는 것이 아니다. 30여 권의 책은 여러 가지 사상이 뒤섞여 있으며 예술형태가 다양하고 문체도 각이하다. 그 풍부성 면에서는 그의 잡문과 비교해 전혀 차이가 나지 않는다.

②

신판 《루쉰역문전집》은 독자들에게 폭넓은 정신적 화면을 마련해주었다. 루쉰의 시야에 들어왔던 외국사상과 예술의 절반 이상이 이 저서에 반영되었다. 번역자는 역외 화제를 너무나도 폭넓게 섭렵했다. 최초의 과학판타지소설과 과학사로부터 후에는 니체와 페퇴피 샨도르의 작품까지 두루 섭렵했다. 얼마 뒤에는 안드레예프·가르신에게 끌렸다.

그들의 개성화한 언어표현방식이 그에게 큰 영향을 주었다. 그와 같은 세대 사람들의 번역 경력을 보면 많은 사람들이 위대한 인물의 작품을 선택 대상으로 삼았음을 알 수 있다. 셰익스피어·톨스토이·괴테가 큰 인기를 얻었다. 그러나 루쉰은 달랐다. 그가 번역 소개한 작품은 모두 이름 없는 작가의 작품이었다. 예로센코·아르치바셰프·아리시마 다케오·가타가미 노부루片上伸·리딘 등 인물들의 문학사적 의의는 모두 제한적이었다.

루쉰이 그들의 글을 번역 소개한 것은 그 자신의 마음을 위하는 요소가 더 컸다. 그는 이들 작품에 흥미를 느꼈으며 그 작품들이 자신의 내면을 표현할 수 있음을 발견했다. 게다가 그 작품들 대부분은 어느 한 가지 목표에 대한 갈망이 아니라 자아갱신의 가능성에 대한 사색이었다. 그런 외래 작품들이 어느 정도는 본 민족의 고질병에 대한 반성인 것이다. 일본과 러시아를 막론하고 그가 좋아한 많은 작가들은 다 사상계의 투사들이었다. 정신적 높이와 예술 수준면에서 그 작가들은 분명 평범하지 않은 필력을 갖추었다.

전반적으로 보면 그가 번역 소개한 작품은 다음과 같은 몇 가지 부류로 나뉜다. 첫 번째는 단편소설(동화와 과학 판타지 작품을 포함), 두 번째는 수필, 세 번째는 미술사 저작, 네 번째는 미학 전문 저작, 다섯 번째는 장편소설, 여섯 번째는 극본이다. 그리고 그가 소장한 고고학보고서·철학 전문 저작·영화평론·사학이론 등 외국 저작이 매우 많은데 모두 미처 번역하지 못한 것들이다. 단 그런 사상들이 그에게 어떤 암시를 주었을 것임은 의심할 나위가 없다. 그는 그 외국 작품들을 번역하면서 중국의 실제 상황과 결부해 언론을 발표했다. 예를 들어 일본의 아오노 스에키치青野季吉의 《지식계층에 관하여》・《현대문학의 10대 결함》을 소개한 뒤 그는 중국에는 진정한 지식계층이 부족하다는 내용과 관련된 연설을 발표한 적이 있다. 물론 아오노 스에키치보다 더 구체적이고 깊이를 갖추었다. 단 그 관점은 아마도 그 일본인으로부터 얻었을 것이다. 그가 좌익작가들의 경박함을 비평한 것도 일본 학자의 체험에 힘입은 것이다. 《상아탑을 나서며》를 번역한 뒤에도 그는 일본사회에 대한 작자의 비판은 꼭 마치 우리를 두고 하는 말 같다면서 애석하게도 그때 당시 중국에는 구리야가와 하쿠손과 같은 작자가 아직 나타나지 않았다고 말했다.[5] 《작은 요한네스》를 번역한 뒤 그는 직접 《백초원에서 삼미서옥으로》를 써냈는데 이 작품은 전자의 형상을 본보기로 삼았다. 그 번역 작품들을 보지 않는다면 루쉰을 전면적으로 이해할 수가 없다. 솔직하게 말하면 외국 예술과의 만남이 없었다면 루쉰의 탄생은 없었을 것이다.

　루쉰의 심미의식은 서양의 예술대가의 몸체에 접목시켜 얻은 것이 아니라 일반적이고 이름 없는, 그러나 매우 개성이 강한 작가의 암시에서 생겨난 것이다. 그는 그 유명한 대가들은 대부분 '완성 단계'의 인물이며 중국에 필요한 것은 '미완성 단계'의 예술이라고 생각했다. 우리는 현재 '미완성 단계'에 처했기 때문이다. '미완성 단계'인만큼 다양한 가능성이 있음을 의미한다. 루쉰의 사상과 예술은 때때로 수많은 가능성을 포함하고 있는 경우가 있다. 그가 관심을 가지고 중시했던 가르신・게오르게 그로스·오브리 비어즐리·에드바르트 뭉크 등은 모두 '완성 단계'의 고정 패턴의 예술가들이다. 그들의 사상은 호수처럼 고여서 굳어져 있는 것이 아니라 의식의 물결 속을 끊임없이 누비면서 흐르는 상태에 있었다. 오로지 열심히 뛰어다니는 예술만이 살아있는 예술이며 상아탑 속에 가만히 누워 있는 것은 아무리 웅대한 저작일지라도 그가 보기에는 반은 죽어 있는 존재일 뿐이었다. 중국에 필요한 것은 도약하는 문자이지 딱딱한 죽은 문장이 아니다. 그가 들여온 작품은 그런 작품이 아니었다.

그의 일생을 돌이켜보면 그는 줄곧 세 가지 세력과 대화를 주고받았음을 알 수 있다. 첫 번째는 옛날부터 존재해온 오래된 문명과의 대화인데 이는 그가 한漢대 화상畵像과 고향 문헌을 정리한 사실이 이를 실증해준다. 두 번째는 당면한 중국과의 대화인데 그 예로 그의 잡문을 들 수 있다.

세 번째는 같은 세대 서양인과의 대화인데 3백 만 자에 달하는 번역문이 이를 설명해 준다. 그 대화들 중에서 외부사상과 시적인 정취가 그에게 준 자극이 특히 컸다. 그것은 중국 땅에는 없는 것들로서 신생 사상을 탄생시킬 수 있었음은 의심할 나위가 없다. 그는 때때로 환경의 압박을 이겨냄에 있어서 외국인의 외력에 의지했다. 예를 들어 교육부에서 근무할 때 중국의 교육이념이 오래되고 낡았음을 느껴 우에노 요이치上野陽一의 《예술감상교육》·《사회교육과 흥미》·《아동의 호기심》 등 작품을 번역했는데 지식계에 적잖은 영향을 끼쳤다. 혁명문학을 둘러싼 논쟁이 벌어지고 있던 시대에 그는 러시아 문학 이론의 근본적인 관점을 정확하게 알기 위해 플레하노프의 미학 저작을 직접 번역했다. 신문학이 어려움에 직면했던 시기에 그는 체코·아일랜드 등 나라의 문학사에서 참고가 될 만한 작품을 찾아 나섰으며 이르지 카라세크 제 르보빅(JiKar sek ze Lvovic)의 《근대 체코 문학개관》과 노구치 요네지로野口米次郎의 《아일랜드 문학에 대한 회고》를 번역했다. 프랑스 좌익작가들이 처한 환경에 대해 분명히 알기 위해 그는 앙드레 지드의 《자신을 묘사하다》를 직접 번역 소개했다. 그가 열람한 작가의 작품은 매우 많다. 러시아-소비에트와 일본을 제외하고도 독일·프랑스·스페인·헝가리·루마니아·불가리아·네덜란드·미국의 작품들을 두루 섭렵하며 번역 소개했다.

그 작품들과 만나는 시간은 사실 자신을 고문하는 시간들이었다. 그 자신의 말을 빈다면 불씨를 훔쳐다가 자신의 살을 삶는 과정이었다.[6] 중국의 옛 문학에는 노예근성의 요소가 너무 많다. 사대부 부류들은 진정한 인생과는 전혀 무관한 자아 위안 식의 텅 빈 말들만 할 뿐이었다. 루쉰이 소개한 작품들은 거의 모두가 마음속 깊은 곳에 있는 감정을 토로한 것, 혹은 현실을 직시한 것, 또 혹은 내면세계에 대한 고문으로서 그의 정신적 깊이를 보여주었다. 게다가 그는 사대부의 말투로써 대상 세계의 사상을 서술하고 전달한 것이 아니라 줄곧 새로운 어순과 새로운 논리 표현방식으로 바꾸려는 시도를 멈추지 않았다. 만년에 이를수록 그는 더욱 자발적으로 자신의 낡은 표현습관에서 멀어지려고 애썼으며 따라서 그의 역문도 갈수록 난해하게 변해갔다. 그는 엄격하고도 명확한 문구를 창조하려고 노력했으며 그로써 한어 표현의 풍부성을 더할 수 있기를 희망했다. 이는 그의 일생에서 가장 비장한 언어 실험이었다. 량스츄·리아오 등이 그의 언어가 매끈하지 않다고 비난한 것은 전적으로 일반 사람의 논리에 따른 평가였다. 루쉰의 사상과 심미의식은 항상 비정상적이었다. 그것은 바로 그런 비정상적인 존재만이 사람의 감각 한계를 뛰어넘을 수 있게 하기 때문이다. 루쉰은 꾸준히 자신의 한계에 도전하는 사람이었다. 창작 면에서 그러했고 번역 면에서도 역시 그러했다. 그의 그런 특징에 대해 세상 사람들은 대부분 이해하지 못한다. 그의 역문이 이 세상에서 외롭게 존재한 것은 루쉰의 불행인지 아니면 우리의 불행인지 알 수 없다.

③

루쉰의 번역에 대해 논한 논문 한 권을 본 적이 있는데 루쉰의 번역 활동에 대한 내용이 거의 다 기록되어 있었다. 그런데 그 논문에도 필자의 유감을 자아내는 부분이 있었다. 그것은 논문에서 그의 번역 작품에 대해서만 논했을 뿐 루쉰의 문학 활동과 결부시키지 않았기 때문에 빈약한 느낌이 들었다. 그것은 마치 나무는 있으나 숲이 보이지 않는 것과 같은 느낌이었다.

루쉰에 대한 연구에서는 그런 현상이 너무 많다. 소설에 대해 논하는 이들은 잡문에 대해 논하는 경우가 적고 학술에 대해 이야기하는 사람이 미술에 대해서는 언급하지 않는 등 서로 동떨어져 있는 상황으로서 종합능력이 너무 약한 것 같다.

이는 오래 전부터 존재해온 문제이다. 마치 전집을 편집하는 사람이 그의 문학 활동만 중시하고 번역활동은 홀시해 피와 살이 풍만한 존재가 그렇게 갈기갈기 찢겨져버린 것과 같다. 필자는 루쉰의 정신활동에서 여러 영역의 업무가 서로 영향을 주었다고 생각한다. 그리고 학술연구와 창작도 서로 교차하고 또 미술작품 소개와 잡문 창작에서도 서로 암시하고 침투하는 현상이 존재하는 것 같다. 그의 정신의 원천과 현실감각 사이의 상호 작용에 대해서 예전에는 착실하게 제대로 분석 정리한 경우가 너무 적다. 연구자와 루쉰의 저작을 즐겨 읽는 사람들은 이런 면의 문제에 더 많은 주의를 돌릴 필요가 있다.

루쉰에게 있어서 외국인의 책을 번역하는 것은 여러 가지 의미가 있다. 필자가 느낀 바에 따르면 첫 번째 의미는, 외국의 사상을 옮겨다 세상에는 이렇게 문제를 사고하고 문제를 표현하는 사람들도 있다는 것을 국민들에게 보여주기 위한 것이었다. 두 번째는 새로운 문법을 도입해 표현방법상에서 역외의 지혜를 빌려다 중문 표현의 주밀하지 못한 결함을 미봉하기 위한 것이었다. 세 번째는 현실의 도전에 대답하기 위한 것이라고 할 수 있다.

사람들이 과시했던 이론의 본색이 무엇인지를 살펴보고 이를 오용한 자들의 사고방식을 교정하기 위한 것이었다. 네 번째 의미는 가장 중요한 부분이기도 한데 바로 자기 몸에서 흐르는 피를 바꾸기 위한 것이었다. 즉 잡스러운 것을 제거하고 싱싱하게 살아 있는 존재를 도입하기 위한 것이다. 필자는 그 네 번째 의미가 특히 소중하다고 생각한다.

옌푸·린수林紆·저우쭤런·린위탕·량스츄 등 이들의 번역 관련 사고방식과 비교만 해 보면 바로 루쉰의 특별함을 엿볼 수 있을 것이다.[7]

1932년에 루쉰이 《삼한집三閑集》 편집을 마친 뒤 맺는말에 《루쉰 번역 저서 목록》을 첨부했다. 이를 통해서 그의 문학 활동 중에서 번역이 차지하는 비중이 자체 창작을 초월했음을 엿볼 수 있다. 루쉰이 번역한 책들은 모두 '세계적으로 유명한 대작'이 아니다. 그의 말을 빈다면 이름이 별로 알려지지 않은 이들의 작품일 뿐이다. 예를 들어 아르치바셰프의

《노동자 셰빌로프》, 무샤노코지 사네아쓰의 《한 청년의 꿈》, 구리야가와 하쿠손의 《고민의 상징》, 반 에덴의 《작은 요한네스》, 고골리의 《죽은 혼》 등 작품들이 그것이다. 필자는 그 번역 저서들을 읽으면서 문득 뇌리를 스치는 생각이 있었다. 그것은 루쉰이 그 작품들을 번역한 것은 중국 독자들을 위해서라기보다는 자신을 위해서라고 말하는 것이 맞을 것이다. 그 작품들에서는 모두 침울하고 염세적이면서도 또 타락을 원치 않는 설렘을 느낄 수 있으며 콸콸 흐르는 피가 마음 깊숙한 곳까지 이르러 세차게 부딪치는 것과 같은 느낌을 받을 수 있다. 그 역문 속에 들어 있는 사상들은 또 같은 시기 루쉰의 수필과 소설 속에도 녹아들었던 것이다.

문학예술의 내재적 형태에 대한 인식을 보면 루쉰의 수많은 사상은 외국인으로부터 얻은 것으로서 중국 고서가 그에게 준 깨우침은 고작 아주 작은 부분에 불과했다. 1929년에 그는 《함순의 몇 마디 말》에서 문학에 대한 몇 가지 관점을 서술했다. 작자는 일부 관점은 일본어 저작에서 얻은 것들이라고 솔직하게 고백했다.[8] 그는 일부 문학가에 대한 외국인의 비평을 크게 중시했는데 어떤 사고방식은 참으로 놀라울 지경이었다.

그런 사고방식에서는 중국 사대부와 유치한 좌익청년의 얕은 식견은 찾아볼 수 없었기 때문이다. 외국인의 훌륭한 책을 읽을 때마다 루쉰은 모종의 충동을 느끼곤 했는데 마치 홍분제주사를 맞은 것처럼 자아성찰의 용기를 가질 수 있었던 것이다. 뿐만 아니라 그는 그런 즐거움을 폐쇄적인 중국인에게 전파시켜 보다 많은 사람들과 나눌 수 있기를 원했다. 필자는 그가 번역 후기를 통해 심경을 밝힌 것을 보면서 그처럼 자아비판을 글 속에 써넣을 수 있는 번역가는 많지 않을 것이라는 생각을 했다. 그가 같은 세대 번역가들보다 훌륭한 점은 역외문학에 대한 소개 활동에서도 분명하게 드러났다.

④

루쉰이 최초에 번역한 소설 《달나라 탐험》·《지구 속 여행》 등은 모두 과학 판타지 작품이다. 그가 이와 같은 작품들을 선택한 데는 깊은 뜻이 있다. 그것은 두 개의 영역에 속하는 존재를 서로 이어놓은 것이다. 하나는 과학 이념이고, 다른 하나는 예술 창작이다. 그 시기 그는 이 양자 사이에서 갈팡질팡하고 있었다. 그 원인은 물론 아주 간단하다. 그것은 전자가 새롭고 살아 움직이는 정신을 발산하고 있었기 때문이다. 전자는 정신의 선도자라고까지 말할 수 있었으며 그에게 흥분과 자극을 가져다주었다. 《과학사 교육편科學史教篇》·《사람의 역사人之歷史》 등 여러 문장에 담긴 그의 마음을 떠올려보면 과학 판타지소설도 마찬가지로 매력적이었다.

새로운 사상이념을 소설의 형태로 표현해내는 방법으로도 훌륭한 전파의 효과를 일으킬 수 있는 것이다. 젊은 시절의 루쉰은 문학의 이런 기능을 믿고 있었다. 그가 《달나라 탐험》과 같은 소설이 갖춘 정신을 좋아한 것도 사실은 새롭게 형성된 사상 때문이다. 옛날 중국의 문학은 지나치게 설교적이었다. 땅 밑에 엎드려 속된 소리의 방해만 당하고 있는 사람들이 어찌 과학적 판타지에 대한 개념이 생길 리 있었겠는가? 새로운 예술을 일으키려면 반드시 이러한 소설을 번역 소개하는 것에서 시작해야 했다.

그는 이런 신형 예술이 독자들의 마음을 환기시킬 수 있을 것이라고 생각했다.

오늘날 그 두 번역 작품이 그때 당시 어떤 반향을 일으켰는지는 알 수 없다. 일부 문헌 기록을 보면 호응한 사람이 아마도 몇이 되지 않았던 것 같다. 필자는 그 번역문은 린수처럼 고문을 사용한 것이 아니라 백화白話를 사용했다는 것에 관심이 갔다. 그는 그중에 나타난 새로운 개념과 단어를 그로부터 수십 년 뒤에도 여전히 사용했다. 여기서 그의 기본 어순이 형성되었으며 그의 사상 표현방식은 그 책을 번역할 때 형성되었다고 말할 수 있다. 《달나라 탐험》이 루쉰에게 준 가장 큰 깨우침은 아마도 천마가 하늘을 나는 듯 자유로운 독백과 과학가의 지혜였을 것이다. 그리고 그 속의 인생철학과 사회 이념도 그의 마음을 힘 있게 끌어당겼을 것이다.

필자는 그가 니체의 작품을 처음 읽을 때와 꼭 같은 충동을 느꼈을 것이라고 추측한다. 소설 속의 수많은 서술은 이야기줄거리 요소뿐 아니라 중요한 것은 사상자의 독백이 중국인에게는 너무나도 신선한 것들이었다는 사실이다. 예를 들어 제8회에 아르당 선생의 말 중에 다음과 같은 내용이 있다.

여러분이 만약 나의 말을 듣고 나면 반드시 어려운 것과 쉬운 것을 분별할 줄 모르는 어리석은 자가 세상에 나타난 줄로만 알게 될 것이다. 그러나 내가 보기에는 포탄에 실려 달나라를 탐험하는 사업은 실제 이론을 검증하는 것이기 때문에 쉽게 성공할 수 있다. 인류의 진화 법칙을 보지 못했는가? 인류가 처음에는 보행하다가 인력으로 가벼운 수레를 끌기에 이르고 또 이어서 말이 인력을 대체해 수레를 끌도록 했으며, 그리고 또 더 빨리 달릴 수 있는 자동차를 발명해 세계를 주름잡고 다니고 있다. 그렇게 유추해 나가면 반드시 포탄을 자동차로 삼게 될 날이 올 것이다.[9]

필자는 루쉰이 그 당시 이 구절을 써내면서 어떠한 기대를 했을 것이라고 믿는다. 이는 니체의 학설에서 밀했듯이 새로운 생각은 반드시 낡은 언어를 대체할 것이고, 진부한 것은 반드시 과거가 되어 지나간다는 이치이다.

참으로 본인이 말한 것처럼 명확하게 밝힐 수 있었던 것이다. 《사람의 역사》 속의 기본 관점도 역시 그러한 말을 참조해 증명할 수 있다. 몇 년 뒤 그가 베이징에서 수감록을 집필할 때도 이 소설 속 인물의 말투를 사용했는데 그 진화적이고 과학 이성적인 힘이 그의 마음속에 깊이 뿌리내린 것이다.

루쉰이 선택한 역본 중 평범함을 거부하고 모험적이며 자극적인 요소를 갖춘 것이 대부분이다. 그와 저우쭤런이 《역외 소설집》에 선정해 넣은 작품들은 근본적으로 보면 중국 전통에 반대한 것들이다. 조금은 내향적이고 쓸쓸하며 답답한 마음속에서 격류가 소리 없이 흐르고 있는 듯하다. 필자는 러시아 소설가 레오니트 안드레예프의 소설 《속임謾》·《침묵》, 가르신의 《4일간》을 처음 읽을 때 루쉰의 안목에 경탄을 금치 못했다. 그가 이처럼 슬프면서도 그윽하고 미묘한 악장을 좋아한 것은 자신의 몸에서 속된 기운을 몰아내기 위함이 아니었을까? 그 역문에서는 평범함이 전혀 보이지 않으며 반면에 사람의 정신적 한계를 벗어난 느낌이었다. 그 후 루쉰의 소설 창작을 살펴보면 여러 외국 작가의 그림자를 발견할 수 있다.[10] 이들 백화문 소설이 러시아 문인작품의 모사본이라고 말하는 것은 아마도 너무 지나친 표현일 것이다. 진실한 상황은 루쉰이 그 기억들을 중국의 경험과 결부시켜 자신의 목소리를 낸 것이다. 역외 문학의 투영이 《눌함》·《방황》의 바탕색의 하나가 된 것이다. 이 글들을 숙독한 독자라면 이러한 부분에 대해 부정하지 않을 것이다.

과학 판타지소설에 열중하는 한편 또 학리적이고 염세적인 문학에도 흠뻑 빠질 수 있는 것, 일반인이 보기에는 아주 모순적인 현상이 루쉰의 몸에서는 매우 조화롭게 통일을 이루었다. 전자가 대부분 그의 잡문 사고 속에 녹아 든 반면에 후자는 소설의 선율 속에서 흐르고 있다. 그는 자신의 단편 작품들을 쓰면서 추호도 이성적인 추론을 하지 않았으며 마오둔茅盾 등 이들의 판에 박은 듯한 것과는 달랐다. 그러나 그가 사회를 비판하는 글을 쓸 때는 신경질적인 요소가 사라지곤 했다. 그의 사상은 마치 깊이를 알 수 없는 우물처럼 이성과 개성의 위대한 힘이 그 속에서 발산되어 나오는 것 같았다. 역문 속의 두 가지 풍격은 또 창작과정에서도 두 개의 루쉰을 만들어냈다. 《열풍》·《무덤》의 이미지와 《눌함》·《방황》·《야초》가 얼마나 다른지를 보라. 과학적인 이성과 공상적인 비이성이 한 작가의 몸에서 동시에 나타나곤 하였다. 가끔 생각해보면 너무나도 이해할 수 없는 일이다.

루쉰 자신은 번역을 창작보다 더 중시한 것이 분명하다. 그는 소설을 쓰는 것은 할 일이 없을 때 급히 쓰는 글일 뿐 여건이 된다면 번역이나 학술연구를 할 것이라면서 소설은 여가 시간에 어쩌다 한 번씩 쓰곤 하는 글에 불과하다고 말한 적이 있다. 이는 솔직한 말일 것이라고 필자는 생각한다. 누군가 그의 작품에 탄복해 노벨상 후보로 추천하려고 하였을 때 그는 전혀 뜻밖의 말로 대답했다. 그는 자신의 소설을 어찌 자신이 번역한 외국 작품들에 비할 수 있겠느냐고 말했다. 그는 여가 시간에 쓴 그 글들은 역외소설의 암시를 받은 것이라고 보았다. 그는 《눌함》에서는 안드레예프 식의 음침함을 느낄 수 있고, 《방황》에서는 가르신의 그림자를 볼 수 있다고 했다. 그 말에는 이들 창작은 어쩔 수 없이 쓰게 된 것으로서 사람들이 말하는 것처럼 그렇게 위대한 것이 아니라는 의미가 담겨 있다. 자신의 그런 부분을 인정하는 면에서도 그의 사랑스러움을 엿볼 수 있다.

《역외 소설집》·《현대소설 번역 총서現代小說譯叢》와 그의 소설의 다른 점과 같은 점을 대조해보면 서로간의 관계를 발견할 수 있다. 중국 현대 백화소설이 외래문학에서부터 탄생되었음은 틀림없는 사실일 것이다.

⑤

마루야마 노보루丸山昇 선생이 《벽하역총壁下譯叢》 중 무샤노코지 사네아쓰와 아리시마 다케오 두 사람의 작품에 대해 언급하면서 루쉰과 이 두 사람의 관계에 대해서 전적으로 논했다. 루쉰이 그들의 작품을 번역할 때 일부 문제의식도 함께 나타났음을 발견했던 것이다. 마루야마 노보루는 다음과 같이 썼다.

비록 다케우치 요시미竹內好 등 이들은 루쉰이 1930년 전과 후에 큰 변화가 생겨 "공산주의자보다도 더 공산주의자다운" 경지에 많이 접근했다는 견해에 대해 다른 의견을 보류하고 있고 나 역시 그 의견에 공감하긴 하지만 그런 변화를 무시할 수 없는 것만은 확실하다. 게다가 그때부터 루쉰의 번역 작품 중에서 소련의 문장이 매우 큰 비중을 차지하기 시작했으며 그의 변화가 그 번역활동을 통해서 어느 정도 단서를 엿볼 수 있었다. 이는 어느 누구든 인정하지 않을 수 없는 사실이다. 그러나 나는 일본어학과 루쉰의 관계가 그러한 '변화'가 나타나기 전에만 존재하였다고 생각하거나 그 '변화'가 나타남으로 인해 부정당했다고는 생각하지 않는다. 결론부터 말하자면 나는 루쉰의 일본어 번역을 통해 그러한 '변화'를 추진하게 된 내부적인 요소를 엿볼 수 있다고 생각하며 혹은 그런 변화 속에 루쉰의 독특성을 힘 있게 새겨 넣을 수 있었던 요소 중의 하나를 발견했다고 생각한다. 소설·잡감을 포함한 창작 작품에 견줄 수 있는 수량의 번역작품을 남긴 루쉰으로 말하면 번역이 창작과 마찬가지로 그의 내면에서 막대한 역할을 일으켰다고 할 수 있다.[11]

루쉰은 작품 번역에 착수하기 전에는 문제의식을 갖고 있었다. 일본어·독일어 서적을 대량으로 구매했을 때 어떤 저작은 아무렇게나 뒤적여보고 어떤 저작은 연구하는 자세로 자세히 읽었다. 그런 연구는 현재 중국 사상계에 존재하는 문제를 해결하고자 하는 의도를 가지고 진행했다. 마루야마 노보루의 말은 틀리지 않았다. 루쉰에게 있어서 번역이 갖는 의미는 창작에 못지않았다. 예를 들어 구리야가와 하쿠손의 《고민의 상징》·《상아탑을 나서며》을 번역 소개하면서는 미학적인 호응을 찾으려 한 것이 아니라 일본 국민성에 대한 분석에 흥미를 가졌다. 그는 그런 부분이 중국에도 마찬가지로 적용될 수 있다고 생각했으며 심지어 중국 독자가 쓴 것처럼 느껴졌다. 그가 중국인의 열근성에 직면했을 때 일본인의 자아비판 속에서 공감을 얻을 수 있었으며 서로 간에 참고적 의미가 매우 크다고 생각했다. 그 이전에 번역한 《노동자 셰빌로프》는 공포적 색채를 띤 소설인데 루쉰은 작자의 태도에 전적으로 찬성한 것은 아니었다. 그러나 러시아 작가에게 존재하는 '격분'과 '길들여지지 않은(無治) 개인주의'가 마음에 들었다. 국민들에게 이 책을 소개한 것은 염세주의 작가의 필을 빌어 암흑에 대한 태도를 표현하고 싶었던 것이라고 필자는 생각한다. 중국의 소설가들은 매 번 잔인함과 마주하게 되면 눈길을 돌려 스스로를 기만하는 판타지 속에 빠져 담담함과 한가함으로 생활의 본 모습을 덮어 감추곤 했는데, 외국인들의 소설들을 번역 소개한 것은 사상이 이렇게 운행될 수도 있고 정신은 모험 속에서 의식의 한계를 뛰어넘을 수 있다는 이치를 세상 사람들에게 알리기 위해서였다. 루쉰의 《야초》 속에서의 읊조림을 대조해보면 세심한 사람은 루쉰이 역외 개인주의 사조와 연결되어 있음을 엿볼 수 있을 것이다. 그 문장들의 안과 밖에서 루쉰의 정신과 그가 번역한 책 사이에는 논리적으로 연결되어 있다. 사람들이 미처 주의를 돌리지 못한 부분은, 한 중국인의 탐색적인 시각으로 외래사상을 대할 경우 그 출발점과 표현식이 원문과 거리가 멀어진다는 사실이었다. 외국의 문화지식을 배웠어도 실제로는 이해하고 응용하지 못하는, 서양인에게 고용된 중국인의 이미지가 그와는 언제나 인연이 닿지 않았던 것이다.

흥미로운 것은 번역 저서가 그에게는 다만 문제의식의 시작에 지나지 않았다는 점이다. 그가 번역 과정에 자극을 받아 사고한 화제들은 바로 사회

풍조에 대한 직접적인 느낌과 융합되어 자신의 사고방식에 따라 독립적인 표현 어순으로 바뀌곤 했다는 점이다. 루쉰은 단 한 번도 대상의 의념 속에 멈춰 그들의 비위를 맞춘 적이 없었다. 그는 잡문에서 일부 현상들에 대해 언급하곤 했는데, 일부 사고방식은 외국인에게서 본받았으나 동양인의 시각으로 문제에 대한 사고 방향을 바꾸는 경우도 있었다.

예를 들어 혁명과 문학예술의 관계에서 그는 트로츠키의 일부 관점을 받아들였으나 입각점은 중국의 허위적인 혁명문인을 풍자하는 데 두었다. 그가 플레하노프·루나차르스키의 이론을 번역한 것은 첫째는 좌파 이론의 근원을 찾기 위한 것이고, 둘째는 중국에 혁명이론을 도입한 자의 진면모를 보기 위한 것이다. 비교를 거쳐 진면목을 볼 수 있었는데 이른바 '혁명문학'도 그저 그 정도에 지나지 않았다. 중국에 신형 이론을 사들인 자의 지능지수가 선대 사람보다 뛰어나다고 말하기 어려운 수준이었으며,[12] 그 열근성이 중국 현대 문인의 세계에도 파고 들어와 있음을 발견할 수 있었다. 이로 볼 때 번역 과정도 역시 국민성에 대한 성찰 과정이었음을 알 수 있다. 그 역문의 비판 작용은 겉으로 드러나 있지 않지만 그것이 중국 사상계의 핵심을 찌르지 않았다고 말할 사람이 어디 있겠는가?

그런 의미에서 그의 번역이 창작보다 중요하다는 깊은 뜻을 이해할 수 있을 것 같다. 그가 그 역문들은 중국인에게 처방한 설사약과 같은 것이라고 말한 바 있는데 절대 과장된 표현이 아니다. 그때 당시 중국의 학자와 작가들의 저작 중에서 그의 흥미를 자아낼 만한 것은 극히 적었다. 따라서 외국의 도서를 읽는 것이 그에게는 정신적 교류 과정이 되었으며 그 외국문의 어순은 또 그 자신의 글쓰기에도 직접적인 영향을 주었다. 현대 백화문의 성장은 사실 바로 그런 번역 과정에서 진행되었던 것이다.

⑥

일본 유학 경력이 있는 루쉰의 외부세계에 대한 이해는 대부분 일본이라는 경로를 통해 이루어졌다. 청년 루쉰의 번역활동은 그의 만년 시절과 비교해 볼 때 표면상에서는 매우 큰 차이를 보인다. 그가 최초에 선택한 번역작품은 염세주의 색채와 저항 의지를 갖춘 소설들이었으나 후에는 좌적 경향을 띤 이론과 러시아-소비에트 예술 쪽으로 기울었다. 그러나 그의 모든 역문을 처음부터 끝까지 통독한 뒤에는 그의 전·후기를 거쳐 비슷한 사상이 흐르고 있음을 엿볼 수가 있다. 즉 비판과 반성의 대상을 찾아 거기에 의지해 자신의 곤혹과 문제를 해결하고자 하는 사상이었다. 니체에서 플레하노프에 이르기까지 서로 간에 거리가 먼 것만큼 사상적으로도 차이가 매우 컸다.

그런 부분이 루쉰에게서 통일을 이루었다고 필자는 생각한다. 30년대 후에 그는 소련 문화를 주목하는 쪽으로 치우치기 시작했는데 실질적으로는 정신운동의 필연적인 추세이기도 하다. 혹은 최초에 외국문학을 섭취하게 된 동기 속에도 훗날 정신의 싹이 움트고 있었다고도 말할 수 있다. 주의론자에서 유물론적 역사관으로 과도하기까지 그 사이에 하나의 실마리가 존재하는 것이다.

구리야가와 하쿠손을 예로 들어 설명하도록 하자. 필자는 줄곧 그 일본학자의 저작이 루쉰에게 중대한 의미가 있다고 생각한다. 20년대 중기에 구리야가와의 작품에 대한 번역을 시작했을 때 당시는 루쉰이 정신적으로 가장 고달프고 가장 방황하던 시기였다. 구리야가와의 저작은 많은 면에서 루쉰의 내면적 수요를 만족시켜주었다. 첫 번째는 성 심리학설을 통해 예술 기원의 문제를 분석한 것, 즉 생명 욕구가 억제당하는 과정을 통해 예술가가 현실에 불만을 느낄 수밖에 없는 정당성을 발견하게 된 것이다. 두 번째는 구라야가와가 넓은 문화공간을 마련해 준 것, 프로이드에서 마르크스에 이르기까지, 개체의 표현에서 사회주의의식에 이르기까지 루쉰은 사회변혁의 중요성을 느끼게 된 것이다. 세 번째는 세계적 충동·진보 문학의 사조 속에서 러시아 - 소비에트 문화의 매력을 느끼게 된 것이다.

톨스토이·도스토예프스키이건 아니면 신흥 무산계급작가이건을 막론하고 그들은 모두 개체 해방과 사회 진화의 문제를 조화시켜 스스로 고상하고 멋이 있다고 자처하며 막다른 길로 향하던 문인들이 돌아설 수 있는 계기를 마련해준 것이다. 구라야가와의 저작을 통해 루쉰은 많은 것을 배웠으며 일부 문화적 구상은 그에게서 받은 깨우침에서 비롯된 것이다.

예를 들어 루쉰이 위진시기의 문인에 대해 논할 때 사용했던 '약(藥)', '여인' 등의 요점은 실제로 《고민의 상징》에서 빌려온 것이다. 또 예를 들어 "물에 빠진 개를 흠씬 두들겨 패자"는 관념은 사실 《상아탑을 나서며》 중의 '총명한 사람'을 풍자하는 내용을 논술한 단락에서 취한 것이다. 루쉰은 천위안(陳源)을 풍자할 때도 이와 비슷한 이미지를 사용했다. 구라야가와 하쿠손은 서양의 학술에 대해 소개하면서 일본을 비평하는 것을 잊지 않았으며 어떤 부분에서는 매우 격한 어구를 사용했다. 이는 루쉰이 가장 마음에 들어 했던 부분일 것이라고 필자는 생각한다. 그의 저작 두 권을 번역한 뒤 루쉰은 두 가지 기본 문제에서 명확한 인식을 얻었을 것이라고 필자는 생각한다. 첫째, 지식계층의 목표와 선택은 무엇이어야 할까? 둘째, 영혼의 성찰과 사회 개조의 방향에서 러시아인에게 치우친 것이다. 러시아 지식계층의 위대한 힘은 일본 지식인에게서 인정을 받았으며 루쉰도 사실 이 부분에서 받은 느낌이 매우 크다. 구라야가와나 루쉰이나 할 것 없이 그들 모두가 사상의 방향은 신생의 소련을 향했다.

1925년은 루쉰에게 중요한 한해였다. 그는 구라야가와의 책을 번역하는 한편 동시에 소련의 문학과 이론도 접하게 되었다. 그때부터 그는 러시아 — 소비에트라는 신기한 땅에 거의 모든 흥미를 돌렸다. 구라야가와도 루쉰도 마찬가지로 러시아어를 몰랐다. 그들의 또 다른 공통점은 소련 소식의 출처에 대한 신비감으로 가득 찼다는 것이다. 그 소식들은 가치 판단에서 서로 반대되는 것으로서 욕설과 예찬이 공존했기 때문이다. 루쉰은 바로 그런 의혹 속에서 문제에 대해 연구하기 시작했다.

먼저 그의 시야에 들어온 것은 런궈전任國楨이 번역한 《러시아—소비에트의 문예 논전》인데 루쉰이 그 책 서언을 써주었으며 시간은 1925년 4월이었다. 1년 뒤 루쉰은 알렉산드르 블로크의 《열둘》을 편집 인쇄하는 기회를 빌려 트로츠키의 《문학과 혁명》 중의 한 장절을 번역해 《열둘》의 중국어 번역본 속에 첨부해 넣었다.[13] 신생의 소련문학이 그 시기 중국 독자들에게는 낯선 것이었다. 루쉰이 그 문학에 관심을 갖게 된 동기는 혁명 변화 속의 문화 동향에 대해 알고 싶어서였다. 블로크와 트로츠키에게서 루쉰은 모종의 생기를 느낄 수 있었다. 핏빛과 사멸·새로운 생활의 창조 속에서 지식인은 전례 없는 세례를 겪었다. 러시아 사회의 진실한 상황에 대해 중국인은 아는 것이 너무 적었다고 말하는 것이 마땅할 것이다.

거우 일부 문헌 기록을 통해서 깨우침을 얻은 것이 고작이었기 때문이다. 대체적인 인상은 오래된 생활이 산산조각 나고 모든 것을 다 처음부터 시작해야 했다는 것, 이전에 개성이 있고 인도주의 품성을 갖췄던 작가들이 완전 새로운 상황에 직면하게 됐다는 것이다.

니체를 시작으로 근대 지식인들은 오로지 생각만으로 변혁을 진행하고 있으며 모든 것을 상아탑 속에서 끝내 버리고 있다는 것을 루쉰은 알고 있었다. 그러나 소련만은 민중을 유혈 변고 속으로 끌어들였다. 개체의 해방이 드디어 앞으로 한 걸음 내디뎠으며 사회의 변혁이 시작된 것이다.

여기서는 자본 압박이 무너지고 노예화 현황이 바뀌었으며 수많은 지식인들이 고심해오던 문제가 실천 중의 화제로 바뀐 것이다. 루쉰은 바로 이런 차원에서 소련의 작품을 접촉하기 시작했으며 직접 번역하기 시작했던 것이다. 첫 시작부터 그는 "사회혁명의 충돌 속에서 지식계층은 대체 무엇을 할 수 있을까?"라고 끊임없이 캐어물었다.

플레하노프 · 루나차르스키 등 이들의 저작을 번역하면서 루쉰은 옛날 사회에서 온 자신과 같은 부류의 사람들은 신생 문화를 어떻게 대할 것이며, 신문화의 가능성은 어디에 있을지에 대한 생각을 더 많이 했다. 그가 번역한 책은 모두 탐구적 색채를 띤 것들이었다. 《문예정책》이라는 책은 서로 다른 의견 사이의 논쟁일 뿐 정론이 나오지 않았다. 니콜라이 부하린 · 트로츠키 등 이들의 논쟁 속에서 루쉰은 혁명 중인 문학과 이론이 아직 완성되지 않았으며 그것은 일종의 정신의 시작일 뿐 사상의 결속이 아니라는 것을 알게 되었다. 그러한 문제들에 관심을 돌리게 된 또 다른 원인은 그때 당시 중국의 혁명적 문인들이 제기한 구호가 본토의 실제 상황을 토대로 형성된 것이 아니며 트로츠키와 플레하노프와 같은 인물이 아직 나타나지 않은데 있었다. 중국의 혁명문학을 제공한 이는 외래 이론을 옮겨온 것으로서 그대로 따른 흔적이 분명하다. 《문예정책》을 번역하면서 루쉰은 사실 러시아—소비에트 사상계의 논쟁은 일종의 문화적 배경이 있다는 사실을 발견했으며 국내의 급속하게 변화하는 현실이 학리적인 충돌을 부른 것임을 알게 되었다. 특히 의미심장한 것은 그 시기 혁명에 대해 예언하고 노래했던 작가들 대부분이 후에 유혈 현실에 부딪쳐 죽었다는 사실이다. 중국의 경박한 좌익 청년들에 비해 루쉰이 이해한 좌익 문화는 무겁고 또 끊임없이 도전하는 존재였다. 그가 그 후 동반자 소설집 《하프》를 번역 소개했는데 이로부터 필자의 이해가 중국 문단에 존재하는 한 가지 의문에 대한 해답이 되었다고 할 수 있다. 창조사와 태양사의 청년들이 제창한 혁명 문학은 사막 속의 판타지에 불과하다. 《하프》 중의 작품을 보노라면 새로운 예술도 역시 막강한 도전성을 띠었음을 느끼게 될 것이다.

1936년에 이르기까지 루쉰은 좌익문학에 대해 논술할 때마다 의식적이건 무의식적이건 러시아의 경험을 인용했으며 동시에 명·청 이래 중국 역사의 체험을 융합시키곤 했다. 이 두 가지는 그처럼 깊이 서로 어우러졌다. 문예와 혁명, 계급성과 인성, 선전과 연기, 좌경과 우경 등과 같은 문제들에서 어떤 화제들은 번역 소개하는 과정에서 생겨난 것이다. 그는 역외의 이론을 빌려왔지만 중국의 실제에 대해 말하고 있었다. 또는 급격하게 변화하는 사회에 직면한 그가 깊고 확실한 생명 체험을 통해 지식인의 독특한 언어를 찾아냈다고 할 수 있다. 필자는 그의 여러 가지 감상을 적은 글을 읽으면서 그 뒤의 지식 배경과 이국 사상, 그리고 중국 언어 환경이 그의 글 속에서 복잡한 방식으로 배열되고 조합되고 있음을 느낄 수 있었다.

⑦

물론 번역은 그의 정신의 심화를 자극했다. 그 심화는 의식형태 차원에만 머물렀던 것이 아니라 언어와 마음적인 차원으로까지 뻗어나갔다. 이는 그가 같은 세대 사람들 간의 또 하나의 다른 점이다.

30년대 번역계에는 그의 번역 풍격을 공감하는 사람이 거의 없었다. 그의 번역 저서는 유창하지 않고 뻣뻣하다는 이유로 비난을 받았다. 만년에 번역한 책들은 거의 다 그의 잡문과 소설에서 볼 수 있는 유창함이 없으며 마치 일부러 사람들을 혼란시키는 것 같았다. 그때 당시의 정신 상태대로라면 얼마든지 두터운 책들을 쓸 수 있었으며 자신이 좋아하는 일을 할 수 있었을 것이다. 그런데 의외로 그는 작품 면에서나 사상 면에서나 일부러 오래된 습관과 엇나가는 것 같았다. 문자들은 갈수록 심오하여 이해하기 어려워지고 구절들은 어색한 것이 한어와 엇나가려는 의도가 어디서나 쉽게 찾아볼 수 있었다.

량스츄(梁實秋)는 그의 번역은 '뻣뻣한 번역'이라고 풍자하면서 그 결과는 죽는 길밖에 없다고 말한 적이 있다. 너무나도 가혹한 풍자였다. 취츄바이(瞿秋白)와 같은 사람도 루쉰이 그러한 선택을 하게 된 깊은 뜻을 미처 이해할 수 없었을 것이다. 그 시기 루쉰은 자신을 번역계의 대립 면에 세워두었던 것이다.[14] 필자는 루쉰의 단문들을 보면서 자신에게 지나칠 정도로 도전하는 그의 용기에 감탄을 금할 수가 없었다. 소련의 문예이론과 소설을 번역하는 것이 그에게는 여러 가지 의도가 있었을 것이라고 말할 수 있다. 그 의도 중에서 정신적인 측면에서의 변혁 이외에 더 중요한 것은 언어학적인 사고라고 필자는 생각한다. 루쉰은 중국인의 국민성에 문제가 생겼다고 여겼으며 이는 사유방식과 크게 관련이 있다고 생각했다.

사유는 언어에 의지해 진행되는 것인데 문제는 한어 서술방식에 폐단이 존재하고 있다는 것이었다. 예를 들면 논리성이 없고, 과학화한 범주가 없으며, 개념이 정확하지 않은 것 등이다. 옛날 언어 속에서는 어쩌면 오직 시적인 산문만 생겨날 수 있을 뿐 과학적 이성은 존재할 수 없을 수 있었다. 적어도 수리논리와 같은 것은 없었을 것이다. 만년에 역외 문학예술 번역 소개에 착수하면서 그는 더 이상 내용의 전달에만 만족하지 않고 표현방식의 변화에도 눈길을 돌렸다. 그는 "신달아(信達雅: 옌푸가 제기한 번역 이론으로서 '신'은 원문의 내용에 충실해야 함을 가리키고, '달'은 문장이 막힘 없이 유창해야 함을 가리키며, '아'는 문장이 예술적 색채를 띠어야 함을 가리킨다. -역자 주)"의 측면에서 독자의 독서습관에 대해 고려한 것이 아니라 반대로 전통적인 질서를 거스르며 원문 중 외국인의 언어표현방식을 그대로 옮겨옴으로써 문구가 길고도 뻣뻣하며 일부 신기하고 이해하기 어려운 문구가 끊임없이 나타나곤 했다. 루쉰은 한어를 개조하려면 외래 문법을 빌리지 않을 수 없다고 믿었으며 그렇게 하지 않을 경우 정신에 대한 표현이 영원히 하나의 폐쇄된 체계 속에 갇혀 있을 수밖에 없다고 여겼다.

그는 심지어 한어의 역사가 외래문화의 충격을 받은 경력이 있다는 생각까지 했다. 선진先秦 시기의 문장은 하나의 유형이고, 양한·위·진兩漢魏晉 시기에 큰 변화가 있었는데 그 원인은 불경을 한어로 번역하면서 한어를 활성화한 것이다. 그때의 충격으로 인해 한어가 한 차례 비약을 이룰 수 있었던 것이다. 그 후 발전이 폐쇄되어 자아 갱신이 이루어지지 않았다. 죽어 있는 상황에서 구출하려면 오로지 외국인의 언어를 옮겨다가 점차적으로 개량하는 수밖에 없었다. 그렇게 할 수 있다면 아주 오래된 언어표현방식이 어쩌면 곤경 속에서 일말의 희망을 볼 수 있지 않았을까?

오늘날 사람들은 번역에 대해 언급할 때마다 루쉰에 대한 불만을 토로하곤 한다. 그러나 필자는 루쉰의 출중함이 바로 그것이라고 생각한다. 불가능한 일인 줄 알면서도 해나가는 것, 선대 사람들이 하지 않은 일을 하는 것, 기어이 언어표현방식과 표현습관을 바꾸려는 것은 엄청난 용기를 필요로 한다. 나츠메 소세키도 외래문학을 번역 소개하고 자신의 창작을 진행할 때 역시 국민의 낡은 관습을 거슬러 역방향 사유로써 다른 한 문체를 창조했는데 그 결과 일본의 현대 언어를 매우 풍부하게 했다. 푸시킨도 프랑스어 등 격식을 사용해 옛 러시아어의 어순을 바꿔버림으로써 신생의 러시아 시문을 탄생시켰다. 사실 루쉰은 창작면에서는 오래 전부터 벌써 그것을 실천해왔다. 그의 소설과 잡문은 일본어 표현방식을 많이 사용했으며 가끔은 독일어 개념도 결합시켜 모국어를 기본으로 현대 백화로 전환시켰다.

예를 들어 현실을 반영하는 것을 '사진寫眞'이라고 표현하고 '기념紀念'을 '기념記念'이라고 썼으며 '소개介紹'를 '개소介紹'라고 쓴 등이다. 일본어 용어를 옮겨옴으로써 그의 문장은 낯선 기운을 띠게 되었으며 따라서 읽노라면 완전 새로워진 느낌이 들게 했으며 정보와 형상이 옛날 사람의 것과는 완전히 달라지게 했다. 30년대 후에 루쉰은 과거의 시도가 그저 홀륭한 솜씨를 먼저 작은 일에 시험해 본 것일 뿐이며 마땅히 언어적으로 더 깊은 변혁을 실현해야 한다는 것을 의식하게 되었다. 그는 프로메테우스가 훔쳐온 불로 자신의 살을 삶는 것으로써 스스로 번역 의도를 비유하였는데 이러한 대사에서는 깊은 진심을 느낄 수가 있다. 루쉰의 뒤로 서양의 작품을 번역한 대부분 문인들은 모두 감히 그 길을 걷지 못했다. 그들은 그렇게 하는 것은 스스로 죽음을 택하는 길이라고 여겼으며 그래서 모두 옌푸파에 귀속되었다. 심지어 쳰중수(錢鍾書)마저도 감탄을 연발하면서 동서양의 어울림의 어려움을 깊이 음미하였다.

푸레이傅雷·무단穆旦 등 이들의 번역은 모두 한문漢文을 기조로 삼고 외국인과 대응되는 부분을 찾아 독자의 비위를 맞추었으며 거기에 창조적인 발휘를 더해 신식 미문美文이 만들어진 것이다. 그러나 푸레이·무단은 루쉰처럼 원문 문법과 내재적 논리를 보존할 수 없었기 때문에 그 속의 많은 내용을 잃어 버리고 말았다. 독자에게 순응하면 원문의 뜻을 조금 어기게 되고 원문에 충실하면 천서(天書)를 읽는 것처럼 난해할 수 있으나 또 다른 낯선 문이 열릴 수 있다.

후자의 고생스러움에 대해서는 백 년간 오로지 루쉰 혼자만이 용기 있게 도전해왔는데 그의 문화적 담략은 오늘날까지도 깊은 이해를 받지 못하고 있다. 가끔 생각해보면 참으로 어찌할 수 없다는 느낌이 든다.

참고문헌

1) 新版《鲁迅译文全集》, 福州, 福建教育出版社, 2008。

2)《鲁迅译文集》第一卷, 1页, 北京, 人民文学出版社, 1958。

3) 李敖在《凤凰卫视 · 李敖有话说》里, 多次谈及此点。

4) 参见《鲁迅全集》第六卷, 160页。

5) 参见《鲁迅全集》第十卷, 243页。

6) 参见《鲁迅全集》第四卷, 209页。

7) 周作人在谈翻译的时候, 言及到鲁迅的特点, 他自己的翻译观, 与鲁迅也颇为相似。

8) 参见《鲁迅全集》第七卷, 328页。

9) 王世家、止庵编:《鲁迅著译编年全集》第一卷, 77页。

10) 鲁迅在《呐喊》序言里提及了此点。

11) [日] 丸山昇:《鲁迅 · 革命 · 历史》, 2页, 北京, 北京大学出版社, 2005。

12) 参见《鲁迅全集》第四卷, 297页。

13) 参见《鲁迅全集》第七卷, 301页。

14) 参见《鲁迅全集》第四卷, 382页。

魯迅

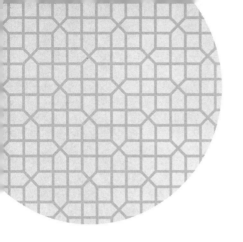

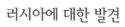

러시아에 대한 발견

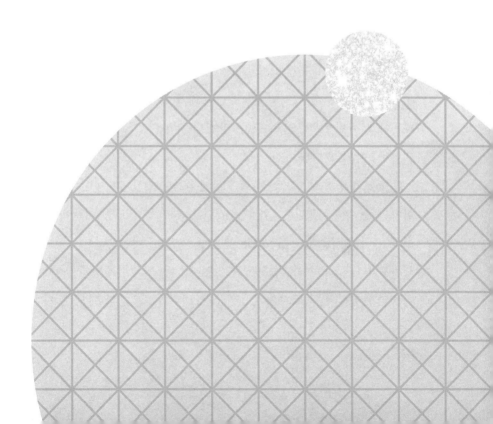

러시아에 대한 발견

루쉰은 러시아를 본받아 모든 피압박자를 위해 대변했다. 그는
자신의 예술에 대해 분석함에 있어서 줄곧 생명 가치의 보존을
중요한 내용으로 삼았다. 그러나 중국의 좌파들은 러시아의 이론에
기대서 노예의 총지배인 노릇을 했다.

①

초기에 루쉰은 러시아어를 배우고 싶어 했다. 그러나 며칠밖에 견지하지
못하고 포기했다. 러시아에 대한 그의 호감은 말과 표정으로 확연하게
드러났다. 그는 그 나라의 문학을 접하게 된 후로 그 곳에 대한 진심 어린
경의를 느끼지 않았던 적이 거의 없을 정도였다. 그 원인은 두 가지라고 할
수 있다. 첫 번째 원인은 그 예술 수준이 그가 괄목할 만할 정도로 높았기
때문이고, 두 번째 원인은 그 곳에는 압박 받는 것을 달가워하지 않는 새로운
지식계층이 있었기 때문이다.

그가 보기에 이 두 가지는 바로 중국에 없는 것이었으며 마땅히 참고로
삼아야 할 부분이었다. 그와 저우쭤런은 초기 문학 활동 시절에 모두
이를 크게 중시했다. 저우쭤런은 일본에 있을 때 이미 《러시아 혁명과
허무주의의 구별을 논함》을 번역한 바 있다. 그는 또 루쉰과 함께 알렉세이
니콜라예비치 톨스토이의 《백은공작(勁草)》을 번역했다. 루쉰은

도스토예프스키의 전통 덕분에 가르신·안드레예프에게 각별한 애정을 보였다. 저우쭤런은 레프 톨스토이의 유업을 더 좋아했던 것 같다. 그가 좋아한 백화파白樺派 작가들 중 많은 이들도 역시 톨스토이의 영향을 받았으며 많은 감정 표현방식이 그들의 문장에 침투되었다. 그런데 러시아에 대한 저우쭤런의 흥미는 오래가지 않았으며 후에는 그 나라의 문화를 거의 섭렵하지 않고 오로지 고대 그리스·일본의 학술 전통에만 빠져 있었다. 그러나 루쉰은 사상적인 공감으로 인해 러시아와 떨어질 수 없는 인연을 맺었다.

러시아에 대한 그의 발견도 두 개의 부분이 포함된다. 첫째는 옛 러시아 정신에 대한 느낌이다. 《악마파 시의 힘》에서 최초로 푸시킨·미하일 레르몬토프에 대한 호감을 드러냈다. 그가 그들의 작품을 얼마나 읽었는지는 추측하기 어렵지만 그 속의 고무적이고 민첩한 사상에 호감을 느꼈음은 틀림없다. 둘째는 새로운 러시아에 대한 발견이다. 신흥 소비에트의 예술과 지식집단의 분화가 그에게는 모두 충격적이었으며 그러한 시도가 그에게는 뼈에 사무치는 것이었다. 러시아의 새로운 것과 낡은 것에는 변혁의 흔적이 있다. 그는 중국도 신구 교체시기에 처해 있다고 주장했다. 풍자적 의미를 띠는 것은 신해혁명 후 중국 문단에는 새로운 얼굴이 나타나지 않았으며 여전히 낡은 일면이 많았다는 사실이다. 왜 러시아처럼 풍부하고 다채롭지 못할까? 마음속의 곤혹스러움을 어떻게 풀어나갈까? 이 모든 것이 그에게는 문제였다.

일본은 메이지시기에 이미 많은 러시아 작품을 번역 소개했다. 그러나 그 시기 일본 지식계에서는 유럽에 더 큰 흥미를 느꼈으며 러시아 예술은 과소평가되었다. 그렇지만 루쉰은 그 일본어 번역문에서 자신의 마음에 가까이 와 닿는 존재를 느꼈으며 얼마 뒤 출판된 《역외소설집》에 몇 명의 러시아 작가의 작품을 번역 소개했다. 사람의 내면세계를 표현한 러시아인들의 시각에 그는 전기 충격을 받은 것과 같은 아픔을 느꼈다.

그는 동방에서는 볼 수 없는 창조의 빛을 발견했다. 러시아인들은 니체와 쇼펜하우어의 철학을 자신의 몸에 융합시켰다. 그때까지 일본의 신예술은 표면적인 것에 그쳤다. 이는 그에게 있어서는 마치 창문 하나를 열어준 것처럼 사상이 더 명쾌해졌으며 예사롭지 않은 의미를 띠게 되었다. 《눌함》에 포함된 함의에서는 분명 그에게 깨우침을 준 러시아인의 그림자가 보인다.

중국 옛 문장의 풍격은 백묘白描와 사의寫意였다. 소설은 기껏해야 이야기 줄거리에 대한 서술일 뿐 조각조각의 사상을 한데 연결시킨 경관이 극히 적은데 이로 인해 당연히 독자의 마음속 깊은 곳까지 깊숙이 들어갈 수 없었다. 그러나 안드레예프의 소설은 주관과 객관의 융합을 실현했으며 거기에는 깊고도 그윽한 운치가 있었다. 루쉰은 훗날 《〈안개 속에서〉역자 부기》에서 이렇게 말했다.

안드레예프의 창작에서는 모두 엄숙한 현실성, 그리고 심각함과 섬세함의 요소가 포함되어 있어 상징적 인상주의와 사실주의가 서로 조화를 이루곤 한다. 러시아 작가들 중에서 그와 같이 창작 과정에서 내면세계와 외적 표현 사이의 거리를 없애고 영혼과 육신의 합일을 이루는 경지에 이를 수 있는 작가는 한 사람도 없다. 그의 저작은 비록

상징적 인상주의 기운이 다분하지만 현실성도 여전히 잃지 않았다.[1]

여기서 언급한 러시아인의 감정 표현은 심미적인 느낌이다. 루쉰은 예술이 무한한 가능성을 갖추었음을 발견한 것이다. 그러나 근본적으로는 역시 그의 특별한 인지능력에서 비롯된 것이며 일종의 신기한 기운이 있었던 것이다. 1925년 9월 30일, 쉬친원許欽文에게 보낸 편지에서 그는 또 한 번 안드레예프에 대해 언급했다.

안드레예프. 그는 전적으로 절망적이고 염세주의적인 작가이다. 그의 근본적인 사상은 1, 인생은 무서운 것(인생에 대한 비관), 2, 이성은 허망한 것(사상에 대한 비애), 3, 암흑은 큰 위력을 지닌 것(도덕에 대한 비관)이라는 것이다.[2]

이처럼 비관적인 사람에게 왜 그렇게도 흥미를 느낀 것일까? 일종의 자학 심리에서였던 건 아닐까? 루쉰이 중요하게 생각한 것은 아마도 그 중 현상계를 꿰뚫는 힘, 즉 폐쇄된 내면을 꿰뚫는 쾌감이었을 것이다. 중국의 문인과 독자들은 그런 어두운 구역을 기피하였기 때문에 스스로를 속이거나 혹은 남을 기만하는 수밖에 없었다. 그러한 기질은 루쉰과 일치하는 부분도 없지 않았다. 그는 거기에 감염되었을 뿐 아니라 중요한 것은 내면에 잠재되어 있던 존재도 조금씩 방출되기 시작했던 것이다.

러시아 문학의 장점은 풍월을 읊은 것이 아니라 살아 있는 인생에 가까이 다가갔던 것이었다. 1932년에 그는 《남강북조집 · 〈하프〉 전기》에서 다음과 같이 개탄했다.

러시아의 문학은 니콜라이 2세 시기부터 "인생을 위한 것"이었다. 그
주요 의미가 탐구 중인 것이건 해결 중인 것이건 아니면 신비주의에
빠졌건 쇠퇴되어가는 중이건 간에 어떤 것을 막론하더라도 그 주류는
오로지 하나, 즉 인생을 위한 것이었다.[3]

루쉰이 이해하는 인생은 가야 할 길을 가리키는 것이거나 자신을 위한
것이 아니라 사람의 생명상황을 나타내는 것이었다. 괴괴한 것, 사멸적인 것,
몸부림치는 것 등이 모두 그 범주에 속했다. 거기에는 수많은 불확정적인
존재가 포함되는데 설령 허무적인 요소라 하더라도 인생에서 생겨난
것으로서 정신의 물결에서 반사되는 빛이었다. 사람은 오로지 그 원소들을
방출해야만 자신의 본 모습을 되돌아볼 수 있으며 따라서 자신을 인식할 수
있었다. 마음을 활짝 열지 않았다면 우리는 아마도 여전히 멍한 모습에서
벗어나지 못하고 있을 것이다.

루쉰의 흥미를 자아낸 것은 그러한 명암이 엇갈리는 문화의 길이었다.
러시아 문화에는 그리스도 정신의 그림자가 있으며 또 무슬림 전통도
섞여 있다. 정교회 정서가 담긴 시문과 가무는 서양의 사유와 정취, 동양의
은은한 미를 모두 특유의 선율 속에 담아냈다. 이는 분명하게 구분되는 서양
예술과 중국 문화와의 다른 특징이다. 예를 들어 셰익스피어는 위대하지만
동양인에게 피부에 와 닿는 아픔과 마음속의 감동을 느끼게 하는 러시아의
톨스토이와 도스토예프스키에게는 견줄 수 없을 것 같았다. 그것은 서로 간

문화의 근접성 때문이었다. 루쉰은 바로 그 근접성 속에서 자신이 묵묵히 대화를 나눌 수 있는 문인들을 찾아낼 수 있었던 것이다. 복잡함 속의 충실함, 어둠 속의 촛불과 같은 존재가 문학의 언어들 속을 누빌 때 자신의 내면 수요와 함께 모두 하나의 조판 안에서 서로 겹쳐서 나타났던 것이다.

②

그가 처음 접한 러시아어세계의 작가는 유명한 인물이 아니었다. 의외로 오늘날까지도 이름이 별로 거론되지 않는 예로센코였다. 그 시인이 그에게 러시아인의 형상을 접할 수 있는 기회를 마련해 주었다. 1921년에 예로센코가 베이징을 방문하였을 때 루쉰의 집에 묵으면서 많은 추억을 남겼다. 예로센코는 맹인이었다. 일본어와 러시아어로 글을 지을 수 있는 그에 대해 루쉰 형제는 많이 신기하게 생각했다. 그들은 서로 잘 지냈으며 교류를 통해 서로에게 많은 것을 깨우쳐주었다. 예로센코는 동화도 썼고 우화도 썼으며 심지어 사회 비평과 문명 비평의 글도 썼다. 그는 인도에서 언론 때문에 추방되었고, 일본에 가서도 마찬가지로 다른 사람의 분노를 사 강제 추방을 당했다. 그처럼 극단적인 사람이지만 루쉰은 가증스럽다고 느끼지 않았으며 오히려 조금은 호감까지 느꼈다. 그 원인은 그의 글 속에서 내면의 아름다움을 엿볼 수 있었기 때문이었다. 전혀 악의가 없는 따스한 감정 토로와 정신적 모험 속에서 고루 비춰지는 강인한 빛발은 자비로운 자의 정서가 외적인 형식으로 표현된 것이며 러시아식의 '끝없이 넓은 광야정신'이었다. 루쉰은 그의 문장에서 유가문화와 다른 색다른 풍경을 보고 감탄해 마지않았다.

　　그는 정치와 경제에는 흥미를 느끼지 않았으며 또 어떤 위험한 사상도 품지 않았다. 그는 오로지 유치하나 아름다운 순결한 마음을 품었을 뿐이다. 인간세상의 경계도 그의 꿈을 제한할 수 없다. 그래서 일본에 대해 늘 직섭 겪은 것 같은 분개에 찬 언사를 늘어놓곤 한다. 그의 러시아식 끝없이 넓은 광야정신이 일본에는 어울리지 않는 것이었으므로 비난을 받는 것은 당연하다. 그러나 이로부터 그가 유치하나 순결한 마음뿐이라는 사실이 충분히 드러났다는 것을 그는 미처 예상치 못했다. 나는 책을 덮고 나서 인류 중에 이처럼 순결하고 사념이 없는 마음을 잃지 않은 사람과 저작이 있다는 사실에 깊이 감사했다.

　　……

　　드넓구나 시인의 눈물이여, 나는 다른 나라의 '사티(과거에 인도에 존재했던, 남편이 죽으면 아내가 따라 분신 자살하여 순장되는 풍습 -역자 주)'를 공격하는 이 유치한 러시아 맹인 예로센코를 사랑한다. 그는 자국의 '사티'를 찬미하는 글을 써 노벨상금을 받은 인도의 시성詩聖 타고르를 훨씬 능가한다. 나는 아름답지만 독성을 띤 흰독말풀을 저주한다.[4]

　　다른 작가들에 비해 러시아인이 그에게서 차지하는 비중이 훨씬 무거웠던 게 분명하다. 그 러시아 작가에게서 그는 동방인들에게는 없는 일면을 발견했으며 그것은 마침 중국에 가장 부족한 것이었다. 예로센코는 필력이 날렵했고 상상 공간도 분명 일반 사람들보다 넓었으며 또 시대에 맹목적으로 따르지 않고 시적으로 살아가고 있었다. 빛이 보이지 않는 세상에서 자신의 생명의 불꽃으로 다른 사람을 밝게 비춰주고 있는 것이 일종의 미적인 체험이 아닐까? 그의 수많은 작품들은 자신의 개성의 잠재력을 충분히 발휘해 정상적인 사유를 깨부순 뒤 신묘한 정신의 동굴 속으로 빠져들었다. 다른 한 문장에서 루쉰은 그의 색다른 표현방식에 대해 언급했다.

나는 작자가 인간세상에서 울려퍼지도록 하려는 것은 사랑하지 않는 것이 없으나 또 사랑해서는 안 되는 슬픔이라고 생각한다. 그리고 내가 펼쳐보이고자 하는 것은 그의 천진하고 순수하며 아름다운, 그러나 진실한 꿈이다. 그 꿈은 작가의 슬픔의 베일이 아닐까? 그렇다면 나 역시 지나치게 꿈을 꾸고 있는 것이다. 그러나 나는 작자가 그 동심의 아름다운 꿈에서 벗어나지 말기를 바란다. 뿐만 아니라 사람들을 불러 같이 그 꿈속으로 들어가 진실한 무지개를 볼 수 있다면 우리는 몽유병자(Somnambulist) 취급을 받을 정도는 아닐 것이다.[5]

루쉰은 예로센코의 천진하고 순수한 마음이야말로 소중한 존재로서 그 아름다운 조각들에 지혜의 열매가 맺혀 있다고 생각했다. 다른 한편으로는 루쉰이 언급하지 않은 것 혹은 미처 의식하지 못한 것인데, 그것은 바로 맹인 사유의 기이성이 사람의 심미의식에 가져다주는 특이한 힘이었다.

예로센코의 작품은 러시아어 세계에서는 별로 대단한 지위를 차지하지 못했지만 그처럼 강렬하게 루쉰의 눈길을 끌었다. 그것은 아마도 맹인 사유의 독특함과 심성의 순결함에서 비롯되었을 것이다. 가본 사람이 없는 곳을 향해 대담하게 출발하는 시인의 사유는 전적으로 야성적이고 생소한 것이었다. 이 모든 것이 중국 독자들에게는 느껴본 적이 없는 쾌감을 느끼게 했다.

문장 속의 러시아와 러시아작가의 기질이 그렇게 그의 앞에 입체적으로 모습을 드러냈다. 루쉰은 그 나라의 문인들은 구도적으로 일본과 인도 사람들에게는 없는 것을 갖추었다고 느꼈다. 그래서 자신의 작품이 러시아에 번역 소개된다는 소식을 들었을 때 그는 특히 기뻤다. 그 자신은 물론 러시아인의 애락이 우리 국민의 애락과 비슷하지만 국민들은 잘 표현하지 못하고 있거나 혹은 표현할 줄 모르고 있다는 사실을 똑똑히 알고 있었다.

오직 수 백 년 문학사를 자랑하는 러시아에서만이 그처럼 짧은 시간 내에 그렇게 많은 눈부신 예술가들이 나타날 수 있었던 것이며 또 루쉰에게 그 연유에 대해 탐구하고자 하는 충동을 느끼게 할 수 있었다. 그 형상들이 그를 감회에 빠뜨렸다기보다는 러시아인의 인생태도가 그를 설레게 했다고 하는 편이 나을 것이다. 문학 뒤의 존재야말로 그가 찾고자 하는 것이었다.

그 기이한 문장들을 제외하고 러시아인의 이론 사유도 그의 흥미를 자아냈다. 그는 트로츠키·플레하노프·루나차르스키 등의 문장을 읽었으며 또 그들의 저작을 번역하기까지 했다. 그 추상적인 문자들은 예술 문장 속에서 피어오르는 지혜의 결정체로서 이전에는 분명하지 않았던 사상들이 더 또렷하게 나타날 수 있게 했다. 한 사회의 변혁은 시적인 충동만으로는 턱없이 모자란다. 사상적인 준비 역시 빠뜨릴 수 없는 부분이다. 러시아인들이 스스로를 어떻게 보고 있으며 역외 사상가들이 또 러시아를 어떻게 보고 있느냐는 등 문제가 그의 호기심을 자극했다. 예를 들어 마르크스주의자들은 톨스토이의 전통을 어떻게 이해하는지, 자유주의자들은 몸부림치는 시문을 어떻게 대하는지, 러시아인들은 어떤 방식으로 문화의 생태를 설계하는지, 이 모든 것이 루쉰에게는 깊은 우려를 자아내는 문제로 보였다. 그 시기 일본어학은 그에게 그런 충격력을 주지 못했으며 구미의 예술도 러시아처럼 자신에게 가까이 다가서지는 못했다.

러시아어의 세계에서 흐르는 명암이 엇갈린 물결이 중국의 먼지와 때를 씻어 내렸음은 의심할 나위 없다. 그런 것에 힘입어 새롭게 자아조절을 진행하고 그것을 거울로 삼아 자신의 얼굴을 비춰봄으로써 비로소 무엇이 모자라는 지를 실제로 발견할 수 있었던 것이다.

③

루쉰의 장서 중에서 러시아의 소설·이론저작·미술품은 그 수량이 엄청나다. 영국·독일의 번역본은 137부, 일본 번역본은 103부, 러시아 번역본은 797부에 달한다. 그중에서 판화와 만화 작품이 매우 많은데 그가 그 작품들에 줄곧 흥미를 가지고 있었음을 엿볼 수 있다. 그가 책임 편집한 출판물 중에 포함된 러시아 작품의 수량은 더욱 엄청나다. 그가 다양한 번역본을 통해 그 신비로운 예술왕국에 들어감으로써 그의 창작 방향을 바꿀 수 있었음을 분명하게 엿볼 수 있다.

루쉰의 눈에 비친 러시아 문학은 모두 인간의 낯선 부분에 대한 도전이었다. 그러한 도전과정에서는 당연히 극단적인 사례도 있을 수 있으며 절망적인 상태에 빠질 수도 있었다. 예를 들어 아르치바세프는 해를 입은 문인이 훗날 복수하는 길을 걷는 내용의 글을 썼는데 처참하고도 공포스러운 내용이었다. 루쉰이 그러한 존재를 인정한 것일까? 꼭 그런 것은 아니다. 또 예를 들어 가르신의 소설에서 사람 사이에 존재하는 장벽에 대한 묘사에서도 역시 쓸쓸하고도 소리 없는 원한의 정서가 흐른다. 문제는 그 표현수법의 특별함에 있지 않다. 중요한 것은 어두운 생활을 꿰뚫어보는 깃, 즉 이렇게 지혜의 빛으로 삶을 밝게 비출 것이냐는 것이다. 그는 처음 블로크의 시를 읽으면서 그 특별한 표현방법에 경이로움을 금치 못했다. 《〈열둘〉역자 후기》에서 루쉰은 이렇게 썼다.

1904년에 최초로 상징시집 《아름다운 여인의 노래》를 발표한 후로 블로크는 최초의 현대 도회 시인으로 불리게 되었다. 도시 시인으로서 그의 특색은 공상수법을 사용한 것이다. 즉 시적인 판타지를 담은 눈으로 도시 속의 일상생활을 비춰보고 그 아련한 인상을 상징화한 것이다. 묘사하고자 하는 사물의 형상에 정기를 불어넣어 살아나게 했다. 다시 말하면 범속적인 생활 속에서 번잡한 시가지에서 시가(詩歌)적인 요소를 발견한 것이다. 그래서 블로크가 잘하는 것은 비열하고 저속적이며 떠들썩하고 잡다한 소재를 취해 신비로운 사실주의 시가를 만드는 것이었다.

중국에는 그런 도회 시인이 없다. 우리에게는 관각館閣시인, 산림山林시인, 화월花月시인…… 등이 있으나 도회 시인은 없다.[6]

블로크의 상징적 수단은 표현수법과 형상에서 오래된 수단을 모두 뒤엎은 것이며 사상에 대한 시적인 변형이었다. 이런 수단은 생명과 대상 세계의 관계를 완곡하고도 생동하게 보여줄 수 있다. 열악한 환경에 처한 나라에서 훌륭한 시인과 소설가가 나올 수 있다는 사실이 루쉰에게는 고무적이었다.

그는 만약 정신의 깊은 곳에서 자신의 어두운 구석을 밝게 비출 수 있다면, 그리고 그 지혜를 불러낼 수 있다면 너무나도 의미가 있는 일일 것이라고 생각했던 것 같다.

루쉰은 많은 부분에서 러시아인을 본받았다. 《광인일기》가 고골리의 제목을 빌려다 쓴 것임은 더 말할 나위도 없고 《약》의 구조와 의념에서는 또 안드레예프의 그림자가 보인다. 그가 쓴 《고독자》에서 우리는 가르신 등 이들의 흔적을 분명 보았다. 어떤 때 그는 러시아 문인의 시적인 의미 속에서 철학적 사고의 존재를 발견할 수 있었다. 예를 들어 빠르게 썩어버리는 것, 또 예를 들어 창작은 스스로를 매장시키는 것 등이 모두 그런 존재이다. '무덤'의 이미지는 솔로구프에게서 온 것임이 분명하다. 설령 매개물의 개념일지라도 단어 상에서는 생물학에서 취한 것이지만 그 이미지는 러시아 작가의 자학과 반성의 언어 환경에서 온 것이다. 그가 주목했던 작가들은 한 사람씩 세상을 떠났거나 흩어져 사라졌거나 요절했다. 사람은 길손에 불과할 뿐인데 어찌 영원할 수 있겠는가? 그는 다만 한 줄기의 희미한 빛을 취해 스스로 열을 발산할 수밖에 없다는 사실을 알고 있었다. 그 러시아 작가들이 바로 그렇게 했던 것이다.

러시아 작가들 중에서 그가 가장 좋아한 이는 아마도 도스토예프스키일 것이다. 그와 사이가 좋은 여러 벗들도 모두 그 러시아 작가의 팬이었다.

예를 들어 웨이수위안韋素園이 바로 그 중 한 사람이다. 루쉰은 문장에서 도스토예프스키에 대해 여러 차례 언급했었다. 《도스토예프스키의 일》에서 그는 다음과 같이 말했다.

그가 24세 때 쓴 작품 《가난한 사람》만 읽어도 그의 만년과 같은 외롭고 쓸쓸함에 깜짝 놀라기에 충분하다. 후에 그는 뜻밖에도 죄업이 무거운 죄인으로, 동시에 또 잔혹한 고문관으로 나타났다. 그는 소설 속의 남자와 여자들을 도무지 참기 어려운 처지에 두고 그들에게 시련을 주었다. 표면적인 결백함을 벗겨버리고 그 아래에 감춰진 죄악을 고문해냈을 뿐 아니라 그 죄악 아래 숨겨진 진정한 결백도 고문해냈다. 게다가 또 깔끔하게 처형하려고 하지 않고 그들을 오래 살 수 있게 하려고 애썼다. 한편 도스토예프스키는 마치 죄인과 함께 고민하고 고문관과 함께 기뻐하는 듯 했다.[7]

이는 서로 마음이 통하는 고백이었다. 그 곳의 시공간은 중국의 옛 소설과는 달리 완전히 뒤바뀌어 있었다. 정신이 하나의 평면 위에 있는 것이 아니고 하늘이 갑자기 확 트였으며 세계가 기울어지면서 자신의 얼굴을 드러냈다. 사람의 사유로는 이해할 수 없었던 것들이 가능한 존재로 바뀌었을 때에야 비로소 우리 사상의 문은 너무 많이 잠겨 있다는 사실을 알게 되었다. 일본어학의 미지근하고 애매한 것에 비해 루쉰은 그 러시아 작가의 전혀 절제되지 않은 독무가 가져다주는 기이한 경관이 더 마음에 들었다. 러시아 소설을 접한 뒤로 루쉰은 일본어학에 대한 흥미가 뚜렷하게 줄어들었다. 그런데 그렇게 도스토예프스키를 좋아했으면서 왜 훗날 번역에서 그의 작품을 중시하지 않았던 것일까? 혹은 판화처럼 그렇게 오래 동안 널리 알리지 않았을까? 루쉰에게는 도스토예프스키보다도 더 복잡한 공간이 존재했던 게 틀림없다. 그의 흥미 역시 그 러시아 작가를 훨씬 초월했다. 어쩌면 이런 상황이었을 수 있다. 즉 그가 예술을 완성할 수 있는 또 다른 경로를 발견한 것이다. 그 자신의 흥미에 비추어보면 도스토예프스키의 현실적인 촉각에는 모종의 문제가 존재했다. 한편 후에 나타난 작가의 가치가 어쩌면 더 컸을 수도 있는 것이다.

도스토예프스키는 완성된 형태였으나 루쉰이 필요로 하는 것은 진행 중인 사상가와 작가였다. 러시아 혁명 전과 후 작가들의 과도기 선택이 사람들에게 주는 깨우침은 아마도 전자를 추월했던 것 같다. 그것은 루쉰 자신이 대전환시기에 몸부림쳤던 사실로부터 알 수 있는 것이다. 러시아인의 선택이 정확한지의 여부가 문제이다. 중요한 것은 선택 과정에 문화적인 충돌 속에서 자신을 새롭게 탄생시킬 수 있느냐는 것이었다. 혁명의 시대에 어떤 것을 보존해야 하고 어떤 것을 늘려야 하는지 등의 문제가 중국인에게는 여전히 미지수였지만 러시아인의 문장에서는 이미 그 문제들에 대해 설명을 해놓았던 것이다.

④

그가 참여해 꾸렸던 몇몇 잡지에서는 러시아문학에 대해 꾸준히 주목했다. 초기에는 조금은 허무주의 정서를 가진 사람에게 관심을 가졌고 후기에는 새 러시아 시기 지식인의 운명에 많이 유념했다. 《망원(莽原)》에 실린 러시아 작품 중 일부는 그의 암시를 받아 번역된 것이다. 예를 들어 트로츠키 작품에 대한 번역 소개에 바로 루쉰의 심혈이 깃들어 있다. 혁명을 거친 뒤의 문학이 마땅히 어떠해야 하는지에 대한 트로츠키의 생각은 참고가치가 크다고 루쉰은 주장했다. 리지예(李霽野) · 웨이수위안 · 펑쉐펑의 러시아문학 번역문도 혁명화제의 일부였으며 독자들 속에서 반향이 컸다. 1928년, 루쉰과 위다푸가 함께 책임 편집을 맡아 《급류奔流》를 발간하면서 러시아 문학이론 · 작품에 대한 소개가 더 풍부해졌다. 루쉰이 《급류》에 발표한 역문 중에는 러시아 예술과 관련된 내용이 많았다. 그는 체호프 · 고리키 · 솔로구프를 지속적으로 주목했으며 또 톨스토이 기념 특집호를 펴내기도 했다. 솔로구프에게 루쉰은 자연스러운 친근함을 느꼈다. 《망원》에 그에 대해 소개한 적이 있다. 1929년, 루쉰은 《급류》에 이 러시아인의 작품을 편집 게재했는데 그는 후기에 이렇게 썼다.

유명한 장편소설 《작은 악마》의 작자인 솔로구프는 바로 지난해 레닌그라드에서 세상을 떠났으며 65년을 살았다. 10월혁명 시기에 수많은 문인들이 외국으로 도피하였으나 그는 가지 않았다. 그러나 저작도 발표하지 않았다. 그것은 당연한 일이다. 유명한 '죽음의 찬미자'였던 그가 그러한 시대와 환경 속에서 작품을 써내지 못한 것은 당연한 일이다. 설령 썼더라도 발표할 길이 없었을 것이다. 이번에 그의 단편을 한 편 번역 게재한다. — 어쩌면 예전에 누군가에 의해 번역되었을 수도 있다 — 이 작품이 그의 대표작이라는 말은 아니다.

다만 이를 빌려 그를 기념하고자 할 뿐이다. 그가 묘사한 바와 같이 무릇 집단주의에 대해 알지 못하는 기아에 허덕이는 자들 대부분이 느끼는 심정이 아마도 그런 것이리라고 나는 생각한다.[8]

러시아 지식인의 형태는 너무 복잡하다. 그들에게는 빛나는 과거가 있다. 그러나 혁명을 거친 뒤의 운명은 전혀 달랐다. 루쉰은 1927년 후에 소련의 마르크스주의자들이 자신들의 유산을 어떻게 대하느냐에 특히 주목했으며 《급류》에 실린 문장들 중 이에 대해 언급한 내용이 많다. 루쉰은 《톨스토이와 마르크스》를 번역한 뒤에야 비로소 아무리 위대한 문학가일지라도 마르크스주의자의 시각으로는 모두 비판적으로 계승해야 함을 알게 되었다. 그가 예전에 옳은 것이라고 생각했던 부분도 원래는 국한성이 존재하는 것이었다. 혁명으로 인해 지식계층은 새로운 선택에 직면하게 되었다. 그것은 바로 자신을 매장시켜야 하는 것이다. 오래된 존재는 계속 존재해 나가기가 어렵다. 그는 다음과 같이 말했다.

그로부터 나는 무릇 혁명이 일어나기 전의 판타지 혹은 이상을 가지고 있는 혁명 시인은 노래하는 희망적인 현실에 부딪쳐 죽을 수 있는 운명임을 알게 되었다. 그리고 현실 속의 혁명이 이런 부류의 시인의 판타지 혹은 이상을 부숴버리지 않는다면 그 혁명 또한 게시문 속의 공론일 뿐이라는 사실도 나는 알게 되었다. 그러나 예세닌과 코헬름(A.M.CohELM)은 비록 결점이 있지만 그래도 너그럽게 봐줄 수 있다. 그들은 잇달아 자신을 위해 만가를 불러주었기 때문이다. 그들은 진실하기 때문이다. 그들은 자신의 침몰을 통해 혁명이 앞으로 발전하고 있음을 증명하고 있었다. 그들은 역시 방관자는 아니었다.[9]

이런 내용을 쓰면서 루쉰은 자살한 러시아 작가들에게 어느 정도 동정을 느꼈을 것이다. 1929년에 이르러 이미 수많은 소련 자료를 읽은 루쉰은 태도를 바꿔 그 혁명을 노래하기 시작했다. 루쉰은 옛 문인이 사라지는 것은 큰 기쁨이라고 생각했다.

시월혁명 초기에는 수많은 혁명 문학가들도 매우 놀라면서도 기뻐했으며 그 폭풍이 불어 닥친 것을 환영하면서 그 광풍과 신뢰迅雷의 시련을 기꺼이 받아들였다. 그런데 그 후 시인 예세닌과 소설가 코헬름(A.M.CohELM)이 자살했다. 최근에는 또 유명한 소설가 에렌부르크가 반혁명적인 경향을 보인다는 소식을 전해 들었다. 무슨 원인일까? 그것은 바로 사면에서 불어 닥친 것이 폭풍이 아니고 시련을 주는 것이 광풍과 신뢰가 아니라 온순한 '혁명'이기 때문이다. 공상이 산산이 부서졌으니 사람은 살 수 없는 것이다. 차라리 옛날에 죽은 후에는 영혼이 승천해 하느님의 옆에 앉아 과자를 먹을 수 있다고 믿는 시인들보다도 복이 없는 것이다. 그들은 목적지에 도착하기도 전에 이미 죽어버렸기 때문이다.[10]

이런 사고는 그의 모순되는 부분과 간단한 부분을 포함하고 있다. 혁명은 그가 상상하는 것처럼 그렇게 쉬운 것이 아니다. 러시아-소비에트 문화에 대한 그의 사고 중에는 상상적인 요소도 포함되며 또 복잡한 자아성찰 부분도 많다. 그는 혁명적인 작품들을 읽으면서 그 속에 포함된 복잡한 요소도 발견했다. 사람은 명암이 엇갈리는 사이에서 생존하는 과정에 진흙과 피의 흔적을 묻힌 채 성결함을 향해 나아가고 있다. 예를 들어 그는 고리키를 찬미했었으며 자신도 그의 작품을 직접 번역했다. 그가 보기에 고리키의 장점은 바로 밑바닥 백성에 대해 쓴 것으로서 무산자 문학가인 것이었다. 고리키 열이 일기 시작하면서 어떤 사람들이 그를 신성화했는데 이에 대해 루쉰은 찬성하지 않았다. 루쉰을 고리키에 비교하는 것 또한 과언이다. 그는 러시아의 문인과 중국의 작가 사이에는 많은 차이점이 존재한다고 생각했다. 벗에게 보낸 편지에서 그는 이렇게 말했다.

그 다음은 고리키에 대한 얘기인데, 많은 젊은이들이 자네와 마찬가지로 세계 여러 명인들의 몸에서 여러 가지 장점을 찾아내서는 그대로 본받으려고 하고 있다네. 그러나 그것은 어려운 일일세. 한 사람이 어찌 그처럼 훌륭하게 잘할 수 있겠는가. 게다가 자네도 잘 알다시피 나는 그와 다르지 않은가. 바로 자네가 열거한 그의 장점들도 비록 기록에 근거한 것이긴 하지만 나는 여전히 회의적이라네.[11]

러시아를 본받는다고 하여 완벽하게 러시아처럼 생활해야 하는 것이 아니라 자기 나라의 상황을 바탕으로 정신적인 사고를 거쳐야 한다. 러시아의 작가들도 프랑스와 독일의 예술을 본받았지만 결국은 러시아 문화의 일부로 만들어냈다. 이에 대해 루쉰은 이미 잘 알고 있었다.

톨스토이를 시작으로 러시아 지식인들은 줄곧 양심·도덕과 암담한 현실 사이에서 투쟁을 벌여왔다. 영국의 이사야 벌린은 《러시아 사상가》에서 톨스토이의 슬프고 고통스러운 마음에 대해 논하면서 그의 "현실 감각은 모두 파괴에 너무 능해 그의 지력으로 세상을 산산이 부숴버린 뒤 다시 수립한 도덕적 이상과 공존할 수 없다"[12]라고 주장했다. 그러한 초조함 뒤에는 사회를 개변시키고자 하는 충동이 있었다. 훗날 러시아 혁명은 이러한 전통과 무관하지 않다. 사실 정말 루쉰의 마음을 끌어당긴 것은 러시아 혁명과 문인 사이의 관계였다. 혁명을 거친 뒤 지식인이 어떻게 생존하느냐는 문제를 둘러싸고 그는 줄곧 호기심 어린 눈길로 바라보고 있었다. 10월혁명이 일어났을 때 당시 중국의 지식계에서 이에 대해 아는 이는 너무 적었다. 오직 리다자오(李大釗) 등 소수 사람들 가운데서만 반응이 있었을 뿐이다. 최초에 루쉰은 이웃 나라의 변화에 대해 그저 일반적인 인상만 가지고 있었을 뿐이었다. 그는 그저 이 세계에 변혁이 일어나고 있다는 사실만 어렴풋이 알고 있었을 뿐, 그 변혁의 과정·경로·수단이 어떠한지 등에 대해서는 너무 망연하기만 할 뿐이었다. 인류에게 서광이 비칠 것임을 어렴풋하게 느끼고 있었으나 그 빛이 흩어져 내리는 궤적에 거대한 상처가 따를지 여부에 대해서도 겨우 추측만 할 수 있었을 뿐이었다.

1920년에 한 청년이 루쉰에게 편지를 써 러시아 혁명에 대한 견해에 대해 물었다. 그 뜻은 중국에 러시아와 같은 난이 일어날 수 있겠느냐는 것이었다. 이에 대해 루쉰은 다음과 같이 답했다.

지금 이론가들은 러시아 사조가 중국에 전염되지 않을까 두려워하고 있으며 난을 일으킬 수 있는 가능성이 충분하다고 여긴다. 이러한 관점은 역시 얼핏 보기에는 그런 것 같지만 실지는 그렇지 않다. 난은 있을 수 있지만 사조에 전염되는 일은 꼭 일어난다고 할 수 없다. 중국인은 감염성을 갖추고 있지 않기 때문에 타국의 사조가 전이되기가 어렵다. 앞으로 혹시 난이 일어나더라도 그것은 어디까지나 중국식의 난이지 러시아식의 난은 아닐 것이다. 그리고 중국식의 난이 타국의 것보다 우수한지 여부는 얕은 식견으로 미리 짐작할 수 있는 것이 아니다.[13]

루쉰이 그렇게 말한 것은 러시아 혁명과정이 철학적인 것과 예술적인 창작정신이 공존하는 과정이기 때문이었다. 그러나 중국 전통사회의 혼란은 미적인 정신의 부름이 없는 두근거림이었다. 루쉰이 러시아에 관심을 가지게 된 중요한 원인 중의 하나는 일본 지식계로부터 온 자극 때문이었다. 러시아 문화가 그 섬나라에서 일으킨 반응에는 매우 깊은 문제의식이 존재하고 있었다.

일본 지식인들은 러시아의 창작정신에서 동아시아인에게는 가장 중요한 것일지도 모르는 참고 체계를 발견했던 것이다. 이런 부분이 루쉰에게 영향을 끼치지 않았다고 할 수 없다. 가타가미 노부루의 《현대 신흥 문학의 여러 가지 문제》·《'부정'의 문학》, 아리시마 다케오의 《선언 한 편》, 아오노 스에키치의 《예술의 혁명과 혁명의 예술》, 노보리 쇼무昇曙夢의 《최근의 고리키》 등은 루쉰에게 동아시아 시각적인 새로운 느낌을 주었다. 그가 그 작품들을 직접 번역한 데는 깊은 뜻이 있었다. 러시아에 대한 일본인의 태도는 중국 문인의 태도보다도 더 그를 감동시켰다. 거기에는 학리적인 요소가 있었기 때문이며 중국의 비평가들이 스스로 남들보다 잘났다고 여기는 것과는 다른 모습이었기 때문이다. 이로부터 그는 러시아 혁명의 가치는 국내에서 말하는 권비[拳匪, 중국 청조 말기에 권법(拳法)을 무기로 삼아서 반 제국주의 운동을 일으켰던 비밀 결사. 곧 의화단(義和團)을 달리 이르는 말. -역자 쥐식의 내란과는 달리 그 세계의 복잡한 존재가 중국에 이로울 수도 있다고 단정 지었다.

러시아 신예술 정신에 대한 일본 문인의 종합적 이론에 대해 루쉰은 모두 그대로 번역했다. 예를 들어 그들이 러시아문학의 특징은 부정적이라고 주장한 것과 같은 것이다. 가타가미 노부루는 긍정적으로 말했다.

부정의 길은 원래부터 험난한 것이다. 마땅히 죽어야 하는 운명을 가진 러시아가 죽기 위해 얼마나 많은 고뇌를 겪었을지는 두말 할 나위가 없다. 그런데 그로 인해 부정의 힘이 더 강해지고 더 깊어졌다. 고뇌 때문에 자신에 대한 요구가 더 높아졌다. 러시아문학은 그 부정의 힘과 신중한 마음의 고백이며, 살기 위해 죽음으로 향한 자가 지옥을 겪은 기록이다. 그런 색채 위에 자연스레 준엄하고 쓸쓸한 흔적을 보태는 것은 원래 어쩔 수 없는 일이다. 비록 음산하고 어두컴컴한 깊은 골짜기에서 벗어나 가없이 넓은 벌판으로 향하고 있지만 아득히 먼 기쁨 속에서 북방의 밝은 햇빛 아래서 그림자가 없는 작은 악마가 뜀박질하는 것이 보이고 수천수만을 헤아리는 하찮은 인간의 소리 없는 신음이 들린다. 이는 단지 살기 위해 죽는 것, 또한 죽음으로 향하는 것일 뿐이며, 죽고 또 죽음으로 향하는 저항이 없는 저항의 모습이다. 러시아의 살고자 하는 힘은 그처럼 깊고 그처럼 세며 또 그처럼 풍요로웠다.[14]

그러한 부정의 힘이 가져다준 결과가 바로 혁명으로 나타났던 것이다. 소비에트 문화의 탄생 역시 일종의 논리적인 필연이며, 혹은 다른 어떤 원인이 있을지도 알 수 없는 일 이었다. 노보리 쇼무는 《최근의 고리키》에서 체호프·고리키를 예를 들어 러시아 문화의 진화 발전의 논리에 대해 논했는데 고리키의 가치에 대한 루쉰의 이성적인 인식은 이와 매우 큰 관계가 있다. 그 일본 학자는 다음과 같이 썼다.

체호프의 작품에서 러시아는 전부 '우울한 사람'들로 구성되었으나 고리키의 작품에서는 독창적인 사람들로 구성되었다. 체호프는 틀린 것이다. 혹은 고리키도 틀렸다고 할 수 있지만 어쨌든 그는 진실에 접근했다. 고리키는 독특한 현상의 일종으로서 매개인과의 접촉을 통해 그 내면의 본질적인 부분을 깊이 들여다보았으며 뜻밖에도 그 내면의 독특한 부분을 발견할 수 있었다. 체호프의 세계는 대체로 1880년에서 1890년 사이의 모호하고 색채가 없는 지식계층의 세계였지만 고리키의 세계는 비록 그 시기 어둡고 문화의 빛이 비쳐들기 전의 세계였으나 평민의 세계였고 풍부한 색채를 띠었으며 더욱이 혈기가 왕성한 세계였다.[15]

루쉰은 일본 지식인의 견해가 자신의 인상과 접근했다는 느낌을 받았다.

혹은 그들은 루쉰이 미처 하지 못한 말을 했다고 할 수 있다. 그는 고리키가 있는 소련의 존재가 있음으로 하여 정신이 황폐하지 않을 것이라는 믿음을 가졌다. 그렇다면 그들의 혁명은 정말로 낡은 것을 제거하고 새로운 것을 세우며 자신의 조국을 개혁하는 것이었을 것이다. 그러면 중국은 언제 가야 이런 혁명이 일어날 수 있는 것일까?

⑥

혁명이 일어난다면 지식인들은 어떤 태도를 취할 것이며 예술은 어떻게 발전할 것일까? 러시아와 비교해 중국사회가 앞으로 나갈 수 없는 것은 아마도 지식계층이 없는 것과 관련이 있는 것 같다. 러시아는 십이월당의 등장을 시작으로 줄곧 흥미로운 지식인집단이 존재해왔다. 그들은 후에 변화가 일어났지만 사상은 독립적인 운행을 멈췄던 적이 없었다. 새로운 러시아 문학과 미술의 정수로부터 그가 느낀 경이로움으로 인해 그는 모든 혁명이 다 문화를 파괴하는 것은 아니라는 믿음을 얻게 되었다.

그 무렵 그는 동반자 작가에게 주목하게 되었다. 그가 세라피온 형제들의 작품을 소개한 것, 알렉산드르 야코블레프에게 관심을 가진 것, 그리고 리딘·블로크에게 주목한 것 이 모든 것은 한 점에 집중된다. 즉 혁명이 일어난 뒤 예술가들이 어떻게 창작하고 사고할지, 예술에 대한 혁명의 영향은 어떤 측면에서 이루어질지 하는 문제였다. 이들 작가들은 중국 좌익 인사의 시선으로 보면 문제가 있을 수도 있으며 심지어 반동세력일 수도 있겠지만 루쉰의 눈에는 흔치 않은 존재였다. 그가 러시아 작품을 번역함에 있어서 관심을 가진 작품은 혁명 작가의 문장이 아니라 옛 진영에서 걸어 나온 사람들의 문장이었다. 그는 《하프》의 번역을 끝낸 뒤 이렇게 말했다.

이 글은 묘사가 혼란스럽고 어두운 것이 너무 지나치다고 할 수 있다. 비록 수많은 해학적인 글로 일시적으로 꾸미긴 했지만 분명하게 형상화했다. 아마 우리 중국의 '프롤레타리아트쿠리티케르(무산계급 문화 창도자의 러시아어 발음 -역자 주)'가 보더라도 '반혁명'이라고 질책했을 것이다. ― 당연히 러시아 작가이기 때문에 '기념'할 가치가 있으며 아르치바세프와 같이 대우하는 것이다. 그런데 그의 본국에서는 왜 '몰락'하지 않는 것일까? 나의 생각으로는 그것은 비록 피도 묻고 때도 묻었지만 혁명적인 요소도 있기 때문인 것 같다. 혁명적인 요소가 있기 때문에 피와 때에 대해 묘사한 ― 이미 지난 것이건 혹은 아직 지나지 않은 것이건 어떤 겄을 막론하고 ― 작품이지만 두려움이 없는 것이다. 그것이 바로 이른바 '새로운 것의 탄생'이다.[16]

《하프》의 운치는 순수한 혁명적인 언어표현에 있는 것이 아니라 지식인의 우울함과 외로움, 혁명이 가져다준 우울함과 괴로움이 역력히 보이는 데 있다. 기질 속에는 혁명 전 문인의 개성이 들어있다. 루쉰은 그런 작품의 존재도 허용하는 것은 아마도 너그러움 때문일 것이라고 생각한다. 그런데 그 시기 중국의 좌익 문학 지도자는 순수성에 대한 추구에 있어서 문학가에게 너무나도 가혹했는데 도량에 문제가 있었던 것이다. 모든 러시아 혁명문학이 다 순수한 것은 아니었다. 루쉰이 추천한 《철의 흐름》·《고요한 돈강》·《시멘트》 등 작품은 모두 야성의 기운을 띠며 인성의 반점이 반짝이면서 특별한 방식으로 존재하고 있었다. 루쉰은 혁명을 원하는 문인들에게 자유를 포기하라는 것은 무시무시한 일이라는 것을 알고 있었다. 자신을 예로 들어 좌익작가연맹 대오 속에서 자신에게 속하는 것들을 포기하는 것을 원치 않았다. 그가 러시아인의 말을 빌려 중국 혁명가가 직면한 딜레마에 답하고 있었다는 점을 볼 수 있어야 한다.

거칠고, 혼잡하며, 혈기를 띤 가운데서도 아름다움의 존재를 잃지 않은 것, 이는 어떤 심미적 차원이었을까? 그 속에는 구시대의 종교와 민속·예술 등 구시대의 기운이 남아 있다. 혼돈 속에서도 새로운 정신의 표현방식이 탄생할 수 있고 생소함 속에 정신의 빌딩을 세울 수 있는 가능성이 눈앞에 보이는 작품들을 통해 하나씩 실증된 것이다.

동반자 작가들의 작품 중에는 루쉰의 기질과 비슷한 작품이 매우 많다. 그 집단이 바야흐로 새로운 지식인 대오에 의해 대체될 것이라는 것, 그러나 그들에게 남아 있는 인성의 빛은 덮어 감출 수 없다는 것을 그는 알고 있었다. 설령 이미 혁명 대오의 일원이 된 이사크 바벨과 같은 작가일지라도 어두운 현실을 폭로하는 수많은 문장을 썼는데 그는 모두 이해할 수 있었으며 세계적인 작가로서의 가치를 잃지 않았다. 루쉰은 아마 바벨의 작품을 읽었을 것이다. 혁명 대오 속에서 혁명의 잔혹함과 무정함, 심지어 죄악적인 부분에 대해 폭로한 그 작가는 천재적인 필치로써 사람들에게 함축적인 의미를 알려주었다. 가장 신성한 곳이 바로 핏자국과 죽음이 존재하는 기지라는 사실을 말이다. 핏빛 속의 비장함이 있음으로 하여 비로소 훗날의 위대함과 광명이 나타날 수 있는 것이다.

러시아 문학 내부의 복잡한 상황에 대한 루쉰의 체험 또한 단순하게 혁명문학을 받아들인 사람들과 대조해 보면 서로 다른 점이 있다.

⑦

루쉰은 내면의 깊숙한 곳에서 지식집단의 자아선택의 아픔에 사로잡혀 버렸다. 그가 그 아픔에 주목하게 된 과정은 명쾌한 존재에 대해 살피는 과정을 훨씬 추월했다. 그것은 이미 결론이 나있는 부분에 대해서는 별로 살펴볼 만한 가치가 없었기 때문이었다. 오로지 맞서 싸우는 과정에서만 인성의 깊이가 존재하는 것이었다. 톨스토이를 시작으로 러시아 작가들은 줄곧 도덕과 양심·생존 선택 사이의 갈등에 시달려 왔다. 머리 위에 하느님이 있음으로 하여 그 갈등은 심상치 않았던 것이다. 줄곧 혁명의 승리를 거둔 뒤까지도 그 싸움은 멈췄던 적이 없었다. 따라서 예술의 미묘함과 경탄을 자아내는 부분은 모두 이와 연관이 있을 수도 있는 것이다.

루쉰이 러시아를 받아들이는 심리는 프랑스의 앙드레 지드와 매우 비슷하다. 러시아 문학에 대한 지드의 인식은 프랑스 문화를 비평하는 것을 기반으로 삼아 시작되었다. 예를 들어 도스토예프스키에 대해 논하면서 그는 발자크·플로베르와 그 러시아 작가 사이의 차이점을 발견한 것이다. 지드는 도스토예프스키가 복잡한 혼합체라고 주장했다.

보수파이지만 전통주의자는 아니고, 왕당파保皇派이면서 동시에 또 민주파이기도 하며, 기독교도이지만 로마 교황청의 천주교파는 아니고, 자유파이지만 '진보적인 자'는 아니다. 도스토예프스키는 언제나 사람들이 어떻게 사용했으면 좋을지 몰라 했던 사람이다. 사람들은 그의 몸에서 여러 당파가 모두 만족할 수 없는 요소를 발견했다.[17]

그런 모순들이 기이한 예술을 탄생시켰다. 그리고 훗날 러시아에 그런 모순이 지속적으로 존재했다. 또한 모순 속에서 몸부림치는 문학 속에는 지식인이 자아 성찰을 함에 있어서 참고할 수 있는 요소가 포함되어 있었다. 루쉰이나 지드나 할 것 없이 모두 그런 체험을 했던 것이다.

물론 문학은 생활을 묘사한 것이지만 불가피하게 지식인의 꿈이기도 했다. 지식계층은 어떻게 해야 생활 속에 깊이 들어갈 수 있는지, 그들의 모순되는 사상이 생활의 본질을 원상 복원할 수 있는지 없는지는 깊이 생각해볼 필요가 있다. 루쉰은 어쩌면 이로부터 문제를 고려했을 수 있다. 그가 번역한 《하프》·《훼멸》 등 저작에서는 그와 관련된 흥미 경향을 엿볼 수 있는데 그것은 바로 지식인의 자아 변신이었다. 루쉰은 옛 지식인의 케케묵은 기질을 증오했으며 지식인의 변신에 대한 호기심을 가지고 있었다. 예를 들어 《훼멸》은 전쟁을 제재로 한 작품인데 루쉰은 그 작품을 번역하면서 주인공이 잔혹한 환경에서 시련을 이겨내는 과정을 중시했을 수 있다. 그는 《훼멸》을 번역한 뒤 이렇게 썼다.

가장 깊이 있게 해부한 것은 아마도 외래 지식인이라고 해야 할 것이다. ― 제일 첫 해부 대상은 자연히 고중생 메디크(美諦克)였다. 그는 환자를 독살하는 것에 반대하지만 그렇다고 더 좋은 계책이 있는 것도 아니며, 식량을 약탈하는 것에 반대하면서도 여전히 약탈해온 돼지고기를 먹는다.(배가 고프기 때문이다) 그는 다른 사람들이 다 잘못하고 있다고 생각하지만 그렇다고 자신에게도 방법이 있는 것은 아니며, 자신도 안 된다는 것을 느끼면서 또 다른 사람은 더 안 된다고 생각하고 있다. 그래서 안 되는 그는 고상한 사람이 되고 고독한 사람이 되어버린 것이다.[18]

메디크(美諦克) 정신의 싸움은 도스토예프스키 작품 중 주인공의 싸움과 매우 비슷하다. 다만 그 강도가 좀 약하고 내포하고 있는 함의가 좀 부족해 전쟁과 혁명의 화제 속의 독백에 불과할 뿐이다. 옛 문인의 기질이 새로운 생활을 만나면 물러나거나 바뀌게 된다. 그러나 그 과정은 정자 아래서 산책하는 것과는 달리 깊은 수렁도 있고 눈물도 있으며 당연히 사멸도 있다. 《훼멸》의 일부 장면은 자극적이고 감동적이며 또 진실한 내면의 고백도 있는데 이는 일부 사람들의 내면을 진실하게 반영했던 것이다.

루쉰이 파데예프를 중요시한 것은 어쩌면 작자의 그런 면에 집중한 것일 수 있다. 그는 《훼멸》에서 다른 일종의 인물 성격도 읽었는데 바로 라이븐셴(萊奮生)이라는 인물이다. 그 인물도 그가 보기에는 참고 가치가 꽤 컸다.

그러나 비록 다 같은 사람으로서 다 같이 신력이 없지만 그가 말하는 것처럼 이른바 "다 같은 것"은 아니다. 예를 들어 메디크(美諦克)도 언제나 희망을 가지고 항상 정신을 차리려고 생각하면서 시시각각으로 바뀌기도 한다. 때로는 매우 굳세졌다가 때로는 매우 의기소침해지곤 하는데 결국에는 어찌할 도리가 없어 풀밭에 누워 숲 속에 깃든 캄캄한 밤을 바라보며 자신의 고독을 감상하는 수밖에 별 다른 이치가 없었다. 그러나 라이브센(萊奮生)은 그렇지 않았다. 그도 아마 어쩌다가 그런 기분이 들 때도 있겠지만 바로 극복하곤 했다. 작자는 라이브센(萊奮生) 자신과 메디크(美諦克)를 비교하면서 매우 의미가 있는 소식을 누설했다 — "그런데 나도 가끔은 그런 적이 있거나 혹은 비슷한 것이 아닐까? "아니, 나는 의지가 굳센 청년이다. 그보다는 훨씬 굳세다. 나는 많은 것을 희망할 뿐 아니라 또 많은 일을 해내기도 했다 — 이는 전혀 다른 것이다."[19]

이 말은 아마도 루쉰이 《훼멸》이라는 작품을 마음에 들어 하는 원인 중의 한 가지를 밝힌 것일 수 있다. 그 처참한 이야기 뒷면의 가장 매력적인 부분은 지식인이 개인의 좁은 울타리의 속박에서 벗어나 현실 속으로 들어가는 선택을 한 것이다. 문인들 중에는 앉아서 이치를 논하는 자가 많은데 그것은 실제적으로는 아무런 쓸모도 없으며 인생과 점점 멀어져가는 것으로서 모두 구습이 외적인 형식으로 표현된 것이다. 러시아혁명이 일어나고 또 새 정권도 나타났으며 따라서 새 지식인의 세상이 열린 것이다. 그런데 이상을 실천하는 이는 바로 그때 당시 앉아서 이치를 논하던 부류의 문인들이었다. 지식인이 사상과 현실적인 노력을 결합시켜야만 세계가 비로소 바뀔 수가 있다. 중국도 바뀌려면 바로 이런 지식인이 필요하지 않았을까?

그런데 여기서 지식인의 선택은 자발적인 것으로서 외력의 압박이 전혀 들어가지 않는다. 메디크(美諦克)와 같은 인물을 어떻게 라이븐센(萊奮生)처럼 바꿔야 할지에 대해 파데예프는 말하지 않았으며 루쉰도 침묵했다. 그것은 훗날 옌안延安의 혁명이론이 수립된 후에야 생겨난 화제였다. 루쉰은 러시아의 변화를 통해 개인주의와 집단정신의 문제를 고려하게 되었으며 몸부림치는 과정을 거쳐 낡은 나와는 다른 새 사람이 나타날 수 있는 가능성에 대해 고려하게 되었다. 러시아의 옛 지식계층이 새롭게 바뀔 수 있는 가능성이 나타난 만큼 사회가 바뀔 수 있는 가능성도 반드시 존재하는 것이었다. 루쉰이 의문을 가졌던 문제들에 대한 설명이 러시아 소설 속에 모두 들어 있었다. 그 설명이 옳건 그르건 루쉰이 보기에는 모두 흔치 않은 경험이었다.

문제는 그 시기 중국에 그런 경험이 없었다는 것에 있었다. 지식계에 보편적으로 존재하는 긴장감과, 옛 문인 기질에 노예근성을 띤 언어까지 섞여 마치 혁명적인 모습으로 보였지만 사실은 구시대 지식계층의 열근성의 또 다른 표현에 불과했을 뿐이다. 러시아는 필경 풍부한 색채를 띠었다. 이는 비교를 통해서야만 느끼게 된 사실이었다. 중국 문인들은 미처 출발도 하기 전에 벌써 옛 것을 그리워했다. 그가 좌익작가연맹에 실망한 데는 그런 요소도 있었다.

만년에 이르러서도 그는 끊임없이 러시아의 정보를 접하곤 했지만 그 경로가 단일한 편이었다. 피압박자라는 참고 대상이 있었기에 정부가 러시아 문학을 금지한 것이 루쉰에게는 또 다른 반작용하는 힘으로 작용했으며 더 나아가서 적에 대한 의심이 자신이 좋아하는 대상에 대한 의심을 초월해버렸다. 그는 러시아 예술의 성과를 매우 좋아했으며 수집 정리해서

출판한 러시아 소설·판화 모두에 기대하는 바가 있었다. 초기에는 문학과 혁명 화제에 관심을 가졌으며 후에는 예술과 생활의 관계 관련 화제 및 소설과 판화 사이의 미학적 추이의 같은 점과 다른 점에 관심을 가졌다. 핏빛과 고난 속에 응결된 저항의 빛들이 지식의 창과 정신의 창을 활짝 열어젖혔다. 그 자신의 문장도 그처럼 폭넓은 색채에 젖어들어 잠재적으로 그 곳의 전통에 호응하고 있었던 것이다.

⑧

예술의 각도에서 한 나라의 특색을 이해하고 개괄하는 데는 물론 자체적인 맹점이 존재하기 마련이다. 러시아 예술에 대한 루쉰의 애정은 러시아 사회에 대한 감상에까지 이르렀으며 따라서 사회의 정치와 문화 간의 복잡한 형태를 단순화시켰다. 아름다운 예술이 때로는 나쁜 생활에 대한 반영이기도 하며 그것은 변형된 존재이다. 히틀러가 잔인하기 그지없지만 독재통치하의 시인들은 여전히 훌륭한 작품을 써내지 않았는가? 마치 청 정부가 백성을 압박 착취했지만 《홍루몽》과 같은 대작이 나올 수 있었던 것처럼 말이다. 그런데 루쉰은 그 점을 잊어버린 것 같았다. 천두슈처럼 정당 정치에 대한 느낌이 깊은 사람과 비교해 정치에 대한 그의 판단은 단순해서 예술에 대한 그의 이해가 풍부한 것에 훨씬 미치지 못했다.

루쉰의 소장품 중에는 훌륭한 만화와 판화들이 있는데 그 작품들의 창작자들은 스탈린에게 살해당한 이가 너무 많았다. 그가 평론한 적이 있는 바벨 등 작가들을 포함해서 모두 또 다른 운명의 소유자들이었다.

자료의 제한과 시공간의 엇갈림 때문에 루쉰은 물론 그 무시무시한 존재들을 느낄 수 없었다. 사실 그와 소련 문학 이념의 관계에는 시간적 차이가 존재한다. 예를 들어 그가 계급투쟁 학설을 믿게 된 것은 일부는 러시아인의 사상에서 깨우침을 받았기 때문이었다. 그러나 차이점은 피압박자가 말하는 계급투쟁은 저항의 필수 과정으로서 자유의 상징이라는 데 있었다. 피압박자들이 정권을 장악하고 또 그 기치를 추켜들었을 때 힘없는 지식인들의 사상자유를 박탈해 다른 사람을 압박하는 독재자가 될 수 있는 것이다. 새로운 러시아 사회에서 생활한 적이 없는 사람은 권력자가 계급투쟁의 무기를 사용할 수 있게 되었을 때 지식계층에게 무엇을 가져다줄 수 있는지를 알지 못한다. 수난을 겪은 중국의 지식인으로서 루쉰은 오로지 그 거울의 한 면만 보았을 뿐이다.

러시아의 경험을 통해 루쉰은 저도 모르게 또 다른 영향을 받게 되었다. 그것은 바로 복잡하고 혼란스러운 가운데서 정신의 갱생을 통해 사람을 신생의 경지로 이끌 수 있다고 믿게 된 것이다. 그 정신은 어느 정도에서는 일원론의 산물이었다. 루쉰은 일원론에 접근하는 순간에 또 그로 인해 내면이 받은 상처로 인해 자신의 세계 속으로 움츠러들었다. 그래서 그는 결국 고리키가 아닌 도스토예프스키와 같은 인물이 되고만 것이다. 러시아문학과 예술 속에서 그 정신의 격투과정에서 느끼는 쾌감은 언제나 결과보다도 더 그의 시선을 끌었다.

그러나 그가 러시아 이론을 응용해 예술과 현실 사이의 관계에 대해 토론하면서 보기 드문 재능을 보여주었다. 러시아 예술가와 비평가들의 일부 원리적인 개념과 생명의 깨우침이 대체할 수 없는 기능을 갖췄다는 사실은 의심할 나위가 없다. 예를 들어 그는 트로츠키를 통해 혁명가와 예술창작의 관계에 대해 알게 되었고, 플레하노프에게서 유물주의 시각의 귀중함을 느낄 수 있었으며, 고리키의 몸에서 지식계층이 아닌 이의 창작이 더 큰 가치가 있다는 이치를 깨닫게 되었다. 루쉰은 그러한 기능을 생명의 느낌 속에 깊이 박아 넣음으로써 절동(浙東) 사람의 억센 기질과 러시아의 넓고 아득한 처량함이 나의 화면 속에 녹아들게 하였다. 만년에 쓴 《이것도 삶이다》·《여조女弔》·《죽음》 등 글에서는 러시아 판화의 유현하고 창건한 아름다움을 느낄 수 있다. 그의 고통에서 벗어난 내면의 독행에서는 《철의 흐름》의 선율이 흐르는 것 같다. 그것은 어떠한 합류인 것일까? 역외 예술이 그의 자아 선택에 가져다준 보이지 않는 윤곽과 색채는 우리가 자세히 살펴보면 다 발견할 수 있다.

흥미로운 것은 그 시기 그를 가장 심하게 공격 비난했던 이가 량스츄와 같은 자유주의 인사를 제외하고 바로 러시아에서 이론을 베껴온 이들이라는 사실이다. 아잉(阿英)·저우양·궈뭐뭐(郭沫若) 등 이들이 모두 그 부류에 속한다. 후자는 러시아 소설에 별로 힘을 기울이지 않았기 때문에 직접 느낀 것도 제한적일 수밖에 없다. 그런데도 그들은 이론으로 다른 사람에게 사형 판결을 내린 것이다. 루쉰이 러시아를 본받아 모든 피압박자를 위해 대변한 것과는 대조적으로 중국의 좌파들은 러시아 이론에 기대서 노예의 총지배인 노릇을 하였던 것이다. 러시아 예술은 쓴 약과도 같아 앓는 사람에게는 병을 치료하는 약이 될 수도 있지만 일반인에게는 독약이 되기도 한다. 이는 마치 루쉰 자신과도 같다.

내면에 드리운 어두운 그림자가 만약 점차 퍼지게 될 경우 그 자신마저 그 속에 빠져버리게 되는 것이다. 그런데 루쉰의 중요성은 그가 암흑과 독소들과 생존 투쟁을 벌여 끝내 그 암흑과 독소를 떨쳐내고 순수한 정신계의 전사로 거듭날 수 있었다는 것에 있다. 폐허 위에 올라선 그의 온몸을 밝은 빛이 환하게 비추고 있다. 이는 마치 어두운 밤 속을 걸어 지나온 예수가 따스한 사랑을 가져다주는 것과 같아 오로지 어둠 속에 너무 오래 있었던 사람만이 그의 중요함을 느낄 수 있는 것이다.

참고문헌

1) 《魯迅全集》 第十卷, 185页。

2) 《魯迅全集》 第十一卷, 45/页。

3) 《魯迅全集》 第四卷, 432页。

4) 《魯迅全集》 第十卷, 199~200、197页。

5) 《魯迅全集》 第十卷, 199~200、197页。

6) 《魯迅全集》 第七卷, 299页。

7) 《魯迅全集》 第六卷, 411页。

8) 《魯迅全集》 第七卷, 179页。

9) 《魯迅全集》 第四卷, 36、135页。

10) 《魯迅全集》 第四卷, 36、135页。

11) 《魯迅全集》 第八卷, 340页。

12) [英]:以赛亚·伯林:《俄国思想家》,98页, 南京, 译林出版社, 2001。

13) 《魯迅全集》 第十一卷, 370页。

14) 王世家·止庵编:《鲁迅著译编年全集》 第十卷, 195~196、224页。北京,
    人民出版社, 2009。

15) 王世家·止庵编:《鲁迅著译编年全集》 第十卷, 195~196、224页。北京,
    人民出版社, 2009。

16) 《魯迅全集》 第十卷, 354页。

17) [法] 安德烈·纪德:《关于陀思妥耶夫斯基的六次讲座》, 23页, 桂林,
    广西师范大学出版社, 2006。

18) 《魯迅全集》 第十卷, 326쪽、330~331页。

19) 《魯迅全集》 第十卷, 326쪽、330~331页。

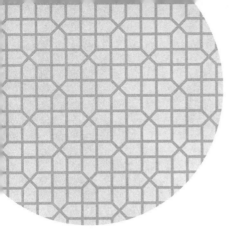

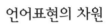

언어표현의 차원

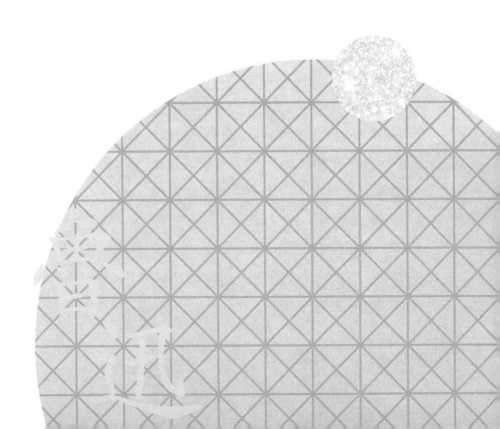

언어표현의 차원

루쉰은 자신의 견해를 밝힐 때 '네', '아니오'라는 표현을 절대 쓰지 않았으며 항상 일정한 범위를 한정하곤 했다. 모든 서술에서는 범위를 한정해야 한다. 범위를 한정하지 않으면 분명치 않게 되며 의거가 없게 된다.

①

루쉰의 언어표현 방식에 대해 분석해본 사람이라면 아마도 모두 이러한 문제를 발견할 수 있을 것이다. 루쉰의 문장을 마주해보면 그가 처한 시대의 수많은 이론들이 간단해 보이며 서로 일치하는 부분이 너무 적은 것을 발견하게 된다. 루쉰의 문장은 모두 매우 생동적이고 색다르지만 종합해보면 너무 어렵다고 할 수 있다. 분명한 것은 어쩌면 우리에게 사유상의 맹점이 존재하기에 그의 정신의 핵심 구역까지 들어갈 수 없다는 것이다. 그는 거의 그 어떠한 이론의 지배도 받지 않았으며 자신에게 속하는 인지방식을 형성하였다. 그 어떠한 이론이든지 그와 일치하는 것은 없었다. 루쉰에 대해 연구하면서 누구나 다 부딪치는 문제는 묘사의 어려움이다.

아인슈타인과 비트겐슈타인은 모두 사유가 지식보다 더 중요하다고 강조했는데 이는 맞는 말이다. "과학지식을 추구하는 인류는 어떤 한 함정에 빠지고 있는 중이다."[1] 루쉰이 바로 사유가 함정에 빠지는 시대에 자신의 외롭고 쓸쓸한 여정을 시작한 것이다. 지식은 얻기 쉽지만 기이한 사유를 갖는 것은 결코 쉬운 일이 아니다. 루쉰의 사유는 거짓말의 판타지에서 애써 벗어난 것으로 일반적인 논리로써는 개괄할 수가 없다. 그 사유는 현대과학과 비이성철학 사이, 전통 학문과 새로운 지식 사이에 처한 것으로 정리하기가 너무 어렵다. 그의 어떤 말들은 일정한 언어 환경 속에 두고 이해해야지 그렇지 않으면 곡해하기 쉽다. 그가 말하는 특색은 그릇된 길에 들어설까봐 항상 경계하는 것이다. 그로 인해 현실성 말투를 언어표현에 도입했으면서도 또 현실성에 구애받지 않도록 한 것이다.

언제나 역사 · 현실과 교류하고 동 · 서양과 대화를 나누는 과정에서 정신의 비약을 이루었다. 이처럼 복잡한 교류가 우리에게 수많은 남다른 인상을 남겨주었다. 이는 사대부의 언어와 신사계급의 언어와는 다른 것이었다.

그에게서는 계몽주의 사상의 흔적도 있고 또 '반 본질주의적 비본질성'의 의미도 띤다고 말할 수 있다. 이는 전통문화와 근대문화에 대한 여러 가지 역설에 대한 경계에서 비롯된 것이다. 개성주의 원칙에 따르는 한편 또 현대성이 사람들에게 가져다준 여러 가지 자극도 경계했다. 그로 인해 그는 지극히 복잡하게 변했다. 루쉰은 참으로 불행한 사람이다. 그가 죽은 뒤 그에 대해 해석한 언어들은 모두 그의 정신과 너무 큰 차이가 났다. 우리는 루쉰이 가장 혐오했던 언어로써 그에 대해 해석하고 있는데 이는 그와 후세 사람들 간의 기괴한 연계라고 필자는 말한 적이 있다.

대체 어떤 방면에서 루쉰의 사유에 대해 인식해야 할지, 시각적인 어려움이 있다. 사실 루쉰은 잡가이다. 그는 여러 가지에 모두 흥미를 가지고 있으나 또 모두 그다지 전문적이지 않다. 가장 익숙한 것은 중국문학사라고 생각한다. 그러나 그가 문학사에 대해 파악하고 있는 것과 그가 좋아하는 문학이론 사이에는 또 많은 다른 점이 있다. 창작 경험이 있는 그는 예술이 정신의 불확실성을 전시한 것인 반면에 이론은 한사코 확실성 속에 얽혀 있다는 이치를 알고 있었다. 한편으로는 심오하고 은은한 감성 속으로 꾸준히 파고들면서 다른 한편으로는 인식의 밝은 빛을 꾸준히 모색해나갔다. 이로써 그의 사유는 여러 가지 알록달록한 색채를 띨 수 있었다. 그러한 선택으로 인해 정신의 황당한 부분을 드러내 보일 수 있었던 것이다.

그의 일생에서는 번역이 매우 큰 편폭을 차지하는데 그의 창작 작품보다도 더 많다. 그래서 필자는 그가 작가이기 이전에 먼저 번역가라고 말한다. 번역을 많이 하면서 수많은 이단 사상을 가지게 되었고, 또 항상 현실에 관심을 두고 있었기 때문에 서재의 것들을 포기했다. 루쉰의 번역은 체계를 이루지 않았으며 대부분은 흥미에 따라 이루어진 것이다. 그 특이한 문장들은 모두 인식의 자극에 따른 것이다. 그 중 일부 사상 역시 그런 자극으로 인해 형성된 것이다. 체계적이지는 않지만 흥미로 일관되었기 때문에 색채의 일치성을 이루었다. 한편 문법상에서는 일본어와 독일어 단어의 결합을 빌려 썼는데 이 역시 그의 언어의 융통성을 확대시켰다.

일본에 있을 때 루쉰은 《과학사교편》·《사람의 역사》와 같이 학리성이 매우 강한 문장들을 쓴 적이 있다. 그리고 또 《문화편지론文化偏至論》과 같이 니체의 풍격을 느낄 수 있는 격문도 썼다. 이는 두 가지 사유로서 이 두 가지를 그는 모두 조금씩 배운 것이다. 《과학사교편》·《사람의 역사》는 이성의 확실성에 치우쳤고 《문화편지론》은 부정적 사유의 특징을 띠었다.

한편으로는 확실성의 존재를 믿으면서 다른 한편으로는 선택 과정에 맹점이 존재한다는 것을 느꼈다. 어쩌면 루쉰은 처음부터 과학사를 부정의 부정 역사로 보았는지도 모른다. 대량의 서적을 읽은 그는 맹신을 키운 것이 아니라 사람의 불완전성과 비완벽성을 보았다. 사고는 그의 사유를 자아성찰의 경지에 이르게 했다.

자아성찰은 심미와 참선의 반목이 아니라 자신을 추궁하는 문제이다. 그런 추궁은 소크라테스와 매우 비슷한데 다른 사람과 대화하는 과정에서 완성된다. 루쉰은 자아비판 의식이 매우 강한 사람이라고 필자는 생각한다. 그는 다른 사람을 가장 심하게 공격하면서 자신은 높은 곳에서 굽어보거나 하지는 않았다. 그는 다른 사람을 악마로 보고 자신은 천사가 되거나 그러지는 않았다. 그가 발견한 것은 아름다운 존재가 아니라 자신의 결함이었다. 예를 들면 그는 이런 말을 한 적이 있다.

나의 작품은 너무 어둡다. 그것은 내가 오로지 '어둠과 허무'만이 '실제로 존재하는 것'이라고 항상 생각하면서도 기어이 그런 것을 상대로 절망적인 대항을 하고 있기 때문에 극단적인 목소리를 많이 내게 되는 것이다.[2]

이런 말은 너무나도 솔직하며 가식적인 흔적을 전혀 찾아볼 수 없다. 그가 무엇을 선택하든지 의도가 있는 것이다. 그러나 또 당혹스러워할 때도 있었다. 그의 당혹감은 자신을 비이성적인 극단으로 몰아간 것이 아니라 자조 속에서 정신적 추궁의 차원으로 끌어올렸다. 예를 들어 그는 이렇게 말했다.

나는 지금까지도 자신이 줄곧 무엇을 하고 있는지·끝내 알지 못하고 있다. 흙일을 하는 미장이의 예를 들면 일을 하다 보면 축대를 쌓고 있는지 아니면 구덩이를 파고 있는지를 알 수가 없다. 아는 것이란 축대를 쌓고 있다고 하더라도 기껏해야 자신을 위에서 떨어뜨리기 위해서거나 혹은 늙어 죽었다는 것을 나타내기 위한 것일 뿐이고, 만약 구덩이를 파고 있다면 물론 자신을 묻어버리기 위한 것에 불과할 뿐이다. 아무튼 죽어가는 것, 죽어가는 것이다. 모든 것이 세월과 함께 이미 죽었거나, 죽어가고 있으며, 또 죽으려고 하고 있는 것이다. ― 그러나 그럼에도 불구하고 나는 너무나도 진심으로 원하고 있다.[3]

그는 먼저 자신부터 정신 속에 존재하는 문제를 성찰하고 내면의 독즙을 깨끗이 씻어냈다. 다른 사람을 뒤집어엎기에 앞서 먼저 자신부터 뒤집어엎은 것이다.

그는 이렇게 말했다.

나는 이런 말을 한 적이 있다. 중국은 역대로 사람을 잡아먹는 연회를 준비해오고 있다. 잡아먹는 자도 있고, 잡아먹히는 자도 있다. 잡아먹히는 자도 사람을 잡아먹었던 적이 있고 잡아먹고 있는 자도 잡아먹힐 수 있다. 그런데 지금 나는 자신도 연회 준비를 돕고 있음을 알아차린 것이다.[4]

그렇다. 그는 나르시시스트가 아니다. 그는 시시때때로 자신의 제한성을 상기하고 있었기 때문이다. 외재적으로 붙여진 미칭이 그가 보기에는 너무나도 가소로웠으며 자신에게는 오로지 평정심만 남았을 뿐이다. 왕첸쿤王乾坤은《루쉰의 생명철학》에서 다음과 같이 썼다.

> 루쉰은 일생동안 '성현聖賢'·'선인善人'·'군자君子'·'모범師表'으로 자신을 부각하는 것을 원치 않았다. 차라리 "무뢰한이 되고", 차라리 "야수와 악귀를 찾아 나서며", 차라리 몸이 온전치 못해 '외팔이나 절름발이'처럼 되고, 차라리 '잘 썩는' '들풀'이 되기를 원했다. 가치론적으로 우리는 이를 개성주의라고 말할 수 있으나 생명 철학적으로 볼 때 여기서 뚜렷하게 보여주고자 하는 것은 사람의 유한성이다. 그는 이로써 무한적, 보편적인 통치를 때려 부수려고 했다.[5]

루쉰이 유한성에 대해 밝힌 것은 감동적인 발견이다. 그는 정신적으로 풍부하고 과격하며, 복잡한 때일수록 공허함과 외로움을 더 많이 느꼈으며 캐어묻는 가운데서 결과를 얻지 못한 유감이 가득 새겨져 있었다. 철학적 의미를 띤 그의 서술은 자신과 지식인집단을 분리시켰다. 자신이 아무것도 가진 것이 없을 때 황량한 세상을 마주하게 되면 모든 존재에 남다른 색채가 부여되었음을 느낄 수 있다. 세상은 온통 거짓말이 차지해버렸다. 오직 자신이 피부로 느끼는 느낌만이 진실한 것이다. 그는 그런 느낌에 충실하는 한편 또 낯선 시공간 속으로 꿰뚫고 들어갔다. 다른 사람들이 의미가 없다고 여기는 곳에서 그는 의미를 발견한 것이다.

그는 영원히 앞을 향해 걷고 있다. 어제 걸어지나간 곳으로 절대 돌아가지 않는다. 그의 문장에 대해 잘 알고 있는 사람이라면 모두 그가 자신의 생각을 중복하는 경우가 극히 드문 작가라는 사실을 인정할 것이다. 그의 소설은 모두 각각의 문장을 이루고 있으며 각기 다른 방향을 나타낸다. 잡문도 역시 그러하다. 변화가 많고 문장마다 재미가 있다. 스스로를 중복하는 것을 원치 않는 것은 창조 욕구가 매우 강한 사람에게서만 나타날 수 있는 현상이다. 흥미로운 것은 루쉰은 호기심이 강한 사람이라는 것이다. 그는 일본 학자가 쓴 호기심에 대한 문장을 번역 소개한 적이 있는데 그것은 아동을 대상으로 한 글이었다. 그러나 루쉰은 중국의 성인들에게 어찌 그런 글이 필요하지 않을 수 있겠느냐는 견해를 가지고 있었다. 그의 장서를 보면 여러 종류의 과학 관련 서적이 매우 많은데 모두 신흥 학과에 속하는 것들이다. 그는 만년에 이르러서도 그런 어린이 같은 호기심을 여전히 유지하고 있었다.

저우쭤런의 회고 문장에는 여러 종류의 학문에 대한 루쉰의 흥미에 대해 언급한 내용이 있다. 《루쉰에 대하여 2》에서는 일본 유학시기의 번역과 독서생활에 대해 이야기했는데 매우 상세하게 적혀 있다. 러시아 시인과 소설가를 어떻게 감상하고, 일본의 소설을 어떻게 상세하게 읽었는지, 이런 내용은 모두 그의 지식구조를 충분히 보여주고 있다. 일본 생활시기의 일부 자료들로부터 루쉰이 과학 판타지소설·지질학·과학철학에 모두 흥미를 느꼈다는 사실을 알 수 있다. 그러나 역외소설이 그에게 준 충격이 가장 컸을 것이다. 초기 창작과정에서는 역외문학의 그림자가 매우 짙은 것으로 나타났다. 안드레예프의 우울함을 본받고 그 정신을 받아들여 암담하고 어찌할 이치가 없는 마음이 그처럼 아름답게 흐르고 있다. 나츠메 소세키의 우수에 젖은 정서를 본받고 그 장르를 받아들여 국민성에 대한 비판에서 추호도 뜨뜻미지근하지 않다. 그리고 고골리가 할 일 없이 습관적으로 비극을 이용하는 것에 대해서도 그 의미를 받아들여 어두운 흐뭇함이 소리 없이 흐르고 있다. 모종의 의미에서 여러 가지를 잡다하게 취해 조그마한 성공을 이룬 반면에 본분을 잊었다고 말할 수 있다.

중요한 것은 그러한 호기심 덕분에 그는 정형화된 사유의 마력에서 벗어나 기존의 문제 감지방법을 뒤엎어버렸다는 사실이다. 그는 오래된 언어표현방식을 찢어버리고 도덕 밖의 언어표현 영역에 들어가기를 좋아했다. 호기심의 결과는 회의주의적 판단력을 소유하게 된 것이다. 폴 리쾨르(Paul Ricoeur)는 《역사와 진리》라는 글에서 다음과 같이 말했다.

"언어도 생산할 수 있다. 언어는 요구를 제기하지 않는다. 오직 의심하는 것만이 언어를 문제로 바뀌게 할 수 있고 질문을 대화로 바뀌게 할 수 있다. 즉 대답을 위한 문제와 문제에 대한 대답으로 바뀌게 할 수 있는 것이다."[6] 루쉰은 줄곧 표현하는 것을 문제로 간주했다. 그는 노예의 언어와 노예식 언어표현방식의 유혹을 받아들이지 않는 사람만이 진실한 말을 할 수 있다는 것을 의식하게 되었다.

오직 오래되고 낡은 말을 잊어버리고 신선한 언어를 사용해야만 언어표현의 쾌감을 얻을 수 있다. 그는 그렇게 하는 것이 너무 어렵다는 것을 알고 있었다. 그가 신문화운동 초기에 사용한 언어는 후스胡適와 같은 풍격의 언어가 아니었다. 좌익 시기에 이르러서도 그의 언어에는 정치적 색채가 극히 적었다. 가장 극단적이었던 시기에 그는 정치 언어와 거리를 두고 유지했다. 루나차르스키·플레하노프의 글을 번역할 때 그는 정치적인 서술이 아닌 문학 비평적인 서술을 좋아했다. 혁명적이지 않은 언어로써 혁명에 대한 이해를 서술하는 것이 바로 그의 성실한 부분이다. 한편 첸싱춘錢杏邨 등 이들의 번역 어투에 따른 이론을 보면 혁명과 거리가 너무 멀다.

새로운 언어를 사용하려면 반드시 새로운 혈액을 수혈해야 한다. 고어도 물론 쓸 수는 있지만 필경은 우리에게서 이미 멀어져 갔다. 그렇다면 민간의 언어는? 물론 사용할 수 있다. 방언·구두어 등은 모두 문장 속에 써넣을 수 있다. 그의 소설이 바로 그 한 예이다. 또 한 가지가 있는데 그것은 바로 번역 과정에서 얻을 수 있는 것이다. 많은 깨우침을 얻을 수 있을 것이다.

루쉰은 세속에 물든 노인이라는 험담을 듣기도 했지만 그는 줄곧 동화에 대한 열성을 안고 살았다. 예를 들면 그는 많은 동화를 번역했는데 그의 번역 작품 중에서 동화는 일정한 비례를 차지한다. 그가 번역 소개한 예로센코의 동화는 흥미진진하다. 다른 사람은 동화의 가치가 별로 크지 않다고 여겼으나 그만의 터득 부분이 있었다. 맹인이 창작한 작품은 자신만의 상상력을 가지고 있다. 그런 특별한 표현은 사람들에게 사유의 즐거움을 느낄 수 있게 한다. 금지구역이 없는 것, 기이한 용어, 도약식 구절 등은 모두 기존의 방식을 깨뜨렸다. 그가 번역한 것은 모두 별로 유명하지 않은 작가들의 작품으로서 안목이 없는 것 같다고 사람들이 비난했다.

그러나 루쉰은 어쩌면 유명하지 않은 작가들의 명작가와는 동떨어진 언어표현방식이 더 가치가 있다고 여겼을지도 모른다. 셰익스피어·괴테는 물론 위대하다. 그 위대함은 모든 사람들이 익히 알고 있을 정도이다. 그러나 이류·삼류 작품들은 전반적으로 보면 보잘 것 없어 보이지만 그 중의 우수한 부분은 섭취할 수 있다. 모든 존재에는 다른 사람의 것과 다른 부분이 있다. 그 다른 부분을 민감하게 알아차리고 가져와야 하는 것이다. 이는 매우 중요하다.

그는 항상 반짝이는 광채를 띤 조각들을 골라서 취했고, 한두 마디의 간단한 말을 표현했으며 체계를 이루지 않아 자유로운 형태를 나타냈다. 그와 같은 시대 사람들이 애써 쌓아올린 이론의 빌딩이 첸중수(錢鍾書)의 말을 인용한다면 하나씩 다 무너져버렸다고 할 수 있다.

③

수많은 현대 문인들이 모두 중국의 험담을 했다. 좀 우아한 표현을 쓴 험담은 국민성을 들먹이며 어쩌고저쩌고 했다. 루쉰도 중국의 험담을 많이 했다. 단 그는 험담을 하면서 자신도 마음이 움직였고 따라서 우리의 마음도 움직였다.

그는 구시대의 유물을 비판하면서 언제나 인본주의 입장에 섰다. 그 어떤 문화든지를 막론하고 사람의 생존에 방해가 되는 것이라면 대체로 문제가 있는 것이다. 교육부에서 근무할 때 그는 관료체계의 운영과정을 보고 그 중의 황당함을 깊이 체험하게 되었다. 세상이 몇몇 정객에 의해 설계될 때면 문화는 변색해버리는 것이다. 그리고 변색하지 않은 것은 사대부의 시선에 들 수 없는 것이다. 벼슬 문화를 회피하고 멀리 하는 것만이 본연적인 것이다. 그러한 시각으로 지난 역사를 살펴보면 문제를 쉽게 발견할 수 있다. 지난 유물은 티끌에 불과한 것이다. 국수 문제에 대해 언급하면서 그는 이렇게 말했다.

예를 들어 한 사람의 얼굴에 혹이 하나 자랐다고 하자. 이마의 부어 있는 부위에 종기가 생겼으니 확실히 남들과 다르다. 그의 특별함을 보여주고 있는 것만큼 '정수(精髓)'라고 할 수 있다. 그런데 내가 보기에는 차라리 그 '정수'를 베어버려 다른 사람과 같은 모양이 되게 하는 것이 나을 것 같다.

....

나의 한 벗은 참으로 좋은 말을 했다. "우리에게 국수를 보존하게 하려면 국수도 우리를 보존할 수 있어야 한다."

우리를 보존하는 것이 확실히 첫 번째 의미이다. 그가 국수이건 아니건 관계없이 그에게 우리를 보존할 수 있는 힘이 있느냐 없느냐만 묻는 것이다.[7]

분명한 것은 이와 같은 말을 할 때 루쉰은 권력이 없는 약자의 입장에 섰으며 통치자와는 대립되는 입장이었다는 사실이다. 애석하게도 과거의 문화는 통치자의 편에 선 것이 대부분이다. 백성의 고락에는 거대한 공간이 존재한다. 그러나 그 공간은 한어 쓰기 범위 내에 속하는 것은 아니다. 문화는 당연히 그런 범위를 찾아야 한다. 이는 그가 가입한 《신청년》의 활동에 대해 인식할 수 있는 단서를 마련해준다. 평민문화와 초야문화의 전망이 어쩌면 우리 문화의 쇠퇴되어 가는 발걸음을 늦춰줄 수도 있을 것 같다.

그가 말을 할 때 많은 경우에 다 그랬다.

《축복》과 같은 작품은 그의 정신에 대한 주해이다. 그 입장은 전적으로 민간적이었다. 전통 문화를 바탕으로 삼아 그 위에 무형의 정신권력공간을 형성했다. 민간의 신앙이 철저히 오염되었으며 한漢대 문명의 정보는 일종의 부호로서 사람의 정신을 파괴하는 무기 역할을 했다. 이처럼 약소층에 대한 애정 속에서 문제를 사고하는 자세는 본연의 반응이다. 그런데 이에 대해 의식한 지식인은 몇 안 된다. 이를 통해서도 그의 사상 논리를 엿볼 수 있으며 그가 좌익작가연맹에 가입하게 된 내면의 동기도 설명할 수 있다. 그에게서 좌적인 경향이 가장 심했던 시기에 그의 이런 입장이 강화되었던 것이다.

중국 지식인이 좌적인 경향을 가지게 된 것은 인간의 본성을 억누르는 힘에 불만을 느낀 데서 비롯되었다. 그가 만년에 쓴 여러 편의 문장들에서 볼 수 있는 좌경화 경향에는 격분이 포함되어 있다. 《중국 무산계급 혁명문학과 선구자의 피》에서 그는 이렇게 말했다.

힘겹게 살아가고 있는 우리 대중들은 역대로 가장 극심하게 압박과 착취를 받아왔다. 식자교육조차도 받지 못한 채 오로지 묵묵히 짓밟히고 멸망되는 과정을 체험했다. 복잡하고도 어려운 상형문자는 그들에게 독학할 기회마저 주지 않았다. 식견을 갖춘 젊은이들은 자신의 선구자적 사명을 의식하고 제일 먼저 전투의 외침을 내질렀다. 그 전투의 외침은 힘겹게 살아가는 대중 스스로 내지르는 반란의 울부짖음과 마찬가지로 통치자들을 공포에 떨게 했다. 그래서 문인 앞잡이들은 바로 함께 일어나 공격하거나, 혹은 요언을 퍼뜨리거나, 또 혹은 직접 정탐 노릇을 하기도 했다. 그러나 그런 행위는 모두 몰래 숨어서 이름을 숨기고 한 것으로서 그들 자신이 어둠 속에서 살아가는 동물임을 증명한 것에 지나지 않는다.[8]

그의 언어표현 입장이 그러했음을 알게 되면 그가 왜 후스 · 량스 츄 · 쉬즈모 등 이들을 좋아하지 않았는지를 알 수 있다. 그들은 신사계급과 유한有閑계층에 속하는 사람들이었기 때문이다. 루쉰의 문자 중에서 가장 혐오한 것이 아마도 바로 이런 것들이었을 것이다. 여기서 그의 창작 논리의 기점을 찾을 수 있지 않을까?

그가 전통은 사람을 잡아먹는 것이라고 꾸짖는 한편 신사계층에 속한 량스츄를 "집 잃은 자본가의 힘없는 주구"라고 비난한 것은 모두 홧김에 한 말이 아니라 일종의 문화 선택의 자세였다. 그 존재들은 민중의 생존 고통과 혈연적인 연결이 없으며 심지어 다만 이 세상의 공모자가 될 수밖에 없는 것들이다. 이는 또 그가 왜 소련을 가까이했으며 왜 마르크스주의 문헌을 번역 소개했는지에 대한 설명이 될 수 있다. 그것은 그런 존재들이 대중에게 속하고 중국의 피압박자에게 속하는 것들이기 때문이다.

그러나 피압박자들은 자신의 표현 공간을 가지고 있지 않았으며 그들의 글쓰기는 공백이었다. 루쉰은 스스로 사대부들의 표현방식을 포기했으며 새로운 언어세계를 찾기 시작한 것이다.

그러나 새로운 언어는 어떻게 수립해야 하는지는 그도 알지 못했다. 대중 언어의 토론에 참가할 때는 어쩔 수 없이 유토피아적인 충동이 일어나기도 했다. 새로운 언어는 반드시 민간에서 와야 하지만 그것을 글로 쓰는 사람은 역시 지식인이다. 세상은 지식계층이 묘사한다. 문인의 문장을 뒤엎는다는 것은 참으로 너무나도 어려운 일이다. 어렵기 때문에 비로소 그 가치가 나타나는 것이다. 또한 정신의 기반도 다른 사람과 달라지는 것이다.

그의 글에서 생생하게 살아서 움직이는 아름다움의 흐름을 느낄 수 있는 것은 바로 루쉰이 쉬지 않고 돌아다니면서 흙에 가까이 다가갔기 때문이다.

④

독자들은 루쉰의 자유로운 일면을 감상하면서 그가 용어 사용을 크게 중요시했으며 말을 아끼고 조심스럽게 하고 있음을 보았을 것이다. 낱말을 운용하고 글귀를 만드는 과정에 특히 깊은 뜻이 있었다. 그의 언어표현의 뒷면에서는 생각의 신중함을 읽을 수 있다. 일부 구절의 복잡함은 아마도 표현의 빈틈을 메우기 위한 것일 것이다. 그가 보기에는 자신의 언어에 빈틈이 너무 많았기 때문에 그의 표현은 언제나 구체적이고 섬세했으며 또 습관적 용어를 건너뛰었던 것이다.

언어는 한정되어야 하며 한정된 언어 속에 자신의 사상을 표현해야 한다. 그런데 그 시기 사람들 대부분은 국가·민족 등 문제에 대하 실속이 없고 공허하게 담론할 뿐이었다. 주변의 사소한 일에 대해 이야기할 경우에도 그럴듯하지만 실제는 그렇지 않았으며 애매모호했다. 예를 들어 혁명문학의 이론에 대한 서술, 또 예를 들어 사실주의 관념의 실현 등은 모두 엄격하고 신중한 사고방식에서 나온 것이 아니었다.

평소 말하는 가운데서 그가 문제를 고려할 때의 주도면밀하고 깊이 있으며 확실한 일면을 엿볼 수 있다. 그의 학생이 그에게 결혼 문제에 대해 문의한 적이 있는데 결혼해도 되겠느냐를 묻는 내용이었다. 루쉰은 회답편지에 다음과 같이 썼다.

결혼에 대한 일은 말하기가 어렵네. 그 중 이해에 대해서는 몇 년 전에도 편지에서 자네에게 말했던 기억이 있네. 사랑과 결혼은 정말 역시 천하대사임이 확실하네. 이는 확정지을 수 있는 일일세. 단 사랑과 결혼은 또 다른 대사도 포함하지. 그렇게 시작하면 그런 대사는 결혼 전에는 생각해본 적도, 혹은 접해본 적도 없는 것이네. 그러나 그 또한 인생에서 반드시 겪어야 할 일이며(만약 결혼한다면 말일세) 어쩔 수 없는 것일세. 결혼 전에는 말해도 이해할 수 없고 설사 이해한 뒤에도, ─ 어쩔 수 없네.[9]

갑자기 완전히 깨닫고 난 뒤에는 무언의 침묵이다. 말로 표현하려면 참으로 말하기가 어려운 것이다. 이는 전형적인 루쉰의 사유방식이다.

사람은 무엇인가를 선택하게 되면 그것과 관련된 문제에 직면하게 된다. 문제는 선택에 따라 나타나는 것이다. 사람은 반드시 선택을 해야 한다. 단 선택 과정에 반드시 경계해야 한다. 이는 존재의 거스름이다. 오직 거스름 속에서 출발해야만 인생을 체험할 수 있다.

《야초·묘비문(野草·墓碣文)》에서도 그의 "하나의 소리가 여러 가지

어조를 띠고, 하나의 그림자가 여러 가지 형태를 나타내는 특징"을 엿볼 수 있다. 그는 반어와 자아성찰 속에서 언어의 질서를 뒤엎은 것이다. 인생에서 겪는 모든 일을 다 언어로 담아낼 수 있는 것이 아니고 언어의 세계에도 비현실적인 일면이 많다. 객체가 비현실적인 단어에 의해 묘사될 때는 바로 분해되고 있는 때로서 그 진실한 소재지에 다가설 수가 없게 되는 것이다.

큰 소리로 노래 부르며 열광할 때 찬바람을 맞아 병이 날 수 있고 하늘에서 깊은 연못을 볼 수 있는 것이다. 눈에 보이는 모든 것은 무소유이고, 아무런 희망도 없다고 느껴질 때 구원을 받는 것이다.[10]

루쉰은 자신의 견해를 밝힐 때 "네" 혹은 "아니오"라는 표현을 절대 쓰지 않았다. 예를 들어 공평에 대해 토론하면서 그는 공평한 것에 반대하지 않았다. 단, 우선 상대가 공평한 것이냐 아니냐 하는 데에 관심을 두었다. 만약 아니라면 무턱대고 공평하다고 하지 않았다. 민주는 좋은 것이다.

그러나 민주적이지 않은 사람에 대해서는 오직 혁명적인 방식으로 해결하는 수밖에 없다. 구체적인 문제는 구체적으로 분석했으며 두루뭉술하게 서술하지 않았던 것이다.

두루뭉술하지 않게, 구체적으로 말하는 것은 그의 언어표현의 하나의 특점이다. 젊은 시절에 당면한 문제에 대해 토론할 때 그는 "첫째는 생존이고, 둘째는 의식주를 해결하는 것이며, 셋째는 발전이다."[11] 라고 말했었다.

그러나 그는 또 이어서 이렇게 말했다. "내가 이른바 생존이라는 것은 그럭저럭 되는대로 구차하게 사는 것이 아니고, 이른바 의식주를 해결하는 것이란 사치스러운 생활을 가리키는 것이 아니며, 이른바 발전이라는 것도 방종을 뜻하는 것이 아니다."[12] 모든 서술에서는 범위를 한정해야 한다. 범위를 한정하지 않으면 분명치 않게 되며 근거가 없게 된다. 그는 언어를 사용할 때 항상 조심했다. 언어도 함정이기 때문이다. 이로부터 그의 치밀함을 느끼지 않을 수 없다. 습관용어에 대한 그의 경계는 외재적 터무니없는 존재에 대한 경계에 못지않았다. 문자에 대한 루쉰의 가혹함은 인생에 대한 가혹함을 초월했다.

루쉰을 이해하려면 반드시 사상의 서로간의 한정성을 보아야 한다. 그는 중국어의 문제가 한정하기 어려워 확실성을 상실한 것이라는 사실을 발견했다. 그래서 번역 과정에서 뻣뻣한 번역 방법을 꾸준히 써왔던 것이다. 그런데 그 뻣뻣한 번역의 결과에 대해 사람들은 식별하기 어려워했으며 결국 난해한 글이 되어버렸다. 그의 번역문은 옌푸의 '신달아(信達雅, 번역의 3가지 원칙을 말하는데, 즉 원문에 충실해야 하고, 의미를 전달할 수 있어야 하고, 문장이 규범에 맞아야 함-역자 주)' 규정에도 부합하지 않고, 또 첸중수의 이른바 '최고의 경지'도 아니었다. 모국어를 수정하려는 루쉰의 실천은 어찌 보면 돈키호테와 비슷한 면이 있는데 그 결과는 당연히 실패였던 것이다.

번역문에 대한 여러 가지 다양한 경험들은 그의 잡감 문장의 풍부성과 표현의 정확성을 형성했다. 매우 동양적인 사유방식 뒤에서 사실은 이미 백화문의 방향을 바꾸어놓았던 것이다.

저우쭤런은 루쉰이 나츠메 소세키의 영향을 받았다면서 일반 사람들은 한 눈에 엿볼 수 없을 것이라고 말했다. 루쉰의 문장을 읽노라면 늘 터무니없다는 느낌이 매우 강하게 들곤 한다. 이런 느낌은 나츠메 소세키와 고골리에게서도 자주 느낄 수 있다. 그러나 실제상황은 루쉰 자신의 강한 유머감각과 또 현실적 자극에 대한 뛰어난 반응에서 비롯된 것이다. 황당함의 뒷면에 여전히 진정함이 존재한다면 그것은 말 없는 혹은 할 말을 잃은 침묵일 것이다. 그러나 일단 그것을 표현한다면 공허감을 느끼게 될 것이다. 바꾸어 말하면 "나는 침묵하고 있을 때 충실함을 느끼고, 입을 여는 동시에 공허감을 느낀다." 이는 전형적인 현대적 표현의 거스름이다.

자크 데리다는, 부호는 차이가 있는 구조로서 절반은 줄곧 "이쪽에 있지 않고" 다른 절반은 줄곧 "저쪽에 있지 않다"[13]라고 주장했다. 데리다는 또 오직 하나의 전반적인 문장에서만 부호에 진정한 의미를 부여할 수 있어 표현이 비로소 완전할 수 있다면서 영원히 결석하는 부호는 해낼 수 없는 일이라고 말했다.[14] 이러한 관점으로 루쉰을 바라보면 일치하는 부분이 있을 것 같다. 1927년 국민당이 살인을 밥 먹듯 하는 것을 보고 루쉰은 너무 놀라 눈이 휘둥그레질 지경이었다. 그는 이렇게 감탄했다.

혁명하는 것, 혁명에 반대하는 것, 혁명하지 않는 것.
혁명하는 자가 혁명에 반대하는 자에게 죽임을 당한다. 혁명에 반대하는 자는 혁명하는 자에게 죽임을 당한다. 혁명하지 않는 자는 혹은 혁명하는 자로 간주되어 혁명에 반대하는 자에게 죽임을 당하거나, 혹은 혁명에 반대하는 자로 간주되어 혁명하는 자에게 죽임을 당하거나, 혹은 아무 것으로도 간주되지 않아 혁명하는 자 혹은 혁명에 반대하는 자에게 죽임을 당한다.[15]

이와 비슷한 느낌이 너무 많다. 문장이 배배 꼬이는 것은 사실은 이치로 설명할 수 없는 현실이 배배 꼬이는 것이다. 언어는 영원히 현실의 뒷면에 존재한다. 따라서 현실을 복원하려면 오로지 단어를 배배 꼬이게 해 생소한 것으로 만드는 수밖에 없다. 잡감 문장의 형태가 꾸준히 바뀌는 것은 실제로는 현실의 자극에 따른 결과이다.

부시불식간에 그의 수많은 감탄들은 현학玄學적 의미에 더 접근하고 있었다. 인간세상의 이치로 설명할 수 없는 사색에는 사실 현학적인 일면이 있다. 루쉰의 기질이 이점에 더 어울렸음은 의심할 나위가 없다. 샤먼廈門에서 지낼 때 그는 《아침 꽃을 저녁에 줍다朝花夕拾》 머리말에 이렇게 썼다.

한때 나는 어린 시절에 고향에서 먹었던 야채와 과일을 여러 번이나 기억 속에 떠올리곤 했다. 마름, 누에콩, 줄, 참외 등 야채와 과일들은 모두 너무 신선하고도 맛이 있었다. 이들은 모두 고향을 그리워하는 나를 유혹하곤 했다. 훗날 나는 오랜만에 그것들을 다시 먹을 수 있게 되었지만 그저 그랬다. 오직 기억 속에만 여전히 옛날 맛이 남아있을 뿐이다. 그것들은 어쩌면 나를 평생 속이며 나에게 지난날을 돌이켜보게

할 것이다.[16]

루쉰은 기억의 불신성을 발견했다. 그렇다면 언어는 다 믿을 수 있는 것일까? 세간에서 유행하는 신앙과 기대에도 모두 함정이 존재하는지 여부를 알 수 없다. 니체는 《짜라투스트라는 이렇게 말했다(Thus Spoke Zarathustra)》에서 "언어는 무력한 것이며, 자신은 자신의 적이다. 그렇다면 언어도 언어의 적이 아닐까?"라고 썼다. 지혜는 자신을 기만할 수 있다.

언어도 벗어나지 못하고 걸려들게 된다. 그뿐이 아니라 언어의 허황됨도 바로 존재의 허황됨에서 비롯된 것이다. 그것은 많은 존재의 이치는 단어로써 설명할 수 없기 때문이다. 그는 수많은 역외 시인과 작가의 글 속에서 이와 같은 점을 발견했던 것이다. 그 시인과 작가들은 늘 상식에 어긋나는 말로써 문제에 대해 토론하곤 했다. 루쉰이 번역 소개한 시문 중에도 이처럼 상식에 어긋나는 언어가 매우 많다. 예를 들어 페퇴피의 시가가 그런 것이다.

희망은 무엇인가? 창녀다.
그녀는 아무나 다 유혹한다, 모든 것을 다 바쳐가며
그대가 너무 많은 보물을 희생하기를 기다려 ―
그대의 청춘을 ― 그녀는 그대를 저버리고 만다.[17]

시인의 촉각은 너무나도 생생하다. 루쉰이 번역한 니체·안드레예프·가르신·아리시마 다케오의 작품 속에 이런 식의 구절이 매우 많다. 훌륭한 작가라면 유행하는 언어를 찢어버린다. 그들의 사상은 유행의 공간을 지나 자신의 시학우주를 세울 수 있다.

만년에 이를수록 루쉰 문장 속의 황당한 느낌이 이상하리만치 강렬해졌다. 그는 청년의 죽음에 대해 쓰면서 구차하게 살아온 자신의 비애를 보았던 것이다. 언어가 무슨 쓸모가 있단 말인가? 작가의 문장은 그저 그런 것일 뿐이다. 《나는 사람을 속이려 한다》에서 그는 자신의 신분의 난처함에 대해 말했는데 말하는 과정에서의 불확정성이 오히려 글의 표현을 더 황당해지게 했다. 한편으로는 태연자약하게 문장을 쓰면서 다른 한편으로는 독자들에게 미안하다고 생각했다. 그것은 어떤 마음 상태였을까?

마치 모든 문제를 다 써낼 수 있을 것 같으면서도 또 써낸 것은 본 뜻의 빠뜨린 부분에 지나지 않는 것 같은 기분이었을 것이다. 루쉰이 작품 속에서 전하고자 하는 것은 그러한 공허하고 적막한 느낌이었다. 바로 그런 원인으로 인해 그의 문장에서는 모진 추위 속에서 느끼는 따스한 기운을 느낄 수 있는 것이다. 미셸 푸코(Michel Foucault)는 욕구는 언어의 표상을 추월할 수 있다고 주장했다.[18] 그렇다면 루쉰의 한없이 넓은 생각이 어구 속에서 돌파구를 찾은 것으로서 이는 연구자들에게 미스터리 같은 유혹을 가져다주었다.

⑥

루쉰은 마음속으로 주변의 사유 맥락이 파괴되어버렸다고 생각했다. 이로부터 그에게는 캐어묻고 싶은 심리가 생겨났으며 정형화된 사유를 뒤집는 언어표현이 그의 글 중에 무척 많다. 중국인은 원만하고 둥글둥글한 결말을 좋아하지만 유독 루쉰은 그렇지 않다. 그는 가짜 신령을 모독하면서 그것은 하나의 그림자에 지나지 않은 것으로서 진실하지 않은 것이라고 했다. 예를 들어 모든 현縣에 열 개의 풍경이 있는데 그것은 숫자를 억지로 끌어다 맞춘 것에 불과한 것으로 실제 현실과는 무관하다고 한 것이다. 모든 희곡(중국 전통극) 이야기는 모두가 만족스러워할 결말로 끝나지만 그럴듯한 명성만 갖고 있을 뿐, 고통스러운 인생과는 거리가 너무 멀다.

문제가 없는 곳에서 그는 많은 문제를 제기했으며 그로 인해 질의와 불만, 공격을 받기도 했다. 30년대는 바로 메이랑팡梅蘭芳이 큰 인기를 누렸던 시기이다. 그런데 루쉰이 경극을 비평하는 글을 여러 편 쓴 것이다. 《메이란팡과 기타에 대한 약론略論梅蘭芳及其他》에서 다음과 같이 말했다.

그가 사대부의 도움을 받지 않고 만든 극은 당연히 속된 것으로서 심지어 상스럽고 지저분하기까지 하다. 그러나 활기와 생기가 있다. 그러다가 '천녀天女'가 되어 고귀해진 후부터는 생기가 없고 조심스러운 것이 가련해보인다. 죽은 것도 산 것도 아닌 천녀 임씨 누이(林妹妹, 조설근의 소설 『홍루몽』 중의 임대옥을 이르는 말. -역자 주)를 보고 있으니 대부분 사람들은 이쁘고 활기찬 시골 여인을 보는 것이 낫겠다고 생각할 것이다. 그녀가 우리와 더 가까이 있기 때문이다.[19]

많은 사람들이 루쉰의 비평에 불만을 표했으며 민족 유산에 대한 불경이라고 여겼다. 그러나 루쉰은 사대부들이 사회를 꾸준히 미화하고 색칠해 꾸미는 것이 백성의 경험과는 거리가 먼 것으로서 진정한 예술이 아니라고 주장했다. 문제는 중국의 지식인들이 언제나 허황함 속에서 길을 만들어 사람들을 잘못 된 길로 안내하려는 데 있다고 했다. 사대부의 기질을 떨쳐버리기 전에는 문학에 어쨌든 문제가 있기 마련이라고 보았던 것이다.

구식 사유는 사람들의 나태한 성격을 형성시켰다. 모든 새로우나 풀기 어려운 문제가 나타났을 때 노예근성의 언어로써 어찌 명확하게 설명할 수 있었겠는가? 나라가 패망해갈 때 루쉰은 문인과 미녀들이 희생양이 되었고 권력자들과는 무관한 것 같다면서 이는 노예적인 사유라고 말했었다.

문인들이 바른말을 몇 마디 썼다가 사회 동란의 원인으로 간주되었으며 현실의 결과라고 감히 말하는 사람이 없었다. 이 또한 노예시대의 말하기 방식이다. 30년대에 시골 백성들 가운데서 미신적인 기풍이 도는 것을 보고 루쉰은 마음 아파하며 우민교육을 바꾸려는 갈망을 밝혔었다. 백성의 정신이 너무 오래 동안 감옥에 갇혀 있었기 때문이다. 정형적 사유의 결과는 바로 변혁을 생각하지 않는 것이다. 정신이 과거세계에 머물러 있기 때문에 새로운 모든 것에 대해 거부하는 태도를 가지고 있는 것이다. 그래서 경직된 여론 환경이 형성되어 하층 시민의 기질과 상층 관리의 기질 모두에서 어떤 기운이 드러나는데 그것은 바로 사상으로 사람을 죽이는 것이다. 혹자는 도덕죄로 모함하거나 혹자는 정치죄로 목을 치거나 하는데 정말로 인간세상에 살고 있는 것 같지 않다. 《"사람들의 말은 가히 두렵다"에 관해(論"人言可畏")》에서 시민과 작은 신문의 유언비어가 퍼뜨리는 독에 대한 분노와 증오를 통해 국민 열근성의 근원을 발견했다.

루쉰은 국민의 고질병에 실망을 느껴 예술 속에서 대응되는 존재를 찾은 것이다. 정형적 사유는 언제나 시간의 한정 속에 존재하며 습관적 언어공간에 존재한다.(스톄성史鐵生의 말) 그러한 공간을 찢어버려야만 어떤 잘못된 인식에서 벗어날 수 있다. 그래서 역사와의 꾸준한 대화 과정에서 민족성의 응고된 일면이 가져다주는 문제를 살펴야 한다. 사람들이 무감각해진 부분에서 문제를 발견할 수 있는 것이다. 빈틈이 없는 부분에서 허점을 발견하는 것은 일종의 통찰력이 있어서이다. 《명인과 명언》에서는 "박식가의 말이 천박한 경우가 많고 전문가의 말이 상식에 어긋날 때가 많은" 난처한 경지를 까발렸다. 그 결론은, '명인의 말'과 '명언'을 분리시켜야 한다는 것, '명인'이라고 하여 다 '명언'을 말할 수 있는 것은 아니라는 것이다.

우리는 루쉰의 작품 속에서 뜻밖의 필법을 흔히 볼 수 있다. 소설집《새로 쓴 옛날이야기(故事新編, 고사신편)》에서 그는 늘 역사 서술 속에 현대적 요소를 가미해 블랙 유머의 의미를 나타내곤 했다. 《벼린 검》에서는 복수에 대한 이야기를 썼는데 그 결말은 원만하게 끝난 눈부심 대신 다 같이 죽는 비장함만 있다. 황당한 화면이 모든 이른바 정의라는 아름다운 이름을 모조리 사라져버리게 했다.

일부 작품 속에서 그는 줄곧 문화사가 사람에게 정해놓은 제한에서 벗어날 수 있기를 희망했다. 그는 민간 희극 중 귀신의 형상을 긍정하는 한편 궁정 어용 예술을 조소했다. 《하늘을 기운 이야기補天》에서는 여와가 인간을 만드는 눈부신 장면에 대해 묘사했는데 그처럼 순결하고 아름다우며 위대한 것이 전혀 초라하거나 침울하지 않았다. 그런데 후에 작품에 고루한 기질의 소장인小丈人이 등장하면서 역사공간을 현재로 당겨다놓음으로써 또 다른 운치를 띠게 된다.

여기서 사대부의 습관 용어와 역사 관성이 뒤집어졌다. 억눌려오던 시간의 흐름이 다른 곳으로 흘러갔다. 이처럼 유한성에 제한되지 않은 무한한 가능성은 그가 작품 창작에서 흡족하게 생각하는 부분이다. 현실적인 요소와 역사적인 요소를 새롭게 배열하는 과정에서 기성 역사의 정형적 사유가 흔들리는 것이다. 고골리의 《죽은 혼》에서는 황당한 필법으로 현존하는 세계의 불행에 대해 썼는데 그 역시 찢김과 갈라짐의 일종이다.

도스토예프스키의 《가난한 사람》의 필치도 이와 비슷한 의미를 띤다. 루쉰은 역외 소설의 영감을 본받는 과정에서 중국 문제로 들어오는 입구를 찾아낸 것이다. 하나의 폐쇄된 시공간체계가 그렇게 찢겨져나갔던 것이다.

⑦

루쉰에게는 일종의 비판적인 언어가 존재한다. 그 언어의 논리구조가 무엇인지는 알기 어렵다. 루쉰의 언어는 공격성을 띤다. 그러나 높이 앉아 내려다보는 식의 공격이 아니다. 그 가시 돋친 문자들 사이에서는 지혜 · 흥미 · 울분 · 애정이 감돌고 있다.

전통 문인이 세상을 비판할 때는 오직 유머 있는 문장을 통해 함축적으로 반영했으며 직접적으로 표현하는 것은 품위를 떨어뜨리는 것이라고 생각했다. 문제는 사람들이 대부분 세상 물정에 깊이 물들어 있는 것이다. 그러나 루쉰은 정반대였다. 그는 세상 물정을 잘 모르며 혹은 세속과 동떨어져 있었다고 해야 할 것이다. 30년대 청년들이 그의 글을 좋아한 것은 그 내면에서 반짝이는 순결함과 아름다움 때문이었을 것이다. 그 시기 중국

문인 중 거드름을 피우며 폼을 잡는 이들이 너무 많았다. 물결치는 대로 흘러가기는 쉬워도 물의 흐름을 거슬러 올라가기는 너무 어려운 것이다. 《세상물정 삼매경》에서는 이러한 심리상태에 대해 묘사했다.

> 자네는 시비곡직에 대해 묻지 말고 무턱대고 여러 사람의 의견에 맞장구를 치는 것이 가장 좋을 것이야. 그러나 더 좋은 방법은 입을 열지 않는 것이야. 그것보다도 더 좋은 것은 마음속 시비의 표정을 얼굴에도 드러내지 않는 것이거든……[20]

그는 그렇게 사는 것이 좋다는 것을 알고 있다. 그러나 그것은 문제가 있는 것이다. 그래서 일부러 그런 선택을 하지 않는 것이다. 그가 말했다.

> 나 스스로도 알고 있다. 중국에서 나의 필은 까칠한 편이고 말할 때도 때로는 사정을 두지 않는다는 것을…… 그러나 나는 또 사람들이 어떻게 공리와 정의라는 미명 하에, 정인군자라는 미칭과, 온화하고 선량하며 돈후한, 거짓 얼굴로, 유언비어와 공론이라는 무기와, 애매모호하고 복잡한 문자를 이용해 사리사욕을 채우면서 손에 무기도 필도 들지 않은 약자들을 숨도 쉴 수 없게 만들고 있는지도 알고 있다. 만약 나에게 이 필이 없었다면 나 역시 수모를 당하고도 어디 가서 하소연할 데조차 없는 한 사람이었을 것이다. 나는 각성했기 때문에 그 필을 자주 쓸 것이다. 특히 엉큼한 속셈이 드러날 수 있게 하는 일에 쓸 것이다.[21]

이러한 자세가 자신을 황량한 벌판에 서서 아무것도 아랑곳하지 않을 수 있게 한 것이다. 그래서 그에게서는 처량하고 비장한 화면이 나타나는 것이다. 사상을 이해관계 속에서 분리시킨 뒤에는 오로지 평범한 무리들 밖의 세상에서 독백을 해야만 한다. 《화개집華蓋集》 머리말에는 이런 내용이 있다.

또 어떤 사람은 나에게 그런 단평을 쓰지 말라고 권고했다. 그 호의에 대해 나는 매우 감사하게 생각하며 게다가 창작의 소중함을 모르는 것도 아니다. 그러나 이런 일을 하려 할 때 – 아마도 또 이런 일도 해야만 할 것이다 - 만약 예술의 궁전 속에 그처럼 성가신 금지령이 있다면 차라리 들어가지 않는 것이 낫다고 나는 생각한다. 차라리 사막에 서서 거센 바람에 모래가 날리고 돌이 뒹구는 것을 보면서 웃고 싶으면 크게 웃고, 슬프면 크게 울부짖고, 분하면 크게 욕설을 퍼붓기도 하면서 설령 모래에 맞아 온 몸이 거칠어지고 머리가 터져 피가 흐르며 이따금씩 자신의 굳어버린 핏자국을 어루만지면서 꽃무늬가 있는 것처럼 느끼더라도 중국의 문인들을 따라 셰익스피어와 함께 버터를 바른 빵을 먹는 것 못지않게 흥미로울 수 있다.[22]

이것이 루쉰의 개성이다. 예술의 궁전이라는 기존의 방식은 오래 전에 이미 썩어버렸다. 오직 낯선 환경에서 인간세상을 직면해야만 은밀한 부분을 발견할 수 있는 것이다. 칼 야스퍼스(Karl Theodor Jaspers)는 소크라테스에 대해 논술하면서 "소크라테스는 사람들에게 지식이 무엇인지를 직접 알려주지 않고 그들 스스로 발견하게 했다"[23]라고 말했다. 어쩌면 인간세상의 진정한 사상가라면 모두 그렇겠지만 루쉰은 고적함 속의 발견에 쾌감을 느꼈다. 그 어떤 기존의 설교에도 자신의 체험을 통해 얻은 지식보다 친절함을 느끼지 못할 것이다. 인생의 종점은 무덤이다. 그러나 사멸로 향하는 길에서 자아 반항은 진실한 길에 더 접근할 수 있을 것이다.

그러나 그는 단 한 번도 자신이 영웅이라고 여겼던 적이 없다. 그는 자신이 만약 영웅이라면 기껏해야 실패한 영웅일 것이라고 생각했을 것이다.

그런 단호함과 확고함이 유교문화의 신조에는 많지 않으며 중용의 이치에도 어긋나는 존경할 만한 데가 있다. 얼핏 보기에는 몰인정한 것 같지만 실제로 진정한 감정의 발로인 것이다. 유가에서는 인정에 대해 가장 많이 강조하지만 후에는 인정에 어긋나는 방식으로 인정 속으로 돌아간다. 그러나 루쉰은 그 방식을 완전히 뒤집어버렸다. 이 역시 그의 극단적인 언어표현방식이 유가문화 영역에서 조예가 가장 깊은 사람들의 호감을 살 수 있었던 이유이기도 하다. 그것은 그가 우리 민족의 가장 순수한 요소를 보존했기 때문이다. 진실하고 선량한 언어가 매우 난해한 그의 논리 속에서 평범하게 바뀌어버렸다. 혹은 모험을 해야만 하는 그의 자아 추방의 결과는 인성의 근본 방면으로 돌아오게 한 것이라고 말할 수 있다. 그의 장렬하면서도 성급하고 모진 뒤의 귀속은 부드러운 인정미이다. 이 모든 것에서 그의 사유방식을 이해하는 시각을 찾을 수 있다.

냉소에 능한 루쉰의 마음속에 간직한 그 부드러움은 그의 정신의 매력적인 부분이다. 모든 역방향 선택과 이치에 어긋나는 것의 뒷면에는 뜻밖에도 자신과 다른 사람을 헤아리는 따스함이 숨어 있다. 중국 육조 이전 문인들의 맑고 씩씩한 기운이 그의 몸에 집중되었다.

그래서 중국에는 줄곧 실패한 영웅이 적고, 끈질긴 반항이 적으며, 감히 홀로 악전고투하는 무사가 적고, 감히 배신자의 죽음을 슬퍼해줄 수 있는 조문객이 적은 것이다. 승리의 조짐이 보이면 잇달아 모여들고 패할 징조가 보이면 뿔뿔이 도망쳐버린다. 우리보다 훌륭하고 날카로운 전투 무기를 가진 구미인도, 전투 무기가 우리보다 별로 나을 것 없는 흉노, 몽골인, 만주인도 모두 무인지경에 들어오는 것처럼 밀고 들어왔다. "토붕와해(土崩瓦解, 흙이 무너지고 기와가 깨진다는 말로서 여지없이 무너져 내림을 이른다)"라는 네 글자로 형용한 것은 참으로 자신을 정확하게 알고 하는 말임이 틀림없다.

"남보다 뒤떨어졌어도 부끄러워하지 않는" 사람들로 구성된 민족은 무슨 일이 있어도 한꺼번에 "토붕와해"되지 않을 것이다. 나는 매번 운동회 구경을 할 때마다 늘 이런 생각을 한다. 우승자는 물론 존경할 만하다. 그러나 비록 뒤떨어졌어도 여전히 멈추지 않고 종점까지 완주하는 경기자와 이런 경기자를 보고도 비웃지 않고 숙연한 표정을 짓는 관람객들이야말로 장래 중국의 대들보들이다.[24]

일반인들과는 전혀 다른 사고방식이다. 이것이 바로 루쉰이 고심해온 것이라고 말할 수 있다. 그가 고독하게 앞으로 나갈 수 있는 내재적 동력의 하나도 바로 여기에 있다. 이런 생명의 선택이 그의 언어 선택에서의 기이성을 결정지었다. 사상은 습관과 직면해 반문하는 과정에서 탄생하는 것이다. 정신이 만약 최초의 경지에 들어갈 수 없다면 영원히 판타지

속에서만 맴돌고 있을 것이다. 모든 것은 단지 복원만 하는 것이 아니라 창조로 가득 차 있는 것이다. 루쉰은 진실을 추구하는 한편 창조를 향한 솟아오르기를 시작한 것이다. 그의 문장 구조는 전례 없는 것이며 표현 공간 또한 탁 트인 것이 범상치 않았다. 사람들이 철통같은 방 안의 혼돈한 상태에 안주하고 있을 때 루쉰은 여명으로 통하는 문을 열어젖혔던 것이다.

참고문헌

1) [芬]冯 · 赖特、海基 · 尼曼编:《维特根斯坦笔记》, 99页,
上海, 复旦大学出版社, 2008。

2) 《鲁迅全集》第十一卷, 20~21页。

3) 《鲁迅全集》第一卷, 283页。

4) 《鲁迅全集》第三卷, 454页。

5) 王乾坤,《鲁迅的生命哲学》, 52页, 北京, 人民文学出版社, 1999。

6) [法]保罗 · 利科:《历史与真理》, 207页, 上海, 上海译文出版社, 2004。

7) 《鲁迅全集》第一卷, 305~306页。

8) 《鲁迅全集》第四卷, 282页。

9) 《鲁迅全集》第十二卷, 15~16页。

10) 《鲁迅全集》第二卷, 202页。

11) 《鲁迅全集》第三卷, 51、51~52页。

12) 《鲁迅全集》第三卷, 51、51~52页。

13) 见乔瑞金:《非线性科学思维的后现代诠解》, 50、54页, 太原, 山西科学技术出版社,
2003。

14) 见乔瑞金:《非线性科学思维的后现代诠解》, 50、54页, 太原, 山西科学技术出版社,
2003。

15) 《鲁迅全集》第三卷, 532页。

16) 《鲁迅全集》第二卷, 229~230、178页。

17) 《鲁迅全集》第二卷, 229~230、178页。

18) 参见[英]路易丝 · 麦克尼:《福柯》, 56页, 哈尔滨, 黑龙江人民出版社, 1999。

19) 《鲁迅全集》第五卷, 580页。

20) 《鲁迅全集》第四卷, 591页。

21) 《鲁迅全集》第三卷, 244、4页。

22) 《鲁迅全集》第三卷, 244、4页。

23) [德]卡尔 · 雅斯贝尔斯:《大哲学家》, 68页, 北京, 社会科学文献出版社, 2005。

24) 《鲁迅全集》第三卷, 142~143页。

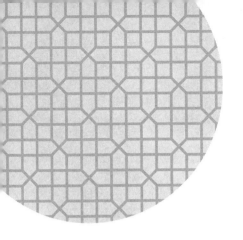

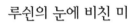

루쉰의 눈에 비친 미

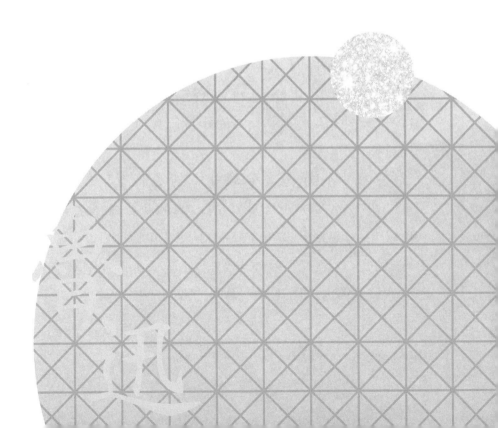

루쉰의 눈에 비친 미

먼 한·당漢唐의 운치를 취하고, 가까운 민간의 꿈을 얻었으며, 옆에 있는 이국의 영혼에까지 손을 뻗는다. 사실주의 창법으로 깊이와 그윽함, 미묘함까지 두루 갖추었고, 전투로 인해 부드러움을 얻었으며 떠들썩함 속에 고요함이 있고 희망이 보이지 않는 속에서 자유를 얻었다.

①

이전의 평론가들이 루쉰에 대해 논한 내용은 주로 문학적인 분야에 집중되었으며 그의 미술활동에 대해서는 소수의 화가와 미술사 연구자들만 논했을 뿐이며 깊이 있게 논한 이는 더 제한적이다. 루쉰의 성과는 그가 잡가인 것과 연관이 있다. 류스위안劉思源 선생이 그것은 "숨은 재주"라고 말했는데 그의 재능을 알아본 사람의 말이다. 그 재주 중의 하나가 바로 미술 감상과 연구이다. 그 내재적 요소가 루쉰의 문장을 지탱해주는 힘은 결코 가볍게 볼 것이 아니다.

우리는 때론 루쉰의 문장을 읽노라면 모종의 즐거움을 느낄 수 있는데 아마도 미학에서 말하는 정신일 것이다. 그의 미적 감수는 문자와 색채 사이에 걸쳐져 있다. 그의 그런 습관은 유년시절에 이미 형성된 것이다. 그는 삽화·비첩·조각에 모두 흥미를 느꼈다. 그 낡고 오래된 세계에서 정신이 자유로이 날 수 있는 공간을 찾은 것이다. 그림의 미와 문자의 미는 각각의 묘미가 있으며 미의 함의가 흘러넘치고 있다. 젊은 시절에 루쉰은 예술에 대한 전반적인 견해를 가지고 있었으며 문학과 미술을 함께 토론했었다. 얼핏 보기에는 모호한 것 같은 심미 형상이 그에게 가져다준 좋은 점은 훗날 점점 더 뚜렷하게 드러났다.

흥미로운 것은 미술에 대한 그의 흥미가 중국과 외국을 넘나든다는 사실이다. 그가 현대 미술품에 관심을 갖기 시작한 것은 일본에 있을 때부터였다. 서양 회화와 일본의 우키요에浮世繪에 그가 느꼈던 매력을 가히 상상할 수 있다. 또한 바로 서양 회화와 대비하는 과정에서 고향 예술의 문제를 알게 되었으며 우열도 역력하게 안겨왔던 것이다. 서양과 동양의 미술은 그에게 고국 미술사의 논리에 대해 반성해볼 수 있는 계기를 마련해주었다. 따라서 미술의 미래도를 새롭게 부각시키려는 충동이 그에게서 단 한 번도 사라졌던 적이 없었다.

심미는 복잡한 심리활동이다. 옛 사람의 경험이 그에게 가져다준 참조는 무의식중에 소설과 시문 속에 응용되었다. 그중에서도 초楚나라 문화의 판타지적인 느낌이 그에게 특히 매력적이었다. 궈뭐뭐가《루쉰과 장자》에서 그중의 접합점에 대해 논했는데 대부분 문자적 측면에서 고찰한 것이다. 그는 회화 영역에서도 터득한 것이 있었다. 남양한화상南陽漢畵像에 대해 루쉰이 느낀 점은 절묘한 필치가 많다는 것이었다. 대량으로 소장한 회화작품 중에는 뛰어난 작품이 매우 많았다. 초나라의 풍격이 물씬 풍기는데 "올 때도 흔적이 없고 갈 때도 역시 끝이 보이지 않으며", 숲과 들에 대한 묘사는 "붓놀림이 시원시원하고 용모와 자태가 각양각색이다."[11] 예술에서 귀중한 것은 대범함이다. 천지간에서 사람의 마음이 보이고 마음속에 해와 달을 품을 수 있어야 한다. 시와 철학, 철학과 그림을 문장 속에 융합시켰으며, 그 경지는 일반 유생들이 따를 바가 아니었다.

옛날 사람의 사유에서는 혼돈 속에 우화가 들어 있다. 광선, 운율 등 여러 요소 속에 정서가 산산이 흩어져 있다. 시문과 회화 모두가 이런 특징을 보유하고 있다. 루쉰은 이런 점을 의식하고 있었다. 그의 심미적 율동은 바로 그런 요소들의 도움을 받았던 것이다. 혹은 그가 그런 요소들을 환기시켜 자기 생명의 일부분으로 만들었다고도 말할 수 있다. 현대과학의 세례를 받은 뒤 심미적 방향에 변화가 생겼다. 한 가지 변화는 확실성을 갖춘 사유가 생긴 것이다. 그 사유는 논리성이 강해 모호한 일면이 없는 것이었다. 다른 한 가지 변화는 의식적인 사유였다. 직감에 의지해 대상세계에 들어간 뒤 심오한 존재가 끊임없이 쏟아져 나왔으며 마음이 끝없이 넓어졌던 것이다.

이 두 가지가 한데 얽히자 기이한 위력이 생겨났다. 두 가지 서로 다른 사유가 루쉰에게서 통일을 이룬 것이다. 또한 그로 인해 그의 잠자고 있던 고로한 시적인 정취를 환기시켰으며 오래된 예술 형식에 활기를 불어넣을 수 있었다.

19세기 후의 미술은 철학·문학과 함께 춤을 추었다. 따라서 그 시기에는 수많은 거물들이 나타났다. 그 후부터 화가와 작가가 서로 왕래한 이야기가 많고도 많아 이루 다 헤아릴 수 없을 정도였다. 작가 중에 미술에 정통한 이가 매우 많았다. 로센스·나츠메 소세키 등이 모두 그 중 한 사람이었다.

로렌스가 그림에 대해 논할 때면 핵심을 찌르곤 했으며, 나츠메 소세키는 본인이 그림 그리는 재주가 있어 시와 그림에 모두 능한 인물이었다. 루쉰의 일기를 보면 그가 천스쩡陳師曾·스투챠오司徒喬·타오위안칭陶元慶 등과 교제하면서 화단에 남긴 자취는 모두 음미해볼 가치가 있다. 그는 프랑스 지식계의 거물들과 비교해도 전혀 손색이 없었다. 그 중의 이야기들은 우리와 같은 후대들이 항상 동경하고 선망하면서 탄복하게 하는 부분이다.

린펑몐林風眠·류하이쑤劉海粟·우관중吳冠中 등 화가들은 루쉰을 매우 중히 여겼다. 그들은 미술에서는 얻을 수 없는 미적 감각을 루쉰을 통해 얻을 수 있었다. 문자 속의 미감은 마침 화가가 갈망하면서도 얻을 수 없는 내용을 담고 있으며 그 인상은 더 먼 세상까지 통해 있었다. 고대 화가들이 시문에서 얻은 영감은 너무나도 많다. 그러나 백화 작가들이 그림을 그리는 명인들에게 줄 수 있는 깨우침은 너무나도 한정되어 있었다. 오로지 루쉰만이 아주 작으나 깊은 생각으로 화가들에게 성스럽고 깨끗한 곳에 들어선 것 같은 느낌을 주었으며 깨달음의 경지가 많고도 많음을 느끼게 했다. 그는 문자와 회화의 장점을 아름다운 경치로 펼쳐 보여 생동하는 필치와 영적인 정서를 돋보이게 했다. 그것은 화가와 시인 모두가 갈망하는 마음이었다. 그것을 루쉰은 모두 가슴에 품었으니 참으로 대단한 경지라고 할 수 있다.

루쉰은 미술활동에 참여하면서도 글로 미술에 대한 평한 경우는 드물며, 그가 번역 소개한 미술품은 무수히 많지만 미술연구에 대해 쓴 글은 몇 편 되지 않는다. 다만 한 두 마디의 단편적인 말 가운데서 뛰어난 견해들이 표연히 날아 나오곤 했는데 모두가 얻기 어려운 흔치 않은 잠언들이었다.

사실 그런 말들은 모두 난해한 말이 아니며 충분한 준비를 거친 뒤에야 나올 수 있는 마음의 소리였다. 미술에 대한 진심어린 애정, 그리고 공리심이 없는 그를 대하게 되면 경의가 솟구치는 것을 느낀다. 그의 생명이 그 속에 담겨 온 몸이 아름다운 후광에 둘러싸여 있는 것이다. 또한 그렇기 때문에 추악한 사물 앞에서 추호도 움츠러들지 않고 신성함과 순결함으로 불결한 것에 대응할 수 있었으며 위엄이 서릴 수 있었던 것이다. 그의 아름다움은 부드러운 것이고 그의 사상은 호기로운 것이었다. 그의 자태는 너무나도 신기하고 그 의념은 너무나도 절묘했다.

②

대체로 루쉰의 저작에 대해 이해하는 사람이라면 모두 그의 작품 속에서 강건하고 씩씩한 기운을 느낄 수 있다. 그를 두고 중국의 진정한 사내대장부라고 말하는데 과장된 표현이 아니다. 그의 작품에는 힘찬 아름다움이 깃들어 있는데 깊이 잠든 밤에 갑자기 강렬한 빛을 주입시켜 은근하게 모여드는 한기를 몰아내는 것 같다. 그는 노예근성을 띤 언어를 혐오했다. 그의 언어에서는 어둠을 박차고 나가는 호기가 느껴진다. 그의 산문과 수필 속에서, 그 비판적인 언론들은 모두 속세의 울타리를 뒤흔들고 있으며 허위적인 이학의 방어선들을 하나씩 물리쳐버렸다.

그 특징은 일본 유학시기 문자들에서 이미 나타났다. 그 시기에 접한 근대철학과 예술 중 그에게 큰 충격을 준 것은 악마파 시인의 기백이 넘치는, 강건한 기운이었다. 잡 먼지들을 다 씻어낸 듯 그 시를 읽노라면 마치 맑은 하늘 위를 걷는 듯 사면이 눈부신 빛으로 가득 차는 것 같았으며 강력한 의지에 대한 갈망을 느낄 수 있었다. 그것은 니체와 키에르케고르를 읽는 것을 통해 얻은 생각이었다. 《악마파 시의 힘》은 심미적 방향에서 일종의 씻어 내리는 기운이 깃들어 있어 사람들에게 적잖은 충격을 주고 있다.

무릇 자존감이 아주 강한 사람은 언제나 불평을 느끼게 된다. 그는 세상의 모든 불합리한 현상에 대해 분개하고 증오하며 울부짖으면서 적수와 겨루어 보려고 한다. 그러한 사람은 특히 자존감이 강한 만큼 물론 양보가 없으며 타협의 여지도 없다. 반드시 뜻을 이루고야 말려는 의지를 갖추었다. 그렇기 때문에 그는 점차 사회와 갈등을 빚게 되며 점차 인간 세상에 권태를 느끼게 된다. 바이런이 바로 그 중의 한 사람이다.[2]

악마파 시인에게 이러한 위력이 있는 것은 흉금이 넓고 심성이 대범하기 때문이다. 중국 고대에는 그와 비슷한 광사(狂士, 포부가 크고 진취심이 있는 용감한 인사를 가리킴.-역자 주)와 투사가 있었으나 후에 점점 소실되었다. 루쉰은 원래 서양에만 그런 강건한 인사가 있는 줄 알았으나 후에 상고시대의 유산을 정리하면서 비로소 그런 인사가 옛날에 중국에도 존재했음을 알게 되었으며 다만 서양인과 배경이 다를 뿐이라는 것도 알게 되었다.

후에 그는 소설과 산문을 쓰면서 씩씩한 기운을 고수하는 것을 유지했다. 예를 들어 《새로 쓴 옛날이야기》·《야초》 등 작품은 기세가 드넓은 부분이 많으며 진기한 어구가 자주 등장하곤 한다. 《야초·복수》와 같은 작품에서는 장렬한 기운을 써내 암담한 분위기 속에서 굴할 줄 모르는 기개가 피어오름을 느낄 수 있다.

그러나 그들 둘은 서로 마주 보고 서 있다. 넓고 아득한 허허벌판에서 발가벗은 채 예리한 칼날을 잡고, 그러나 서로 부둥켜안지도 않고 서로 죽이지도 않고 그러고 서 있다. 게다가 서로 부둥켜 않거나 죽이려는 기미도 보이지 않는다.

그들 둘은 그렇게 영원히 있을 기세다. 풍만하고 윤기 돌던 몸이 이제는 막 메말라가고 있다. 그러나 그들은 전혀 부둥켜안거나 죽이려는 기미가 보이지 않고 있다.

．．．．．．．．．．．

그래서 오로지 넓고 아득한 허허벌판만 남았다. 그들 둘은 그 속에서 발가벗은 채 예리한 칼날을 잡고 메마르게 서있다. 죽은 사람의 것과도 같은 눈빛으로 이 길을 가는 사람들의 메마름을, 피를 흘리지 않는 대살육을 감상하고 있다. 영원히 생명이 날아예는 대희열의 극치 속에 잠겨서．．．．．．．[3]

그는 한·당의 기백에 대해 파악하는 면에서도 다른 사람이 따를 수 없는 부분이 있다. 예를 들어 한대 화상에 대해 논하면서는 넘칠 정도로 힘차고 윤택하다면서 굳센 기개가 있다고 주장했다. 그는 한대의 조각상을 좋아했다. 그가 수집한 《동관창룡성좌東官蒼龍星座》·《상인투호象人鬪虎》·《상인희수象人戲獸》·《백호포수함구白虎鋪獸衘球》 등 조각은 모두 매우 대범한 풍격을 띠며 힘 있고 호방하며 분방한 선율이 사람들에게 감동을 준다. 한대의 예술과 작가에 대해 루쉰은 훌륭한 이론을 많이 내놓았으며 문학에 대해 언급한 화제가 매우 많다. 매승枚乘에 대해 언급하면서 그는 이렇게 말했다.

　그의 단어는 말에 따라 율을 이루고 율에 따라 정취를 이룬다. 다듬지 않아도 의미가 스스로 깊어지고, 풍격과 정서가 초나라 굴원屈原이 지은 부賦《이소離騷》에 접근했다. 그 체재는 참으로 독특해 그야말로 "특이하고 미묘한 사물을 부드럽고 돈후하게 묘사해 시교詩教에 부합되고 슬픈 감정을 온화하고 부드럽게 표현했다. 뜻이 얕을수록 더 심오한 의미를 나타낼 수 있고 단어는 간단할수록 뜻은 더 깊다"라고 할 수 있다.[4]

　한대의 문화에서는 아직 범 도덕적인 그림자가 보이지 않으며 사상에도 빈틈이 보이고 민간이 전반적으로 오염되지 않았다. 그가 후에 한대의 화상을 수집하는 데 애정을 기울인 데는 크게 기대하는 바가 있었다. 그것을 부흥의 꿈이라고 해도 될 것이다. 그의 마음에 든 사마천·매승에게는 모두 위대한 일면이 있다. 천마가 하늘을 나는 듯 호방하고 구애 받지 않는 자유로운 기풍이 마음이 쏠리는 곳으로 집중되어 눈부신 정오의 햇살처럼 창공을 고루 비추는 듯하다. 이 모든 것이 저도 모르는 사이에 그의 내면세계 속에 녹아들어 그의 글은 구리 종소리처럼 산과 들에 울려 퍼지며 역사와 오늘 사이의 대화 공간이 예사롭지 않을 정도로 넓다.

　그가 한·당의 기백에 대해 거론한 것은 한 두 번이 아니며, 또 일본의 우키요에가 한 대의 조각상을 모방했다고도 말했다. 이 같은 사실에서도 그가 조상의 문명에 대해 추억하면서 느꼈을 기쁨과 위안을 알 수 있다. 그가 수집한 한·위魏시기의 비첩은 대부분 고풍스러우면서도 굳센 것들로서 그 기운 속에서는 유약한 자태를 절대 찾아볼 수가 없다. 그는 뤄전위羅振玉가 편집한 《진한와당秦漢瓦當》을 직접 모사한 적이 있는데 그가 흥미를 느꼈던 것은 바로 천연적으로 명쾌하고 매끄러운 선이었으며 빠르게 날아다니는 신령의 춤사위였다. 이런 것들은 훗날 모두 그의 흥미 속에 반영되어 문장을 지을 때 무의식간에 바람이 불어오듯 시원한 가을 기운이 피어오르는 것 같다. 그의 문장은 황량한 벌판의 드넓은 아득함이 있고 저녁 빛 속에서 기백이 넘치는 경우가 많다. 사소한 정서에 구애되어 케케묵은 기운을 풍기는 문인들에 비해 그는 그야말로 우뚝 솟은 웅장한 모습이라고 할 수 있다.

③

그가 침묵할 때도 우리는 그의 우울한 목소리를 들을 수 있다. 사회 최하층에서 살아가는 사람들을 가엾이 여기는 자비와 연민의 정 및 스스로 느끼는 초조함이 그의 문장에서 일종의 고요하고도 고통스러운 분위기를 조성한다. 많은 부분에서 그의 고독한 심경의 고백과 담담한 슬픔을 읽을 수 있다. 그것은 선천적으로 우러나오는 목소리일까 아니면 후천적으로 수련을 거쳐 비롯된 것일까? 우리는 늘 그의 서술에 감화되곤 한다.

《고향》·《광인일기》·《고독자》 등 작품 속에는 절망과 반항의 요소가 다 들어 있는데 독자들은 그 요소들에 마음이 떨리게 된다. 《고독자》에서는 웨이롄수魏連殳가 죽은 뒤 '나'의 느낌을 이렇게 썼다.

관에 마지막 못질을 하는 소리가 울림과 동시에 곡소리도 터져 나왔다. 그 곡소리를 나는 계속 듣고 있을 수가 없어 마당에 물러나왔다. 발길이 닿는 대로 걷다보니 어느새 대문밖에 나와 있었다. 축축한 길바닥이 선명하게 보인다. 고개를 들어 하늘을 쳐다보니 짙은 구름은 흩어지고 둥근 달이 걸려 고요한 빛을 뿌리고 있었다.

나는 종종걸음을 놓았다. 마치 어떤 무거운 물체 안에서 뛰쳐나오려는 것처럼. 그러나 그것도 잘 되지 않았다. 귓속에서 무엇인가가 몸부림치고 있었다. 오래오래 그렇게, 그러다가 끝내 몸부림쳐 나왔다. 긴 울부짖음 같은 느낌이 희미하게 들었다. 마치 상처 입은 늑대가 깊은 밤에 허허벌판에서 울부짖는 것처럼 끔찍한 상처 속에 분노와 비애가 뒤섞여 있었다.[5]

《고독자》는 우울함으로 시작해 우울함으로 끝나며 한 가닥의 밝은 촛불 빛도 없다. 마찬가지로 우울한 것은 《죽음을 슬퍼하며傷逝》인데 따뜻한 느낌은 거의 없고 모든 것이 어두운 빛이다. 그런 우울함 속에는 생명을 애석해하는 한탄이 깃들어 있고 너무나도 미약한 희망이 들어 있다. 그 속에서는 극심한 아픔이 느껴지며 떨쳐버릴 수 없는 고뇌도 느낄 수 있다.

모두 자신과 관련이 없는 독백이며 어떤 것은 같은 부류를 어루만져주면서 느끼는 고뇌와 슬픔이다. 그런 경우 자세히 듣게 되면 그의 서술 속에서는 예수와 같은 부드러운 목소리를 들을 수 있다. 너무나도 추운 날 떨림 속에서 전해오는 탄식소리는 마치 한 줄기의 햇살처럼 우리 마음을 뚫고 들어오는 것 같다.

혼잣말 같은 수많은 문자들마다에는 달랠 길 없는 그의 초조함이 묻어 있다. 그 자신의 말을 빈다면 내면이 너무 어두운 것이다. 옛날 사람들의 우울한 단어도 그를 감염시켰다. 두보杜甫·육유陸游의 문구들을 그의 문장에서 조금씩 찾아볼 수 있다. 그가 번역한 가르신·안드레예프·아르치바세프의 문장들도 떨쳐버릴 수 없는 애수에 젖어 있다. 후에 자신의 창작 과정에도 저도 모르게 이런 슬픈 정서들이 묻어나곤 했다. 그의 눈에는 이 역시 자신의 마음속에서 지워버릴 수 없는 존재였다.

그러나 그는 또 언제나 우울한 정서 속에만 빠져 있던 것은 아니다. 그는 마음속으로 이런 우울함을 혐오했다. 그래서 이런 우울함이 병적인 요소를 띠고 있음을 의식하였을 때 그는 자조하는 어조로 그것을 해소해버렸다. 그는 늘 우울함 속에서 걸어 나와 저항하는 자세로써 낡은 나를 대하곤 했다. 이럴 때면 가슴 속에 응어리져 있는 한에서 벗어나 생동감을 발산하곤 했다. 이는 사람들에게 푸시킨의 시구를 떠올리게 한다. 슬픈 선율 속에서 질주하는 애정과 고통을 날아 넘는 격정이 그 어두운 그림자들을 몰아내버리는 것이다.

그는 니체와 트로츠키의 글을 소개하면서 그 속에서 절망한 뒤의 단호함에 감동을 받았다. 자신의 협애함에 불만을 느낄 무렵 정신의 격투가 나타났다. 자기 내면의 어두운 그림자와 끊임없이 투쟁하면서 귀기鬼氣와 퇴폐적인 기질을 떨쳐내는 과정에서 예사롭지 않은 선회하는 장력이 생겨났다. 많은 연구학자들이 이런 점을 발견했으며 일부 전문 서적들에서는 모두 이에 대해 깊이 사고했다. 확실히 우울함 뒤의 그 존재가 그에게는 너무 중요했다. 그것은 감상에 빠진 다른 작가들과는 다른 존재였기 때문이다. 《길손》에서는 주인공의 입을 빌어 이렇게 말했다.

그건 안 됩니다! 갈 수밖에 없습니다. 그리로 돌아가면 인민을 억압할 명분이나 구실이 없는 곳이 없고, 지주가 없는 곳이 없으며, 추방과 감옥이 없는 곳이 없고, 거짓웃음이 없는 곳이 없으며, 진심에서 우러나오는 눈물이 아닌 허위적인 눈물이 없는 곳이 없습니다. 나는 그들을 증오합니다. 절대 돌아가지 않을 것입니다![6]

한편으로는 끊임없는 쓸쓸함과의 갈등이고 다른 한편으로는 또 그 속에서 벗어나려는 충동이다. 사멸에 빠진 적막이 얼마 지나지 않아 힘차게 싸우는 기쁨과 위안에 의해 대체되었다. 그것은 신생의 가능성인 걸까? 아니면 다른 무엇인 걸까? 모든 것이 그처럼 진실하고 또 그처럼 손짓해 부르는 힘을 갖추었다. 우울한 감정은 어찌 할 이치가 없는, 외롭고 쓸쓸한 환경에서 생겨나며 사람들은 그렇게 몰려오는 감정에서 벗어나기 어렵다. 작자는 자신의 그런 아픈 마음을 추호도 남김없이 너무나도 진실하게 드러내 보였다. 그러나 한편으로는 또 그런 절망적인 곳에서 때때로 위치를 이동해 그것과 멀리 떨어진 곳으로 향하곤 했다.

만년에 그가 소개한 케테 콜비츠의 판화들, 그 눈물겨운 화면들은 모두 일종의 호응이라고 말하지 않을 수 없다. 그는 그 작품들을 해석하면서 마음속으로 화가를 인정했다. 그러나 그에게 있어서 케테 콜비츠의 가장 중요한 점은 우울함 뒤의 충동으로서 훼멸 속에서도 날렵함을 잃지 않는 기질이었다. 오직 마음에 큰 애정을 품은 이만이 다른 사람의 불행을 보고 눈물을 흘릴 수 있으며 깊은 수렁 앞에서도 의연히 위엄을 잃지 않을 수 있다. 그의 내면의 시비가 분명한 개성을 생각하면 어찌 감동하지 않을 수 있겠는가?

④

고문에 대한 험담을 많이 한 루쉰은 사실 매우 고풍스러운 사람이었다. 그의 몸에 있는 옛 문인의 기운이 수많은 훌륭한 글을 탄생시켰다. 서양의 문명을 접하지 않았다면 루쉰은 어쩌면 다른 모습이었을 수 있다. 그의 몸에서는 고아한 기품이 한 번도 사라진 적이 없었다. 그러나 니체·체호프를 만난 뒤 사상은 질박하고 자연스러워졌다. 단 그런 고풍스럽고 순박한 요소는 꿋꿋이 간직해 왔다. 그는 이해하기 어려운 니체·도스토예프스키를 그처럼 좋아했지만 자신이 중국의 문제에 직면하였을 때는 의외로 오경재吳敬梓·포송령蒲松齡이 걸었던 길에서 물러났다. 소설에서 그는 옛 소설의 이념을 거울로 삼아 백묘白描의 기법을 써 깊은 뜻을 함축성 있게 표현했는데 참으로 후련한 느낌이다. 풍토 인정에 대한 묘사들은 마치 옛 그림과도 같이 숙연하면서도 흥미롭다. 그가 번역한 작품 중에는 난해하고 심오한 것이 매우 많다. 그리고 그가 창작한 작품에서는 서양의 흔적을 찾아볼 수 없으며 전적으로 중국화 되었다.

《풍파風波》의 서두에다 가는 이렇게 썼다.

강가의 흙으로 된 공터에서는 태양이 누런 저녁 햇빛을 점차 거둬들였다. 공터 변두리에 강과 가까운 곳에 있는 오구 나무의 잎이 이제 겨우 숨을 돌리기 바쁘게 숲모기 몇 마리가 그 아래서 앵앵거리며 날아다닌다. 강을 마주한 농가의 굴뚝에서 피어오르던 밥 짓던 연기가 점점 줄어들었다. 여인네와 아이들은 모두 자기 집 문 앞 공터에 물을 끼얹은 뒤 작은 탁자와 낮은 의자를 내다 놓았다. 저녁식사시간이 되었다는 것을 사람들은 알고 있었다.[7]

그야말로 한 폭의 풍속도처럼 시골의 일각을 조용하게 펼쳐 보였다. 어떤 때는 그의 필 끝에서 한대의 훌륭하고 심원한 기품과 육조의 처량함이 묻어나기도 했다. 또 어떤 때는 명·청 이래 강남 물의 고장의 시적인 정취가 보이기도 했다. 《아Q정전》·《공을기》는 모두 백묘(白描, 엷고 흐릿한 곳이 없이 먹의 선만으로 그린 그림 역자 주)의 기법을 썼지만 옛날 시가와 점포들 속의 인정세태를 매우 생생하게 반영했다. 그것은 고요한 화면으로서 사멸 속에 응결되어 있는 중국의 오래된 소도시의 모습이었다. 그러나 우리 작자가 그 속에 빠져들었을 때 오래 되고 심오하여 이해하기 어려운 가운데 우연히 한 오리의 새로운 바람을 발견한 것이다. 그 새 바람이 시원하게 불어 안개를 걷어내고 길의 깊이를 드러낸 것이다. 풍속습관 속의 시적 정취가 그렇게 살아서 꿈틀거리기 시작했다.

《아침 꽃을 저녁에 줍다》에서는 시골 축제행사의 아름다운 모습과, 사오싱 옛날 극 속의 건드러진 정서가 여러 차례 등장한다. 시골의 풍속에서는 순박한 풀내음이 풍겨나는데 거기에는 틀림없이 그리워하는 마음이 깃들어 있다. 《새로 쓴 옛날이야기》 속에서는 선대 사람들의 작품 중 훌륭하고 심원한 정신적 여음이 흐르고 있으며 장자·노자·공자 시대의 황당한 노래가 여유롭게 다가오고 있다. 중국 고대의 정서들이 그의 필 끝에서 묻어나고 있으며 숙연함 속에 격류의 떠들썩함도 들어 있다. 차분하기 때문에 유행하는 색조의 유혹을 물리칠 수 있는 것이다. 또 고풍스럽고 소박하기 때문에 문장과 시의 경지의 여운이 오래도록 유지될 수 있는 것이다.

루쉰의 고풍스러움은 또 소품에서도 반영되었으며 현대 서화(書話, 책의 판본이나 역사적 사실을 고증한 짧은 글. -역자 주)를 위한 또 다른 한 갈래의 길을 열어놓았다. 그는 저우쭤런처럼 고서를 베끼는 것에 빠져있는 것을 별로 원치 않았으며 상아탑 기질에 물들까봐 두려워했다. 그러나 때로는 가끔씩 그런 것에 발을 들여놓기도 했다. 그렇지만 그 속의 재미를 즐기는 것이 아니라 고대의 유혼들과 뒤엉켜 또 다른 심경이 갑자기 나타난 때문이었다. 옛날 사람에 대해 논하는 것을 빌려 실제로는 현세의 원한을 써내려간 것으로서 역시 현실과의 대화였던 것이다.

만약 현실과의 대화를 포기하고 오로지 상아탑 안에서 사람과 세상을 관찰한다면 그는 분명 저우쭤런보다 더 고아한 작품을 써낼 수 있었을 것이다. 가끔씩 고서와 예술품 발문에 발을 들여놓았을 뿐인데도 이미 너무나도 출중한 문장들을 써냈다. 예를 들어 《고서의 부활과 개조書的還魂和改造》·《아무렇게나 펼쳐본다隨便翻翻》의 선천적인 빼어남, 《〈소학대전〉을 산 이야기買〈小學大全〉記》의 노련함 등등이 그런 것이다. 문자는 백화로 되었지만 그 뒤에는 고전적인 운치가 깃들어 있어 한어의 발전에 시사하는 바가 컸다.

《〈소학대전〉을 산 이야기》 첫머리에 그는 이렇게 쓰고 있다.

선장본 서적은 정말 살 수가 없다. 건륭시기의 각본刻本 가격은 그 시기 송본宋本과 거의 맞먹는다. 명나라 판본의 소설은 5.4운동 후에 가격이 폭등했다. 올해부터는 대운이 소품문에게 돌아갈 것 같다. 청조 때 금서의 경우는 민원혁명(民元革命, 신해혁명을 가리킴. - 역자 주) 후에 이미 보물이 되었다. 설령 별로 볼만 한 것이 못 되는 저작이더라도 백 여 위안元에서 수십 위안씩 받는다. 나는 평소에도 고서가게를 둘러보곤 하지만 이런 값진 서적에 대해서는 감히 분에 넘치는 생각을 가지지 못했다. 단오절 전에 사마로四馬路일대를 할 일 없이 돌아다니다가 뜻밖에도 본의 아니게 한 종류를 샀다. 제목이 《소학대전》인데 총 5권이고 가격은 7자오(角, 중국 화폐 보조 단위로서 1자오는 1위안의 10분의 1에 해당함)였다. 제목을 보면 별로 좋아할 사람이 있을 것 같지 않은 책이건만 청조 때 금서였다.[8]

문장은 감칠맛이 나게 엮어 내려갔는데 마치 옛 사람의 서화와도 같다. 명대 문인의 글의 기세 속에 바로 이런 것이 들어 있다. 그러나 읽어 내려가면 뭔가 잘못 되어간다는 느낌이 든다. 얼핏 보기에는 즐길 수 있는 작품 같지만 실제로는 큰 비극의 형성에 대해 이야기한 것이며 사라진 것은 바로 고아한 선비의 흥미였다.

고풍스러움 속에 현 시대적인 요소가 존재하는 것, 현 시대 사람의 느낌으로 고풍 속에 들어가는 것은 옛날로 돌아가 보물을 찾으려는 것이 아니라 우리 문명 속의 영혼을 고문해 귀기와 독기가 있는지 없는지를 알아내기 위한 것이었다. 이런 때면 글을 쓸 때의 그의 만족감을 엿볼 수 있다. 사대부 문체는 불순한 언어를 은폐하고 있다. 옛 사람의 말투처럼 보이는 것들이 하나씩 현대 지식인의 우환 의식에 의해 대체되었다.

그렇다. 옛날 서적과 옛날 흥미 속에서 독소를 제거해버리면 기묘한 소리가 들리기 시작한다. 그것은 바로 옛 것을 오늘의 현실에 맞게 받아들인 것이다. 이처럼 아무런 구애도 받지 않고 자유로우며 고풍스럽고 소박한 아름다움이 훗날 소품문 작가들에게 많은 영향을 주었다. 황상黃裳·탕타오唐弢·원자이다오文載道·수우敍蕪 등은 모두 그런 풍격에 이끌려 백화 팔고문이 난무할 때도 옛 풍격을 포기하지 않고 옛 문인의 품격을 고수했다. 문체에서 루쉰의 풍부성은 저우쭤런·린위탕 등이 모두 따를 수 없는 것이었다.

이러한 고풍이 일종의 미라고 한다면 그것은 명·청 시기의 문인들과는 다른 것이며, 민국의 학자들과도 구별되는 것이다. 마찬가지로 고문을 이용했지만 루쉰은 그것들을 여과시켰는데 외국문의 언어 환경 속에서 씻고 닦았으며 또 민간 언어 속에서 목욕시켰던 것이다. 그래서 그 문자들은 새로운 의미를 얻어 그처럼 눈부시고 그처럼 풍요로우며 또 그처럼 꾸밈이 없었던 것이다. 고풍스럽고 소박한 것은 하나의 경지이다. 신문학 작가들 중에서 그 의미를 이해할 수 있는 이는 참으로 몇 안 되었다.

⑤

젊었을 때 처음으로 《고향》·《하늘을 기운 이야기》·《사회》를 읽으면서 어렴풋하고 신비로운 화면에 감동을 받았었다. 그 슬프고 괴로운 정서의 뒤에는 매혹적인 은밀한 부분도 있는 것 같은 느낌을 받아 호기심이 들었다. 루쉰의 작품 속에서는 언제나 민속적인 신비로움과 신화 같은 신비로움을 발견할 수 있다. 그런 부분으로 인해 숙연한 마음이 들곤 한다. 그런 작품이 비록 많지는 않지만 그 속에 깊이 빠져들어 떠나기 아쉬운 마음이 들게 한다. 《하늘을 기운 이야기》는 첫머리가 매우 웅위롭다.

여와는 갑자기 깨어났다.

그녀는 마치 꿈에서 놀라 깬 것 같긴 한데 무슨 꿈을 꾸었던지 이제는 기억이 가물가물하다. 다만 마음이 매우 언짢을 뿐이다. 뭔가 부족한 것 같기도 하고 또 뭔가 너무 많은 것 같기도 하다. 산들바람이 따스하게 불어 그녀의 기력을 우주 공간에 가득 채운다.

그녀는 눈을 부볐다.

분홍빛 하늘에 수많은 석록빛 뜬 구름이 뭉게뭉게 떠있고 그 뒤에서는 별들이 깜빡이고 있다. 하늘가 핏빛 구름 속에서는 태양이 빛을 뿌려 사방을 환하게 비춘다. 마치 금빛 덩어리가 태고의 용암류 속에서 흐르고 있는 것 같다. 저쪽에는 무쇠처럼 차고 흰 달이 떠 있다. 그러나 그녀는 누가 내려가고 있고 누가 올라오고 있는지 전혀 개의치 않는다.[9]

이는 유화처럼 원대하고 심오하며 태고적인 화면이다. 그림에 대한 느낌이 없는 사람이라면 절대 이처럼 신기한 필치를 보여줄 수가 없다. 루쉰은 내면에 고전적인 미학요소를 갖추고 있어 이따금 한 번씩 드러낼 때면 기이한 기운이 몰려와 서리는 가운데 보기 드문 기품이 느껴지곤 한다. 세잔느·반 고흐의 작품을 읽으면서 이와 비슷한 느낌을 받을 수 있다. 그들의 색채의 기이함이 구름과 연기처럼 몽롱한 정신적 판타지를 탄생시킨다. 그러나 루쉰은 한자로써 이와 같은 판타지적인 구조를 완성해낸 것이다.

《사회》에서 물의 고장의 밤경치에 대한 묘사는 한 폭의 동화를 방불케 하는데 그처럼 고요하고 아득한 것이 마치 꿈속에서 날아 나온 신곡과도 흡사히며 달빛 아래에서 잔잔한 물결을 일으키는 것 같다. 작자는 한 가지 민간의 경치에 이처럼 정성을 들이고 빠져드는 경우가 매우 적다. 이로부터 우리는 그의 내면에서 오래도록 억눌려온 미적 감수를 엿볼 수 있다.

강 양안에 자란 콩과 밀, 그리고 물 밑의 수초가 풍기는 싱그러운 향기가 물기 속에 섞여 불어와 얼굴을 스친다. 그 물기 속에서 몽롱한 달빛이 흐른다. 연한 검은 빛을 띠며 기복을 이룬 산봉우리들은 마치 활기찬 무쇠로 된 짐승의 등마루와도 같이 죄다 멀찌감치 배의 후미로 달려가 버렸다. 그런데도 나는 배가 느린 줄로만 알았다. 그들이 네 차례나 손을 바꾸자 그제야 어슴푸레 자오쫭趙莊이 보이기 시작했다. 게다가 노랫소리와 주악소리가 들리는 것 같았으며 또 몇 점의 불빛도 보이기 시작했다. 아마도 연극 무대일 것이다. 아니면 고기잡이하는 배들이 밝힌 등불이나 횃불일 수도 있다.

그 소리들은 아마도 피리 소리인 것 같다. 구성지고 건드러진 피리 소리에 나는 마음이 차분해졌다. 그러나 또 자기 존재를 잊을 정도로 얼이 빠져나가는 것 같았다. 나는 콩과 밀과 수초의 향기를 품은 밤공기 속으로 피리 소리와 함께 녹아들 것 같았다.[10]

이러한 필법을 루쉰은 운용하는 경우가 극히 드물었으며 크게 절제하고 있었다. 그러나 아득히 깊고 먼 천지로 통하고 있어 그의 정신의 원대함을 엿볼 수 있다. 많은 경우에 우리는 이처럼 종잡을 수 없이, 또 바로 눈앞에 펼쳐지는 아름다운 경치를 발견하게 된다. 《야초ㆍ가을 밤》에서는 아득히 높고 먼 하늘, 사람의 사유로 헤아릴 수 없는 창공의 은밀함이 철학적인 사고처럼 묘사되었다. 이러한 필법은 많은 문장에서 발견할 수 있다. 《여조》에서 사오싱의 귀신극 중 처참한 소리에 대한 묘사에서는 민간의 핏빛이 보인다. 그 뒷면의 토템과도 같은 운율은 영혼의 깊이를 가리키고 있다. 이때 우리는 야상곡을 듣는 것처럼 신기하고도 은근하며 또 감미롭고도 아름다운 느낌을 느낄 수 있으며 마음도 따라서 설레게 된다. 그 가운데서 슬프고 불쾌한 존재가 조금씩 흩어지고 마음이 씻어낸 듯 맑아지는 것 같다. 의미가 없는 곳에서 끝없이 깊고도 넓은 마음의 경치를 볼 수 있으며 황량하던 곳이 푸른빛을 띠기 시작하는 것을 볼 수 있다.

그러한 형상은 그가 번역 소개한 작품에서 자주 느낄 수 있다. 그래서 그가 역외 소설과 그림의 영향을 받았다고 말하는 것은 맞는 말이다. 오브리 비어즐리의 그림에서는 바로 사멸과 요염의 정취를 느낄 수 있다. 루쉰이 그의 작품을 소개한 데는 깊은 의도가 있다. 모든 예술이 다 영혼의 깊이까지 들어갈 수 있는 것은 아니다. 그러나 비어즐리는 영혼의 심오한 곳으로 통하는 입구를 열어놓았다. 파보르스키(Vladimir Andreyevich Favorsky, 러시아어: Владимир Андреевич Фаворский)·크라브첸코(Alexander Kravchenk0)의 판화도 아득하고 고풍스러우면서도 힘이 있는 것이 하늘과 땅 사이에서 영혼의 씻김을 얻을 수 있다. 그 화면들을 마주하게 되면 마치 마음이 끝없는 밤하늘로 이끌려가는 것처럼 정신도 함께 날아오르는 것 같다.

그가 좋아했던 서양의 판화를 통해서 심미적 취향을 엿볼 수 있다. 예술은 평범한 자의 기억이 아니라 괴이한 정신이 춤을 추는 것이다. 느낌의 울타리 밖을 향해 정진해 보이지 않는 신비한 정신이 있는 곳으로 몰고 들어온 것이다. 이는 서양인의 경우에는 신학과 관련이 있을 수도 있겠지만 루쉰의 경우는 이와 비슷한 형상을 마음속 은밀한 곳에 한 겹 한 겹 포개 쌓은 것이다. 그 곳은 너무 깊어 보이지 않는 아득히 먼 세계이고 정신을 정화하는 형이상학적인 세계이기도 하다. 잡문과 소설 속에도 사실은 이러한 흔적이 찍혀 있다.

만약 그가 오로지 조소하고 서로 맞대고 욕하는 것에만 그쳤다면 그는 루쉰이 아니라는 생각을 필자는 자주 한다. 사면이 논적論敵이고 함정이며 죽음인 곳에서 그는 푸른 하늘로 통하는 창구를 보존하고 있었던 것이다. 설령 그가 큰 병을 앓고 있는 자신의 괴로운 상태를 표현하고 무미건조한 사소한 일들을 나열했을지라도 멀리 떠난 그의 영혼을 느낄 수 있을 것이다. 《이것도 삶이다》에서는 밤중에 병에 걸려 잠을 이루지 못하는 이야기를 썼는데 사람을 감동시키는 신비로운 필치를 읽을 수 있다.

가로등의 불빛이 창문을 뚫고 들어와 방안은 희미하게 밝다. 대충 둘러보니 눈에 익은 벽, 벽 끝의 능선, 익숙한 책 더미, 책 더미 옆에 책으로 매지 않은 화집, 밖에서 지속되는 밤, 끝이 없는 먼 곳, 무수한 사람, 이 모든 것이 나와 관련이 있는 것들이다. 나는 존재한다. 나는 살아간다. 나는 살아가야 한다. 나는 자신이 더 실제적이라고 느끼기 시작했다. 나는 움직이고 싶은 욕망이 들었다—그러나 얼마 지나지 않아 나는 또 수면에 빠져들었다.[11]

짧은 몇 마디에서 우리는 내면의 신기한 아름다움을 엿볼 수 있다. 그것은 일부러 드러내보이고자 한 것이 아니라 일종의 자연스러운 진실한 묘사였다. 이는 "마음속으로 이루고자 하는 큰 일이 우주처럼 드넓은" 큰 경지였다. 그러니 평범한 사람들이 어찌 그를 이해할 수 있겠는가? 만약 예술가에게 부드럽고 은밀한 체험이 전혀 없다면 그의 작품은 어쩌면 창백할 수 있다.

만년에 이를수록 그에게서 나타나는 쓸쓸한 마음이 더 잘 보였다. 그의 몸에서는 따스한 존재가 그처럼 깊이 자신의 세계를 감싸고 있다. 정신계의 한 투사가 매번 백성에 대한 정을 잊지 못하고 자식을 애지중지 극진히 사랑하는 정을 안고 젊은이들을 데리고 함께 가시덤불 길을 헤치며 걸어갈 수 있다는 것에 우리는 감동해야 한다. 그가 좌익작가동맹의 다섯 열사를 묘사한 문장을 보면 너무나도 침울하면서도 또 격정적이다. 밤빛 아래 외롭게 남은 그림자의 독백이 멀어져간 넋을 찾아 헤매는 것에서 그의 드넓은 마음이 보인다. 그 문자들은 잔혹한 세간에 대한 견증이면서 또 그런 견증에 만족하지 않고 항상 내면 가장 깊은 곳에 있는 생각을 시적으로 표현하고 있다. 오로지 내면이 아름다운 사람만이 추악한 것을 마주했을 때 비로소 그 힘을 나타낼 수 있다. 루쉰의 힘은 다만 지식과 도덕에서만 오는 것이 아니라 근본적으로는 그의 내면의 아름다움에서 오는 것이다. 톨스토이가 재난적인 러시아에 캐어물을 때 바로 성자와 같은 아름다움을 유지했던 것이다. 타고르의 세계도 역시 그러했다. 그의 문자 속에서는 파탄된 인도가 희미하나 색다른 빛을 띠고 있었다. 그렇다면 우리는 루쉰에 대해서도 역시 이와 같이 볼 수 있는 것이다.

⑥

어떤 작가가 루쉰이 한담할 때 유머러스한 모양을 회고했는데 참으로 흥미롭다. 루쉰이 우스운 얘기를 할 때 자신은 웃지 않았다. 그는 다른 사람을 비웃는 한편 자신도 비웃었다. 이는 일부 연구자들도 발견한 사실이다. 우울한 작가는 일반적으로 유머를 모른다.

쑤만수·위다푸·딩링이 그런 작가들이다. 린위탕은 유머에 대해 크게 떠들어대지만 루쉰이 보기에는 유머적인 요소가 부족했다. 유머를 아는 사람은 유머에 대해 크게 논하지 않는다. 마치 수영할 줄 아는 사람이 수영 법칙에 대해 논하는 경우가 적은 것과 마찬가지이다. 루쉰은 늘 그랬다. 그는 냉정한 시선으로 사람과 세상을 관찰한 뒤 꼭 자신을 대상세계에 기대게 하지 않고 몸을 솟구쳐 밖으로 뛰쳐나와 자신의 가소로움을 바라보곤 했다.

이처럼 성찰적인 방향 전환에서 거리감이 생기며 유머적인 미도 생겨나는 것이다. 그러나 그가 보기에 이는 일종의 인생 자세로서 일단 이런 자세를 뽐내는 것 자체가 나르시시즘적인 일면이 있는 것이었다.

사실 그는 패러디하는 재주도 조금 가지고 있었다. 그렇잖으면 고골리·나츠메 소세키처럼 유머감이 강한 작가의 작품을 번역 소개하지 않았을 것이다. 슬픔과 한탄의 기질 뒤에 유머적이고 반어적인 풍자의 의미가 있어 일종의 정신적인 광희를 느끼게 할 수 있었던 것이다. 그는 적수를 상대할 때는 도필리의 성급함과 모짊을 나타냈으며 또 고골리 식의 반문을 많이 사용했다. 글을 쓰기 시작할 때 귀류법(歸謬法, 반증법 역자 주)적인 의미를 띠어 독자들에게 웃음을 참지 못하는 속에서 문득 깨닫는 바가 있게 했다.

한 가지는 필법이 유머적인 것이다. 그는 격분할 때가 매우 많았으며 일반적으로 우스갯소리를 하는 경우가 적었다. 오직 한가할 때만 조금씩 한필을 놀려 가끔 농담을 하곤 했다. 만년에 자신의 창작생애와 인생자세에 대해 회고하면서 가벼운 장난의 글을 쓴 적이 있다. 《〈집외집〉서언〈集外集〉序言》에는 다음과 같은 말이 있다.

나는 칼을 잘 쓰는 노장 황한승黃漢升에게 탄복한다. 그러나 나는 무모하고 이해관계를 따지지 않다가 결국 부하에게 머리를 빼앗기고 마는 장익덕張翼德(장비)을 좋아한다. 나는 또 장익덕처럼 시비곡직을 불문하고 다짜고짜인 유형으로 도끼를 휘둘러 "처음부터 내리치는" 이규를 증오한다. 그래서 나는 장순이 이규를 물속으로 유인해 두 눈이

뒤집힐 때까지 물먹이는 장면을 좋아한다.[12]

　중국 작가 중에서 이런 화제에 대해 이처럼 가뿐하게 담론할 수 있는 이는
참으로 몇이 되지 않는다. 웃기면서도 거칠거나 저속적이지 않고 무흥미하지
않은 그 속에는 지혜가 넘치고 있다. 그것이야말로 예술이다. 이는 민간의
재주로서 전통극과 소설에서 흔히 볼 수 있다. 그는 쉬즈모를 풍자할 때
바로 농담의 기법을 써 설교나 사사로운 원한을 쏟아낸 것이 아니라 그의
멍청한 일면을 조롱했다. 그는 점잖지 않은 말투로 그의 점잖지 않은
얼굴을 그려냈다. 그리고 또 량스츄와의 논쟁에서도 마찬가지로 만화적인
필치를 썼는데 유추한 수법은 웃기지만 속임으로써 상처를 입힐 수 있었다.
이로부터 이른바 '도필리(刀筆吏, 예전에 아전을 달리 부르던 말)'의 의미를
한 눈에 알아볼 수 있는 것이다. 《집 잃은' '자본가의 힘없는 주구'("喪家的"
"資本家的乏走狗")》은 편폭이 길지 않지만 구구절절 가시가 돋쳤고 심지어
조금은 악의적인 일면도 있는 것이다.

　무릇 주구란 비록 한 자본가가 거둬서 기르고 있을지라도 사실은
모든 자본가에게 속한다. 그래서 모든 부자를 보면 항상 온순하고 모든
가난한 사람을 보면 언제나 미친 듯이 짖어댄다. 누가 자신의 주인인지
모르는 것이 바로 모든 부자를 보면 항상 온순해지는 원인이며 또 모든
자본가에게 속한다는 증거이기도 하다. 설령 그를 거둬서 기르는 사람이
없어 굶어서 형편없이 여위고 들개가 되어버렸을지라도 모든 부자를
보면 여전히 언제나 온순하고 모든 가난한 사람을 보면 항상 미친 듯이

짖어댄다. 그런데 이때가 되면 그는 누가 주인인지 점점 더 알지 못하게 된다.[13)

전적으로 문학적인 농담이다. 무심결에 한담하는 것 같지만 그 무게가 엄청나다. 루쉰은 이론으로써 적수와 논전을 벌일 가치가 없다고 여겨 화가의 필치로써 형상적인 은유의 수법을 활용한 것이다. 형상은 언제나 이론보다 힘이 있다. 그는 서양의 소설을 읽으면서 이러한 점을 깊이 터득했다. 러시아에는 이론가가 참으로 많다. 그러나 톨스토이 · 도스토예프스키의 글은 플레하노프 · 루나차르스키의 논저보다 더 풍부하다는 것은 의심할 나위가 없다. 그것은 예술의 내재성의 작용에서 비롯된 것이다. 그래서 비록 이론 번역에 가장 몰두했던 상하이에서 지내던 시기에도 자신의 이론적 기질을 수립하지 않았다. 그 이유는 아마도 형상적으로 말하는 것이 더 힘이 있다고 여겼기 때문일 것이다.

상하이에서 지내던 세월 동안 문단의 어지러운 현상들에서 자극을 받아 그는 현대 문화와 현대 문인의 문제에 대해 사색하기 시작했지만 결국 황당하다는 인상만 얻었을 뿐이다. 그는 이런 것을 좋아하지 않았으며 때로는 심지어 혐오하기까지 했다. 그러나 그런 유물들에 대해 다시 서술할 때는 의외로 홀가분해 보이기까지 했는데 이로부터 그의 정신 속에 존재하는 자신감을 엿볼 수 있다. 하찮은 문인에게 엄격하고 분명한, 힘 있는 필법을 사용하는 것은 참으로 기운을 낭비하는 것이다. 그저 필을 살짝 한 번 흔들어 전혀 힘들이지 않고 여러 형상을 그려냈음에도 그것을 보고 우리는 번번이 웃음을 금할 수 없게 된다. 《상하이 문예 일별上海文藝之一瞥》에는 이런

395

내용이 있다.

> 재능이 출중한 사람은 원래 연약하고 가냘프며 몸이 허약하다. 그래서 닭울음소리에도 화가 나고 달을 봐도 슬퍼지곤 한다. 상하이에 오자마자 또 창녀를 만났다. 기생집에 가서는 젊은 여인 열 명, 스무 명을 한데 불러 모아 놓았는데 그 장면이 《홍루몽》과 비슷했다. 그래서 그는 자신이 가보옥이라도 된 기분이 드는 것이다. 자신이 재자才子이니 창녀는 당연히 가인佳人인 셈이다. 그렇게 재자가인이라는 책이 생겨나는 것이다. 책의 내용은 대부분 오직 재능이 출중한 자만이 이들 윤락한 미인을 가엾게 여길 수 있고 오직 미인만이 재능이 출중하나 불우한 재자를 알아볼 수 있어 간난신고 끝에 끝내 좋은 배필로 맺어지거나 혹은 모두 신선이 된다는 이야기이다.[14]

무료할 때 얼핏 보기에 시시해 보이는 필법으로 어떠한 부류의 사람의 형상을 포착하는 것에서도 부지불식간에 생명의 본색을 엿볼 수 있다. 오로지 사색하는 자가 문제를 한데 모았을 때야만 비로소 이처럼 초탈하게 그것들을 처리할 수 있는 것이다. 여기에는 깊고 멀리 생각하는 힘이 있다. 중국의 작가들은 분개하고 증오할 줄밖에 모르거나 혹은 오직 비애에 잠길 줄밖에 모른다. 그래서 암담한 현실과 싸울 때 그들은 모두 멍청해 보이거나 아니면 지능 지수가 악세력에 미치지 못한다.

루쉰의 유머는 그의 강대함을 보여주었다 — 지식·지능·정감적으로 눈앞의 어둠을 덮어버려 그 가소로운 존재들은 거의 모두 그의 수중의 장난감 인형이 되어 그가 마음대로 장난치며 웃을 수 있고 멋대로 조종할 수 있다. 그 뒤에는 넓고 커다란 그의 뒷모습이 존재한다. 이럴 때면 우리는 프랑수아 라블레·오경재와 같은 인물을 떠올리게 된다. 이는 《새로 쓴 옛이야기》에서 유난히 두드러지게 나타난다. 때로는 그 블랙 유머 장면이 서양의 많은 출중한 작가들과 어깨를 겨룰 수 있을 정도이다.

루쉰의 유머는 늘 문인들은 하찮게 여겨 쓰지 않는 화제에서 착수해 우아함에 반대하는 것에서부터 세상을 보는 황당무계함에서 비롯되었다. 우리가 보기에는 문장에 써넣을 수 없는 화제들이 그곳에서는 뜻밖에 정신의 빛을 얻은 것이다. 심미적 측면에서 그는 수많은 새로운 시각들을 창조했다. 《즉흥일기馬上日記》는 거의 모두 진실하고 사소한 일들을 나열한 것이다. 그러나 작품 주제의 의의를 일반 사람들이 어찌 가볍게 여길 수 있겠는가? 자신의 일상생활에서부터 넓은 세상에 이르기까지에 대해 썼는데 모두 조건이 갖추어져 일이 자연히 성사되듯이 수식할 필요가 없는 것들이다.

그 점잖지 못한 단어들이 때로는 독자들의 웃음을 자아내기도 하지만 후에는 엄숙한 화제로 안내해 우리는 웃는 가운데서 문득 깨닫곤 했다. 원래 우리는 이처럼 우스운 족속이었던 것이다. 《"타마더"에 대하여論"他媽的"》[15]에서는 이렇게 쓰고 있다.

"하등 인간"이 갑자기 득세하기 전에는 자연히 대체로 입에 '타마더'를 달고 살았다. 그러나 우연한 기회에 글자를 몇 자 익히게 되어 품위를 갖추게 되었다. 아호雅號도 생기고 신분도 높아졌으며 족보도 수정하고 또 조상도 한 사람 찾아야 한다. 그 조상은 유명한 유학자가 아니면 유명한 대신으로 찾아야 한다. 그때부터 그는 '상등 인간'이 되어 상등 인간 선배처럼 태도가 온화하고 행동거지가 교양이 있게 된다. 그러나 우매한 백성 중에도 어쨌든 총명한 자가 있는 법이라 그러한 꿍꿍이수작을 벌써 꿰뚫어볼 수 있었다. 그래서 또 "입으로는 인의예지라는 유가의 윤리사상을 외치면서 품행과 행동거지는 비열하고 악랄하다"는 속담이 있는 것이다. 그들은 참으로 총명한 이들이다.

그래서 그들은 저항했으며 "타마더!"라고 말했다.

그러나 사람들이 남과 나를 철저하게 제거해버린 여택과 옛 덕택을 멸시하여 버릴 수 없어 하는 수 없이 다른 사람의 조상이 되고자 하는데 이는 어찌 되었든 간에 비열한 짓이다. 때로는 혹간 이른바 '타마더'라는 생명에 폭력을 가하기도 하는데 그러나 대체로 기회를 틈을 타는 것일 뿐 시대의 추세를 만들어가는 것이 아니므로 어찌 되었든 간에 역시 비열한 짓이다.

중국인은 오늘날까지도 무수히 많은 '등급'이 존재하며 여전히 가문에 의존하며 여전히 조상에 의지한다. 만약 개조하지 않는다면 무성의 혹은 유성의 '국가 대표 욕설國罵'이 영원히 존재할 것이다. 바로 '타마더'가 상하, 사방을 에워싸고 있을 것이며 게다가 이는 또 태평세월일 경우여야 한다.

그러나 가끔씩은 예외로 쓰일 때도 있다. 혹자는 경이로움을 표시한다거나 혹자는 감복함을 표시한다거나 할 경우이다. 나는 고향에서 농민 부자가 같이 점심식사를 하는 장면을 목격한 적이 있다. 그 아들이 반찬을 가리키며 아버지에게 "이거 괜찮은데요, 마더(媽的, 젠장), 드셔보세요!"라고 말했다. 그러자 그 아버지가 "난 됐어. 마더(젠장) 너나 먹으렴!"라고 대답했다. 이로 보면 그야말로 지금 유행하는 "나의 사랑하는…"이라는 뜻으로 순화되어버린 것이다.[16]

물론 이를 두고 유머라고 말할 수도 있다. 그러나 차분히 생각해보면 슬프고 불쌍하다는 느낌이 든다. 심한 정신적 고통까지 느낄 지경이다. 그렇다. 우리에게 언제 이런 열근성이 없었던 적이 있는가? 그는 《죽은 혼 백 가지 그림死魂靈百圖》을 소개할 때 반어적인 풍자의 힘을 발견했으며 그 새로운 심미적 이념을 중국에 도입했다. 눈물을 머금은 웃음, 가슴속에 한이 맺힌 웃음이 반항적인 문학의 탄생을 재촉했다. 그 속의 경험에 대해 후세 사람들은 썩 잘 종합하지 못했다.

이쯤 되자 그의 눈에 비친 아름다움에 대해 다음과 같은 기본 결론을 내릴 수 있게 되었다. 즉 루쉰은 기묘한 선의를 가지고 한어세계에 들어온 사람이라는 것이다. 그는 한참 전의 한·당 시대의 운치를 취하고 근대 민간의 꿈을 얻었으며 주변 역외의 혼을 섭렵했다. 있는 그대로 묘사하는 것으로부터 심오한 경지로 통하고 전투를 통해 부드러운 마음을 얻었으며 떠들썩함 속에 고요함이 있고 희망을 걸지 않은 가운데서 자유를 얻었다.

루쉰이 있었기 때문에 중국의 심미 지도를 고쳐 쓸 수 있었다. 그가 있음으로 인해 우리에게 비로소 세계와 진정으로 대화할 수 있는 진실한 사람이 있게 되었고 뽐낼 만한 새로운 문예의 전통이 있게 되었다.

나는 개인적으로 루쉰의 책 한 권만 손에 쥐고 있으면 이 세상에서 가장 즐거운 일이라고 생각한다.

그 책을 벗으로 삼는다면 그와 함께 읊조리고 춤추며 시적인 경지에 이를 수 있다. 무흥미·무지가 대중의 지능 지수를 조롱하는 시대에 이러한 시적인 정취가 있음으로 하여 우리 세상은 너무 황량해지지 않을 수 있는 것이다.

참고문헌

1) 《鲁迅全集》第九卷, 364页。

2) 《鲁迅全集》第一卷, 79页。

3) 《鲁迅全集》第二卷, 172~173页。

4) 《鲁迅全集》第九卷, 399页。

5) 《鲁迅全集》第二卷, 107~108, 191页。

6) 《鲁迅全集》第二卷, 107~108, 191页。

7) 《鲁迅全集》第一卷, 467页。

8) 《鲁迅全集》第六卷, 53页。

9) 《鲁迅全集》第二卷, 345页。

10) 《鲁迅全集》第一卷, 564页。

11) 《鲁迅全集》第六卷, 601页。

12) 《鲁迅全集》第七卷, 5页。

13) 《鲁迅全集》第四卷, 246~247, 291~292页。

14) 《鲁迅全集》第四卷, 246~247, 291~292页。

15) 《鲁迅全集》第一卷, 233~234页。

16) 타마더(他妈的) : 전국책(戰國策)에는 "너의 어머니는 비천하다 (而母婢也)"라는 어머니를 모욕하는 말이 나온다. 주나라의 제34대 왕 주열왕(周烈王)이 죽은 뒤에 제후들이 모두 조문을 하였는데 제齊 나라만이 늦게 오자 이를 강도 높게 비판하였다. 그러자 제나라왕은 반박하며 "너의 어머니는 비천하다"라고 말한다. 너희 어머니는 비천하다라는 말은 가문을 중시하는 봉건사회에서 조상이 비천한 사람이라는 말은 받아들이기 힘들었다. 특히 직계 혈통인 어머니에 대해서 비천한 사람이라고 비웃는 행위는 큰 모욕감을 가져다주게 되었다. 그 뒤에 오랜 시간을 지나오면서 "비천하다"라는 말을 굳이 언급하지 않아도 모두가 뜻을 이해하였기에 "비천하다"라는 말이 빠져서 "너희 어머니의" 라는 말이 생겨났다.

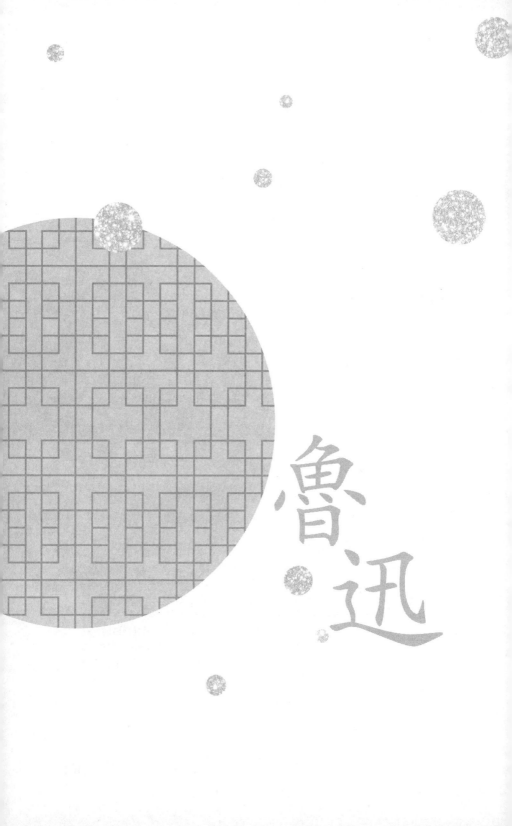

魯迅

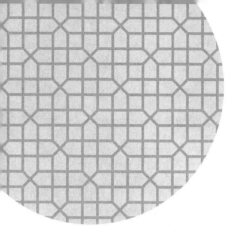

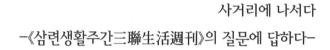

사거리에 나서다
-《삼련생활주간三聯生活週刊》의 질문에 답하다-

사거리에 나서다
─《삼련생활주간三聯生活週刊》의 질문에 답하다─

루쉰은 의지할 곳이 없다. 그의 등 뒤에는 끝없이 깊고도 넓은 의미의 존재만 있을 뿐이다. 그는 실망했을 때에도 여전히 무엇인가를 희망하고 있었으며 존재에 대해 캐어묻는 것을 영원히 포기하지 않았다.

삼련생활주간 : 1927년에 루쉰은 광저우를 떠나 상하이로 갔는데, 그때 그는 왜 상하이로 가는 선택을 했을까요?

손위: 상하이로 간 데는 여러 가지 원인이 있지요. 첫째는 안정적인 생활을 원해서였어요. 그때 당시 그가 광저우에 있을 때는 중산中山대학 중국문학부 학부장 겸 교무장이었는데 너무 바빠서 눈코 뜰 사이가 없었어요. 후에 국민당이 '숙당'운동을 일으켜 1927년 4월 12일 장제스는 먼저 상하이에서 공산주의자들을 잡아들여 죽이기 시작했는데, 4월 15일 광저우에도 대규모의 군경軍警을 출동시켜 여러 기관 학교와 대중단체에 대한 피비린내 나는 숙청을 감행했어요. 광저우에 있던 루쉰은 "피를 보고 놀라 눈이 휘둥그레졌다"는 표현으로 그때 당시의 느낌을 형용했으며 사직하는 것으로써 항의를 표했지요.

그 시기 광둥은 그래도 '혁명'의 발원지였지요. 그는 문화적 색채가 짙은 도시로 가서 생활하고 싶어했어요. 그래서 베이징으로 돌아갈 수 없음을 분명히 했지요. 저우쒜런이 거기 있었고 그의 첫째 부인인 주안朱安도 베이징에 있었기 때문이지요. 그는 쉬광핑許廣平과 같이 살고 있었기에 그들은 상하이로 간 것이지요.

삼련생활주간: 루쉰은 상하이로 간 후 생활에 매우 큰 변화가 생겼습니다. 베이징에 있을 때 그는 공무원이었고 교사였으며, 샤먼廈門과 광저우에 있을 때는 모두 대학에서 학생들을 가르쳤어요. 상하이에 간 후 그는 '자유직업자'가 된 것인데, 이것은 그에게 있어서 새로운 생활이었다고 할 수 있겠지요?

손위: 처음에 그는 직업이 없었어요. 후에 쉬서우상이 교육부장 차이위안페이에게 편지를 썼는데, 그때 차이위안페이 수중에는 자금이 일부 있었는데 현재의 기금과 같은 것이었지요. 그래서 그를 교육부 '특약 저작 인원'으로 초빙해 '자유로운 창작에 종사하게 했지요.' 매달 루쉰에게 약 300위안씩 지불했는데, 1931년 12월에 주자화朱家驊가 교육부장직을 맡으면서 그의 이 명의와 수입도 없애버렸지요. 그것은 그가 상하이에서 지내는 동안의 유일한 고정 임금이었는데 말이죠.

삼련생활주간: 상하이에서 지내는 동안에도 루쉰의 사상에는 변화가 일어났는데 마르크스주의 문예 이론을 점차 받아들인 것이지요. 그런데 그간의 정치와 사회 배경은 어떠했는지요?

손위: 1920년대 후 국민당의 일당 독재에는 매우 많은 문제가 나타났지요. 중국의 지식인들은 현실세계에서 어찌해야 하느냐는 문제에 맞닥뜨렸던 것이지요. 그때 당시 지식인집단 내부에는 각기 다른 선택과 방향전환이 존재했는데, 한 파는 후스처럼 신민간 건설을 진행하고 엘리트 사회단체를

조직했으며 《노력주보努力週報》·《독립평론獨立評論》 등 간행물을 발간했고 또 정치에도 참여했지요. 그들은 "몸은 학원(산림)에 있으나 마음은 관직(臺閣)에 있는", 국사國師를 꿈꾸는 이들이었었지요. 다른 한 파는 저우쮀런처럼 '고우재'로, 상아탑으로 돌아가 순수하게 학술을 위한 학술을 하는 유형인데, 그러나 사회를 비판하고 정치를 비판하면서 다만 정치에 개입하지는 않고 난세에 구차하게 목숨을 부지하는 부류였지요. 그러나 루쉰은 사거리로 나섰습니다. 루쉰의 선택을 분석해보면 복잡하지요. 니체의 정신도 일부 있고 러시아 초기 무정부주의 · 나로드니키(Narodniki, 19세기 러시아에서 사회주의혁명운동을 실천한 세력) 등 이 모두 그에게 영향을 주었으며 후에는 마르크스주의의 영향도 받았지요. 그는 지식인이 현실에 참여하고 개조할 수 있으며 나라의 면모를 바꿀 수 있다고 여겼지요.그때 당시 러시아 현실개조에 참가한 지식인 가운데는 플레하노프 · 루나차르스키, 그리고 후에 그가 번역 소개한 적이 있는 일부 작가들이 포함되었어요.

루쉰은 이들 지식인이 혁명에 참가하여 사회를 변화시키는 것을 보았지요. 그러나 러시아에 대한 그의 이해는 간접 자료를 통해서 이루어진 것으로서 러시아의 구체적 상황에 대해서는 알지 못했지요. 스탈린이 후에 일으킨 숙청운동에 대해 처음에 그는 잘 알지를 못했습니다.

삼련생활주간: 그 시기 루쉰의 번역작업도 그런 사회사상의 변화와 매우 큰 관계가 있었던 것은 아닐까요?

손위: 상하이로 간 뒤 그가 주로 한 일은 번역과 잡지 편집이었어요. 그 시기 그가 번역한 작품들은 자신이 창작한 작품보다도 더 많았어요. 그의

번역은 러시아에만 국한되지 않고 독일·프랑스·일본의 작품도 포함되고 있었지요. 한편 그는 자신의 오래된 사대부 문화를 혐오해 과거의 자신과 작별하고 싶어 했어요. 또 다른 한편으로 그는 훌륭한 작품과 사상을 찾고 있었는데, 그는 강대한 정신, 강대한 개인의 힘, 풍부한 상상력, 그리고 생동감 있는 언어를 갖춘 작품을 발견하게 되면 모두 번역 소개하고 싶어했지요.

톨스토이 탄신 100주년을 맞아 루쉰은 백년 기념 증간을 기획했는데, 루쉰 자신은 《톨스토이와 마르크스》를 번역했다. 톨스토이는 신도로서 자신의 신앙을 가지고 있었으며 교의에서 출발해 문제를 토론하곤 했지요. 그 시기 마르크스주의자들은 톨스토이의 무저항주의가 문제 있다면서 그를 비판했어요. 루쉰이 알고 싶었던 것은 마르크스주의자들이 자신들의 유산을 어떻게 대하느냐 하는 것과 옛 문인들의 결점이 무엇이냐는 것이었습니다. 그때 당시 전 세계의 지식인들이 모두 좌로 돌아서고 있었으며 자본주의의 모순이 더욱 불거지고 있었지요. 로맹 롤랑은 톨스토이를 교부로 간주하고 유럽정신을 치료할 수 있는 한 자원으로 생각했었던 적이 있지요.

지드·로맹 롤랑 등 이들은 유럽 지식인 일체화를 제창했으며 그들은 모두 세계주의자들이었는데, 이들 지식인은 모두 영혼에 대한 문제, 존재와 허무에 대한 문제, 개인과 국가의 운명에 대한 문제를 토론하고 있었으며 자본주의에 대해 비판적인 입장을 가지고 있었지요. 그 시기 일부 예술가들은 도스토예프스키·톨스토이에게서, 혹자는 마르크스주의에서, 혹자는 니체에게서, 혹자는 그리스문화 속에서 사상 자원을 찾기 시작했지요. 루쉰은 스스로 구식 지식인이라고 여기면서 사회에 해결해야 할 문제들이 나타났기 때문에 그도 사상자원을 찾아야겠다고 생각하고 있었지요.

오늘날 루쉰의 사상변화에 대한 우리의 이해는 흔히 단순화된 것들입니다. 역사가 지금에 이르러 이미 결론이 나있기 때문이지요. 그러나 그때의 당시 상황은 너무 복잡했지요. 중국의 미래는 어떠할지, 어디로 나가야 할지 등 문제에서 여러 가지 가능성이 존재했습니다. 한편 루쉰이 번역 소개한 작품에는 러시아-소비에트의 것뿐만이 아니라 세계 각국의 것이 다 있었지요. 그는 각양각색의 문제에 대해 사고하고 있었던 것입니다.

삼련생활주간: 그 과정에서 문학관에 대한 루쉰의 사고도 더 깊어 졌겠지요?

손위: 1928년에 그는 위다푸와 함께 《급류奔流》를 편집하기 시작했는데, 《급류》제1권 제 1기부터 루쉰이 번역한 《소비에트 러시아 문예정책—문예정책 평가회 속기록》을 연재하기 시작했지요. 그 저작에 서는 신생국가가 창립된 후 공산당이 예술에 대해 지도해야 하느냐는 문제를 둘러싸고 트로츠키와 부하린이 토론을 벌였지요.

트로츠키는 무산계급이 문예에 대해 지도해서는 안 되며 공산당이 문예에 간섭하지 말아야 한다고 주장했지요. 사회주의 문화건설은 지식인에 의지해야 한다고 했는데, 그러나 지식인은 간섭을 받아서는 안 된다고 했어요. 루쉰은 아주 긴 한 시기 동안 트로츠키의 일부 관점들을 믿었습니다.

그러다가 만년에 이르러서 취츄바이와 펑쉐펑의 영향을 받은 뒤에야 비로소 트로츠키에 대해 완곡하게 비평하곤 했지요. 그러나 그의 전반적인 문학관은 여전히 트로츠키의 영향을 받았다고 할 수 있지요. 그가 최초에 번역한 트로츠키의 《문학과 혁명》의 장절이 바로 블로크의 시에 대해 논술한 부분이었습니다. 그 깨달음의 깊이와 견해의 깊이는 모두 그에게 매우 좋은 인상을 주었지요.

그때 당시 루쉰은 의문을 가지고 러시아가 정부와 예술가 간의 관계에 대해 어떻게 토론하는지를 관찰했고, 그 후 그는 또 소설집 《하프》를 번역했는데 혁명의 '동반자'의 운명을 반영한 내용이었지요. 루쉰은 《하프》 전기에 이렇게 썼습니다. "동반자는 혁명에 포함되어 있는 영웅주의 때문에 혁명을 받아들여 함께 앞으로 나아가지만 철저하게 혁명을 위해 분투하려는, 죽는 것도 두렵지 않은 신념이 없으며, 다만 한 동안 동행하는 반려자일 뿐이다. 그 명칭은 그때부터 지금까지 줄곧 사용되어오고 있다"고 말이지요. 이들 '동반자'는 모두 혁명에 참가했던 적이 있으나 후에 좌절을 당한 이들입니다. 그들 모두 고향을 멀리 떠난 지식인들로서 고향에 돌아와 보니 집도, 땅도 모두 몰수당하고 처자식은 뿔뿔이 흩어져 온통 쓸쓸한 분위기였습니다.

루쉰은 왜 그렇게 썼을까요? 그는 변화가 반드시 혁명을 부를 것이라고 생각했지요. 그러나 혁명이 일어난 뒤 지식인은 어떨까요? 루쉰이 가장 관심을 두는 화제는 그것이었습니다. 그는 혁명을 둘러싼 논쟁에 참여했는데, 혁명의 필요성 여부를 둘러싼 토론은 아니었지요. 혁명은 이미 일어났기 때문입니다. 그렇다면 혁명이 일어난 뒤 지식인은 어떻게 생존해야 할까요? 지식인은 어찌해야 할까요? 지식인은 또 무엇을 더 할 수 있었을까요? 이 모든 문제는 루쉰이 그 단계에 사고했던 문제들입니다.

삼련생활주간: 1927년부터 1936년까지 루쉰은 생명의 마지막 9년을

상하이에서 보냈습니다. 그 기간 동안 그는 줄곧 논쟁에 깊이 빠져 있었는데, 상하이에 온 뒤 제일 먼저 '창조사'와의 논쟁이 시작되었지요. 그러한 연유는 무엇이었습니까?

손위: 1927년 창조사의 원로 청팡우成仿吾가 총책임자로 나서 막 도쿄에서 유학하고 돌아온 펑나이차오馮乃超·리추리李初梨·펑캉彭康 등 이들을 연합해 새로운 간행물《문화비판文化批判》을 창간했다. 창작사와 오래된 《창조월간創造月刊》을 제외하고 장광츠蔣光慈·첸싱춘 등 이들은 또 '태양사'를 설립하고《태양월간太陽月刊》을 간행하기 시작했지요. 두 사단 모두 '혁명문학'을 제창했지요.

1927년에 상하이로 간 루쉰은 처음에는 창조사와 함께 일을 할 생각이었어요. 그는 창조사와 연합해 잡지를 꾸릴 생각이었는데, 그는 창조사 인원들에게서 강한 저항정신을 발견했으며 그들이 매우 사랑스럽다고 느꼈던 것입니다. 그러나 창조사의 '마르크스주의'는 일종의 배타주의였지요. 그들은 스스로 진리를 장악했다고 여겼으며 마르크스주의를 결론적 사상으로 간주했습니다.

그래서 창조사는 바로 루쉰을 비판하기 시작했지요. 그들은 루쉰이 어두운 것밖에 쓸 줄 모르고 마르크스주의사상으로 생활을 밝게 비출 줄 모른다고 비판했으며 루쉰이 시대에 뒤떨어졌다고 말했다. 그리고 그를 두고 줄곧 "개인주의자", "모든 행위가 집단적이지 않다", "혁명적이지 않다"면서 그래서 "시야가 오직 어두운 것에만 미칠 뿐"이라고 했다. 궈뭐뤄(郭沫若)는 두취안杜荃이라는 필명으로 글을 써 루쉰을 두고 "자본주의 이전의 봉건주의 잔당", "이중 반혁명인물", "뜻을 이루지 못한 Faseist(파시스트)"라고 비난했지요.

루쉰은 비록 줄곧 자신에게 문제가 있다고 생각했지만 그는 창조사가 자신의 문제를 두고 말하는 것은 아니라고 주장했습니다.

삼련생활주간: 루쉰은 자신에게 어떤 문제들이 있다고 생각했지요?

손위: 사상적으로나 예술적으로나 루쉰은 언제나 자신에게 문제가 있다고 생각했지요. 1918년에 《광인일기》를 쓰면서부터 그는 줄곧 중국의 구시대 지식인의 기질을 떨쳐버리려고 생각했지요. 그는 자신의 몸에 존재하는 구시대 지식인의 요소들을 혐오했으며 떨쳐버리려고 했지요. 그는 외국의 작품을 번역하고 잡지를 꾸리는 것을 통해 떨쳐버리려고 했지만 완전히 성공하지는 못했지요. 그는 자신의 몸에 존재하는 어둠과 초조함, 그리고 낡은 심미적 흥미가 모두 좋지 않다고 생각했지요. 한편 자신의 지식구조에도 결함이 있다고 여겼지요. 그가 꾸준히 작품을 번역한 것은 사실 자신의 지식구조의 부족함을 미봉하기 위해서였습니다.

삼련생활주간: 루쉰은 자신의 몸에 여전히 구시대 문인의 나쁜 습관이 존재한다는 것을 인식했으며 그것을 싫어했지요. 그런 구시대적인 것이란 게 구체적으로 무엇을 말하는 것인가요?

손위: 예를 들면 유가의 사상과 같은 것입니다. 그는 자신이 그밖에도 장자莊子와 한비韓非의 폐해를 입어 내면이 어두워 사람을 볼 때 항상 나쁜 일면을 생각하게 된다고 말했습니다. 반면에 그와 교제가 깊었던 러우스는 그렇지 않았지요. 러우스는 사람을 볼 때 밝은 일면을 많이 보았습니다.

그래서 그는 자신이 세속적이라고 여겼지요. 그는 "중국에서 큰일을 이룰 수 있는 사람은 반드시 학자의 양심과 모리배의 수단을 갖춘 이여야 한다"라고 말했습니다. 루쉰은 '모리배' 기질이 일반인에게는 없다는 것을 잘 알고 있었지요. 그는 자신의 그런 '모리배' 기질을 매우 혐오했습니다.

삼련생활주간: 예를 들어 그가 쓴 소설 《형제》에서 페이쥔沛君과 징푸靖甫 두 사람이 다른 사람의 눈에는 이기심이 전혀 없는 것으로 보인다고 했지만, 그러나 징푸가 갑자기 급병에 걸려 성홍열로 의심되고 살 가망이 없을지도 모르는 상황에 이르자 페이쥔은 마음이 초조한 나머지 사심이 들어나는 일면을 보이지요. 루쉰도 이기적인 측면에서 자신을 나타낼 수 있었을까요?

손위: 저우쮀런은 소설을 읽고 나서 평론을 한 적이 있는데 루쉰이 "대담하게 자신을 폭로했다"라고 했습니다. 소설에서는 만약 아우가 죽는다면 그는 "가계는 어떻게 유지해야 할지, 자기 혼자서 감당할 수 있을지"라는 생각까지도 합니다. 그러나 루쉰의 '이기심' 뒤에는 큰사랑이 있고 그의 차가움 뒤에는 뜨거운 열정이 있었습니다. 이는 장아이링과는 다른 것이지요. 장아이링은 베란다에 서서 사람을 관찰하는 시각을 가졌는데 본질을 파악할 수 있었으며 매우 뛰어났지요. 그러나 다른 사람의 고통이 나와는 무관하다는 시각입니다. 그러나 루쉰은 아득히 먼 곳에 있는 무수히 많은 사람들이 모두 나와 관련이 있다고 느꼈던 것입니다. 그는 예수나 석가모니와 비슷한 점이 있습니다. 그는 자신을 위해 제도하고 다른 사람을 위해서도 제도하려고 했습니다. 그러나 어찌해야 할지 방법을 몰라 그저 방황하고 저항했을 뿐입니다. 그는 뜻이 맞는 동반자를 찾고자 했지만 때로는 잘못 찾곤 했지요. 자신이 걷는 길을 포함해서 모두 정확한 길만 선택할 수 있는 것은 아니지만 그러나 그는 줄곧 길을 찾고 있었던 것이지요.

삼련생활주간: 1930년 3월 2일, 중국공산당이 상하이에서 중국 좌익작가연맹을 창설하고 좌련左聯으로 약칭했습니다. 루쉰도 좌련에 가입했지요. 좌익작가들은 루쉰에 대한 공격을 멈추고 일제히 방향을 돌려 '신월파'를 상대로, 예를 들어 후스·쉬즈모·량스츄를 비롯한 '자산계급 대변인'과 필전을 벌였지요. 루쉰도 좌련에 가입했는데 그 원인은 무엇인가요?

손위: 1927년에 그는 광저우에서 국민당의 '숙당'운동을 목격했지요. 이는 그에게 매우 큰 심리적 자극을 주었습니다. 그는 국민당이 살생계를 범한 것은 죄악이라고 생각했지요. 전 사회가 공포의 분위기에 둘어싸니게 되었는데, 그런 상황에서 국민당은 또 매우 많은 좌익 청년들을 살해했지요. 그중에는 그와 교제가 깊은 청년 작가 러우스도 포함되었습니다. 러우스는 단지 외국소설을 번역했을 뿐이며 그는 불을 지르지도, 남의 것을 빼앗지도, 남을 욕하지도 않았으며 지극히 착한 성품을 지녔음에도 피살된 것입니다. 그 외에도 수많은 문학청년들이 갑자기 사라져버렸지요.

한편 국민당은 또 그들의 작품까지 '붉은색'을 선전하는 것으로 간주해 차압에 나섰지요. 예를 들어 그들이 소개한 러시아의 솔로구프 작품과 같은 것입니다. 그는 조금은 퇴폐적인 개인주의작가인데 소설은 참으로 훌륭했어요. 혁명이 일어난 뒤 가난에 시달리면서 의기소침해지기는 했지만요. 학자와 지식인으로서 루쉰은 고통과 분노를 느꼈습니다. 그는 국민당이 일당독재를 실시하면서 언론과 사상의 자유를 속박한다고 주장했지요.

다른 한편으로 중국공산당의 통일전선이 루쉰을 단합토록 하기 시작했습니다. 국민당과 공산당은 문화·여론·의식형태의 전쟁터에서도 힘겨루기를 벌였다. 그때 당시 국민당 주변에는 그럴듯한 문인이 없었지요. 국민당 중앙기관과 선전부의 홍보물은 시장이 없는데 반해 좌익작가들은 매우 큰 환영을 받았습니다. 최초에 좌익작가들은 루쉰을 반대했지요. 후에 중앙에서는 루쉰의 영향력이 매우 큰 것을 발견하게 되었으며 그래서 그를 통일전선으로 끌어들일 수 있기를 희망했습니다. 한편 루쉰은 공산당을 동정했으며 이는 자신의 정치적 선택이었습니다. 그래서 그는 몇 명의 젊은이들과 함께 좌련에 가입했던 것이지요.

그때 당시 5.4 시기의 문화 영웅들 중 천두슈가 감옥에 있었던 것을 제외하고 후스를 비롯해서 국민당의 피비린내 나는 짓거리를 묘사한 글은 한 편도 쓰지 않았으며 지식인 중에서도 감히 현실을 폭로한 이는 얼마 되지 않았습니다. 자유주의 작가들은 그런 내용을 쓰지 않았으며 그들은 피를 보고 도망쳤습니다. 비록 후스도 '간언을 하긴 했지만…' 루쉰은 사상의 '자아 추방자'의 자세로써 잔혹한 사회의 현실을 직시했던 것입니다.

삼련생활주간: 이 또한 이른바 '사거리에 나선 루쉰'이다 라고 할 수 있겠지요?

손위: 그는 상아탑에서 사거리로 걸어 나왔습니다. 그는 현실을 폭로하고 비판했는데 모든 문장에 거의 모두 필명을 썼으며 오직 책을 출판할 때만 루쉰이라는 이름을 썼습니다. 상하이에서 그는 거의 백 개에 이르는 필명을 썼습니다.

그때 루쉰은 또 다른 문제에 직면했습니다. 루쉰과 좌익청년의 저항은 모두 격분한 정서 속에서 중국의 현실과 문화에 대해 판단한 것으로서 틀림없이 시대적 언어 환경의 영향을 받았을 것입니다. 때로는 색다른 문화에 대한 판단도 반드시 정확하다고 할 수 있지요. 종합적으로 말해서 루쉰의 판단은 본질을 파악한 것이고 생동적인 것이며 그의 입장은 여전히 순수한 지식인의 입장이었습니다. 단 후스에 대한 그의 많은 비판은 이류·삼류 비정규 신문에 근거한 것으로서 다 정확한 것은 아닙니다.

삼련생활주간: 좌련에서 루쉰은 '기수旗手'였습니다. 그와 좌련의 관계는 어떠했는가요?

손위: 좌련 설립 개막식에서 루쉰은 연설을 했습니다. 그러나 후에는 별로 작용을 할 수 없었지요. '기수'라는 지위는 떠받들려져서 앉게 된 것입니다. 사실 그에게는 권력이 없었지요. 그때 당시 루쉰은 서기도 비서장도 아니었으며 권력은 저우양이 쥐고 있었는데, 루쉰은 좌련에 들어온 후 이곳이 '관아'로 되어버린 것과 새로운 주종관계가 형성된 것을 발견했습니다. 그래서 그는 또 좌련에 저항하기 시작했으며 저우양과의 관계도 매우 팽팽해졌습니다.

어느 한 번은 저우양이 꾸리는 잡지 《문학월간》 에 실린 문장에 사람을 욕하는 말들이 있는 것을 보고 그는 《욕설과 공갈은 절대 전투가 아니다》 라는 제목으로 글을 한 편 썼습니다. 루쉰 자신도 다른 사람을 풍자한 적이 있지만 그는 기교가 있고 이치를 따졌으며 그렇게 적나라하게 욕설을 퍼붓지는 않았습니다. 그는 중국 좌익 작가들이 외국인 조계지에서 양복을 입고 춤이나 추고 있으면서 매우 부르주아 기질이 있다고 여기고 있지만, 그것은 진정한 민간의 생활은 아니라고 생각했습니다.

루쉰은 일부 청년들이 현실 속으로 들어가 사회를 개조해야 한다고 주장했지요. 그는 스스로 서재에서만 지내는 것은 일종의 부득이하고도 무능한 표현이라고 생각했습니다. 서재에서 걸어 나와 민간으로 가 사회를 개조해야만 비로소 가장 장래성이 있는 젊은이가 될 수 있다고 여겼었지요.

그는 창조사·태양사·좌련의 작가들이 눈에 차지 않았습니다. 그는 그들 모두가 '정치의 축음기'와 같다고 생각했지요. 루쉰은 "사상의 풍부함과 기교적으로 뛰어남을 동시에" 추구했는데, 그는 어느 한 글에서 이렇게 말했습니. "젊은이들은 소설을 몇 부 번역하고 시를 몇 수 썼다고 위대한 작가가 될 수 있다고 생각하지 말게나. 그렇게 쉬운 일이 아니니 말일세. 꾸준히! 또 꾸준히! 노력해야 하지요."

그는 위다푸를 좌련에 들어올 수 있도록 추천한 적이 있는데 좌련의 일부 작가들이 위다푸를 에로 작가라고 말했습니다. 루쉰은 위다푸를 성정이 솔직한 사람이라고 여겼으며 그대들이야말로 위선자라고 했지요.

삼련생활주간: 루쉰은 '정치의 축음기'를 비판하면서 그 자신의 문장들도 일부는 정치적 요소를 포함하고 있다고 할 수 있지요. 그렇다면 그의 이런 비판을 어떻게 이해해야 합니까?

손위: 루쉰은 우선 자신이 괜찮은 작가라고 생각하지 않았습니다. 그가 자신에 대한 평가는 줄곧 높지 않았습니다. 그는 자신에게 존재하는 문제를 알았습니다. 그러나 그는 또한 주변 사람들에게 존재하는 문제가 더 많다고도 생각했지요. 샤오쥔과 샤오홍과 같은 작가는 그나마 좀 괜찮다고 생각했으며 그는 그들을 지지했습니다. 그는 그들이 아직 젊어서 구시대 문인적인 결함만 없으면 서서히 성장할 수 있을 것이라고 여겼습니다. 그 자신이 창작한 작품에는 정치적인 요소도 있고 공리적인 것도 있지만 팔고는

아니었습니다. 그 시기 많은 작가의 작품은 모두 팔고였지만 말입니다.

삼련생활주간: 1931년에서 1932년까지 좌련이 '제3종인[스스로 국민당반동문인과 좌악혁명문학진영 사이에 있다고 자칭하는 후츄위안(胡秋原)·쑤원(蘇汶)] 등 이들을 위수로 하는 작가단체를 가리킴. - 역자주'과 논쟁을 벌였는데, 논쟁의 중심은 문예의 계급성·문예성과 정치의 관계였습니다. 루쉰의 사상 변화와 연결시켜보면 그는 젊은 시절에 '진화론'을 받아들였고 1927년 이후부터는 계급투쟁과 계급분석이론을 받아들였습니다. '제3종인'에 대한 그의 비판도 '계급분석'의 관점을 기반으로 한 것이 아닌가요?

손위: 그렇지요. 계급적인 관점을 받아들인 것은 만년에 루쉰의 큰 변화이죠. 1927년 이후에 그는 뚜렷한 계급관을 갖추었습니다. 루쉰은 통치계급이 강대한 사회시스템을 소유하고 있고 백성들은 아무런 권세도 없다면서 이것이 바로 계급 차이라고 주장했지요. 그는 한 사람이 인민의 입장에 서지 않으면 통치계급의 입장에 서게 된다고 주장했습니다.

만년에 루쉰의 신변에 많은 일본인이 있었는데 그대문에 혹시 그가 매국노가 아닌지 하는 의문을 가지는 사람도 있었지요. 그러나 이는 너무나도 터무니없는 설입니다. 그때 당시 루쉰은 세계주의자이고 계급론자였습니다. 일본사회에도 통치계급과 비통치계급이 존재했는데 그가 접촉한 이들은 모두 일본 하층사회의 지식인과 방랑자·좌익인사들이었지요. 루쉰은 이들 모두가 독재에 반대하는 이들로서 우리가 국민당을 반대하는 것과 마찬가지라고 생각했습니다다.

오늘날의 시각으로 루쉰의 그런 사유를 살펴보면 조금은 단순화된 느낌입니다. 현실사회는 복잡해서 '이것 아니면 저것'이라는 방식으로 구분 지을 수가 없지요. 정신이 존재하는 것도 무수히 많은 가능성이 있습니다. 왜 반드시 두 가지 가능성뿐이어야 하는가요? 루쉰은 독단적인 사유를 가지고 있는데 그것은 그의 결함이었습니다.

삼련생활주간: 루쉰과 량스츄의 논쟁도 역시 문학과 계급성에 대한 전개인데, 그 논쟁에서 그는 무엇을 설명하려고 했던 것일까요?

손위: 량스츄는 '배빗주의'를 신봉했습니다. 그의 관점은 "문학은 바로 가장 기본적인 인성을 반영하는 예술이라는 것"이었지요. 어빙 배빗(Irving Babbitt)은 프랑스대혁명 이후의 모든 것이 잘못되었다고 주장했습니다. 그런데 량스츄가 하버드대학교에서 배빗의 강의를 들은 것은 아주 오래 전입니다. 그가 귀국한 뒤 중국사회가 혼란스러워졌고 시체가 온 들판에 널렸으며 계급 모순과 투쟁이 이미 매우 첨예해져 있었습니다. 그런 때 그가 계속 '초계급적인 사랑'에 대해 말하는 것은 언어 환경에 문제가 있는 것입니다.

왜 루쉰은 량스츄에게 농을 걸고 그를 비난하고 그를 두고 "집 잃은, 자본가의 힘없는 주구"라고 한 것일까요? 량스츄는 계급투쟁에 공감하지 않을 수 있습니다. 그러나 국민당이 살인을 할 때 계급이 존재하지 않는다고 말했으니 루쉰이 보기에 량스츄의 말이 통치자들에게는 필요한 것이었지요.

"무릇 주구란 비록 한 자본가가 거둬서 기르고 있을지라도 사실은 모든 자본가에게 속합니다. 그래서 모든 부자를 보면 항상 온순하고 모든 가난한 사람을 보면 언제나 미친 듯이 짖어대는 것이지요." 물론 루쉰의 말은 조금 지나친 면이 있습니다. 그러나 량스츄가 제일 먼저 루쉰이 "루블을 받는다"라고 말했었지요.(소련으로부터 자금 지원을 받는다는 뜻) 그 시기 "루블을 받는 것"은 사형을 당할 일이었습니다.

삼련생활주간: 그 시기 루쉰은 "문학은 무엇을 위한 것이냐?"는 문제에 대해 어떻게 사고했는가요?

손위: 루쉰은 문학이 인생을 위한 것이라고 말했습니다. 이에 앞서 그는 칸트 철학체계의 일부 요소들의 영향을 받았으며 문학이 공리를 뛰어넘는 일면이 있다고 주장했었습니다. 그러나 후에 그는 문학은 인생을 위한 것이며 인생을 개조하기 위한 것이라고 주장했지요. 게다가 그는 또 인생을 초월하는 그런 '산림문학'이 있다고 여기지 않았습니다. 그는 주광첸을 비평했지요. 그것은 주광첸이 도연명의 시를 "숙연하고 위대하다"라고 했기 때문입니다. 루쉰은 도연명에게도 "금강역사金剛力士가 눈을 부릅뜨는 듯 하는 일면이 있다"고 하면서 한 사람의 세계를 간단하게 개괄할 수는 없다고 말했습니다.

루쉰은 마치 달걀에서 가시를 골라내려는 듯 언제나 다른 한 각도에서 문제를 사고하려 했지요. 그때 당시 그러한 언어 환경과 마음 상태에서 그러한 반응을 보이는 것은 필연적인 일이었습니다. 바로 그러했기 때문에 그의 진실함과 위대함이 돋보일 수 있었던 것이지요. 그의 사고방식은 어쨌든 다른 사람과 달랐습니다. 게다가 설령 그가 틀렸더라도 그의 표현은 여전히 재미있었지요.

삼련생활주간: 1935년 중국공산당이 항일민족통일전선의 정책을 확정지었습니다. 그때 당시 상하이 좌익문화운동의 당내 지도자는 좌련이 더 이상 새로운 형세에 적응할 수 없다고 여겨 좌련이 자발적으로 해산하고

항일구국을 취지로 하는 '문예가협회' 설립을 준비할 것을 결정지었으며 '국방문학' 구호를 제기했습니다. 그러나 루쉰은 '민족혁명전쟁의 대중문학'이라는 구호를 제기했습니다. 이 두 가지 구호의 논쟁 배경은 무엇일까요?

손위: 1930년대에 일본이 중국 침략에 속도를 냈습니다. 코민테른 (공산주의 인터내셔널)은 중국이 "폐쇄주의"를 실행해서는 안 되며 국민당과 연합해야 한다고 주장했지요. 서안사변西安事變 후 공산당은 국민당과 접촉하기 시작했습니다. 그때 당시 좌련을 이끌던 저우양은 산베이陝北에서 전해진 소식을 듣고 비로소 통일전선정책을 알게 되었으며 좌련을 폐쇄하려고 했습니다. 그 뒤 저우양 등은 '국방문학'이라는 구호를 제기했으며 여러 계층, 여러 파별 작가들에게 항일민족통일전선에 참가해 항일구국 문예작품 창작에 애쓸 것을 호소했습니다.

루쉰은 공감할 수가 없었지요. 국민당이 그렇게 많은 사람을 죽였는데 어찌 갑자기 그들과 연합할 수 있다는 말인가 하는 의문이었습니다. 루쉰은 반일에는 문제가 없지만 국민당의 다른 일면에 대해서는 여전히 경계해야 한다고 생각했습니다. 그는 "외국 침략자가 나쁘다고 하여 중국이 좋은 것으로 착각해서는 안 된다"고 줄곧 강조해왔습니다. 좌익 대오가 갑자기 계급투쟁의 입장에서 국공합작으로 방향을 바꾼 데 대해 루쉰은 받아들일 수 없었던 것입니다.

루쉰은 신앙이 있는 사람입니다. 어떤 사람은 그를 "파벌주의(山頭主義, '山頭'는 근거지의 속칭으로 중국공산당과 군대의 형성 초기와 역사 발전과정에서 당과 군대가 형성했던 분산된 농촌 근거지가 '산꼭대기

(山頭)'였던 데서 생겨난 말이다. /역자 주)"라고 말하는데 나는 그렇지 않다고 생각합니다. 그는 어찌 되었든 간에 아군과 적군을 분별할 수 있었습니다. 그래서 그는 '국방문학'이라는 제기법에 찬성하지 않고 '민족혁명전쟁의 대중문학'이라는 구호를 제기한 것입니다.

삼련생활주간: '민족혁명전쟁의 대중문학'에 대해 어떻게 이해해야 할까요?

손위: 이는 후펑이 제일 처음 공개한 개념으로 루쉰이 그에 대해 찬성한 것이지요. 대중문학은 사실 하층 민중을 강조한 것입니다.

주목해야 할 것은 루쉰의 생애에서 최후의 문장은 스승인 장타이옌을 회고한 글인데 그는 두 편이나 썼습니다. 그때 당시 장타이옌은 《민보》를 통해 캉유웨이·량치차오 등 유신파를 반대했지요. 캉·량의 문화이념은 상부에서부터 하부로 내려오는 상명 하달로써 중국 개혁은 황제에 의지해야 하고 국가정권에 의지해야 한다는 것이었지요. 장타이옌은 민간에서 배워야 한다며 밑바닥문화·풀뿌리문화를 반드시 발전시켜야 한다고 주장했습니다.

이는 두 가지 사회변혁사상이지요. 후스를 비롯한 일부 문인들은 관건적인 시각에도 권력과 애매하게 관계를 발생시키고자 했으며, 그들은 권력을 이용해 현대화를 추진했습니다. 그것도 틀린 것은 아니었지요. 그러나 루쉰은 유토피아의 꿈을 가진 사람입니다. 그는 자신이 바로 풀뿌리요, 나그네였지요, 사상의 방랑자로서 민족대중을 대표하며 체제에 타협할 수는 없다고 생각했습니다.

이 부분에 대해 이해하지 못하는 사람들이 많은데 그들은 루쉰이 일본의 중국 침략시기에도 말썽을 부렸다고 비난했습니다. 그러나 루쉰이 강조한 것은 외국의 침략자가 왔다 하여 중국의 상전이 좋은 것으로 착각해서는 안 된다는 점이었지요.

삼련생활주간: 그는 최종적으로 문예가협회에 참가하지는 않았습니다.

손위: 참가하지 않았지요. 루쉰은 그때부터 일부 공산주의자와 결렬했습니다. 루쉰과 관계가 밀접했던 후펑 · 딩링 · 펑쉐펑 등이 훗날 좋은 기회를 만날 수 있었던 것도 이와 관련됩니다.

삼련생활주간: 그 시기 루쉰은 대량의 잡문을 창작했으며 잡문을 통해 현실을 비판하고 논쟁을 벌였습니다. '잡문체'도 루쉰을 대표하는 부호로 되었지요. 그의 잡문을 어떻게 봐야 할까요?

손위: 신문화운동 초기에 루쉰은 잡문 창작을 시작했습니다. 《이심집》·《남강북조집》·《준풍월담》 등 작품집들에 수록된 시평들은 그의 지혜를 가장 충분히 보여준 글들이며, 모두 현실 속에서 발생한 돌발사건에 대한 시평입니다.

현실 속의 돌발 사건에 대해 루쉰은 바로 논평을 진행할 수 있었지요. 그때 당시 많은 문인들은 그런 것에 관심을 두지 않았습니다. 예를 들어 롼링위阮玲玉가 자살한 뒤 루쉰은 바로 《'사람들의 말은 가히 두렵다'에 관해》를 써 비정규 신문들이 연극 종사자의 사생활에 대한 보도를 비난했습니다. 그의 논평은 오늘날 어떤 시평처럼 불평과 욕설, 난폭한 기운으로 가득 찬 것이 아니었습니다. 그의 잡문 한 편 한 편이 감상할 가치가 있으며 흥미진진합니다. 게다가 문장은 소설적인 필법도 들어있고, 또 산문 · 시 · 그림과 같은 질감도 포함하고 있지요.

삼련생활주간: 루쉰의 이러한 회의와 현실비판적인 자세는 중국 전통

지식인과 정신적으로 맥락이 일치하나요?

손위: 완전히 일치한 것은 아닙니다. 전통 지식인의 경우 동한東漢 시기 왕충王充의 《논형論衡》 중 이치에 어긋나는 것에 반대한 글, 명말 이지李贄의 비공(非孔, 유교 배척), 청대 유정섭兪正燮의 《계사유고癸巳類稿》 중 여성에 대한 배려와 팔고에 대한 비평 등은 모두 주류가 아닙니다. 청조 말기에 이르러 변화가 일어났는데 가장 큰 변화는 캉유웨이ㆍ량치차오입니다. 1906년 장타이옌이 일본으로 건너가 《민보》 업무를 인계 받은 후 그때부터 지식인이 정부에 반기를 들기 시작했습니다.

그러나 그 시기 《민보》에 실린 글은 주로 민족주의 관련 내용이었으며 만족은 나쁘다, 중국은 한당 시기로 돌아가야 한다고 주장했습니다.

매우 영웅적 기질이 있고 꽤 감동적이지만 생각이 단순하고 문제를 보는 면에서 캉유웨이ㆍ량치차오에 비해 깊이가 부족했습니다. 많은 사람들이 오늘날 그들이 '입헌하고' '군주제를 보위했다'고 비난하지만 사실 그들은 '허군虛君'으로서 앞으로 공화共和를 실현하고자 했습니다. 그 시기부터 학자들이 정치에 관여하기 시작했으며 게다가 광사의 정신을 갖추었습니다. 그 변화는 명조 말기 문인들에 의해 이어져 내려온 것이지요.

루쉰의 시대에 이르러 그는 시야가 더 넓어졌다. 《민보》에 실린 소설과 번역된 글은 다 수준이 평범했습니다. 그러나 루쉰은 서양의 문화와 문학에 대해 이미 매우 깊이 이해하고 있었지요. 그는 바로 《민보》의 사상을 추월했던 것입니다.

삼련생활주간: 루쉰이 주장하는 현대 지식인의 의미는 무엇일까요?

손위: 바로 비판 이외에 또 이성적인 건설정신도 갖추어야 한다는

423

것이지요. 루쉰이 소장한 소련 판화 중에 《인옥집引玉集》이라는 책자가 있습니다. 거기서 그가 말했지요. "사람들은 모두 우리 세대는 옛날 세계의 파괴자라고 말하지만 역사는 우리가 또 새 세기의 창조자임을 증명할 것이다." 즉 그가 창작하는 것은 바로 이렇게 조금씩 축적하는 과정이었습니다. 이밖에 루쉰 세대가 장타이옌·캉유웨이·량치차오와 다른 점은 그들이 자신을 대상화했다는 것입니다. 루쉰은 늘 자신에게 회의적이었으며 문득 자신에게도 문제가 있음을 발견하곤 했지요. 그는 중요한 관점을 한 가지 가지고 있었는데, 그것은 바로 사람은 매우 쉽게 노예로 전락한다는 것으로 무엇을 선택하면 선택한 대상의 노예로 전락하게 된다는 것입니다. 전통이 사람을 잡아먹으며, 자신도 사람을 잡아먹는 사람이라는 생각을 자주 했습니다. 좌련에 가입한 것은 혁명을 하고 있는 것 같지만 좌련의 노예로 전락할 수도 있으며 그 선택이 다른 사람을 해칠 수도 있는 것입니다.

루쉰은 만년에 《나는 사람을 속이려 한다我要騙人》는 제목의 글을 한 편 썼습니다. 그는 자신이 하는 일이 늘 마음이 내켜서 하는 일이 아니라 저도 모르게 한다는 느낌이 들었습니다.

그가 왜 도스토예프스키·키에르케고르의 작품에 흥미를 느꼈을까? 우리는 지금 하이데커·카프카와 루쉰에 대해 분석하면서 비슷한 생명적 느낌을 받게 됩니다. 그들은 자신을 대상화하여 자신의 한계를 인식할 수 있었습니다. 그는 한편으로는 현실을 건설하면서 또 자신을 경계했지요. 어떤 학자가 말했다시피 그는 현대적인 일면도 있고 반현대적인 일면도 있습니다. 그는 서양의 지드 등의 작가와 비슷한 일면이 있습니다. 심지어 그들보다도 더 깊이를 갖추었지요.

삼련생활주간: 창작을 제외하고 루쉰은 상하이에서 지내는 동안 자유대동맹·민권보장동맹과 같은 정치조직에도 가입했습니다. 그는 왜 정치활동에 참여한 것일까요?

손위: 그는 자발적으로 이들 조직에 가입하지는 않았습니다. 모두 쑹칭링宋慶齡과 차이위안페이가 그를 끌어들인 것입니다. 그때 당시 루쉰은 이미 사회적 명인이 되어 있었으며 그 자신도 흥미로운 일들을 할 수 있음을 알고 있었습니다. 조지 버나드 쇼(George Bernard Shaw)가 중국을 방문했을 때 주최 측이 루쉰을 초대했는데 그는 안 될 것도 없다고 생각했지만 저우쭤런의 눈에는 루쉰이 "쇼를 하고 있는 것"으로 보였습니다.

사실 루쉰은 스스로 번역자, 책을 쓰는 자, 편집자라고 객관적으로 평가했으며 아무런 정치적 야심도 없었습니다. 그러나 나설 필요가 있을 때 그는 출석하곤 했지요. 그는 자신의 영향력으로 작은 일이라도 할 수 있기를 원했습니다. 지식인은 사회적 책임을 져야 하기 때문입니다. 그런데 일본이 동북 3성을 점령하고 베이핑을 강점했을 때 베이징의 지식인들이 선언을 발표했는데 루쉰은 그 선언에서 저우쭤런의 사인을 찾지 못했습니다. 그 후 그는 저우젠런周建人에게 이때 둘째는 나와 사인이라도 했어야 마땅했다고 말했지요. 이는 쇼를 한다거나 혹은 개인적인 야심으로 이해할 수 없는 것입니다. 만약 루쉰이 정치적 야심이 있었다면 그는 벌써 조정에 들어갔거나 근거지를 차지했을 것입니다.

나는 개인적으로 루쉰이 정당 정치에 경계심을 두었다고 생각합니다. 1921년 천두슈가 상하이로 와 중국공산당을 창설할 때 그는 가타부타 말을 하지 않았으며 반대도 하지 않고 긍정도 하지 않았습니다. 중국사회가 가장 복잡했던 시기에도 그는 당파에 가입하지 않았습니다. 어떤 사람은 그가 젊은 시절에 동맹회에 참가한 적이 있다고 말하는데 그것은 논쟁의 여지가 있는 부분입니다. 국민당 혁명이 성공하기 전에는 그런 활동에 참가하는 것도 가능한 일이기 때문입니다.

삼련생활주간: 루쉰은 정당 정치에는 열중하지 않았지만 그는 중국공산당의 초기 중요 인물인 취츄바이와 관계가 밀접했는데 그 원인은 무엇인가요?

손위: 루쉰과 취츄바이는 첫 대면에서 친구처럼 친해진 사이입니다. 루쉰은 취츄바이에게 존재하는 문인 기질 ─ 순수하고, 단순하며, 재능이 있고 예술 감상 능력이 높은 것 ─이 매우 마음에 들어했습니다. 그때 당시 취츄바이가 당내에서 세력을 잃었는데 실의에 빠졌을 때 문인의 본성이 드러났던 것입니다. 그런 면이 루쉰은 크게 마음에 들었지요. 루쉰은 그처럼 이상을 품은 사람이 혁명을 한다면 중국의 면모를 바꿀 수 있을 것이라고 생각했지요.

다른 한편으로 더욱 루쉰의 마음에 든 것은 러시아에 대한 취츄바이의 이해였지요. 이 부분은 흔히 경시 당하곤 합니다. 루쉰은 러시아어를 알지 못했습니다. 그러나 그 시기 루쉰은 특별히 러시아에 대해 알고 싶어했습니다. 이때 취츄바이가 그에게 자신의 눈에 비친 러시아에 대해 묘사해주었는데 루쉰에게 특히 큰 영향을 주었습니다. 취츄바이는 벨린스키·체르니셰프스키·도브롤류보프에 대해 모두 매우 잘 알고 있었으며 마르크스와 엥겔스의 중요한 문장에 대해서도 매우 익숙히 알고 있었습니다. 그는 또 러시아에도 가보고 레닌도 만났었지요. 루쉰에게 이는 매우 유혹적이었으며 이를 통해 자신의 부족한 지식을 보충할 수도 있었지요. 취츄바이는 그 부분에 대해 완벽하게 보여주었습니다.

루쉰과 취츄바이의 관계는 전형적인 문인 간에 서로 감상하는 요소도 있고, 또 혁명적인 열정이 섞여 있기도 합니다. 이에 대해 우리는 더 깊이 연구해야 할 것입니다.

삼련생활주간: 루쉰의 혁명 열정에 대해 어떻게 이해해야 할까요?

손위: 루쉰은 전쟁터에서 앞장서서 용감하게 싸우지는 않았지만 그는 정신계의 전사로서 혁명이 마음에 들었습니다.

그는 러시아의 지식인들 — 십이월당에서 그가 번역한 '동반자' 작가들에 이르기까지 — 이들은 러시아의 희망으로서 그들이 러시아의 운명을 바꾸었다고 주장합니다. 취츄바이와 같은 이들 역시 중국의 희망이었지요. 그는 샤오훙·펑쉐펑·후펑에게서 중국인에게 존재하는 훌륭한 특징을 발견했습니다. 그들은 풀뿌리 출신들이지만 감성이 있고 창조성이 있으며 필력도 뛰어납니다.

루쉰은 이들이 저우쭤런·후스 등 이들보다 훨씬 더 장래성이 있다고 생각했지요. 그는 상아탑 속의 사대부·신사들에게는 중국을 바꿀 수 있는 힘이 없고 구미 등 지역에서 유학을 하고 돌아온 학자들도 대부분은 그럴 힘이 없다는 것을 느꼈습니다. 그 사람들도 비록 매우 중요하지만 창조성이 없었습니다. 중국 혁명에는 창조성이 있는 사람이 필요합니다. 이는 루쉰이 목각예술에 대해 감상하는 것과 마찬가지입니다. 그가 키워낸 일부 목각가의 작품에서는 모두 힘이 느껴집니다. 훗날 천단칭陳丹靑이 그것은 핏속에서 흐르는 생명력으로서 생활과 예술·인생에 대한 루쉰의 느낌을 반영했다고 평가했지요. 비록 거칠지만 탄력이 있으며 사람의 마음을 흔드는 힘이 있습니다.

삼련생활주간: 그러한 시대에 루쉰이 영향력 있는 지식인으로서 정치에 좌지우지되는 것은 불가피한 일이었겠지요.

손위: 그는 정치 속으로 들어갔으며 또 정치를 이용해 자신을 표현했습니다. 좌익의 힘을 통해 루쉰은 스스로는 완성할 수 없는 일을 해냈습니다. 예를 들어 그는 중국 농촌의 혁명에 대해 알지 못했지만 예즈葉紫의 작품 속에는 다 있었습니다. 또 예를 들어 그는 동북의 항일전쟁에 대해 알지 못했지만 샤오쥔의《8월의 시골》이 그를 크게 감동시켰습니다. 비록 거칠지만 세라피모비치의《철의 흐름》을 모방한 야성의 힘이 다분히 느껴집니다.

정치가 그를 통제했다. 이에 대해 그는 자각하지 못한 것이 아닙니다. 그는 후펑에게 보낸 편지에 이렇게 썼습니다. "나는 수레를 끌고 걸어가고 있다. 채찍이 쉼 없이 나를 후려치고 있다. 맞아서 아프다는 것을 다른 사람과는 말할 수도 없다. 고개를 돌리면 사람들은 모두 내가 수레를 잘 끌고 있다고 말한다." 그는 자신이 선택한 역설(패러독스 paradox)의 함정에 빠졌던 것입니다.

삼련생활주간: 오늘날 이를 보면 지식인의 숙명적인 고통이기도 하다는 것을 알 수 있습니다.

손위: 그렇습니다. 루쉰이 가장 혐오하는 것이 주종관계입니다. 그런데 그는 주종관계에 저항하는 과정에서 또 다시 다른 한 주종관계에

빠져들었지요.

그래서 루쉰은 꾸준히 찾고 있었던 것입니다. 저항 속에서 절망 속에서 말입니다. 그는 미완성의 고통스러운 영혼이었지요.

삼련생활주간 : 루쉰의 독특함은 어디에 있다고 생각하십니까?

손위: 나는 그가 중국 식민지 반식민지 사회의 창조성을 갖춘 지식인이라고 생각합니다. 그는 전통문화의 좋은 특성과 나쁜 특성을 한 몸에 갖추었습니다. 이른바 좋은 특성이란 야사·잡기·관련 문헌 속의 상상력과 기이성과 같은 것을 가리킵니다. 나쁜 특성이란 독재 문화 환경에서 형성된 중국 문인의 어둡고 저항적인 개성 등을 가리킵니다. 그는 유가적인 것을 가장 싫어하지만 그의 몸에서는 또 유가적인 존재의 역할이 두드러지게 드러났습니다. 예를 들면 효도, 대가족의 가부장제와 같은 것이지요. 그와 저우쭤런 형제간에 사이가 벌어진 것도 그의 가부장적인 태도와 연관이 있습니다.

그런 맥락 속에서 그는 자신이 노예로 전락하는 것을 경계하면서도 또 꾸준히 노예로 되어가고 있었고 그래서 또 꾸준히 저항했던 것입니다. 루쉰의 글에서는 '노예'라는 두 글자가 자주 등장합니다. 그는 또 노예총서도 한 세트 편찬하기까지 했지요. 그는 종을 가장 증오했는데 그것은 노예가 되어서도 노예를 노래하고 있다는 이유 때문입니다. 식민지 반식민지 사회에서 그는 개성적이면서도 또 사명감을 짊어지고 전통적안 유가적 애정을 가지고 있었지요. 혹은 석가모니 식의 중생을 제도하려는 자비와 연민의 정이라고 말할 수 있습니다. 그러나 그는 또 공산주의운동·삼민주의와도 마주하게 되었습니다.

이처럼 복잡한 언어 환경 속에서 그는 자신의 일련의 언어표현방식을 형성했습니다. 그가 처음에 루나차르스키·플레하노프의 마르크스주의 문예저작을 번역하기 시작했을 때는 마르크스주의 풍격을 전혀 찾아볼 수 없었습니다. 같은 시대의 궈뭐뤄 · 저우양 · 마오둔茅盾 등 이들의 글은 온통 마르크스주의의 풍격을 띠고 있었습니다. 그러나 루쉰의 언어는 여전히 5.4 초기의 풍격이었지요. 그는 자신만의 지혜로운 표현방식을 갖고 있었으며 그 어떤 것도 그를 쉽게 오염시킬 수 없었습니다. 그는 독립적이면서도 유일한 존재였지요.

삼련생활주간: 이는 또 5.4정신의 연장이기도 합니다. 그는 자신이 독립적인 사람이 될 수 있기를 바랐으며, 그는 또 모든 사람이 독립적인 정신을 갖출 수 있기를 바랐던 것입니다.

손위: 그렇습니다. 그는 중국에서 가장 두려운 것은 "애국적이고 무리를 지어 잘난 척"하면서 자신의 독립적인 정신이 없는 것이라고 말했습니다. 사람은 개인주의정신을 갖추어야 합니다. 개성을 유지해 다른 사람이 아닌 자기 자신이 되어야 하는 것입니다.

류반둥劉半農은 루쉰에 대해 "톨니(톨스토이와 니체를 통틀어 가리키는 말. /역자 주)학설에서 위진魏晉의 문장"이라고 평가했습니다. 이 또한 참으로 흥미로운 비유입니다. 그런데 그가 톨스토이와 무슨 관계가 있지요? 톨스토이는 종교식의 자비와 연민의 정을 가지고 있지만 중국에는 종교가 없으니 루쉰에게 무엇이 있겠습니까? 루쉰에게는 아무 것도 없었습니다. 그의 정신은 황야에서 홀로 싸우고 있었던 것입니다. 그가 다른 사람과 자신을 제도하려면 자아희생정신에 의지해야 했습니다. 이는 예수와 매우 비슷합니다. 루쉰은 의지할 데가 없었습니다. 그의 뒤에는 끝없이 깊고 넓은 태도와 마음만 존재할 뿐이었습니다. 그는 홀로 외롭게 앞에 서서 뭇사람들을 거느리고 함께 걸어가고 있었지요.

삼련생활주간: 그는 마지막에 죽을 때까지 소련에 병을 치료 받으러 가지 않았나요?

손위: 그는 소련에 대해 조금은 경계하는 마음이 있었습니다. 일본 학자 나가호리 유우조長堀佑造가 《루쉰과 트로츠키》라는 글에서 이 부분에 대해 언급한 적이 있습니다.

삼련생활주간: 생명의 마지막에도 루쉰은 독립적인 자태를 유지하며 떠날 수 있도록 애썼지요?

손위: 루쉰은 수 천 년 중국 문화 속에서 공자 이외에 가장 매력적인 사람이었습니다. 그는 모순되면서도 고통스러워했지요. 그는 자신에게 존재하는 수많은 결함을 발견해 냈으면서도 너무나도 진실하고 너무나도 창조성이 강했으며 또 너무나도 기질이 있었습니다. 그는 동화된 적도 있었지만 바로 뛰쳐나올 줄 알았지요. 그는 교수가 되어보기도 하고 공무원이 되어보기도 했지만 모두 안 맞다는 것을 알았고, 결국 혼자서 할 수 있는 일을 선택했으며 그 결과 체제에서 벗어났던 것입니다.

그는 꾸준히 선택하고 몸부림쳤습니다. 이것이 그의 가치입니다. 5.4 이후 작가 중 루쉰이 우리에게 가장 풍부한 화제를 가져다주었지요. 그는 인류의 사상과 생명 존재의 황당함을 표현했는데, 이 또한 카프카가 느낄 수 있었던 것입니다. 그들은 너무나도 비슷했다고 할 수 있겠습니다.

후 기

2006년부터 필자는 중국인민대학에서 루쉰에 대한 연구 과목을 개설했다. 그때는 필자가 루쉰박물관에서 근무할 때였는데 대학에 강의를 나간다는 것이 조금은 신선하게 느껴졌으며 이는 일주일 중 가장 즐거운 일이기도 했다. 대학교를 떠난 지 20년 가까이 되었기 때문에 그 사이의 변화에 대해 전혀 알지를 못했다. 필자의 강의는 그저 일종의 한담에 불과했다. 박물관의 자료들을 빌려 약간의 느낌을 말할 뿐이었다. 학술적인 규범에 비추어보면 이는 물론 규범적이지 않은 강의였다.

3년 뒤 실제로 대학에 들어와 문학원의 일원이 된 뒤 나의 강의도 점차 많은 영역으로 확장해나가기 시작했다. 그래도 강의 내용 중 가장 많은 비중을 차지한 것은 여전히 루쉰이었다. 이 작은 책자는 바로 최근 몇 년간 강의 원본을 정리해 인쇄에 넘긴 것이다. 어쩌면 지난 생활에 대한 설명과 같은 것이라 할 수 있다. 필자로서는 썩 만족스러운 것은 아니다. 출판하게 되니 나르시시즘적인 요소를 띠는 것 또한 피할 수가 없다.

　이 과목이 섭렵한 내용은 이 책에 수록된 내용에만 그치지 않는다. 다만 일부 강의원고가 다른 책에 잇달아 수록되는 바람에 중복 발표될까 우려되어 여기에 수록하지 않았다. 다행스러운 것은 루쉰의 세계가 체계를 이루지 않았기 때문에 그에 대해 설명한 책도 자연히 체계를 벗어날 수 있어서 좋았다.

　따라서 루쉰에 대한 묘사도 소소해지고 자수도 제한적이 된 듯하다. 관점도 신선한 내용이 없이 케케묵은 이야기 같고 일부 견해도 고작 단편적이고 좁은 소견에 불과할 뿐이다. 루쉰의 세계는 너무나도 넓고도 깊지만 필자의 생각은 겨우 자신이 느끼는 흥미적인 측면에만 국한되어 있다. 따라서 건실한 저술들에 비하면 무게가 부족하다고 느낀다.

　대학수업은 어떻게 해야 하는지에 대해서는 정해진 규정이 없는 듯하다. 필자는 매우 간단한 방법을 사용했는데 바로 터득과 감상이었다. 따라서 이론의 발견과 개성의 발견이 매우 제한적이다.

루쉰의 세계에는 다른 사람에게는 없는 정신적인 요소가 들어 있다. 그 요소들을 하나씩 건져내게 되면 깊은 영역에 들어설 수 있을 것이다. 그러나 이 또한 같은 일이라도 보는 각도가 다름에 따라 견해가 달라지는 법이라 복잡한 현상 속에서 우리가 볼 수 있는 것도 때로는 빙산의 일각에 불과할 뿐이다.

현재의 대학교는 80년대처럼 단순하지 않다. 학생들은 아침부터 저녁까지 수업을 듣다보면 자유롭게 책을 읽을 시간이 많지 않다. 교사들은 여러 가지 심사와 프로젝트에 얽매이다보니 정신이 무엇인가에 의해 가려져버린 것 같다. 필자는 이곳의 일원으로서 당연히 규칙에 따라야 한다. 그러나 필자가 소속된 학과는 내용상에서 어쩌면 정신적 투쟁이 많은 편이어서 규칙에 싫증을 느낀 자아해방적인 문장이 바로 연구 대상이 된다.

이는 어쩌면 오늘날 우리 학술 이념에 대한 풍자인 듯하다. 우리가 단순한 모델로써 풍부한 역사에 대해 설명하고자 할 경우 난처한 상황에 직면할 수 있다. 애석하게도 이런 난처함이 아직도 계속되고 있다는 사실이다.

　다행스러운 것은 짬을 내 규칙 밖의 잡감록을 쓸 수 있는 것이다. 우리 문학원에는 풍격이 각기 상이한 교사들이 있다. 그래서 서로 어울리고 소통하면서 각자 갈 길을 가고 있다. 그렇게 걸어서 희망하는 곳에 이를 수 있을지는 예측하기 어렵다. 필자 자신은 여정의 고됨을 느끼고 있다. 필을 들 때면 늘 힘에 부치는 느낌이 들곤 한다. 지식의 토대나 사상의 축적이나를 막론하고 다 문제가 된다. 세심한 독자들은 모두 본 도서에서 부족한 부분을 발견할 수 있을 것이다.

　필자가 루쉰에 대해 연구하는 것은 자신의 곤혹스러움과 연관이 있다. 혹은 이 작가에 대해 연구하는 것은 자기 내면의 문제를 해결하고 싶어서라고 말해야겠다. 그런데 자신을 위해 자신이 관심을 갖는 대상을 연구할 경우 때로는 너무 협소해지거나 혹은 자아적 정서로 인해 구도가 작아질 수 있다. 그러나 학술은 언제나 목적성이 있다. 그 존재들이 우리 생명의 일부분에 속한다는 것을 알게 되었을 때 우리는 정말 조심하지 않을 수 없다.

그렇잖으면 양심을 어기는 것이며 사상의 발전은 더욱이 거론할 나위가 못 된다.

이 후기를 쓸 때 마침 서북대학에서 열린 회의에 참가 중이었다.

그 곳 교사가 루쉰이 그 대학에서 중국소설사에 대해 강의하던 정경을 소개했는데 그로 인해 중국 옛 유물에 대한 그의 태도에 대해 생각하게 되었다. 그때 서북행에서 루쉰은 많은 수확이 있었으며 또 역속사易俗社의 진강[秦腔, 산시(陝西)성과 그 인근 성(省)에서 유행하는 지방 전통극] 개혁도 지지했다. 오늘날 시안西安의 밤은 너무나도 매혹적이다.

마침 저녁에 대안탑大雁塔 아래서 귀에 익은 진강을 다시 듣게 되니 오래된 삼진三秦의 선율이 심금을 울린다. 고금의 불후의 인물들은 모두 불후의 명작과 행적을 남겼지만 그 진실한 의미를 깨친 이는 많지 않다. 루쉰은 옛 사람을 깊이 이해하고 있었다. 그래서 과거로 돌아간 것이 아니라 뛰어난 옛 사람들처럼 선택할 수 있는 법을 알고 있었으며 혹은 역방향으로 거슬러 나아갈 줄 알았다.

　학문과 인생에는 참으로 말로써 표현할 수 없는 은밀함이 들어 있다. 고금에 대해 확실하게 알고 있는 사람은 흔히 새 사상의 창조자들이다. 시안의 고도(옛 길)도 이에 대해 기술하고 있다.

　27년 전에 필자는 시안에서 한동안 지난 적이 있다. 그때 대안탑 주변은 매우 황량했다. 필자와 아내는 거의 매일 탑 아래로 지나다니곤 했는데 멀리 바라보면 소슬한 한기 속에서 신비로운 색채를 느낄 수 있었다. 옛날에 대한 그리움이 가슴에 차오르면서 당나라 사람의 기운이 주변에 가득 차는 것을 느낄 수가 있다. 현재는 탑 아래가 으리으리해졌으며 건물도 참신한 귀족 티가 흐르고 있어 가짜 골동품이 우리의 상상을 파괴하고 있다.

　그 곳에 서 있으면 머리 안이 텅 비어 옛 사람의 모습을 떠올릴 수가 없다. 이때의 기분도 그때의 기분에 미치지 못한다. 사상도 갈수록 빈약해지고 있다. 이런 생각이 떠오르면 슬픔이 찾아든다. 황량하고 쓸쓸하며 외로운 세월과 옛 사람과의 거짓 없는 대화가 그리워진다. 우리가 사용하는 수식적인 표현은 아마 신비로운 요소를 잃어버린 것일 수도 있다.

오늘날의 학술도 어쩌면 외부 장식이 달린 겉옷과 같은 것이 너무 많으며 화려하고 귀한 기운이 점점 많아지고 있다. 팔자걸음을 걸으며 학자의 기질을 띠어야 하며 문자도 번잡하고 심오해지고 있다. 필자에게도 이러한 고질적인 습관이 없지 않다. 루쉰 세대의 사람에게는 확실히 그런 부분이 없었다. 루쉰에 대해 자세히 음미할수록 늘 가까워지는 느낌이 드는 것이 아니라 오히려 점점 멀어져가는 느낌이다.

루쉰은 그때 사회를 걱정하고 자신을 걱정했다. 그러나 우리의 걱정은 그에 견줄 수가 없다. 우리는 오래 전에 이미 자신의 직업에 무감각해져버린 것이다. 직업 속의 사고는 때로는 정신의 깊은 곳에 이를 수 있고 때로는 실속 없이 겉치레에만 그쳐 개념에 만족할 수도 있다. 예를 들어 사회에 대한 심경은 늘 현실과 역사의 대조가 결여되어 비현실적인 이념에 빠져듦으로써 국민을 오도할 수가 있다.

필자는 개인적으로 학원 연구가 바꿀 수 있는 공간은 너무나도 많다고 생각한다. 우리는 단지 오솔길을 따라 걷고 있을 뿐이다.

　만약 우리가 진리를 장악하고 다른 사람들이 다 틀린 것이라고 생각한다면 그러한 학문은 크게 의심스러운 것이다. 루쉰의 유산이 있고 그의 풍부함으로 인해 우리는 어쩌면 세상을 단순하게 대하지 않을 수도 있다. 과거와 현재에 대해 우리는 아직도 아는 것이 많지 않다. 학자들은 문득 깨닫게 된 것에 기뻐하면서 우려 속에서 슬퍼하지 않는다면 진실과 동떨어지게 되며 애정과도 멀어지게 된다. 이것은 곧 루쉰이 황당하게 여기는 부분이다. 우리는 여전히 그러한 역사 속에서 오래도록 그 뜻을 알지 못하고 있으니 너무나도 슬프고 처량하다. 루쉰을 읽은 뒤에야 비로소 우리 자신에게 밴 노예근성이 얼마나 깊은지 알게 되었다. 인류는 사상적으로 모두 진화하는 것만은 아니라는 것은 어쩌면 확실한 사실일 수도 있다.

시안 장빠(丈八)

호텔에서